二十三　願者上鉤

沒有什麼確鑿的證據，可喬昭就是在看到江遠朝的那一瞬間，驟然有了這個念頭。

想起這人的身分，喬昭迅疾收回了目光。

被錦鱗衛盯上的感覺可不怎麼美妙！

可她還來不及避開，街上那個長身而立的男子已經有了預感，目光如鉤地向她所在之處望來，牢牢鎖定窗邊那一抹倩影。

二人一個在樓上窗前，一個在街邊佇立，視線憑空交會。

喬昭挑挑眉，乾脆先下手為強。「江大哥，這麼巧啊？」

她身上，究竟有什麼值得他注目的呢？江遠朝有片刻的怔忪。

這一刻，他忽然理解了江鶴的心情。跟蹤目標突然這樣大大方方地打招呼，這感覺還真微妙。

長這麼大都沒有過這種感受的江遠朝，一時不知該有什麼反應才好。

窗邊的少女笑意盈盈，對他招招手。「江大哥要不要上來喝杯茶？」

「哦——」江遠朝下意識應了一聲。打扮成少年模樣的小姑娘笑瞇瞇補充一句：「正好我父親也在呢。」

江遠朝邁出去的一條腿懸在半空，險些一個趔趄栽倒。

這小姑娘想幹嘛啊，她父親在旁，竟想邀他喝茶？按理說，不是該趁著父母不在邀請喝茶才正常嘛？

呃，不對，無論如何，一個小姑娘邀請僅見過一面的大哥喝茶都不對！

他不由得把窗邊的小姑娘看得更仔細些。所以說，這小姑娘之前一定是見過他的吧？

或者——暗暗傾慕他？

一想到那天小姑娘熱情自我介紹並詢問他家住何處的情景，江遠朝忽地就後悔過來了。

「昭昭，跟誰說話啊？」窗戶邊一個男子探出頭來。

豔陽下，金色的日光灑在那人俊朗不凡的面龐上，讓他整個人都熠熠生輝，一時竟瞧不出年紀來。直到那個小姑娘大大方方笑道：「父親，是我偶然認識的一位大哥。」

江遠朝這才回神。原來這就是小姑娘的父親，那位黎修撰。

這一刻，他忽然覺得小姑娘一直叫自己江大叔太正常了，有這麼一位瞧著比他大不了幾歲的爹，不叫大叔叫什麼啊？

黎光文掃江遠朝一眼，伸手拍拍女兒的頭。「不要胡亂叫陌生人大哥。」想了想又補充道：「也不能胡亂叫大叔。」

叫大哥擔心女兒吃虧，叫大叔似乎自己吃虧。黎光文審視般看著江遠朝。

江遠朝嘴角笑得僵硬，打過招呼，轉身甩開大步就走了。

他一直走到二人視線不及的地方才停下來，狼狽地鬆了口氣。

初夏的陽光暖洋洋的，江遠朝斜倚著一棵樹，把身形遮掩大半，視線不離五味茶館。

不久就見黎光文從門口出來，打扮成少年模樣的小姑娘跟在他身側，安靜乖巧。

黎光文卻是一臉不情願，側頭對著女兒不知道說了什麼。

那少年淺笑盈盈回了幾句，當父親的便呵呵傻笑起來。

江遠朝一時看癡了。

隨後，他看到一位六十左右的老者，慢條斯理踱步到五味茶館，黎光文杵在原地不動，站在身側的少年竟一把把親爹推了出去。那一刻，江遠朝低笑出聲，隨後收斂笑意，看著老者的眸光轉深。

竟然是禮部尚書蘇和！

蘇尚書為何會出現在這裡？

對了，蘇尚書兼任翰林掌院，黎光文是翰林修撰，他們在翰林院旁邊的茶館見面不算稀奇，可是……江遠朝目光重新落回喬昭身上。

可是黎光文為何會帶著女兒來？

這不符合常理！

莫非——

江遠朝臉色陡然沉下來。

賣女求榮？

他看到少年向蘇尚書行了禮，不卑不亢，臉上是舒朗淺淡的笑意。

江遠朝搖搖頭，把這個荒唐念頭壓下，見三人轉回茶館，想了想，抬腳往五味茶館走去。

❧

蘇尚書隨著黎光文進了雅室，這才仔細看喬昭一眼。見少年眉目精緻，形容舉止卻大方灑脫，全然沒有半點脂粉氣，心裡暗暗吃驚，確認道：「黎修撰，這真的是你女兒？」

黎光文一臉自得。「那當然，別人的女兒哪能跟著我出來。」

喬昭默默垂眸。父親大人說的可真有道理，她竟無言以對。

蘇尚書收回目光，點點頭道：「那好，黎小姑娘，咱們就開始吧。」

喬昭大方笑笑。「掌院大人請。」

蘇尚書聽了斜睨黎光文一眼，心想：這王八羔子還知道老夫是掌院啊？難得，真難得！

二人對坐，喬昭主動拿了黑子，笑道：「您先請。」

蘇尚書捏著晶瑩白子，笑容頗有幾分玩味。

對弈者，位尊執白先下，高手執白後下。

這小丫頭讓他執白先下，那是只承認他地位高於她，卻自信不比他差了。

還真是個有趣的小丫頭，他且要試試她的水準。蘇尚書這樣想著，不緊不慢在星位落下兩子。

喬昭捏著黑子，沉吟片刻，把子落下。

一個時辰後。

蘇尚書目光緊緊鎖定棋盤，喃喃念道：「竟然是神過！」

所謂「神過」，便是和棋。

要知道，棋場如戰場，出現和棋的機率是極為少見的，至少蘇尚書數年都沒遇過了。

他深深看了神色平靜的喬昭一眼，沉聲道：「再來一局。」

半個多時辰後，蘇尚書徹底怔住。「神過，又是神過！」

連續出現兩次和棋，難道是巧合？

他目不轉睛盯著對面作少年打扮的少女，眼中異彩連連，大手一揮道：「再來！」

黎光文站在一旁更是激動，拍著椅子扶手道：「再來、再來！」

蘇尚書抬起眼皮掃黎光文一眼，板著臉道：「觀棋不語！」

激動個什麼？就不知道倒杯茶來嘛！

「掌院大人請。」喬昭第三次說出這句話，可這一次，在對方心裡的意思就大不一樣了。

蘇尚書目光深沉點點頭，主動落子。「來！」

又是大半個時辰過去，當第三盤和棋出現時，蘇尚書再也維持不住一國重臣的矜持，目光灼灼地盯著喬昭問道：「丫頭，妳是如何做到的？」

和棋的出現本就罕見，那麼有意做出來的和棋呢？蘇尚書簡直不願意往深處想了。

這只能說明一件事：對面的這個小丫頭，水準遠超於他！

這不可能！

蘇尚書看了黎光文一眼，就這棒槌，能養出這般鐘靈毓秀的女兒來？

黎光文曾是探花郎？呵呵，翰林院別的不多，就狀元、榜眼、探花特別多。

黎光文渾然不知自己被翰林院的最高長官鄙視了，在一旁激動得眉飛色舞。「昭昭，妳快說說，是怎麼做到的啊？連續三盤和棋，真是太難得了！」

他說著看向掌院大人，嘿嘿笑道：「掌院大人，我沒騙您吧，以我女兒的水準，是不是用不了一刻鐘就能贏了您？」

喬昭忍不住扶額。她連著下了三盤和棋是為了什麼啊？

昨天父親大人把賭約一講，她就想甩袖子走人。

什麼叫半個時辰前就能贏了人家？她要真這麼做了，這位禮部尚書的面子哪能掛得住？可若是隱藏實力，父親在長官面前又成了胡言亂語之人，同樣討不了好。

以三盤和棋結束，既維護了掌院大人的面子，又讓對方曉得她的真實水準，算是兩全其美的法子。誰知父親大人唯恐人家不知道似的，非要叫破了。

蘇尚書果然黑了臉，冷笑一聲道：「黎修撰，你真的沒有騙本官？」

「哪裡騙了啊？」黎光文被問得莫名其妙。

蘇尚書伸手一指喬昭。「你說你和令愛對弈，十局九輸？」

黎光文茫然眨眨眼。「沒錯啊，小女比我棋藝高超，我可不會為了長輩的面子撒謊。」

蘇尚書冷哼一聲，斜睨著黎光文道：「別說笑了，以你的水準，剩下那一局怎麼贏的？」

能和他對弈設出三局和棋的人，和這棒槌下棋居然還有輸的時候？這絕對是對他的侮辱！

「這當然是因為——」黎光文忽地意識到什麼，猛然看向喬昭，震驚道：「昭昭，這麼說，妳之前一直在讓著為父？」

你才知道……

喬昭無奈迎上父親大人的目光，隨後對蘇尚書歉然一笑。

小姑娘話雖沒說出口，意思卻很明白了：掌院大人，就我爹這樣的，您和他計較什麼啊？

少女眸子黑白分明，如一汪最清澈的泉，眼波一轉便把不便說出口的話傳遞給了對方。

蘇尚書大笑起來。原來這世上果然有這樣鐘靈毓秀的人，有這般會說話的眼睛。

他再看黎光文一眼，搖搖頭。

嘖嘖，怎麼好白菜都被豬拱了呢？這樣好的女孩兒，為何不生在他蘇家啊！

「掌院大人，您笑什麼啊？」意識到一直被女兒讓著，黎光文有些不悅。

「能和令愛連下三盤，當值得一笑！」蘇尚書深深看黎光文一眼，意味深長道：「黎修撰，你確實養了個好女兒。」不然老夫這就把你踢出翰林院！

「過獎了，過獎了。」黎光文心情忽地又好了起來。也是，沒啥不開心的，反正女兒是他生的。

「丫頭，妳叫什麼名字？」

「掌院大人，晚輩單名一個『昭』字。」

「昭？」蘇尚書點點頭，摸著鬍子道：「好名字，好名字。哦，哪個『昭』？」

「日月昭昭的『昭』。」黎光文搶答。

蘇尚書與喬昭同時看他一眼。

黎光文眨眨眼。「是日月昭昭的『昭』啊。您有所不知，我長女名『皎』，次女名『昭』。」

「確實是好名字。」蘇尚書頷首。這個棒槌，他長女叫什麼關我屁事啊？

喬昭不動聲色笑著，心中卻驀然生出幾分落寞。

她現在，是「日月昭昭」的黎昭，而不是「賢者以其昭昭使人昭昭」的喬昭了。

「丫頭，妳的棋藝，師從何人？」

「回大人的話，家母一直很重視這方面的教育，所以從小就為我請過許多先生，還買了珍稀棋譜供我學習。」這就是說沒有名師，只是請了啟蒙先生而已。

「原來是這樣，看來還是天賦。」蘇尚書深深看黎光文一眼。應該不是隨爹。

黎光文聽了，表情怔怔。原來，何氏也不是一無是處。

他雖然看不慣何氏拿銀子砸人，可女兒能有如今之才，卻離不開她的功勞。這樣一想，反而是他這個當爹的，一直沒為女兒做過什麼呢。

慚愧之色從黎光文臉上一閃而過，喬昭看在眼裡，無聲笑了。

何氏對女兒是掏心掏肺的好，她既得了這份關愛，當然也盼著她好。只希望潛移默化之下，如今的這對父母，哪怕不能相愛，也能好好相處，不枉夫妻一場。

「掌院大人謬讚了。」喬昭平靜笑著，毫無得意之色。

蘇尚書端起茶盞喝了一口，才發覺茶水已經冷了，把茶盞放到一旁，笑道：「老夫家中有一個小孫女，和妳年齡相仿，也是喜歡下棋的，以後妳們可以多多來往。有妳的指點，也能讓那丫頭的水準提高一些。」

「好的，有機會將和蘇姊姊切磋。」喬昭微笑起來。

答應來下棋，除了替黎光文解圍之外，藉著蘇尚書的跳板與他的孫女蘇洛衣產生交集，是她的謀算。同屬文臣圈子裡的女孩，小姑娘黎昭曾在一些花會上見過蘇洛衣，印象裡，蘇洛衣是個文靜的女孩子，與泰寧侯府的七姑娘朱顏性情差不多。

而對喬昭來說，更重要的則是另一件事。

前兩年一些京城貴女成立了「馥山社」，社裡成員俱是有些才名的女孩子，蘇洛衣作為副社長，有薦名權。只要蘇尚書回府後對蘇洛衣提及此事，以蘇洛衣對棋道的癡迷，十有八九會考察一番後邀她入社。

喬昭對京城貴女們的雅興沒有興趣，可馥山社並沒有固定聚會之處，而是在各家貴女府上輪換，只這一點，就足夠吸引她了。

她需要走出去，才有更多機會與兄長和幼妹相見。

呃，對了，同樣是馥山社成員的還有黎府的二姑娘黎嬌，因為她去年的佛經被大福寺的高僧們選中送去疏影庵，雖沒得到無梅師太稱讚，依然得了入社資格。

喬昭的謙虛讓蘇尚書大笑起來。「別擔心，我那小孫女輸了不會哭鼻子的。」

蘇尚書笑著站了起來。「天色已經不早，散了吧。黎修撰，明日不要再翹班。」

喬昭三人走出茶館，蘇尚書就與他們道了別，乘車走了。

黎光文看看天色，摸著肚子道：「不知不覺這個時候了，肚子有些餓了。昭昭餓不餓？」

「是有一點兒。」

「那為父帶妳去吃百味齋吧，就在翰林院不遠處，那是百年老店，店裡的羊肉羹最出名。」

喬昭瞥了一眼不遠處的樹下，不知何時已靜悄悄等在那裡的青帷馬車，笑道：「父親，咱們還是回家吃吧。你看，母親已經在那裡等著了。」

黎光文其實也看到了那輛馬車，可一想到與何氏同乘一車就渾身不自在，聽女兒這麼問，便踟躕起來。「這——」

身量還未長開的少女拉住他的衣袖，半仰著頭，聲音嬌糯：「父親？」

少女天生音色輕柔，喚人時拉長了尾音，好似有小刷子在人心尖上輕輕掃著。這一刻，少女給人的感覺不再是堅韌的松、平靜的湖，而是春風裡歡快奔跑的小鹿，盡顯嬌態。

黎光文準備拒絕的話就說不下去了，暈乎乎道：「好的。」

父女二人走過去，何氏一見黎光文也進了車廂，手腳登時不知道往哪裡放了，緊張地咬了半天唇，才喊一聲：「老爺——」

黎光文習慣性地板著臉，想起今天女兒說的話，猶豫了一下才道：「東西都買好了？」

何氏沒想到黎光文會主動問她話，頓時受寵若驚，揪著帕子道：「買、買好了——」

喬昭自覺地坐到角落裡，輕輕嘆了口氣。想要這對父母緩解關係，還真是任重而道遠。

暮色四合，馬車緩緩動起來，很快就加快了速度，消失在青石路的盡頭。

直到這時，不知什麼時候從茶館裡跟出來的江遠朝才現身，遙遙望著馬車去向笑了笑。

真是溫馨的一家人呢。

他斂了神色轉頭匆匆往回走，迎面撞上江鶴。

江鶴全然沒有才被罵過的自覺，舉著手上的吃食道：「大人，才買的兩隻燒雞，要不要去喝一杯？」江遠朝只遲疑了片刻，便淡淡笑道：「好。」

他並不想太早回義父的府上，大都督府再好，終歸不是他的家。

更何況——想到義妹近來的癡纏，江遠朝搖搖頭，頗有幾分頭疼。

他不是十多歲的毛頭小子，對義妹的心意隱隱明瞭幾分，可他從來都只把她當妹妹看待，義妹那些心思只會讓他尷尬難堪。可偏偏從義父隻言片語的試探裡，對此事是樂見其成的，這無疑把他陷入了更為難的境地。

「大人，那位黎姑娘來五味茶館做什麼啊？」江鶴撕下一隻雞腿遞過來。

江遠朝回神，淡淡道：「少操心。」

小姑娘來幹什麼？他悄悄觀察了小半日，都有些糊塗了。

黎光文帶著女扮男裝的女兒來見禮部尚書兼翰林掌院蘇和，就為了下棋？一定是打著下棋的幌子還有別的事，但凡腦子正常的爹，都不可能因為這個把女兒帶出來啊。

有陰謀！

江鶴見大人不接雞腿，收回手放到嘴邊咬了一口，含糊問道：「黎姑娘這邊，真不用屬下盯著啦？」

「繼續盯著吧。但是，以後不許出現在她面前！」

原本覺得那個小姑娘沒必要繼續盯著了，可現在，一位入閣指日可待的禮部尚書摻和進來，那就不一樣了。

江鶴神色一凜。「大人放心，屬下保證，絕對不會被黎姑娘發現的！」

江遠朝點點頭，大步走進暮色裡。

出了茶館的蘇尚書直接乘車回了尚書府，一進屋就被老伴章氏埋怨：「今天下衙怎麼這麼晚？有事也不知道打發人回來說一聲，飯菜都涼了。」

蘇尚書瞥一眼陪坐在章氏身邊的小孫女蘇洛衣，笑瞇瞇道：「飯菜涼了再熱就是。夫人不知道，我今天下棋，遇到一位高手。」

「人外有人，天外有天，老爺遇到一位棋道高手有什麼稀奇的？」章氏不以為意。老頭子的水準她知道，原本就只是平平，要不是翰林院那些人讓著，一天還不知鬱悶多少回呢，這是哪位不懂事的下屬發揮真實水準了？

哦，是了，她聽聞翰林院裡有位姓黎的修撰，腦子有些拎不清，別是和他下的吧？不對啊，昨天就是和那位黎修撰下的，老頭子回家還氣得吹鬍子瞪眼，把那人罵了好一通呢。

蘇尚書慢條斯理瞥章氏一眼，問：「能特意做出三局和棋，算不算高手？」

章氏聞言一驚，小孫女蘇洛衣更是忘了落筷。

「祖父，何謂特意做出三局和棋？」蘇洛衣乾脆把筷子放下，目光灼熱地望著祖父。

「就是字面上的意思，祖父和她下棋，連續三局都是和棋。這總不會是巧合吧？」

「不可能是巧合。」蘇洛衣毫不遲疑。

蘇尚書摸摸鬍子。「所以啊，祖父遇到了一位高手。」

「何止是高手，這樣的人當得起國手稱號了。祖父，與您下棋的是何人啊？」

一旁的尚書夫人章氏咳嗽一聲。「洛衣，妳問這個做什麼？妳一個姑娘家，就算知道了，還能跟人去下棋不成？」

聽了章氏的話，蘇尚書大笑起來。「夫人，妳這話可說錯了。那人啊，以後我想找她下棋多有不便，咱們家洛衣卻再方便不過了。」

「嗯？老爺這話我卻不明白了。」

「祖父，我也不明白，您是什麼意思啊？」

蘇尚書看著老伴與小孫女，笑眯眯揭曉了答案：「因為那是個小姑娘。」

「小姑娘？」蘇洛衣與章氏面面相覷。

「是呀，她是黎修撰的女兒，我把她名字都打聽了，小姑娘叫黎昭。」

黎昭？佛誕日被疏影庵的師太破例召見的黎府三姑娘？蘇洛衣一臉震驚。

章氏更是神情古怪，心道：老爺說的不是黎家被拐的那個女孩子嗎？

蘇尚書問道：「怎麼，妳們都知道？」

「當然知道啊，那姑娘曾被人販子拐過！」

「當然知道啊，黎三姑娘因為字寫得好被無梅師太召見！」

章氏與蘇洛衣同時道。

蘇尚書聽愣了，掏掏耳朵道：「被人販子拐了？」琢磨一下，忽地一拍大腿。「原來是被拐的那個啊！前段日子黎修撰整天沉著個臉發愣，我是聽說他們府上有個姑娘在花朝節那天給丟了呢，沒想到是和我下棋的這個！」

「老爺以為是哪個呢？」章氏反問。

蘇尚書訕訕笑笑。「我哪想到這麼多啊，也沒打聽過黎府有幾位姑娘，當時就是偶然聽下官們提了幾句而已。」說到這裡，他看向小孫女。「洛衣啊，妳說黎三姑娘的字還很好？」

蘇洛衣遲疑著點頭。「應該是極好的，今年的佛誕日，只有她的字入了疏影庵師太的眼，甚至讓師太破格召見了。只是我們都沒見到黎三姑娘的字，所以也不知道到底是怎麼個好法。是不是啊，祖母？」

就是因為沒有見到黎三姑娘的字，她們社裡幾個核心成員商量許久，還是把邀請黎三姑娘入社的事情放下了。倒是昨日趁著幾個副社長湊齊了商定下來，把黎二姑娘清理出社。

那退社的帖子寫成了，幾人抓鬮，結果她運氣不好，這得罪人的差事落在了她頭上，現在那張帖子還在她書桌上放著呢。

章氏頷首，蹙眉道：「老爺，那位黎三姑娘被人販子拐過，名聲不好，咱們家洛衣還是少與她打交道才好。」

蘇尚書聽了，搖頭笑起來。「那丫頭才多大？被拐本就可憐，既然平安回來了，她的家人都沒說什麼，咱們外人何必抓著這個不放呢？」

章氏一聽便撇了撇嘴。「黎家沒說什麼，是因為那丫頭運道好，是被李神醫親自送回來的，那位神醫還認了她當乾孫女。」對於京城的這些八卦消息，整日裡消磨時間的內宅婦人，反而比忙著朝政的男人們更清楚些。

蘇尚書聞言一怔，而後意味深長道：「若是這樣，咱們家洛衣就更應該多和這位黎三姑娘學習一下了。」

「學什麼？」見老頭子把一個名聲不好的小丫頭捧得這麼高，明知那丫頭有幾分真才實學，出身名門的章氏依然不痛快。

蘇尚書搖搖頭。內宅的婦人，目光就是短淺！

當然這話是不敢說出口的，不然好不容易精心養起來的一把鬍子就要被拔光了。

「夫人想想，一個十歲出頭的小姑娘落入了人販子手裡，不但順利逃回家來，還與神醫結下淵源，這是容易的事嗎？那姑娘不簡單啊。」

章氏心中一動，嘴上卻反駁：「說不定是她運氣好呢？」

「運氣好？」蘇尚書呵呵笑起來。「若是這樣，更說明那丫頭是個有福運的，跟著有福運的人打交道，咱們洛衣也不會吃虧。」

章氏心裡鬆動幾分，還是有些猶豫，看孫女一眼。「還是要看洛衣與她投不投緣了，小輩們的事，老爺還是少操心吧。」

「我就是覺得這事兒新鮮，和妳們隨口一提罷了。行了，快些上飯吧。」

祖父祖母轉了話題，癡迷下棋的蘇洛衣卻忍不住了，輕聲道：「祖母，我想下張帖子，明天請黎三姑娘過來玩。」若是黎三姑娘真如祖父所說，棋藝驚人，那麼就把她薦到馥山社來，這樣以後下棋就不愁了，說不定自己的棋藝還能更進一步。

章氏沉吟一番。「祖母——」蘇洛衣撒嬌喊了一聲。

章氏心腸就軟了下來。「罷了，妳想請就請吧，只是初次相交，多留意一下。那位黎三姑娘素來名聲都不大好，若是個品性不佳的，就算再有才華以後也不許來往。」

「好了，好了，祖母，孫女心裡都有數呢。」

祖父混跡官場多少年，與其他國家的人都打過交道呢，眼光定然不會差了。既然祖父都覺得黎三姑娘好，她先入為主存了偏見，那就是她狹隘了。

章氏便笑了，對蘇尚書道：「瞧瞧，孫女大了，這是嫌我囉嗦了。」

說著吩咐一旁的侍女道：「好了，上飯吧。」

二十四　靈前有人

禮部尚書府和樂融融開了飯，靖安侯府裡，擺在邵明淵屋裡桌上的飯菜卻幾乎沒有動過。

邵明淵立在窗邊，一直站到夜色越來越濃，這才緩緩展開手中紙條再次看了一遍，修長手指一點點把紙條碾碎成灰，拋進了晚風裡。

初夏的夜風帶暖，他的心卻冰涼一片。

他的兩名親衛邵知與邵良，這些日子一直在分頭查探。邵知按著線索去了遠威鏢局的副鏢頭林昆老家，邵良則前往北定城查探與蘇駱峰關係親近的女子。

剛剛他收到的便是邵良傳來的消息。

邵良探查遍了北定的青樓畫舫，終於把他猜測中可能存在的那個女子給找了出來。

可是，人卻已經死了，就死在蘇駱峰事發不久後。

青樓女子命賤如螻蟻，今天笑著迎客明天悄悄被抬出去不足為奇，可這樣的巧合，到底讓人無法不多想。

邵明淵看向窗外。

窗外夜色深沉，墨藍天空綴滿繁星，一輪皓月散發清冷光輝。

邵明淵輕輕嘆了口氣。

牽一髮而動全身，蘇駱峰在北地叛變，千里之外的京城卻有人跟著無聲無息死去了，殊不知越是乾淨俐落抹去痕跡，越說明蘇駱峰絕不是私通外敵那麼簡單，那幕後黑手——

邵明淵遙遙望了某個方向一眼。

是覺得他妨礙了一些人前程的某位重臣？或是惱恨他阻斷了一些人發財路的某些武將？甚至是……高高在上的那一位？

深深的疲倦湧上邵明淵心頭。除了累，就只剩下了流竄在四肢百骸的疼，那疼彷彿隨著周身血液在流淌，綿綿不絕，到了夜裡便越發重了。

細微的腳步聲傳來，隨後窗邊出現一道黑影，低聲道：「將軍，靈堂那裡有異常——」

邵明淵雙手一撐，直接從窗戶跳了出去，落地無聲。「靈堂那邊有什麼情況？」

黑影語氣遲疑：「將軍，您還是親自去看看吧。」

邵明淵薄唇緊抿，匆匆向著靈堂而去。

月光皎潔，如霜鋪滿了青石路面，廊下懸掛的白色燈籠迎風搖晃著，讓通往靈堂的路越顯森然。邵明淵一路奔至靈堂，悄然無聲，那道黑影緊隨其後。

靈堂白茫茫一片，一靠近了，就有燒紙的味道隱隱傳來。

邵明淵驟然停住腳。身後的屬下跟著停下來，低聲道：「將軍，您看——」

邵明淵抬起手，示意他噤聲。

風吹來，把靈堂前地面上火盆裡的紙灰打旋吹起，一旁守靈的幾個婆子皆睡熟了，任由那些灰燼洋洋灑灑落在身上。

有一人立在靈堂前一動不動，邵明淵目光落在那人面上，神色微凝。

那人不動，邵明淵便也不動。

靈堂前燈籠高掛，亮如白晝，把那人臉上表情照得清清楚楚。

陰影處，黑暗昏沉，邵明淵及屬下的身形與呼吸被盡數遮掩。

邵明淵側頭，對屬下點點頭。一直跟著他的屬下會意，抱拳一禮，悄無聲息地退至其他暗中守護靈堂的幾個屬下那裡，打了個手勢，幾人全都撤遠了。

靈堂前，除了鼾聲此起彼伏的幾個婆子，就只剩下一明一暗兩個清醒的人。

風吹過，裝飾靈堂的白色綢花窸窣出聲，火盆裡有一縷黑灰打著旋，飄落至邵明淵腳邊。

那人終於動了。

他輕手輕腳走到停放在正中的棺槨旁，伸手落在棺蓋上。

邵明淵眼中寒光一閃，一動不動盯著那人的舉止。

那人維持著那個動作許久，直到燭火忽地被風吹得一陣搖曳，忽明忽暗，似是下了決心，猛然抬手去掀棺蓋。

邵明淵行動如風，幾乎是一瞬間就到了那人面前。一手抓住他的手，另一手摀住他的嘴，任由那人死命掙扎亦無濟於事，拽起來直接走到了偏僻處才停下。

「嗚嗚嗚——」那人看清是邵明淵，猛然停止了掙扎。

邵明淵鬆開手，冷冷望著他。

那人被看得頗不自在，訥訥喊了一聲「二哥」。

邵明淵面無表情，好一會兒才淡淡問了一句：「你還知道我是你二哥？」

邵惜淵低了頭，片刻後又抬起來，頗不服氣問道：「你想把我怎麼樣？」

十四、五歲的少年，皮膚比女孩子還要白嫩，就連不服氣的模樣都顯得那樣朝氣蓬勃，彷彿這世上沒有什麼值得畏懼的。這樣無知的勇氣，自是因為無論闖了什麼禍，總會有人替他善後。

邵明淵心裡驀地刺了一下，聲音卻冷淡無波：「你來這裡幹什麼？」

邵惜淵與邵明淵對視，當場被抓的驚慌過後反而無畏起來，語氣帶著慣常的挑釁：「二哥不是看到了嘛，我想看看二嫂。」

「看二嫂？」邵明淵一字一頓問，怒氣漸漸暈染了雙眸。

無論是什麼理由，夜深人靜之時，自己的親弟弟跟做賊一樣跑到靈堂裡偷看亡妻，這絕不是什麼愉快的感受。

邵惜淵被這語氣激起了逆反心理，雙手抱在胸前，滿不在乎道：「是呀，看二嫂怎麼啦？二嫂一直對我很好，我看看她不行嘛？哪像你，對二嫂的死根本沒有半點在意——」

話音未落，他就被邵明淵拽著衣襟，整個提起來。

「你想看，為何三更半夜跑來？」

邵惜淵漲紅了臉，惱怒去拍邵明淵的手。「你放開！邵明淵，你敢打我？」

邵明淵神情更冷了，語氣卻格外平靜，一字一頓問道：「邵惜淵，是什麼給了你錯覺，以為我這當兄長的不敢動手？」

他說完，輕鬆拎著邵惜淵轉了個身，長腿抬起，直接踹上了少年的屁股。

邵惜淵一聲慘叫撲倒在地，掙扎好一會兒才狼狽爬起來，疼得眼淚都流出來了，一邊揉一邊道：「邵明淵，你、你真敢打我？你不怕我告訴母親嗎——」

邵明淵伸手把他再次拽過來，淡淡道：「告訴母親？」

邵惜淵抬起了下巴。怎麼，怕了吧？

誰知足足比他高出大半個頭的兄長冷笑一聲，二話不說朝著他屁股又是一腳。

邵惜淵再次被踹到地上，養尊處優的小少爺屁股疼得發麻，這下子乾脆不起來了。

他還算是有志氣，知道夜深人靜慘叫不是什麼好事，強忍著沒出聲。

邵明淵半蹲下來，伸手把邵惜淵再拽過來，與之對視。

「邵惜淵，看著我。」長這麼大沒挨過揍的邵三公子想硬氣別過頭，可剛剛屁股挨揍的陰影還沒過去，下意識便望進了那雙近在咫尺的寒眸裡。

邵明淵眉輕揚，涼涼地問：「邵惜淵，你多大了？」

「十四歲，怎麼了？」邵惜淵氣鼓鼓問一聲，冷笑道：「你這種天天殺人的人，當然不會記得這個。」邵明淵絲毫不理會邵惜淵的諷刺，淡淡道：「既然不吃奶了，挨了揍還要找娘？」

「你……」這個年紀的少年自尊心尤其好強，被邵明淵這麼一問，邵惜淵立刻漲紅了臉，一直瞪著眼說不出話來。

邵明淵鬆開了手，語氣更淡：「好了，回去吧。」他深深看幼弟一眼，所有情緒盡數遮掩在寒星般的眸光裡。「不管你有什麼原因，記住，下不為例。」

雖是初夏，站在邵明淵對面的少年卻覺月冷星稀，屁股上火辣辣的痛更是讓他沒了頂嘴的勇氣。少年心想：二哥就是個殺人不眨眼的魔頭，今天夜黑風高，他要是再硬著來，這魔頭說不定會挖個坑把他埋了吧？連二嫂能都殺的人，當然沒有什麼事做不出來的！

邵惜淵哼了一聲，算是回應，轉身便走。

邵明淵立在原地，沒有阻攔，亦沒有出聲。

他默默看著少年走出一段距離，又停下來回頭。

「二哥，我不管你以後再娶什麼樣的妻子，反正在我心裡，二嫂只有一個！」

風涼月冷，邵明淵輕嘆口氣，淡淡道：「你記得她是你二嫂就好！」

他率先轉了身大步離去，很快就消失在夜色裡。

邵惜淵愣了好久，抬手抹抹眼，一瘸一拐地走了。

靈堂那裡，因為剛剛隱隱傳來的慘叫聲，瞬間驚醒了幾個守夜的婆子，她們圍坐在一起燒著紙錢，說起閒話來。

「將軍——」遙遙盯著這邊的幾個屬下發現邵明淵走過來，低低喊了一聲。

邵明淵面色平靜吩咐領隊：「安排好換班，不要熬壞了身體，記得以後再遇到這種情況，直接給我打出去！」

「是。」

邵明淵沒再說話，轉身回了房。

屋子裡靜悄悄的，蠟燭早已燃盡，只剩下一堆燭淚，好在月色從窗戶揮灑進來，給屋子裡的擺設鍍上一層朦朧光暈，讓人不用掌燈亦看得分明。

桌幾上的飯菜早已冷透了，油汪汪的散發著濃重的膩味，即便是再有胃口的人，看了也都懶得動一筷子。邵明淵不願再喊人收拾，推門而出，去了書房。

書房裡比起居室要明亮些，掛在牆壁上的長弓折射著冷光。

邵明淵和衣倒在床榻上，一想起靈堂前邵惜淵伸手撫摸棺蓋的情景，心頭就有些憋悶。

那個小混蛋，知不知道自己在幹什麼？

邵明淵翻了個身，心彷彿掉進了油鍋裡，一點點受著煎熬。

靈堂太明亮，他的眼神太好，把幼弟的表情瞧得清清楚楚。

邵明淵閉了閉眼，低嘆一聲。三弟還只是個半大少年，怎麼會胡亂生了那樣的心思？

邵明淵不願再往深處想。他情願是自己想多了。

榻上的人輾轉反側，帶動寒毒在體內流竄更加猖獗。月光下，他的額頭已經沁出細密的汗珠。邵明淵乾脆坐起來，趿上鞋子，推門走了出去。

他不知不覺走到成婚時的院子。

院子裡依然寧靜，牆角的薄荷香氣越發濃郁，花架上的忍冬花依舊開得如火如荼。

邵明淵站在花架前，默默看著。

喬氏究竟是個什麼樣的人呢？他想，她是堅韌的、勇敢的，或許，還是溫柔的。

對了，他知道她的閨名叫「昭」，賢者以其昭昭使人昭昭的「昭」。

邵明淵伸手拂過金黃淺白的忍冬花，自嘲笑笑。真是可笑，她在時，一人獨守在這方小院子裡，他忙於抗擊韃虜；她不在了，他才開始瞭解她、走近她。

邵惜淵一扭一拐回了房，便看到靖安侯夫人沈氏正坐在堂屋裡等他。

「娘，您怎麼在這？」一旁的小廝拚命打眼色。

「三郎，你的腳怎麼了？怎麼走路一瘸一拐的？」

「我——」邵惜淵張口想告狀，一想到二哥諷刺他吃奶，又把那些話嚥了下去，笑笑道：「不小心摔了一跤。」

沈氏忙站起來走過去，扶著邵惜淵手臂上上下下打量著。「摔哪了？摔得重不重？素蝶，快去請大夫來。」

「不用了，娘，我沒事，就是摔了一下而已。」邵惜淵連忙阻止。

「那也要看看有沒有哪裡摔破了皮——」

「不用不用，有摔破的地方我等會兒塗些藥膏就好了。」為了證明沒事，邵惜淵忍著屁股疼跳了跳，誰知高估了自己，忍不住咧了一下嘴，暗暗罵道：混蛋二哥，下腳也太重了！

沈氏看在眼底，見兒子不願承認，亦沒有拆穿，問道：「這麼晚了，怎麼不在屋裡？」

「哦，晚上吃多了出去溜達溜達。娘怎麼來了？」

沈氏皺眉數落道：「不是說頭暈要早點睡嗎？怎麼又出去溜達了？眼下雖入了夏，晚上還是涼的，受風可怎麼好？」

見兒子滿不在乎的模樣，沈氏睇他一眼。「你就讓娘操心吧，若不是擔心你夜裡睡不好過來看看，還不知道你這麼讓我不省心！」

「娘，以後我保證聽話，您快回去吧。」邵惜淵受不了沈氏的念叨，催促道。

「那行，你趕緊讓小廝瞧瞧哪裡磕碰了，早點塗了藥就歇著。」

邵惜淵送走沈氏，這才鬆口氣，喊小廝道：「來福，快給小爺瞧瞧屁股，疼死小爺了！」

兩刻鐘後，邵惜淵院子裡的一個婆子前往正院，悄悄被領進了沈氏屋子。

「三公子究竟怎麼了？」

婆子肅手而立，稟告道：「老奴悄悄聽見，三公子好像是被二公子踹了屁股……」

沈氏一聽，臉上陡然罩上一層冰霜，伸手把椅子扶手重重一拍。「那個畜生！」

「因為什麼事？」

婆子嚇得低下頭。「這個老奴就不知道了，老奴只是聽三公子罵了一句。三公子似乎不想讓人知道，還叮囑來福不許對外說。」

沈氏越聽越惱火，手都氣得發抖。「竟然還敢威脅三郎了！那個畜生，我當初就該把他溺死在馬桶裡！」

婆子頭埋得低低的，更不敢接話了。

「行了，妳回去吧，以後三公子再靠近二公子，速速來稟告。」察覺到自己的失態，沈氏收斂了情緒，把婆子打發出去。

侍婆子一走，她立刻對侍立一旁的婆子道：「華媽媽，我讓妳那口子辦的事如何了？」

華媽媽立刻回道：「正要對夫人說，我那口子已經回來了，今天才進的家門。」

「怎麼樣？」

「夫人放心，買的是正兒八經的揚州瘦馬，挑的還是裡頭頂尖的。」

「那就好。」沈氏點點頭。「辛苦妳那口子了，明天去帳房領賞，等買來的貨果真派上用場，還會重重有賞。」

「謝過夫人。夫人儘管放心就是，那一對瘦馬老奴親眼瞧過了，但凡是個正常的漢子就抵抗不住。」

沈氏睃華媽媽一眼。「把人看好了，別鬧出亂七八糟的事來。」

「是。」

沈氏這才端起茶杯喝了一口，嘴角溢出一絲冷笑來。

那孽障常年在外，兵營裡連隻母蒼蠅都沒有，她就不信他會對大名鼎鼎的揚州瘦馬無動於衷。呵呵，只要他沾了身，所謂的守妻孝就是一個笑話，看他到時如何自處！

這一夜風平浪靜，不知有多少人孤枕難眠，又有多少人酣然入睡。

喬昭睡了個好覺，一早醒來去給長輩們請過安，才回到雅和苑沒多久，冰綠就拿了一張帖子過來，興匆匆道：「姑娘，是尚書府的帖子呢！」

收到預料之中的帖子，喬昭波瀾不驚接了過來。

素面繪著墨色海棠花的帖封，打開來是寫著簪花小楷的澄心箋紙，這一切都顯示出下帖子的主人雅趣靈慧，與禮部尚書兼翰林院掌院孫女的身分極為相符。

喬昭看過，波瀾不驚的表情卻有了變化。

竟然送錯了帖子。

這一張，不是邀她去尚書府做客的請帖，而是通知黎嬌被退社的帖子。

喬昭低垂了眼睫，略一思索，翻過帖封看了一眼，果然就見封面上寫的是「送呈黎府二姑娘親啟」。

這樣說來，定然還有一張帖子落在了黎嬌手裡，而那一張才該是她的。

自從東府女學走了書法先生，黎嬌又因為在琴藝課上出了醜不願上學，女學這幾日就暫且停了下來。喬昭有幾日沒見到黎嬌了，而今天送帖子的人鬧出這個烏龍，她卻不得不往東府走一趟，不然以黎嬌目前恨不得生吃了她的態度，指望對方規規矩矩把帖子還回來是不可能的。

喬昭伸手拿起搭在屏風上的外衣，吩咐冰綠：「去東府。」

冰綠自是不知帖子弄錯了，納悶問道：「姑娘，去東府幹什麼啊？」

「帖子是二姑娘的。」

「什麼？二姑娘的？」冰綠吃了一驚，看著喬昭拿在手中的帖子很是嫌棄。「早知道婢子就把它扔茅廁了！」

看吧，她再晚過去一會兒，她的帖子應該就是這個下場！

心塞的喬姑娘忙帶著丫鬟往東府去了。

西府的四位姑娘都是跟著各自的母親住在一個大院子裡，東府的掌上明珠黎嬌卻有一個單獨的院子，以「天香館」為名。

此時的天香館裡，黎嬌捏著蘇洛衣邀請黎府三姑娘前往禮部尚書府做客的帖子，火氣騰騰往上冒。

「怎麼回事兒，送個帖子還能出錯，把黎三的帖子送到我這來，這不是給我添堵嘛！」黎嬌越說越惱火，因屋子裡伺候的都是心腹，不必擔心有損形象，抬腳便踢翻了一個小杌子。

兩個貼身丫鬟含珠與芳蕊誰都沒敢吭聲。

二姑娘最近心情越來越差，脾氣便跟著越來越大，她們這些貼身伺候的最不好過。

「真是晦氣！」黎嬌把帖子往含珠懷裡一扔，恨恨道：「送到西府去，別礙了我的眼！」

「是！」含珠捧著帖子忙往外走。

「等等！」黎嬌喊了一聲，鳳眼瞇了瞇，命令道：「把帖子拿回來！」

含珠早習慣了主子的喜怒無常，忙把帖子遞了過去。

黎嬌伸出兩根瑩白的手指夾住帖子，瞄了帖封一眼。

送呈黎府三姑娘臺啟。娟麗的字體，卻讓黎嬌看得心裡升起一股邪火。

黎三究竟是走了什麼狗屎運，怎麼自從被拐了後，不但沒有老老實實做人，反而要上天了，一次次出風頭不說，什麼時候又搭上了蘇洛衣？

馥山社裡幾位副社長，蘭首輔的孫女蘭惜濃最傲，許次輔的孫女許驚鴻最冷，泰寧侯府的七姑娘朱顏最靜，錦鱗衛指揮使的獨女江詩冉最辣，而禮部尚書的孫女蘇洛衣最癡。

她們幾人各有所長，是馥山社的風雲人物，家族勢力無一不是響噹噹的，若是有誰入了其中一人的眼，在京城貴女中的圈子裡就好混了。

難道說被拐還有福運加身的功效？黎三不聲不響竟要混進馥山社去了？

黎嬌不傻，這張帖子雖然只是邀請黎府三姑娘去尚書府做客，可黎三一旦入了蘇洛衣的眼，下一步就是加入馥山社了。

黎嬌越想越不平。她日日勤練，才在去年佛誕日因為抄佛經被大福寺高僧選中而有了入社資格，黎三憑什麼如此容易就能加入馥山社了？

那些人明明沒有看過黎三寫的字！

不對，若是因為黎三的字邀請她入社，這張帖子不會現在才送來。

黎嬌盯著手中帖子出神。

母親反覆叮囑她，遇事不可再急躁，靜下心來才會少出錯。

黎嬌把呼吸放緩，靜了靜心，腦子轉得快起來。

莫非黎三是因為別的原因才引起了蘇洛衣的興趣，而不是因為佛經的事，讓幾位副社長達成了共識？這樣的話……

她目光下移，落在素面繪墨色海棠的帖子上。

「含珠，拿剪刀來！」黎嬌眼中閃過一抹狠厲，揚聲道。

含珠愣了愣，在主子發火之前忙點頭。「是！」

不一會兒，含珠從針線笸裡取來一把剪刀，黎嬌接過來，咬咬唇，舉起剪刀對著帖子就要剪下去。恰巧這時芳蕊得了消息進來稟告：「姑娘，西府的三姑娘來拜訪。」

黎嬌舉著剪刀的手一頓。

黎三？

她看向手中帖子，不由挑了眉。黎三是為了這張帖子來的？她消息倒是靈通。

呵呵，既然人來了，帖子倒是不急著剪了。

黎嬌放下剪刀，把帖子塞進枕頭底下，抬手整理了一下鬢髮，冷冷道：「請她進來。」

她今天可要好好瞧瞧黎三心急火燎的樣子，就算黎三跪在她腳邊哀求，她也不會把帖子還她。一想到那個場面，她的嘴角就有了笑意。

喬昭在外面等了片刻才被請進去，一見黎嬌嘴角笑意便心中了然，帖子果然在黎嬌這裡。

黎嬌得意又期待的神情讓喬昭有些好笑。

事情有意思就有意思在這裡。她知道尚書府送來的是兩張帖子，一張在她這裡，一張在黎嬌手裡，而黎嬌卻不知道另一張帖子的存在。

「三妹一大早過來，有什麼事？」

喬昭真的沒有與一個小姑娘過招的興致，開門見山道：「我有一張禮部尚書府送來的帖子，是在二姊這裡吧？」

「在又如何，不在又如何？」黎嬌歪在床榻上，得意洋洋望著喬昭。

「在的話，請二姊把帖子交還，我在這裡先行謝過。不在的話——」喬昭輕輕掃了略有些歪斜的枕頭一眼，微笑道：「那應該是二姊把它藏到枕頭下了吧？二姊真愛和妹妹開玩笑。」

黎嬌一副見了鬼的表情。「妳怎麼知道？」

喬昭笑了笑。

黎嬌手邊的床頭櫃上放著一把剪刀，看擺放位置是隨手一放，而這樣可以傷人的物件若不是時間太急沒來得及收起來，不可能出現在那裡。

由此可知，她等候通傳的工夫，黎嬌正準備剪她的帖子。那麼後面就更好猜了，黎嬌放下剪刀藏起帖子，還有什麼地方比枕頭下更順手呢？

「二姊果然在和我開玩笑。」喬姑娘伸出白嫩嫩的手。「現在二姊可以還給我了麼？」

二十五　拿回失物

喬昭定定望著黎嬌。少女目光平靜，如水般清澈，彷彿能讓一切陰暗無所遁形。

黎嬌忽地有些心虛，隨後惱羞成怒，反手從枕頭底下抽出那張素面繪墨色海棠花的帖子，緊攥在手裡道：「不錯，妳的帖子確實在我手裡。那又如何，我不給，妳還能來搶嗎？」

多日來的打擊，讓黎嬌連表面風度都不願維持，望著喬昭的眼裡滿是惡意的冷笑。「這是東府，有本事去找我祖母，找我娘告狀啊，就說妳的帖子在我這裡。我就等著，看妳怎麼要回去！」黎嬌越說越是激動，激憤之餘，還帶了一點自己都說不清道不明的委屈，語氣越發刻薄：「妳去啊，去啊，妳不是能耐大了，有本事嗎？今天我就看一看，到了我手中的帖子，妳如何要回去。」

「二妹……」喬昭趁黎嬌緩口氣的時候，不緊不慢道：「妳別激動。」

「我沒有激動！」惱怒讓黎二姑娘猶如被踩到尾巴的貓，聲音格外尖利：「我激動什麼？帖子又不是我的，妳收不到無法赴約，耽誤的又不是我的事，呵呵呵——」

黎嬌後面的話在看到喬昭從袖中抽出一張帖子時戛然而止。

同樣的素面繪墨色海棠花封面，同樣的娟秀簪花小楷。

夾著帖子的手指白嫩如水蔥，從「送呈黎府二姑娘親啟」一行小字上緩緩拂過。

少女依然面色平靜，嘴角掛著淺淡的笑意，不疾不徐道：「但是這張帖子是二姊的。」

黎嬌看看帖子，又看看喬昭，吃驚得合不攏嘴。「妳，妳，妳怎麼會有帖子？」

「應該是送錯了吧，帖子我和二姊都有。」喬昭認真給小姑娘解釋。

「……」所以她剛剛那些威脅的話又白說了嗎？黎二姑娘抓著帖子委屈莫名，強自忍著才把淚意壓下去。

喬昭莞爾一笑，主動把帖子推過去。「二姊，咱們換回來吧。」

每次和這小姑娘過招，總有種勝之不武的感覺。

黎嬌垂下眼簾，盯著近在手邊的帖子，神色複雜。

好一會兒，她抬眼問：「妳就不怕我把帖子收了，妳的也不還？」

「二姊不會的。」喬昭笑盈盈道。

若是真的會，她直接搶過來不就好了嘛。

黎嬌聽了這話，怔了怔。她捏緊了手中帖子臉色數變，最後忽地把帖子拋進了喬昭懷裡，冷冷道：「趕緊帶著妳的帖子走，天香館才不歡迎妳呢！」

喬昭接住帖子，向黎嬌笑笑。「那妹妹就告辭了。」

「哼！」黎嬌扭過頭去。

喬昭欠了欠身，拿著帖子施施然走了。

等她一走，黎嬌立刻揚聲道：「含珠、芳蕊，給我把地掃了！」

哼，每次黎三過來都沒好事，真是晦氣！

不過——黎二姑娘目光落在那張寫有她親啟的帖子上，心情有些複雜。

黎三怎麼就認為她不會呢？算她有點眼光！但一想到要和那死丫頭一同去禮部尚書府做客，還是覺得討厭極了。

黎嬌這樣想著，便把帖子拿起來，打開一看，登時變了臉色。

含珠正拿了掃帚進來，無意間瞥到自家姑娘煞白如厲鬼的神色，嚇了一跳，忙把掃帚往地上一扔，奔過去道：「姑娘，您怎麼了？」

黎嬌身子晃了晃，直直倒了下去。

「姑娘——」丫鬟們尖叫起來，屋子裡混亂一片。

等董媽媽被喊過來，又是灌藥又是掐人中，黎嬌這才緩緩醒過來。

伍氏坐在床邊拉著黎嬌的手垂淚。「嬌嬌，妳把娘嚇死了！」

黎嬌眼珠轉了轉，目光這才有了焦距，一把反握住伍氏的手就哭起來：「娘，我被退社了，被退社了！嗚嗚嗚，女兒沒臉活了……」

她哭得厲害，喉嚨一癢，把剛剛才灌下去的藥都吐了出來，濺了伍氏一腳面。

伍氏並不在意，把無關緊要的人打發出去，只留下心腹，這才撫摸著女兒的頭髮道：「嬌嬌啊，那張帖子娘也看了，沒啥大不了的——」

「怎麼會沒什麼大不了？」黎嬌哭著打斷伍氏的話。「娘，您是知道的，為了練好字，女兒多麼努力。去年女兒抄寫的佛經得了大福寺高僧肯定，這才好不容易入了社，為此還請來兩府姊妹和幾個手帕交慶賀。如今女兒就這麼被退了社，還怎麼有臉見人啊！」

伍氏輕拍著黎嬌的背安撫：「嬌嬌，妳別哭，聽娘說。」

看著女兒眼中的絕望與羞辱，伍氏的心一陣刀剜般的疼，不由把婆母姜老夫人更恨上幾分。

若不是那老虔婆毀了嬌嬌名聲，嬌嬌如何會受這樣的屈辱。

總有一天……伍氏收回所思，把黎嬌拉入懷中。「嬌嬌，退社的事不必往心裡去，這兩年妳本來就要少出門，等佛誕日的事情漸漸被人淡忘了，娘再設法給妳謀一門好親事，管他什麼馥山社、蘭山社，原就該退的。說起來是娘沒想周全，應該提醒妳主動退出。」

黎嬌聽得臉色雪白。娘的意思，是要她徹底退出京城閨秀的圈子嗎？

原來之前讓她少出門的話不是說說而已的！

黎嬌一陣心慌，抓著伍氏的手道：「娘，我不甘心！憑什麼黎皎退了親沒事，黎昭被拐了沒事，只有我這麼倒楣？」

「大姑娘啊……」伍氏不以為然牽了牽唇角。「大姑娘雖然被退親，可男方實在不像樣子，明眼人都是知道的，如今禮教又鬆散許多，自是影響不了根本。不過我兒也沒必要與她比，喪母長女，別說被退過親，就是沒有這碼事，任她如何折騰，想有一門好親事都不是那麼容易的。」

「那黎三呢？」

「三姑娘……」伍氏眼神閃了閃，帶著幾分困惑。「說真的，對西府那位三姑娘，連娘都有些看不透了。」

黎嬌死死咬著唇哭道：「娘，您不知道，今天我被退社的帖子是送到黎三那裡去的，她明明知道我被退了社，還跑來不動聲色還帖子，分明是在看我笑話呢。我就是不甘心，憑什麼好事全被她占了？」

伍氏一聽黎三特意過來看笑話，眼神一冷。若是這樣，那位三姑娘確實是欠收拾了！

「還有什麼好事被她占了？」

「還不是帖子被送錯了女兒才知道，蘇洛衣邀請她下午去做客呢！」黎嬌忿忿道。

伍氏一聽，剛剛升起的一團火氣反而壓了下去，喃喃道：「禮部尚書的孫女邀請三姑娘去做客？」黎嬌坐直了身子。「是啊，娘，我也覺得奇怪呢，蘇洛衣早不邀請晚不邀請，怎麼這個時候好端端送帖子過來？」

伍氏點點頭。「娘知道了。嬌嬌，妳且寬心養著，以後言行不得衝動，將來的事自有娘替妳安排。三姑娘那裡，我派人去打聽一下。」

伍氏安撫完黎嬌，回到住處立刻命王媽媽前往西府打探。

東西兩府許多下人都是枝牽葉連，有著拐彎抹角的親戚關係，王媽媽往西府走了一遭，就帶回消息來。

「回稟夫人，昨天三姑娘和西府大太太出門逛街去了，帶了許多綢緞回來，說是要給西府老夫人裁衣呢。」

「就沒有別的異常？」母女出門閒逛不算什麼稀奇事，以往她和嬌嬌也常去逛街的。

王媽媽沒打聽出更多事來，聽主母這麼問，又覺得一口否認顯不出她的能耐，絞盡腦汁想了想，眼睛一亮道：「夫人，要說異常，老奴也不知道算不算——」

「說說看。」

「昨天西府大老爺和大太太是一道坐馬車回來的。」

伍氏一聽就驚了，抬眼瞄了一眼窗外。

莫非太陽從西邊出來了？黎光文竟然會和何氏同乘一輛車回府？

夫妻同乘一輛馬車回府這樣的事，放在別人身上不值一提，可放到西府那對夫妻身上就太罕見了。伍氏心中一動，問王媽媽：「是不是還有三姑娘？」

「正是。」

「再沒有別的了？」

「老奴只打聽到這些。」

伍氏揮了揮手，讓王媽媽退下，靠著椅背緩緩闔上眼。

西府的稀奇事是越來越多了，而這一切的變化根源……

伍氏腦海中緩緩浮現出一名少女的倩影來。

以後對三姑娘是該多留意了。

喬昭順利拿回了請帖，打開一看，是邀請她午後前往蘇尚書府做客的，不由笑了。

看來那位蘇姑娘比她想像的還要急切。

京城的百官勳貴大多是同類而居，蘇尚書府距離黎府並不太遠，喬昭時而指點阿珠下棋，時而糾正冰綠練拳姿勢，一上午很快就消磨過去。

用過午飯，喬昭坐在梳妝鏡前，任由阿珠把隨意挽起的髮髻拆散，重新挽成俏皮靈動的雙丫髻。阿珠已是隱隱明白了主子喜惡，拿了一對瑩白珍珠墜子替喬昭掛上去，笑道：「姑娘可以起身了。」

喬昭不吝誇讚：「阿珠手藝越發好了。」

一旁的冰綠激動不已，拍了拍身上問喬昭：「姑娘，您看婢子穿這身行不？」

去尚書府呢，想想就激動，想當初她陪著姑娘去那勞什子固昌伯府還千難萬難呢。

喬昭看著冰綠含笑點頭。「很漂亮。不過今天我打算帶阿珠出去。」

冰綠嘴角的笑意擴散到一半就凝固了，失聲道：「阿珠？」

「嗯。」喬昭淡淡道。她願意縱著小丫鬟的性子，但也要讓小丫鬟明白她的底線。

出乎意料，小丫鬟明明快要哭出來了，還是皺著臉對阿珠道：「阿珠，那妳可要伺候好了姑娘，不然我可不饒妳！」自從得了姑娘的祕笈，她可很認真在練呢。

真擔心阿珠沒見過大場面不行啊，不過姑娘既然要阿珠去，那自然有姑娘的道理，可惜她一時想不到原因。

阿珠同樣有些意外，愣了愣對喬昭一禮道：「是。」她迅速換上一身外出的衣裳，遲疑了一下提醒喬昭：「姑娘，去尚書府做客，您看是否要帶些禮物？」冰綠一聽跟著點頭。「是呀，姑娘，您頭一次去尚書府，可不能讓人看輕了，定要帶些好東西才是。」

喬昭顯然已經心中有數，吩咐冰綠：「去書房書櫃第二層屜子裡拿那疊凝霜紙，尋一個精緻的匣子裝好。」

「凝霜紙？」冰綠扭身去了書房，不多時捧著一個雕花小匣子過來，打開來讓喬昭過目。

喬昭見沒有拿錯，示意阿珠接過，淡淡道：「走吧。」

冰綠瞪大了眼。「姑娘，您就帶這個啊？」

這禮物也太輕了吧？

「這個剛剛好。」喬昭伸手捏了捏冰綠臉蛋，對她一笑。

直到自家姑娘走到門口，小丫鬟還在發懵。她就說，姑娘笑起來好看極了。

初夏的午後風是暖的，花是香的，馬車在青石路上緩緩前行，乘車的人心情不由就輕快起來。阿珠面色平靜，眼底卻藏著好奇，從挑開的車窗簾往外悄悄打量著。

喬昭閉目養神，忽地睜開，笑問：「緊張麼？」

阿珠抿了抿唇，回道：「姑娘緊張，婢子便緊張；姑娘不緊張，婢子就不緊張了。」她說到這裡頓了一下，沉靜笑道：「所以婢子不緊張。」

姑娘就是有這樣一種本領，哪怕要去的是龍潭虎穴，只要看到姑娘平靜的目光，陪著去的人就什麼都不擔心了。

聽了阿珠的話，喬昭唇畔笑意更深。「來，我教妳下盲棋，咱們先從最簡單的開始……」

馬車不久後在蘇尚書府停下來，喬昭主僕拿出請帖後直接進了二門，由尚書府的丫鬟領著前往蘇洛衣住處。

蘇洛衣等在院門外，遙遙看見一位身量不高的少女，由府上丫鬟領著，步履如蓮地漸漸走近，忙向前迎了上去，問道：「是黎三妹妹嗎？」

喬昭聽了好笑又無奈。原來小姑娘黎昭自覺與這位蘇姑娘見過幾面，混了個面熟，其實人家根本不記得她這號人物。

「蘇姊姊。」喬昭行了個平輩禮。

蘇洛衣忙回了禮，嘴角掛著盈盈淺笑，伸手拉起喬昭的手。「黎三妹妹快進來吧。」

她說著目光落在少女纖細白淨的柔荑上，笑道：「咦，黎三妹妹的手，一瞧就是適合下棋的。」喬姑娘無語。只聽說過適合彈琴的手，還是頭一次聽說手適不適合下棋的。

她不動聲色隨蘇洛衣進了屋，果然一眼就看到了擺好的棋盤。

「黎三妹妹請坐。」

喬昭依言坐下，看了阿珠一眼。阿珠把裝有凝霜紙的匣子奉上。

「初次上門，叨擾蘇姊姊了。」喬昭把小匣子遞過去。

蘇洛衣顯然不是愛講虛禮的，客氣一下便大方接過來打開，一見裡面是凝霜紙，神色頓時更加舒展。

二十六　作客蘇府

凝霜紙質若凝霜，潔白無瑕，雖不及澄心紙貴重，亦是難得之物。

蘇洛衣不由深深看了喬昭一眼，心道：單看這件禮物，這位黎三姑娘倒是個靈秀的。對於尚書府的姑娘來說，送尋常珠寶首飾、胭脂水粉等物只覺俗氣。禮物送得輕了讓人輕視，送得重了有攀附之嫌，同樣讓人輕視，喬昭這匣子凝霜紙，送得顯然恰到好處。

遇到對路子的人，蘇洛衣雖不自知，眉梢眼角卻悄悄柔和下來，示意丫鬟把禮物收好，指著棋盤笑盈盈道：「黎三妹妹，咱們手談一局如何？」

她問得直接，喬昭回得痛快：「好。」

禮部尚書府的這位蘇姑娘在貴女圈子中癡迷下棋是有名的，這也是她選擇蘇洛衣作為進入馥山社途徑的原因。以她如今的名聲，京中那些夫人姑娘們顯然不願多打交道，唯有癡迷某方面的人，才不會在乎世俗太多。

二人各拈棋子，落在棋盤上，蘇洛衣忽地問了一句：「黎三妹妹，我聽祖父說，妳與他接連下出了三局和棋，我覺得很稀奇呢。」

喬昭靜靜看著蘇洛衣。蘇洛衣把黑子落下，笑意深深，頑皮眨眨眼道：「咱們也試試唄，我可許久不曾遇到過和棋了。」反正她該如何下還是如何下，黎三姑娘若是真能做出和局來，那她就服氣了。

喬昭彎彎唇。「好，那就試試。」她正摸不準這姑娘是什麼風格，萬一輸慘了哭了鼻子，不打算把她薦入馥山社了，豈不是功虧一簣？

下棋講究寧心靜氣，二人皆不是跳脫的性子，一來一往對戰，丫鬟悄無聲息上了茶放在一旁，誰都沒有理會。

而蘇洛衣漸漸心驚。

這位黎三姑娘果然棋藝高明，先不說最後能不能下出和棋，單看現在，她每走一步，對方的子都跟著迅疾落下，絲毫不拖泥帶水，盡顯成竹於胸，就足見其棋藝高明了。

而和這樣的高手對弈，對一個癡迷此道的人來說，無疑是爽快的。

蘇洛衣正下到酣處，一位穿鴨青色比甲的丫鬟走過來道：「姑娘，黃夫人過來了，老夫人請您過去見見。」蘇洛衣驟然被打斷，一雙柳葉眉頓時蹙了起來，但聽說是黃夫人，只得無奈起身，對喬昭歉然道：「黎三妹妹，對不住了，我舅母過來了。」

喬昭隨之起身。「那我就不叨擾了——」

她心中升起幾分遺憾。人算不如天算，對方舅母過門，今天只能草草收場，看來想得到蘇姑娘主動推薦入馥山社的事要推後了。正這樣想著，誰知蘇洛衣連連擺手，急切道：「我不是這個意思，黎三妹妹妳快坐，等我回來咱們接著下！」

蘇洛衣走到門口還不忘回頭，強調道：「黎三妹妹稍等，我去去就回啊！」

蘇姑娘說完轉了頭，心心念念滿是被打斷的鬱悶，走神之下，額頭一下子撞到了門框上。砰的一聲悶響傳來，蘇洛衣捣著額頭低呼一聲，都沒好意思回頭，身影急匆匆消失在門口。

喬昭啞然失笑，隨手端起放在手邊高几上的茶水要喝，被一旁的丫鬟阻止。「黎姑娘，茶水已經冷了，婢子給您重新換一盞來。」喬昭頷首。「有勞了。」

那邊蘇洛衣才出了門，就被丫鬟領到了後院涼亭裡。

看著涼亭裡坐著的章氏，蘇洛衣吃了一驚。「祖母，不是說我舅母來了嗎？您怎麼在這裡？」章氏笑笑，示意蘇洛衣坐下，道：「妳舅母沒來——」

未等她說完，蘇洛衣就急急站了起來。「既是沒來，那我就回屋啦，棋才下到一半呢——」

「坐下！」

「祖母？」蘇洛衣在長輩面前還是很乖巧的，依言坐下來，滿臉不解。

章氏無奈笑了笑。她這個孫女平時都好，就是一遇到下棋就犯傻。

「祖母是特意叫妳過來的。」

「嗯？」

章氏伸手摸了摸孫女軟軟的頭髮，輕笑道：「還有什麼比主人家不在，客人獨處時更能顯出一個人的品行呢？且等等看吧。」

「祖母，這不大好吧……」蘇洛衣一聽，有些不安。

不知為何，一想到那個眉眼寧靜的女孩子，就覺得這樣很不厚道。

章氏斜睨孫女一眼，絲毫不為所動。「只有這樣，祖母才能放心妳與她來往。」

說到這裡，章氏嘆了口氣。「妳父母在任上多年，只把妳一人留下給我這老太婆作伴，祖母可不能讓品行不佳的人帶壞了妳。」

「祖母，您別這樣說，能陪您作伴，孫女才覺得是福氣呢。」聽章氏這麼說，蘇洛衣忙道。

另一邊，青衣丫鬟重新換了茶水端進房，客客氣氣道：「黎姑娘請用茶。」

喬昭伸手去接，青衣丫鬟忽地腳下一滑，趔趄之下，茶水向著喬昭飛去。

千鈞一髮之際，喬昭面不改色往旁邊一側身子，順勢伸手扶了青衣丫鬟一把。

而這時立在喬昭身側的阿珠衝出來擋，那盞茶水就全潑在了阿珠衣裙上。

接連的變故之下，青衣丫鬟手忙腳亂，下意識伸手尋找支撐，被喬昭扶了一下的同時，手按在了棋盤上。青衣丫鬟大驚失色，臉色慘白請罪：「黎姑娘，請恕罪——」

喬昭擺擺手，彷彿什麼都沒發生過，淡淡笑道：「人沒事就好，勞煩妳帶我的丫鬟去換身衣裳。」青衣丫鬟依然臉色發白，顯然嚇得不輕。

喬昭冷眼瞧著，原本以為這遭意外十有八九是人為的，現在又有些不確定了，而後看到青衣丫鬟雙眼直勾勾落在凌亂棋盤上的表情，心中了然，笑道：「快些去吧，幸虧茶水是溫的，不然還要勞煩府上找大夫給我這丫鬟看看。」

青衣丫鬟終於回神，連連請罪過後，指揮著屋子裡的丫鬟收拾殘局、帶著阿珠換衣裳去了。

青衣丫鬟趁機去了涼亭。

「如何？」

青衣丫鬟怯怯看了蘇洛衣一眼，低著頭道：「回稟老夫人，婢子佯作不小心把茶水潑向黎三姑娘，誰知她靈巧避開了，反而是她的丫鬟忠心護主，衝過來擋，茶水都潑在了她丫鬟身上。」

「哦？那黎姑娘怎麼說？」

青衣丫鬟心有餘悸，唇色發白。「黎姑娘扶了婢子一把，說人沒事就好。」

章氏頷首。「倒是個寬厚的。」

她納悶看一眼戰戰兢兢的青衣丫鬟。「那妳這麼慌張作甚？」

此舉原本就是試探黎三姑娘的，她當然不會因此責罰這丫鬟，怎麼瞧這丫鬟的神情，倒像真的犯了什麼大錯似的？

聽老夫人這麼問，青衣丫鬟終於忍不住撲通跪下來，請罪道：「婢子該死！婢子沒想到黎三姑娘會扶婢子，一時緊張，手無意中按到了棋盤上……」

「什麼？」蘇洛衣大驚。「我們下了一半的棋給弄亂了？」

剛剛下棋時，她絞盡心思給黎三姑娘出難題，無心分暇，現在讓她復盤幾乎是不可能的！

「祖母，我瞧瞧去！」蘇洛衣撂下這句話，提著裙襬匆匆而去，到了門口停下來，悄悄往內看去，就見喬昭端正坐著慢慢飲茶，而她帶來的丫鬟則一聲不響往棋盤上擺著棋子。

那丫鬟穿著尚書府丫鬟的服飾，可蘇洛衣還是一眼就看了出來。

也不知為什麼，蘇洛衣覺得就連黎三姑娘的丫鬟都如主人一般，有種與眾不同的寧定氣質，能讓人輕而易舉分辨。

她站在門口靜靜看著，越看越是驚異。

那丫鬟在幹什麼？收拾棋局？不，她那個樣子，分明是在復盤！

蘇洛衣抬腳想走進去，還是忍住了，直到站到腿發麻，就見那丫鬟手捏著一顆黑色棋子遲遲不動，然後當主子的伸出纖纖素手，往棋盤某處輕輕點了點，一直神色如常的丫鬟，嘴角頓時露出笑意來，把棋子落了下去，然後走到一側站好。

蘇洛衣再也忍不住走進去。

喬昭聞聲抬眸，站起來道：「蘇姊姊回來了。」

蘇洛衣有些尷尬地點頭。「讓黎三妹妹久等了。」

她說著話走到近前，一眼瞥見棋局，心中大驚：剛剛那丫鬟果然是在復盤！

蘇洛衣不由看向阿珠。小丫鬟十五、六歲的模樣，在主子身側垂手而立，安靜沉穩，若不是她親眼所見，定然想不到這個安安靜靜的丫鬟剛剛在做什麼。

「黎三妹妹的丫鬟叫什麼名字？」

喬昭看了阿珠一眼。阿珠屈膝，恭恭敬敬回道：「回蘇姑娘的話，婢子名叫阿珠。」

「阿珠啊？真是個好名字。妳會下棋麼？」

「不敢當會，只是近來姑娘教了一些罷了。」面對蘇洛衣的問詢，阿珠不卑不亢回答。

蘇洛衣看著喬昭的心情，頓時和先前又有不同。

婢女跟著主子學了下棋，就能把她們剛剛的棋局復盤，那麼主子又該是什麼水準？

她再次把目光落到棋盤上，輕「咦」了一聲，撿起一枚黑子，遲疑道：「這枚子……」

剛剛她似乎沒有走到這一步！

是了，那時她絞盡腦汁一直在猶豫，正不知如何落子，祖母就派人來喚她了，還沒走出這一步呢。現在看來，這枚子落在此處竟是最合適的。

蘇洛衣猛然看向喬昭。「來，黎三妹妹，咱們繼續！」

小半個時辰後。

蘇洛衣怔怔看著棋盤上出現的局面，沉默良久，忽地伸手一拂棋盤，把棋子打亂，而後看向阿珠，輕聲問道：「阿珠，能不能替我們復盤？」

阿珠看向喬昭。喬昭輕輕點頭。

阿珠得了主子示意，走上前去，一手執黑，一手捏白，你來我往，在棋盤上落下一顆顆晶瑩的棋子。剛開始時棋子落得快，幾乎是不假思索，一直到蘇洛衣剛剛去而復返之後才緩了下來。

當最後一枚棋子落下，阿珠的鼻尖已經沁出細密的汗珠，神色卻依然平靜，對著二人一禮，退回到喬昭身側。

好一會兒後，蘇洛衣長嘆一聲：「黎三妹妹，今日我是服氣了。」

這名叫阿珠的丫鬟，棋藝或許還欠些火候，可假以時日，定然會突飛猛進。

難道說，這都是黎三姑娘指點的效果？

想到此處，蘇洛衣目光灼灼地望著喬昭，伸出雙手握住她的手。「黎三妹妹，妳應該知道馥山社吧？」

「誰人不知馥山社呢？」喬昭笑著反問。

「那妳可願加入？」

「若是有幸，自是願意的。」

「那好，黎三妹妹且耐心等些日子，我先把妳的名字薦上去。妳或許不知道，自從我們社長……歿了後，要加入新社員，都是我們幾位副社長一起商定，或有兩位副社長聯名推薦。」蘇洛衣解釋。

「那就勞煩蘇姊姊了，我很期待能加入馥山社開開眼界。」

蘇洛衣掩口而笑：「說不定是她們要開眼界。」

等喬昭告辭後，蘇洛衣直奔書房，想了想，歇了邀請幾位副社長小聚的念頭，寫下一張帖子打發人送往泰寧侯府去了。

朱顏與她素來交好，想來見了她的信，肯定會願意聯名推薦黎三姑娘的，那樣黎三姑娘就會是馥山社的會員了，等下次聚會，直接給她下帖子就行了。

喬昭出了蘇尚書府，由阿珠陪著走向停在路旁樹下的馬車，與一位賣冰糖葫蘆的黑臉漢子擦身而過，走出數丈之後又停下，折身返回。

黑臉漢子揚起憨厚的笑容。「小娘子，要吃冰糖葫蘆嗎？又大又甜咧。」

喬昭深深看黑臉漢子一眼，肯定點頭。「小哥，咱們見過的。」

「啊！」黑臉漢子一驚，悄悄捏了自己大腿一把，呵呵笑道：「小娘子真會說笑，咱們怎麼會見過呢？呵呵呵呵，有可能是您買過俺的冰糖葫蘆？」

少女果斷搖頭。「不啊，小哥記性忒差，昨天咱們不才見過嘛。你若是想不起來，我提醒你一下，在五味茶館前——」見黑臉漢子大驚失色，喬昭心裡冷笑，確定了這人是在跟蹤她！

他是誰？為何昨天和今天都跟著她？

她一個小小的翰林修撰之女，有什麼值得人圖謀的？

喬昭目光下移，瞥了黑臉漢子腳上鞋子一眼，心中一動。

原來如此，這樣的鞋子她見一個人穿過的，就是昨天同樣出現在五味茶館前的江十三。

這鞋子並不特別，恰恰普通得很，卻有一個很大優點，行走時不易發出聲響。

這樣說來，此人是江十三的下屬了？昨天江十三出現，就是他通風報信的？

這樣一想，喬昭就理順了。

除了那場身不由己的南行，她一個尋常女孩子是不可能引來錦鱗衛注意的，而那場南行與錦鱗衛唯一的交集，便是同樣在嘉豐待過的江十三！

面前的少女面色冷凝，一副若有所思的模樣，江鶴看得心驚肉跳，乾笑道：「小娘子真會開玩笑——」喬昭不理他的話，好心提醒道：「賣糖葫蘆把臉塗黑了不好，白白淨淨的別人瞧著才樂意買。」

喬姑娘說完，淡淡吩咐阿珠：「買幾支糖葫蘆帶走。」

直到阿珠拿過糖葫蘆給了錢，主僕二人上了馬車，呆若木雞的某錦鱗衛才反應過來，抱著一大串冰糖葫蘆找自家大人去了。

江遠朝一眼看到垂頭喪氣的屬下，不由皺眉問：「怎麼這個樣子就回來了？」

江鶴幾乎要痛哭流涕。「大人啊，我一直以為您是小看屬下，才給屬下安排監視一個小姑娘，如今看來是我誤會大人了，這事可比別的艱巨多了！」

江遠朝聽得眉心直跳，很想告訴屬下，確實是因為小看他。不過城府頗深的十三爺面上不露半點聲色，揉著眉心淡淡道：「說吧，你又辦了什麼蠢事？」

江鶴委屈極了。「大人，這次真的不怪屬下，您讓屬下監視的那位黎姑娘，簡直是個妖孽啊！」

「什麼妖孽？」嘴角一貫掛著淺笑的十三爺很不樂意聽這種說詞，淡淡斥責道：「再胡言亂語，以後就給我刷馬桶去！」那小姑娘雖然機靈了一些，敏銳了一些，行事不按常理了一些，可明明就是個普通小姑娘嘛。

江鶴不敢賣乖了，老老實實道：「大人您不知道，屬下今天發現黎姑娘又出了門，往蘇尚書府做客去了——」

「等等！」江遠朝打斷：「你說黎姑娘去了蘇尚書府？」

「是啊！」

江遠朝往後仰了仰身子，修長手指輕敲光滑堅硬的椅子扶手。

昨天才去茶館見了禮部尚書蘇和，今天就登了蘇府的大門，這其中，定然是有關聯的。

江遠朝腦海裡浮現小姑娘的模樣。十三、四歲的少女，青澀如一株小白楊，可看人的目光永遠平靜淡然，讓人常會忽視了她的年紀，偏偏偶爾又語出驚人，令人措手不及。

這樣的女孩子啊——江遠朝不禁淺笑輕嘆，忽地想到一個人。

那小姑娘和她……有些像呢。

也許是早已接受她已為他人婦的事實，更重要的是，他從沒想過他們有在一起的可能，於是隨著她的離去，那份心痛不是撕心裂肺，亦沒有資格，卻一直縈繞心頭，經久不息。

「大人？」江鶴小心翼翼喊了一聲。不知為何，大人現在的表情讓人莫名有些不忍心看呢。一定是他事情沒辦好，讓一直以來精心栽培他的大人失望了。

江遠朝回神，眸光深深看著江鶴。江鶴咧嘴笑笑。「大人，您別這樣，屬下看著怪難受的，以後屬下保證好好幹，再不讓您傷心了——」

江遠朝指指門口。「要不說正事，要不滾出去。」

「是，那還是說正事吧！」江鶴立刻直了直腰，接著道：「黎姑娘不是進了蘇尚書府嗎？屬下就扮成個賣冰糖葫蘆的小販，站在尚書府外面等啊等，終於把她給等出來了。屬下原本是想繼續跟上去的，誰知還沒行動呢，黎姑娘就站到了我面前！」

「然後呢？」

「然後她就說，嘿，小哥，昨天咱們在五味茶館見過吧？屬下不承認，她就讓婢女買了幾支糖葫蘆，臨走前還提醒屬下，以後再賣糖葫蘆別把臉塗黑了！」

「噗哧。」聽到這裡，江遠朝輕笑出聲。

江鶴怔怔看著，大人這樣的笑可真少見。

江遠朝斂了笑，淡淡道：「出去吧。」

江鶴受寵若驚。大人居然沒叫他滾，可見對他今天的表現也沒有那麼失望嘛。

江鶴鬆了口氣，走到門口聽身後傳來一句：「今天記得把馬桶刷了。」

江鶴腳下一個趔趄，扶著門框狼狽出去了。

江遠朝收回目光，彎唇輕笑起來。看來，那小姑娘有些生氣了，這是藉著打他屬下的臉來提醒他呢。真是個聰慧非常的丫頭，也不知是否已經猜到他是錦鱗衛了？

江遠朝忽地對下一次的見面有了幾分期待。到時候試探一下好了。

泰寧侯府的花園八角亭裡，朱彥與朱顏兄妹正在對弈，一個丫鬟走來把信箋奉上。「姑娘，是尚書府蘇姑娘給您的信。」

朱顏伸手把信接過來，對朱彥笑笑。「五哥，我跟你說，別看每次下棋你都能輾壓我，若是對上洛衣，可就不一定了。」

朱彥抬手，輕輕敲了敲朱顏額頭。「別在男子面前隨意提姑娘家的閨名。」

放眼京城，若是有下棋贏過他的女孩子，他只能想到一人而已。

說起來，他們三個當初與黎姑娘相處那麼久，除了知道她在家中排行第三，還一直不知道她叫什麼名字呢。

「古板！」朱顏吐了吐舌頭，把信打開，掃過內容後，立刻目露驚奇。

對面而坐的朱彥雖因妹妹的表情心生好奇，卻好風度沒有出言詢問，反而是朱顏主動說：「還真是奇了，洛衣居然邀我為一人聯名舉薦入馥山社。」

朱彥聞言笑笑。

朱顏眨了眨眼，晃著信道：「五哥猜猜那人是誰？」

朱彥心中一動。

七妹這麼說，他還有什麼猜不出來的，那人定然是黎姑娘無疑了。可一想到上次惹了妹妹不快，他還是佯作不知，笑問：「誰啊？五哥可猜不出。」

朱顏一聽，很是滿意。

她可不想兄長時時把哪家姑娘放在心上。這和那姑娘好壞無關，嗯，主要和她的心情有關。

一想到自小疼愛她的兄長快要娶嫂嫂了，還真有些不是滋味。

「是佛誕日被無梅師太召見的那位黎姑娘，五哥還有印象不？」

「沒……」

朱顏已是無心下棋，喃喃道：「還真想看看，能讓洛衣心服口服的人棋藝究竟如何高明。」

「對了，妳們馥山社什麼時候再聚？似乎有段日子沒動靜了。」

朱顏聞言，面上浮現幾分傷感。「我們社長不是才病故了沒多久，再加上北地英靈們的棺槨進京安葬，這些活動暫且停下了，緩些日子再說吧。」

接下來幾日，喬昭的日子過得風平浪靜，而邵明淵那裡又有了新動靜。

邵知從遠威鏢局副鏢頭林昆的老家風塵僕僕趕回來，向邵明淵稟告：「將軍，屬下帶著林昆一起回來了。」

「問到了什麼？」

邵知搖搖頭。「林昆什麼都不說，他說要見您。」

「見我？」

「是，他說只有見到您，才會說。」

邵明淵聽了面無波瀾，淡淡道：「你安排一下，讓他在春風樓等我。」

邵知心知將軍很多事不願在侯府辦，可想到春風樓畢竟是人來人往的酒肆，又有幾分遲疑，只聽將軍大人輕飄飄道：「放心去安排，我把春風樓買下了。」

「……」能別亂花錢嘛，他們這些屬下還指望將軍賞錢娶媳婦呢！

二十七　抽絲剝繭

春風樓青白酒旗迎風招展依舊，出入的酒客渾然不知這家在京城頗有名氣的酒肆，已經悄然換了東家。

這一次邵明淵是從後門進的，連前面酒樓都沒去，直接進了後院一間屋子，跟著來的兩名親衛靜靜守在門口。屋內布局明朗，臨窗的桌上擺著一隻細白瓷大肚的酒壺並一對酒蠱，窗臺上一盆芍藥花開得絢爛。

邵明淵坐下，沒有斟酒，只是安靜等著。

大約過了兩刻鐘左右，門外傳來動靜，片刻後門推開，邵知領著一位中年漢子走進來。

「將軍，林鏢頭來了。」

邵明淵看向林昆。遠威鏢局在京城開了多年，甚至在一些大城市開設了分局，作為鏢局的副鏢頭，此人可算得上一號人物。眼前的中年漢子身量不高，卻很壯實，飽經風霜的臉上有一雙明亮精神的眼睛。

「林鏢頭。」邵明淵率先出聲。

林昆目光灼灼望著邵明淵，忽地拜了下去：「見過將軍！」他雙手輕顫，似是竭力忍著激動。

邵明淵有些意外，伸手把林昆扶起。「林鏢頭不必如此多禮——」

林昆站起來，一雙眼亮亮的，眼中滿是見到崇敬已久之人的熱切。

邵知沒好氣地想，這人執意要等見到將軍才說，該不會是因為純粹想和他家將軍見一面吧？邵知這樣想著，目光落在林昆緊握著邵明淵的手上。哼，還不放手！

邵明淵比邵知淡定得多，這樣的眼神，他在北地見得太多了。

「邵知，你先出去吧。」既然此人要見了他的面才肯說，可見是不願意有旁人在場的。

「領命。」邵知掃了林昆一眼，默默退了出去。

室內只剩下邵明淵與林昆二人，邵明淵抽回手，指指桌上的白瓷酒壺。「林鏢頭，喝一杯嗎？」

「不，不用了。」在大名鼎鼎的冠軍侯面前，作為一名走鏢混日子的普通百姓，林昆顯然有些激動，望著那張近在咫尺年輕而英俊的臉，忍不住表白：「將軍有所不知，想當年我還年輕的時候，就聽說過您的英雄事蹟了，對您特別崇敬——」

邵明淵垂眸，伸手把酒盞翻轉過來，執起酒壺依次倒滿，而後推過去，溫聲淺笑道：「我的榮幸。」手指碰上冰涼的酒盞，林昆才清醒過來，不由呆了呆。

他剛剛都胡說八道了些什麼？

「這酒名『醉春風』，林鏢頭定然是喝過的。」

「哦，喝過、喝過。」林昆接過邵明淵遞過來的酒，暈乎乎就喝下去了。

邵明淵沒有覺得好笑，反而心頭發澀。

百姓就是如此，你保護了他們，他們便把你敬在心裡，饒是平時頂天立地的漢子，都能流露出孩子氣的一面。沒有黨爭，沒有忌憚，這些最樸素的感情，一直是他堅守北地的動力。

邵明淵理解林昆的心情，沒有直接進入正題，而是如朋友小聚般閒聊了幾句，見他心情漸漸平復下來，才談起：「林鏢頭應該知道，我的妻子當初落入韃子手裡，是因為走錯了路——」

林昆神色一變，放下酒盅肅然道：「是。」

將軍夫人被擄走時，他就在場，哪有不清楚的，那是走錯了路嗎？

眼前的人雖年輕，卻是他敬仰已久的人。林昆心一橫，把那個在腦海中盤旋已久的念頭說了出來：「將軍，小民認為，當時不是走錯了路那麼簡單，是前來接夫人的人有問題啊！」

「所以當初前來替換的將領提議改路時，林鏢頭才會強烈反對？」

「不錯。將軍有所不知，小民其實是北地人，七年前才逃難到了京城，現在的老家其實是我婆娘的娘家，所以別人對那條路線一無所知，小民卻再清楚不過。從那處岔道走的話，有一處山道特別適合設伏。」

邵明淵一聽林昆是北邊人，沒有太意外。當時他聽邵知回稟的情況，就隱約猜到，這位因為改道不惜與蘇駱峰吵起來的林副鏢頭，若不是心中有鬼，就一定是曾到過北地的。

也難怪侯府托鏢，遠威鏢局會派這位林鏢頭走鏢。

邵明淵又斟了一杯酒遞過去。

許是說開了，這一次林昆沒有絲毫局促，接過來一飲而盡。

邵明淵定定望著他，忽然起身，抱拳一禮。「那麼林鏢頭能否仔細想一想，在隊伍未改道之前，可發生過什麼異常？」林昆嚇了一跳，騰地站了起來，手足無措道：「將軍，您可折煞小民了！」

他想去扶邵明淵又覺得不合適，急得臉色通紅。

不忍他為難，邵明淵重新落座，語氣鄭重：「請林鏢頭好好想想，這對我很重要。」

林昆一聽，便絞盡腦汁想起來。他想了好一會兒，遲疑道：「要說異常嘛，似乎也算不上——」

「林鏢頭說說看。」

「就是過鬼哭林時……將軍知道鬼哭林吧？」

邵明淵不動聲色從懷中抽出一卷圖，緩緩展開，伸手輕點某處問：「是不是這裡？」

林昆眼睛一亮，連連點頭。「不錯，就是這裡！當時隊伍路過這裡歇息時，貴府總管事帶了幾個人，說想打牙祭了，要去林子裡獵一頭野豬來吃，小民曾提議不要去，不過見他們堅持，就沒有再多說。這事吧，其實算不上什麼異常，別人全都沒在意，就是小民當時心裡有點膈應。」

「為何？」

林昆伸手點了點鬼哭林的圖示，嘆道：「當地大多數人只知道鬼哭林到了夏天會生一種瘴氣，進去的人十有八九會把小命丟在裡頭，冬天就沒事。小民卻還知道一個情況，進了林子沿著這裡走，就能橫穿一個山腹，到達與韃子接壤的地帶了。」

邵明淵眼神驀地一縮。

原來如此！那邊是回攘，若是正常趕路，需要繞行四、五日才可抵達，並不在路線之內。

林昆見邵明淵神色冷凝，忙道：「小民沒有別的意思，就是不願多生是非罷了，那條近路罕有人知的。沈管事他們沒用太久就回來了，把獵回來的野豬烤了，小民還分了一塊吃呢。」

罕有人知，並不代表沒有人知。

濃濃的疲憊和冷意湧上來，邵明淵不動聲色笑笑，舉起酒壺道：「來，喝酒。」

❧

林昆離去後，邵明淵坐在酒香淡淡的屋子內，遲遲沒有動。

邵知小心翼翼喊：「將軍？」

邵明淵抬眉。「去幫我把池公子、朱公子請來，就說我請他們在春風樓喝酒。」

邵知隱隱鬆了口氣。將軍還知道找好友喝酒，總比這個樣子讓人放心。

「領命。」

邵知走到門口，聽邵明淵在身後喚：「邵知。」

他轉了頭，迎上的是一雙冷如寒星的眼。「去把沈管事給我綁了，讓冷逸好好審審！」

邵知心中一凜。冷逸在軍中主管刑罰，論起審訊細作的手段不比大名鼎鼎的錦鱗衛差。看來將軍真的是被氣到了。

「將軍，咱們綁了沈管事，夫人那邊……」

邵明淵抬起眼皮，淡淡問：「打悶棍會嗎？」

那一瞬間，邵知神情頗為複雜。「會！」

悶棍當然會打，只是他以為將軍這樣的人不會啊，何況那位沈管事還是將軍母親的親信……

邵知領命走後，邵明淵又坐了一會兒，起身前往前面酒樓。

時值下午，正是酒樓冷清的時候，邵明淵進了前不久與池燦見面的雅室，默默等候。

最先來的是楊厚承。楊厚承見了邵明淵滿是歡喜，上前拍了拍他。「庭泉，我可等這頓酒好久了，自從你回京後愣是一直沒機會！」

邵明淵揚揚手中酒壺。「那今天咱們一醉方休！」

「沒問題啊！」楊厚承一看酒壺笑了。「醉春風吧？今天可以好好喝一頓了。哎呀，他們兩個怎麼還沒來？」他說完，拍拍頭，自顧解釋：「忘了這裡是西大街了。庭泉，以後咱們再聚改在百味齋唄，或者對面的德勝樓也行啊，那兩家都是老字號了，咱們離得也近。」

「這裡酒好。」

楊厚承一聽，嘿嘿笑了。「說得也是，我小時候就喜歡偷喝春風樓的酒。」

二人是多年好友，閒聊起來自是無拘無束，等池燦與朱彥先後趕到時，酒已經喝光了一壺。

池燦今日穿了一件寶藍底菖蒲紋的直裰，牙白色同紋腰封，繫了一塊墨玉佩，端的是公子如玉，一進門便帶來滿室光輝。「我說庭泉，你可真是戀舊啊，對這春風樓就依依不捨了？」

邵明淵微笑。「我確實戀舊。」

他如今是春風樓的幕後東家，有些不便在侯府做的事來此處更為方便。就比如今日，他先見了林昆，再約池燦等人喝酒，哪怕被人知道了行蹤，亦不會多心。

這裡不只是他年少時最鮮亮的一抹回憶，更是他往後可以稍微放鬆心情之地。

池燦一屁股坐下來，哪怕是毫無形象翹起腿，依然讓人覺得賞心悅目，笑吟吟道：「這麼多年來，咱們第一次聚這麼齊，你們不厚道啊，已經開喝了？」

朱彥卻規矩多了，對邵明淵溫和笑笑，跟著坐下來。

邵明淵斟滿了一杯酒。「自從回京後，一直沒顧上與兄弟們聚聚，我先自罰三杯！」

他一連喝下三杯酒，冷玉一樣的臉染上一抹緋紅。

楊厚承伸手拍拍他的肩，朗笑道：「還是庭泉痛快！來來，喝酒。」

好友相聚，自是沒有尋常酒局的虛與委蛇，推杯換盞，喝得無比痛快。

只是朱彥心細，漸漸就覺出不對勁來。從坐下到現在，庭泉喝起酒來不皺一下眉頭，頰紅如霞，可一筷子下酒菜都沒動過。莫非是因為妻孝的緣故，不願吃大葷之物？

朱彥藉口去淨房，吩咐守在門外的夥計端來幾樣素食。

他先夾起一個丸子，吃下後笑道：「春風樓的這道香煎素丸子味道很不錯，你們都嚐嚐。」

池燦很給面子夾了一筷子，吃完評價道：「尚可。」

楊厚承吃下一個丸子，搖搖頭道：「我還是覺得這道糟香鵪鶉下酒夠味！」

邵明淵只聽不語，端起酒杯喝了一口。

朱彥這下便確定了，好友果然有心事！

若是以前，憑著幾人的交情，自是可以暢所欲言，可如今邵明淵身分不同，或許有些事是他們不便知道的，這話就問不出口了。

朱彥乾脆佯作不知，夾了一個素丸子放入邵明淵碟中。「庭泉你也嚐嚐，楊二是沒眼光。」

楊厚承一聽不高興了，撇嘴道：「誰沒眼光啊？」

他伸手夾了一筷子糟香鵪鶉放入邵明淵碟中，不甘示弱道：「庭泉你嚐嚐，看哪道菜更適合下酒！」朱彥心想，這是豬隊友吧？

池燦雖不如朱彥心細，這個時候也已經看出不對勁來。

他不像朱彥尋思那麼多，把筷子一放，挑眉直接問：「庭泉，你心情不好？」

邵明淵一怔，在三位好友的注視下，沒再隱瞞，輕笑道：「是，所以找你們喝酒啊。」

幸好在這京城，他還能找到可以一起喝酒的人。

「怎麼了？」剛剛查到的一些隱祕即便是對好友也無法言說，邵明淵摩挲著酒杯一笑。「忽然覺得我與京城格格不入，可能更適合留在北邊。」

但是他知道，短時間內，他是不可能離開京城了。

池燦聽了莫名不爽，哼一聲道：「什麼格格不入，有我們在，就不會格格不入！」

他就說嘛，這小子除了位高權重，也沒什麼優點了，以後還不是要跟著他混。

「就是！」楊厚承跟著安慰：「北邊再好，有春風樓嗎？」

「沒有。」

「有糟香鵪鶉嗎？」

「沒有。」

聽著好友你一言我一語，邵明淵忽覺那沉甸甸壓在心頭的痛楚輕緩了許多。

「有我們嗎？」

「沒有。」

「有這麼暖的天嗎？」楊厚承藉著酒意越說越起勁，指指窗外。

窗外陽光明媚，灑滿街頭。

「沒有。」

「有穿得花枝招展的漂亮小娘子嗎——」

朱彥抬腳，在桌底下踹了楊厚承一腳。

這蠢蛋，真是哪壺不開提哪壺。

窗外街頭一輛青帷馬車緩緩停下來，車門簾挑起，跳下一個穿著蔥綠色衫子的小丫鬟。

小丫鬟歡歡喜喜往春風樓走來，她身後的馬車窗簾忽地輕輕掀起，露出少女安寧淺淡的笑顏和波瀾不驚的目光。

那樣的目光好似在夢裡見過千百回，莫名熟悉。酒意濃濃的邵明淵心生幾分恍惚，輕聲道：

「也沒有。」

二十八　窗裡窗外

喬昭似有所感，抬眸望去。

臨街的窗邊年輕男子目光朦朧，好似籠罩了一層令人窺不見祕密的月紗，雙頰似火，把那冷玉般的臉勾勒得越發奪目。

是邵明淵。他為何出現在這裡？西大街向來是文官府邸的聚集地。

難道說是李爺爺又給他出難題了？喬昭靜靜望著邵明淵，暗暗搖頭。

他寒毒已深，竟還放肆飲酒，究竟是對自己的身體狀況不知情，還是毫不在意？

若是不知情，李爺爺不打算告訴他嗎？

若是知情而毫不在意，他年紀輕輕，青雲直上，又是因何如此？

喬昭思緒一下子飄得有些遠，飄到她一直不是很願意回憶的那兩年侯門生活。

要說起來，自她嫁進靖安侯府，吃穿用度俱是頂好的，婆母靖安侯夫人甚至主動免了她日常請安，闔府上下，無不對她客客氣氣。

可那兩年，她就是有種與侯府格格不入的感覺，彷彿她不是靖安侯府的二少奶奶，而是被豢養在籠中的金絲雀。她曾想過，或許是邵明淵不在京中，她身為新嫁娘，還是沒與新郎官相處過一日的媳婦，站在婆母的角度，定然希望她規矩些，以免惹來閒言碎語。

但漸漸地，就察覺出不對勁來。

她的婆母，靖安侯夫人，似乎對遠在北地出生入死的次子並無多少惦念，這在過年與中秋的團圓宴上感受尤深。準確地說，是令她感受尤深，侯府上下似乎都已習以為常。

只有公爹靖安侯時常提及次子，督促侯夫人定時把鞋襪衣襖等物托人送到北地去，侯夫人雖然應下來，可眼底的冷淡是遮不住的。

她忍不住想，哪怕是血肉至親，亦會因為多年的聚少離多而疏遠嗎？

她與父母同樣是聚少離多，仔細想一想，母親與兄長的感情確實更深厚些，甚至與庶妹相處時不經意間流露出來的神態，都比與她接觸時自然親暱。

或許，距離真的是很可怕的東西。

後來，婆母提出送她去北地，並帶來了天子允諾的口諭，她自是不能拒絕。那時候，想到要離開牢籠般的侯府，她甚至有些期待。北征軍長年累月在北地征戰，那些高級將領的妻子大多都是隨軍的，她們會如當地人一樣在天高地闊的北地紮根，甚至就這樣傳承下去。

她沒想太久遠的事，只有一點很明確，既然仙去的祖父為她定下這門親事，定然是期待她與邵明淵舉案齊眉，相濡以沫。

那麼，她願意試試看。

「看什麼呢？」窗戶又探出一個人來。

明媚陽光下，那人俊美得令人炫目，喬昭微怔，忍不住瞇了眼。

還真是巧了，不知現在放下車窗簾，還來得及麼？

顯然是來不及的，池燦看清窗外的人，居然做出一個所有人包括他自己都始料不及的動作。

他伸手把邵明淵拽了回去，然後砰地關上了窗子。

喬姑娘無言以對，她可能是出現的方式不對！

對好友，邵明淵並不設防，任由池燦拽著手臂，上湧的酒意落下去，寒星般的眸子恢復了清明。他默默看著近在咫尺的好友，眼帶詢問。

楊厚承更是直接問了出來：「怎麼了啊？」

他一邊說一邊站起來，走到窗邊，伸手推窗。「見鬼了啊？」

「楊二，放下你的爪子！」池燦冷喝一聲，喝完莫名有些心虛。

他一定是喝多了，剛剛手怎麼這麼快呢？外面是那丫頭又怎麼了？

偏偏這個時候楊厚承也喝了不少，酒勁上來，哪還會被小夥伴威脅住，好奇心指使著他手一伸就支開了窗子，探出大半個頭去。

「沒什麼啊，什麼人都沒有。」楊厚承茫然四顧，只看到一輛馬車靜靜停在不遠處。

這時一個穿蔥綠色衫子的小丫鬟抱著酒罈，腳步輕快跑向馬車，楊厚承「咦」了一聲，回過頭一臉興奮地道：「是黎姑娘呢！」見三位好友沒吭聲，都默默盯著他，楊厚承一臉莫名其妙。

「你們都看著我幹什麼？是黎姑娘啊，我喊她上來！」

他說完也不顧三人表情，扭頭招手，剛要開口就被人在身後拉了一下。

「子哲，你拉我幹什麼？」

小丫鬟跳上馬車，車子緩緩動起來。

楊厚承有些著急：「馬車要走了呢！」

朱彥的聲音頗無奈：「重山，青天白日的，這麼大呼小叫喊一位姑娘家，不大好。」

眼巴巴見那輛小巧的青帷馬車漸漸遠去了，楊厚承不滿地撇撇嘴道：「這話說的，青天白日不能叫，月黑風高就可以了？」

「我不是這個意思……」朱彥摸摸鼻子。

「本來就是認識的，打個招呼怎麼啦？你們什麼時候這麼迂腐了？」楊厚承斜睨著池燦，「還有拾曦，至於連窗子都關上嗎？讓黎姑娘瞧見該多傷心啊。」

喝過酒後，楊厚承格外多話，一轉眼落到一言不發的邵明淵身上，嘟囔道：「咱們這裡就庭泉不認識黎姑娘，但咱們的事，庭泉有什麼不能知道的啊？」

池燦黑著臉聽著。那顆白菜會傷心？別開玩笑了，剛才他分明看到那沒良心的丫頭，正含情脈脈與邵明淵對視呢！也就是楊二蠢，不知道這裡面就邵明淵吃過那丫頭做的叉燒鹿脯。

哼，他再不關窗子，那丫頭——

池燦心中一緊，暗暗冷笑。他真是酒喝多了，那丫頭如何，關他何事？

「我該知道什麼？」邵明淵捏著酒杯問。三位好友對那位黎姑娘，似乎很是不同。

池燦正惱自己剛剛腦子抽風，抿著唇一言不發。

朱彥唯恐楊厚承亂說，搶先道：「是那天我們三個逛廟會認識的——」

迎上邵明淵平靜清澈的目光，朱彥後面的話陡然說不下去了，抱歉笑道：「其實我們是在南下時認識的，不是故意瞞著你，是怕傳出去對黎姑娘的名聲不好……」

朱彥把三人與喬昭相識的經過娓娓道來。

邵明淵默默聽著。原來如此，他就說，憑他對三位好友的瞭解，沒有特殊機緣，如何會對一位姑娘家另眼相待。聽朱彥講完，邵明淵看池燦一眼，若有所思。

這麼說，剛剛拾曦突然關上窗子，是不願讓他知道他們與黎姑娘認識？就如子哲所說，怕南邊的事傳出去，有損黎姑娘聲譽？

邵明淵隱隱覺得沒這麼簡單，可喝多了酒腦子沒有平時靈光，一時又想不了更多，便舉杯朝池燦笑道：「放心，我不是多話的人。」

池燦扯了扯嘴角。「我有什麼不放心的，她又不是我什麼人，名聲受損還要我負責不成？」

「黎姑娘肯定不會找你負責的。」酒意朦朧的楊厚承拍了拍池燦的肩膀，大著舌頭道：「你不是早知道嘛——」池燦臉一黑。這混蛋不拆臺會死啊？

楊厚承確實喝多了，揉了揉眼，問邵明淵：「庭泉，你還去北邊嗎？」

邵明淵把酒杯放下，淡淡道：「難說，看情況吧。」

「別看情況啊，要是去北邊，一定記得把我帶上啊！」楊厚承湊過去，抓住邵明淵的手臂。

「這次可別再把我甩下了……」邵明淵目光落在抓著他手臂的那隻大手上，忍耐地挑了挑眉，以詢問的目光看向另外兩位好友。多年沒聚，這小子怎麼還是這幅德行？

當年這小子才十三歲，抱著他大腿不放也就忍了，現在五大三粗的，這是想幹什麼？

池燦與朱彥對視一眼，紛紛扭頭。我們不認識這貨！

「我要建功立業，我要上陣殺敵，我不要娶媳婦兒——」楊厚承碎碎念著，抓著邵明淵的衣袖擦了一把口水。還是朱彥心善，趁楊厚承沒被修理前趕緊拉他一把。「楊二，趕緊鬆手。」

楊厚承死死揪著邵明淵衣袖不放。「我不，那年我就沒跟緊，結果一睜眼庭泉就不見了！這一次我說什麼都不放手了，就要跟著他——」

「他進淨房你也跟著啊？」俊美無儔的池公子挑著眉，不懷好意問道。

哼，小樣兒，剛剛拆他的臺？

「跟！這一回別說他進淨房，就是進洞房我也跟——」

朱彥扶額，已經不忍看好友的下場。勇氣可嘉，他已經盡力了！

池燦表情扭曲一下。他是想小小報復一下，但沒想到這蠢蛋自尋死路啊。

邵明淵已經站了起來。他個子高，腿修長，腰桿挺拔，因為常年征戰，又帶著其他三人不曾有的氣勢，哪怕是身材魁梧的楊厚承站在他面前，都莫名矮了幾分。

邵明淵拎著楊厚承向二位好友笑笑。「你們稍坐片刻，我帶重山出去醒醒酒。」

直到關門的聲音響起，帶起的風讓留下的二人不自禁打了個激靈。

「楊二應該能活著回來吧？」朱彥不大確定地問。

他可忘不了剛才楊厚承提起「洞房」兩個字時，邵明淵陡然冷下來的眼神。

「會吧，庭泉心軟。」池燦摸摸下巴，把杯中酒潑到地上，嘆口氣道：「喝酒害人啊！」

四人散場時，已是月上梢頭。

被修理過的楊厚承哭得眼睛都紅了，由好心小夥伴朱彥送了回去。

池燦問邵明淵：「我送你？」

「不必，我沒事。」

「那就算了，正好不順路。」池燦腳底有些發飄，四顧喊道：「桃生、桃生呢？」

這混小子，用他的時候就不知道死哪裡去了！

邵明淵揉了揉眉心，吩咐兩名親衛送池燦回去。

「將軍，您也喝了酒——」一名親衛鼓起勇氣道。

邵明淵神色淡淡。「好好把池公子送回去，他的安全不容有失。」

「領命！」兩名親衛不敢再多言，護送池燦走了。

春風樓前，只剩下了邵明淵一人。彼時，他身後是燈火通明的酒肆，身前是行人已稀的街頭。他沒有騎上馬，而是牽著韁繩慢慢往前走，這種漫無目的、甚至放空思緒的感覺，已經許久沒有過了。

在北地，這樣無疑是奢侈的。可是今天，當調查的矛頭如他先前所料的那樣指向侯府時，邵明淵依然覺得心頭苦悶，只希望回去的路長一些，更長一些。

那匹白馬跟隨邵明淵已久，很通人性，時不時會用馬臉親暱地蹭蹭他的手，噴著鼻息。

「哎呀，那匹白馬真有意思。郎君，要不要進去坐坐呀？」一名女子朝著走來的年輕男子甩著手帕。隨著手帕揮動，絲絲縷縷的香氣鑽入邵明淵鼻子。

他清冽的目光蒙上一層薄霧，抬頭看了看。燈火璀璨的高樓，歡笑聲隱隱可聞。這裡怎麼比春風樓還熱鬧？邵明淵頭疼欲裂，閉了閉眼睛。也許是喝多了，眼花啊。

「呦，好俊的郎君啊！」女子看得真切了，不由眼睛一亮，立刻伸了手去攀邵明淵手臂。

多年來養成的警惕之心，在面對陌生人時立刻發揮了作用，饒是酒意已深，邵明淵還是快捷如電，捏住了伸過來的手腕。

「啊」的一聲慘叫傳來，因為聲調太高，刺得邵明淵耳朵發疼。

從高樓裡立刻衝出來一群打手，領頭的嚷道：「怎麼了，怎麼了，有來鬧事的？」

「痛痛痛，痛死我了——」女子殺豬般慘叫著。

邵明淵鬆了手，無視衝出來的一群打手，抬眸看了看高樓招牌。

「碧、春、樓。」他一字一頓念著，黑而濃的長眉蹙起，有些困惑。

這是哪家酒肆？新開的？

「臭小子，找事啊？敢動我們碧春樓的人！」幾個打手圍上來，領頭的人掄起棍子就照著邵明淵打去。直到棍子到了眼前，邵明淵才手一抬把棍子抓住，隨後手上略一用力，棍子立刻斷成了兩截，其中一截握在領頭人的手裡，前端一截直接掉下去，正好砸在那人腳尖上。

「哎呦！」領頭的打手大叫一聲，看著棍棒整齊的斷面，驚疑不定望著眼前的年輕男子。久在青樓做事的人，當然練出了一雙亮眼，此時哪還看不出來，眼前這位衣著尋常的年輕人很不好惹。領頭打手改了語氣：「朋友，你要是想進來玩，我們歡迎，要是沒興趣大可走人，出手傷人就不對了。」軟話放在前面，真的鬧起來，他們碧春樓也不是好惹的。

身著白袍的年輕男子語氣淡淡：「你們酒樓為何用女子迎客？」

他又沒用多少力氣，若是男子，至於這樣慘叫嗎？

「酒樓？」一群打手怔住，面面相覷後，哄堂大笑。邵明淵久居高位，哪怕性情溫和，平日裡也無人敢在他面前這般放肆地笑，年輕的將軍不由蹙眉。

領頭的打手聞到他身上清冽的酒氣，笑了。「我說朋友，你喝多了吧？青樓都認不出來了？」

青樓？邵明淵表情一呆，抬頭看看。原來這就是傳說中的青樓？

領頭打手伸手去拍邵明淵肩頭。「看來朋友以前沒來過啊，來來來，第一次給你優惠！」

邵明淵忙避開，面對千軍萬馬指揮若定的年輕將軍，此刻卻頗尷尬。「抱歉，認錯了。」

他說完牽著馬轉身便走，走出幾步後乾脆翻身上馬，疾馳而去。

幾名打手愣了愣，看向領頭的人。「老大，就放那小子走啦？」

領頭的人收回目光，冷笑一聲。「不放人走怎麼樣？你們以為那小子是好惹的？」

幾人低頭看了斷成兩截的棍子一眼，齊齊搖頭。

那迎客的女子緩過勁來，揉著手腕道：「原來是個初哥，真是可惜了！」

領頭的笑了。「可惜什麼？那樣的愣頭小子，哪有哥哥們懂得憐香惜玉啊……」

女子揮開領頭打手的手，甩甩帕子道：「去去去，趕緊回去吧，站在這客人都不敢上門了。」碧春樓前又恢復了祥和熱鬧。

二十九　生不如死

邵明淵騎著馬一路回了靖安侯府，到了門前翻身下馬，有僕從上前接過轡繩，恭敬道：「二公子，您回來了。」

邵明淵點頭示意，抬腳走了進去。他酒量不淺，但今天藏著心事，面對好友又是敞開了喝，此時已是半醉。好在他自制力強，走路時宛若常人，只是滿身凜冽酒氣是騙不了人的。

有人悄悄去稟告靖安侯夫人沈氏：「夫人，二公子才回來，好像喝了不少酒。」

「喝了酒？」沈氏眸光一閃，問報信的人：「醉了麼？」

「瞧著倒是清醒的，不過一身酒味。」

沈氏想了想，吩咐一個婆子：「去請二公子過來，就說我找他有事。」

婆子領命而去，沈氏立刻對心腹華媽媽道：「去把妳那口子買的貨安排好。」

「是。」

等華媽媽出去，沈氏指著香幾上的鴨嘴香爐，吩咐大丫鬟素蝶：「這香有些淡了，把華媽媽那日帶回來的薔薇香露滴幾滴進去。」素蝶忙取來薔薇香露，滴幾滴香露到香匙上，添進鴨嘴香爐裡。

香爐裡炭火不熄，不久就從金鴨嘴中散發出嫋嫋的薔薇香氣。

素蝶一邊收拾香匙等物，一邊道：「夫人，這薔薇香可真好聞，婢子聽說，這樣的香露很金貴呢，是從海外來的。」沈氏笑意深深。「是很好聞，行了，妳去門口候著，二公子來了便領他進來。」

素蝶應一聲，扭身出去了。

沈氏靠著太師椅，彎了彎嘴角。那個冷心冷肺的東西竟然喝了酒？這可真是天助。

約莫過了一刻多鐘，素蝶立在門口喊：「夫人，二公子過來了。」

「請他進來。」

不多時邵明淵走進來，行禮道：「母親。」

「怎麼這麼晚回來？」

「和幾位朋友聚了聚。」

沈氏語氣不悅：「家裡亂糟糟這麼多事，以後少出去閒逛。」

邵明淵沒吭聲。習慣性的厭煩湧上來，沈氏暗暗吸口氣平復下去，淡淡道：「今天叫你過來，是想問問，喬氏出殯那天，對打幡抱罐的人，你有什麼想法？」

邵明淵怔了怔，問沈氏：「此事母親與父親商議過？」

按大梁風俗，為逝者打幡抱罐的人便是被認可的繼承人。

沈氏冷笑。「我還不知道你父親麼，自然是什麼都聽你的，所以不如直接問你，且便宜些。」

「我們沒有子女。」邵明淵垂眸，緩聲道。

「就是因為沒有，我才問你！」沈氏加重了語氣，已是有些不耐煩了。

邵明淵抬起眼簾，靜靜看著沈氏。沈氏垂下眼簾錯開他的視線，端起茶盞抿了一口。

「我自己來。」

「咳咳咳……」沈氏聞言被嗆到，劇烈咳嗽起來。一旁的大丫鬟素蝶忙上前替她拍背。

沈氏緩了緩，瞪著邵明淵。「你說什麼？」

「我可以自己來。」邵明淵語氣平靜。

「住口！」沈氏重重一拍桌子，怒容滿面。「我跟你父親還沒死呢，你這是說的什麼混帳話！」她緩了緩，冷冷道：「你大哥有兩子，東哥兒是長子不合適，就讓秋哥兒來吧，秋哥兒今年也有四歲了。」邵明淵靜靜聽沈氏說著，心更冷了。

他有爵位在身，母親這是逼著他將來把爵位傳給侄兒？

爵位這兩個字，在他的生命裡，還真是如附骨之蛆，從不散去。

年少時，他的兄長何嘗不是因為忌憚他會搶了世子之位，處處防備他呢。

也許，若不是當初的無路可走，他也沒有千里救父殺敵的勇氣。

「你覺得怎麼樣？」

邵明淵眉眼淡淡，許是飲了酒，自控力稍減，讓他語氣裡的強硬分明起來：「秋哥兒雖好，卻是大哥的孩子，替喬氏打幡並不合適，還是兒子來吧。母親或許忘了，若是逝者無子無女，便可由最親近的人來替代。」說到這裡他頓了一下，淡淡道：「還有誰比我更親近的呢？」

他此生不會再娶妻，爵位不是不可以給侄兒，但不能是別人逼著他給，哪怕是母親亦不能。

今天叫邵明淵過來，沈氏本來也沒想把這種大事定下來，不過是個由頭罷了，次子心眼太多，若是沒有個正經理由，定會起疑心的。但她確實是這麼考慮的，此刻見他斷然拒絕，不由大怒，這可真是翅膀硬了！

「與你最親近，你不也親手殺了她嗎？」沈氏輕飄飄道。

邵明淵霎時心頭大痛，望著沈氏輕聲問：「兒子還有別的選擇嗎？」

又是誰，一定要把我逼到如此境地？眩暈感襲來，邵明淵抬手扶了扶額，額頭冰涼一片。

沈氏彎了彎唇角，揮揮手。「罷了，我看你今日飲酒不少，此事還是改日再說吧。素蝶，送二公子回去。」

「不必了，我不要緊。兒子告退。」

邵明淵習慣性回了書房，頭暈上來，脫去外衣直接躺下，迷迷糊糊中聽門外有人喊：「二公子，夫人讓婢子送醒酒湯來。」這是邵明淵的書房，平時會有邵知與邵良歇在附近，而今，邵知與邵良各有任務，便只剩了他一人。

「二公子，婢子進來了？」門外的女子聲音柔柔的，尾音輕顫，像是勾人魂魄的海妖。

邵明淵覺得有些熱，拽了拽衣襟，聲音依然冷然：「等等。」

他起身，腳落地時因為眩暈有些發軟，穿好外衣，一步步走向門口。

門外的女子低眉斂目，光潔修長的脖頸暴露在月光下。

腳步聲漸漸近了，她似乎能隱隱聞到淡淡的酒香味。

屋裡的人已經來到門口，停了數息，忽地傳來響聲，緊接著是往回走的腳步聲。

端著醒酒湯的清麗女子臉色倏地變了。

剛剛的聲音……居然是插門聲！

原來那位聞名天下的冠軍侯剛剛叫她等等，居然是過來鎖門的？

女子咬了咬唇，聲音更是柔婉：「二公子，您是不是喝醉了？開開門吧，夫人讓婢子給您送醒酒湯，您若是不用，婢子回去沒法和夫人交差呢。」

屋裡已經響起輕淺的呼吸聲。

女子不信邪了，莫非真有坐懷不亂的男人？

「二公子，您開門啊，您若是不開門，婢子只能一直等下去了。」

片刻後，屋內腳步聲響起，房門忽地被打開了。

逆著月光，站在門內的男子眉眼清俊，雙頰染霞，風采無雙。

那一刻，女子的心急跳數下，彷彿成了被蠱惑的那個人。

「二公子……」她彎唇淺笑，黑髮後攏，露出光潔素淨的面龐。

邵明淵眼神一緊，隨後平靜的神情轉為惱怒，拎起女子連人帶醒酒湯，一道扔出了院子。

「再踏進一步，我宰了妳！」年輕的將軍殺氣凜凜，居高臨下警告。溫潤如皓月的清貴公子瞬間轉為冰冷無情的殺神，讓女子剛剛升起的愛慕還不曾發酵，就如泡沫般破滅了。

在這樣的殺氣籠罩下，她抖如篩糠，汗如雨下。

邵明淵轉身進了屋，關好門，直接倒在了床榻上。

會有這樣的母親嗎？竟然派了與亡妻有幾分相似的女子來送醒酒湯！

母親在想什麼？又把他當成什麼？

烈酒在腹中灼燒，怒火與悲哀在心底翻騰，而偏偏，下腹又有另一團熱火流竄。

那是獨屬於男人的慾望，哪怕他不曾有過女人，亦是明白的。

邵明淵坐了起來，背靠著冰冷的牆壁，深深嘆了口氣。

那讓他遲鈍了理智的酒意，彷彿隨著這突然而生的慾望一瞬間消散了。

他喝多了酒，素來冷漠的母親卻等不及明天，便喚他去商議妻子的喪事，隨後送來了醒酒湯。而送醒酒湯的女子，容貌與妻子有幾分相似。

他在母親心裡，就是個毫無心智的傻子嗎？多麼……拙劣的計謀。邵明淵諷刺地想。

可任他如何想得明白，身體的反應卻不由理智做主。

那不是疼，卻比任何一種疼都讓他難受，身體是，心更是。

邵明淵乾脆起身去了淨房，一遍一遍用冷水沖刷著身體，直到身體涼透，夜已過半。

得知結果的沈氏同樣氣得一宿沒怎麼睡，翌日一早把頭疼欲裂的邵明淵叫來，當著靖安侯的面就發了難。「邵明淵，昨天我與你說的是正經事，你長大了有主意，不同意我的話是一回事，難道就因為這個，便絲毫不把我這個當母親的放在眼裡了麼？」

「兒子不敢。」

「不敢？你有什麼不敢的？」沈氏看一眼靖安侯，冷笑道：「昨晚我好心打發人給你送醒酒湯，你是如何做的？」

邵明淵淡淡道：「兒子酒喝多了，忘了。」

「忘了？」沈氏氣得心兒一哆嗦，揚起眉道：「侯爺您聽聽，他一句喝多了酒忘了，竟把我派去送醒酒湯的人，連人帶湯一起丟出了院子！」

「還有這事？」靖安侯眨眨眼。

沈氏心中冷笑，又是這樣，每次只要她一說邵明淵的不是，侯爺就打馬虎眼！

面對靖安侯的詢問，邵明淵依舊神色不變。「兒子喝多了，確實不大記得了，可能是當敵人來襲，順手丟出去了。」

「順手？那是敵人嗎？那是嬌嬌柔柔的小姑娘！你是有多大的殺心，竟下這麼重的手，那一丟讓人至少半個月起不來床！」

「敵人不分男女。」邵明淵語氣平靜。

「哈哈哈——」聽了這話，靖安侯大笑出聲，伸手拍拍邵明淵的肩，欣慰道：「我兒說得好，一位真正的將領，怎麼能憑感情用事？面對敵人是該這樣！」靖安侯連連點頭，長嘆道：「青出於藍而勝於藍，明淵，你比父親強！」

每當這時候沈氏就想弄死小的，再弄死老的，真是氣死她了！

「對了，夫人，妳昨天找明淵說什麼事？」

沈氏端起茶盞抿了一口，平復心情道：「哦，喬氏眼看著要出殯了，我是和他商量一下，讓秋哥兒給喬氏打幡……」

「這怎麼行！」未等沈氏說完，靖安侯就出聲打斷。

迎上沈氏不滿的眼神，靖安侯輕咳一聲道：「我的意思是說，明淵還年輕，將來總會再娶妻生子的，讓秋哥兒替喬氏打幡，不妥、不妥。」讓秋哥打幡，就等於把秋哥記在喬氏名下了，等將來次子再娶妻生子，那繼室之子的地位就尷尬了。

「行，你們爺倆一個鼻孔出氣，是我枉做好人了。」沈氏冷笑著起身。「我該去理事了，侯爺自便吧。」她從邵明淵身旁走過，眼中一片冰冷。

昨天的事沒成，今早也沒有抓住把柄，這逆子是越來越滑頭了！

沈氏去了日常理事的花廳，不多時各處的管事們陸續前來，一一向她彙報各項開支情況。

沈氏掃了一眼問：「怎麼不見沈管事？」

管事們面面相覷，最終一個負責採買的管事道：「回稟夫人，昨天小的看見沈管事換了一件新衣裳出府去了。」有人一聽便偷笑起來，心道，那老傢伙，定然是尋樂子去了。

沈氏把不滿暫且壓下。「行了，都散了吧。」

她這邊打發人去尋沈管事，邵明淵那裡則正在聽邵知回稟。

「將軍，冷逸說了，最多明天，就把該問的都問出來。」

邵明淵點點頭，吩咐邵知：「再調四名親衛進府，輪班守著我住的地方，以後誰再進來，統統丟出去。」邵知聽了，心裡替將軍有些難受，立刻應了下來。

沒有等到第二天，邵知就帶來了沈管事招供的消息。

「將軍，那王八羔子已經招了！」

「說吧。」

邵知猶豫了一下。他不忍說。

「說吧，我大概能猜到了。」

一種莫名的悲傷湧上邵知心頭，他張了張嘴，彷彿有千斤重擔壓在心上，讓嗓音發澀：「查到一個叫謝武的，曾是北征軍，三年前受傷從軍中退出回到了京城。謝武是沈管事的表弟，當年進入兵營正是沈管事一手操辦的。他是這次護送夫人前往北地的侯府護衛之一，正是他藉著打獵的名義，從鬼哭林穿過山腹去了回攘，與那邊的韃子聯繫上了。」

邵知說到這裡，小心翼翼看了邵明淵一眼。「將軍……」

「沈管事招供了幕後指使？」

邵知沉默了。邵明淵靜靜等著，一直沒等到邵知的回話，便輕輕笑了。「我明白了。」

他頭一偏，咳嗽了一下，以手掩住，而後回過頭來。「繼續說吧，那個謝武如今在何處？」

邵知卻霎時駭然失色：「將軍！」

「怎麼了？」邵明淵眉眼淡淡。

邵知眼睛瞪大，見慣了槍林箭雨的漢子眼眶卻紅了，死死克制著才沒有落淚，顫抖著唇伸出手。「將軍，您……您擦擦，您流血了……」

流血？

邵明淵垂眸看了一眼手心。骨節分明的手指，厚繭層疊的掌心，上面是一抹觸目驚心的殷紅。

邵知撲通一聲跪了下來，在這一刻，鐵血漢子淚如雨下。「將軍，屬下知道您心裡難受，只是求您不要這樣對自己！我們需要您，大梁的百姓也需要您啊！」

邵明淵掏出雪白的方巾擦了擦嘴角，輕踹邵知一腳，淡淡道：「起來，大男人哭成這樣，丟不丟人？」

「屬下不管，屬下不怕丟人，屬下只希望將軍能愛惜自己！」

「我沒事，不過是急火攻心罷了。呵呵，以往什麼傷沒受過，也沒見你這個慫樣子！」

「我……」邵知張了張嘴，說不出一個字來。

那能一樣嗎？可是他一個下屬，此刻能說什麼呢？

讓將軍把那個該死的幕後指使千刀萬剮？不能夠啊，那是將軍的親娘！

「說正事。謝武人呢？」邵知乾脆低下了頭不去看邵明淵的樣子，低低道：「沈管事招認，回到京城後就打發謝武出去躲著了。屬下已經派了人去找謝武，另外請示將軍，沈管事該怎麼處理？」

「放他回去。」

邵知猛然抬頭：「放回去？」

邵明淵輕輕頷首。

「將軍，這也太便宜那王八羔子了，咱們不能對付那幕後指使，還不能收拾那個混蛋嗎？」

邵知急急說完，又後悔失言。

將軍既然這麼說，他照辦就是，怎麼還亂說話戳將軍心窩子，真是糊塗了！

「邵知，我的意思是，放他回去，還當他的沈管事。」

「將軍……」邵知聽得更加困惑。

「你讓冷逸告訴他，好生生回去當他的管事，若是引起任何人疑心，當不成這個管事，那麼命也不必要了。」

這一次邵知徹底明白了，看向邵明淵的目光更是崇敬，抱拳道：「領命！」

將軍果然還是他心中智勇無雙的將軍，哪怕如此心傷，依然能做出最有利的選擇。

暫且不動沈管事，而握有沈管事的天大把柄，無異於從此以後掌控了大半個侯府的動靜。

「去吧，等尋到謝武，收集所有人證物證，都給我控制起來，然後把謝武從小到大的一切，都查一查。」即便那幕後黑手來自至親，又如何會恰到好處選出那樣一個人？

邵知領命出去，邵明淵替自己倒了一杯溫水，緩緩喝下，沖散了口中的血腥味。而後他靠著牆壁坐下來，閉上了眼睛。

母親……是想要他死嗎？

如果她想要的是他的命，又何必害了別人！

哦，不，那不是別人，那是他邵明淵的結髮妻子。

邵明淵閉著眼，皎潔的月光透過雕花窗櫺灑進來，投在他臉上，把那張臉映得比北地阿瀾山上的雪還要白。

他忽地就想透徹了，不由露出自嘲的笑容。

原來母親要的，是他生不如死。

多麼殘忍的真相。

一陣氣血翻湧，邵明淵伸手按住心口，把翻騰的氣血壓下去。

有那麼一瞬間，他很想不顧一切去質問，可最終還是把那個念頭壓了下去。

質問了，又怎麼樣呢？他做不到把刀劍對準自己的母親，或許一刀結果了自己還痛快些。

邵明淵低頭，雙手插進髮裡，冷意襲來，從裡到外，冰冷一片。

三十　初見兄長

天氣漸漸熱起來，在喬昭隱祕的期盼中，終於到了她出殯的日子。

哦，這樣想似乎有些奇怪。

喬昭每當想到這裡，就忍不住發笑，暗嘲自己是越來越心大了。

這天她起了個大早，白淨淨的臉蛋什麼都沒塗，上穿鴨蛋青的衫子，下穿白色挑線裙，渾身上下無一裝飾，只帶了一對白珍珠耳墜。

給鄧老夫人請過安，喬昭便道：「祖母，明天是去疏影庵的日子，我想去筆墨鋪子逛逛，看有無合適的筆墨送給師太，答謝師太這些日子對我的指點。」

「我聽說無梅師太所用之物俱是皇家所供，三妹若是想送師太禮物，還是深思熟慮為好。」黎皎貌似體貼提醒一句，心中對喬昭卻更恨了。

這些日子東府女學一直停著，那女學原本就是為二姑娘辦的，如今黎嬌足不出戶，頗有就此退出京城閨秀圈之意，東府對辦女學當然是興趣寥寥。

要說起來，這都是黎三害的，若不是因為黎三讓二妹接二連三出醜，她如今怎麼會沒有學上？偏偏最該受到教訓的人如今卻處處得意，這可真是不公平！

「我只需要盡心就好，不需要深思熟慮。」喬昭淡淡道。

鄧老夫人點頭。「妳三妹說得對，對那位師太無需刻意討好，盡心就夠了。昭昭，去吧，早去早回。」

黎皎心中冷笑一聲，面上卻笑得溫婉。「祖母，我陪三妹一起去吧，正好我也想買些箋紙了。」她拉拉鄧老夫人衣袖，笑意盈盈。「我們姊妹一起作伴，祖母也能放心，您說好不好？」

鄧老夫人點點頭，剛要說好，就聽一個清清淡淡的聲音響起：「不好。」

鄧老夫人一愣。黎皎完全想不到喬昭拒絕得這麼乾脆，瞳孔一縮，看著她。

當著祖母的面兒，黎三怎麼敢這樣拒絕？真以為得了無梅師太青眼就可以上天了？

黎皎看著喬昭，眼圈忽然就紅了。「許是我哪裡惹了三妹不高興，三妹可否說個明白？」

她一別眼看向鄧老夫人，淚盈於睫。鄧老夫人下意識拍拍黎皎的手，看著喬昭，語氣依然溫和：「昭昭啊，怎麼不願意與妳大姊一同上街呢？妳們兩個一起，還有個伴兒。」

喬昭依舊神色淡淡，彷彿黎皎的委屈落淚對她沒有絲毫影響。「逛街買東西本是愉快的事兒，與大姊一起去，我卻會忍不住心有餘悸。」

「三妹，妳這是什麼意思？」

喬昭淡然抬眸，與黎皎對視。「數月前，我與大姊一同出門，結果就被人販子拐了。」

她今天出門是為了去見兄長的，如此重要的事，怎麼能帶上一個本就對她居心不良的人？

祖父說過，當斷不斷必受其亂，學會拒絕遠比人們想像的更重要。

今日與其裝出姊妹和睦的樣子同意和黎皎一起上街，不如乾脆拒絕，哪怕引來祖母不快，後果亦要比給她添麻煩好得多。

聽了喬昭的話，黎皎心中一慌。黎三這是什麼意思？莫非想當著祖母的面，說花朝節那天被拐是讓她害的？她有什麼證據？一想到證據，黎皎一顆心又落了回來。是了，黎三不可能有證據，她怕什麼？

「三妹，妳這樣說就太傷人了。祖母，您是看著皎兒長大的，我是這樣蛇蠍心腸的人嗎？會害自己的親妹妹被人販子拐走——」

在鄧老夫人有反應之前，喬昭波瀾不驚打斷黎皎的話：「我沒說是被大姊害的啊。我只是說，那天和大姊一起出門，結果被人販子拐了。那件事是我一輩子的陰影，所以再和大姊一道出去，我就會忍不住想起來。我一想起來，當然會心有餘悸，又如何能愉快？」

這位祖母雖然算是明事理的，可十指伸出尚有長短，人有偏心又何足為奇？

黎皎自幼失母，幾乎是跟著鄧老夫人長大的，鄧老夫人難免偏疼她一些，黎皎說出那番話後，一旦讓鄧老夫人先表了態，她要再說出這番話就遲了。

大多數長輩在小輩面前表錯了態，願意承認者少，反而會為了證明自己是對的，而讓小輩遵從他們的決定。果然，因為喬昭先開了口，鄧老夫人原本按住黎皎的手便抬起來，輕輕拍了拍喬昭肩頭。「昭昭啊，過去的事就不要多想了，既然妳覺得彆扭，那就一個人去吧。」

喬昭揚起淺笑，小姑娘的嬌憨甜美重回臉上。「多謝祖母。」見小孫女的歡喜真真切切，鄧老夫人忽然覺得自己做了一個正確的決定，寬慰笑道：「去吧。」

眼睜睜看著喬昭歡歡喜喜離去，黎皎指甲險些掐進手心裡去。

黎三到底是怎麼了，為何突然間就開竅了似的，以往別人一坑她一個準，現在卻是她一坑人一個準。讓黎三這麼一繞，她剛剛那些話反而顯得心虛了！

鄧老夫人看了黎皎一眼。「皎兒，妳也不必多心，逛街本是件開心的事兒，強湊在一起確實不好，妳要體諒妳三妹的心結……」向來溫婉賢淑示人的黎大姑娘險些翻了個白眼。

合著黎三被拐一次還成水晶人了，摸不得碰不得，早知道把她拐走好了！

當然這些話是不能說的，黎皎緩了緩情緒，抿唇道：「孫女確實是想去買些東西，既然三妹不願意與我一起，那就自己去吧。」

「去吧，去吧，再過些日子就太熱了，如今正是逛街的好時候。」

喬昭出了門，沒坐黎府馬車，而是命冰綠僱了一輛車子，先去筆墨鋪子選好了一方上品淨煙墨，隨後趕往靖安侯府。

馬車行到半途，就被人山人海堵得無法前行，喬昭乾脆帶著兩個丫鬟棄車步行。

百姓最愛看紅白喜事的熱鬧，何況是冠軍侯夫人出殯，那前往的賓客不勝枚數，不是王孫公子，便是高官重臣，轎子馬車從靖安侯府一路擺出去數里，引來百姓圍觀便不足為奇了。

喬昭往前走著，路過一個個高高搭起的彩棚，耳邊是百姓們興奮的議論聲，又有許多小販趁機兜售最適合看熱鬧的瓜子等物，彷彿這場葬禮是一場傾城而動的狂歡，而後定然會被京城的人們茶餘飯後議論許久。

而她，居然是那個主角。

「來了，來了！」人群一陣騷動。

浩浩蕩蕩的出殯隊伍由北而來，豔陽的天好似突然間大雪紛飛，白茫茫一片。

不少人驚呼起來：「快看，竟然是冠軍侯親自打幡！」

人們爭先恐後踮起腳觀望，喬昭顧不得其他，往最前面鑽。

「姑娘、姑娘，您小心啊！」冰綠不斷把靠近了喬昭的人往旁邊推，急得臉色發白。

姑娘這是怎麼了啊，平時的淡定從容呢？為了見冠軍侯也太拚了！

阿珠面上不露急切，卻牢牢把喬昭護住，半點不敢分神。

而此刻的喬昭卻什麼都顧不得了，她眼睜睜看著送殯的隊伍由遠及近，緩緩而來，那打幡的年輕將軍，送殯親友中的池燦、朱彥等人，還有相處不錯的小叔子邵惜淵。但無論是熟悉的或是陌生的一張張臉，皆無法入了喬姑娘的眼。

她的目光，由始至終只盯著一個人。

那人身姿挺拔，如松如竹，遙望時只覺風采無雙，待走近了，便看到那張本該朗如明月的容顏，被硬生生毀去一半，喬昭所站的這一邊，正好把喬墨毀容的半邊臉瞧個清清楚楚。

被如豺狼般的韃子擄去時，喬姑娘沒有哭；被空等了兩載的夫君一箭奪去性命時，喬姑娘沒有哭；重新睜開眼，面對著各色人等的嘲笑與非難，喬姑娘沒有哭。

可是這一刻，喬昭忽然抬手遮住眼睛，眼淚紛紛落下來，耳邊是此起彼伏的議論聲。

「你們看，那人是誰啊，怎麼跟鬼一樣嚇人？」

「那人一定是被毀容的喬家公子了。」

「喬家公子？嘖嘖，就是前兩年與長公主府的池邊寶樹並稱的喬家玉郎？」

「就是他！」

「唉，喬公子毀了容，怎麼不遮掩一下呢？」

「誰知道呢，嘖嘖，瞧著真是嚇人。」

那些議論聲嘈雜無比，彷彿有無數蒼蠅在耳邊亂飛。喬昭有些眩暈，卻挺直了脊背，把手放下來。

她的兄長是毀了容，卻沒有做任何見不得人的事，那些心思骯髒壞事做盡的惡人都不怕見人，她哥哥為什麼怕？無論是她，還是兄長，從不會學藏首露尾的行徑！

喬昭癡癡望著喬墨，腳步隨著他的前行而移動。

「哎呀，妳這小娘子，怎麼不看路呢？」一個眼神輕浮的年輕男子伸手去捏喬昭手腕。

冰綠大驚，厲吼一聲：「放開我家姑娘！」小丫鬟說著飛起一腳，朝著年輕男子下邊踹去。

隨後，年輕男子的慘叫聲直沖雲霄，蜷著身子滾到了路中間，把出殯的樂聲都逼得停了停。

邵明淵腳步一頓，出於常年對戰的直覺，立刻往事故源頭的方向望去，這一望，便撞見一雙含淚的眸子。

他不由得一怔。最近似乎常常見到這位黎姑娘。

早有侯府的人上前把那倒楣的年輕男子拖走，哀樂聲再起，出殯隊伍繼續往前動起來。

那一刻，喬昭沒有注意邵明淵投來的目光，而是一直盯著喬墨，心中有緊張，有期待，可喬墨始終沒有轉頭。她忽然覺得很委屈，眼淚簌簌而落。

邵明淵尷尬收回視線。

一直悄悄跟著隊伍行走的江遠朝眼神閃了閃，若有所思。

那小姑娘也來看熱鬧了？她哭什麼？她的視線……江遠朝偏頭，看了看隊伍。不是看冠軍侯，她是在看……

江遠朝順著喬昭目光的方向看去，得出了結論：她在看喬墨！

一個小小的翰林修撰之女，盯著毀容的喬家公子看個不停？

江遠朝直覺有些不對勁，但今天這樣的日子，他沒有什麼心情追根究柢，也不過是牽了牽嘴角，就涼涼收回了視線。

送殯隊伍裡的楊厚承湊在池燦耳邊，低聲道：「我剛剛好像在人群裡看到黎姑娘了。」

「是麼？」池燦不由自主瞄了兩旁一眼。

「那邊，那邊，你們快看，黎姑娘跟著我們呢。」楊厚承悄悄指給池燦與朱彥看。

但他自己先愣了愣。「黎姑娘哭了啊。」

池燦猛然看過去。路旁站滿了看熱鬧的百姓，大都在跟著隊伍移動，最前方的少女像是人海裡的一葉扁舟，隨波逐流。她穿得太素淡，就如這長長的隊伍一般。

池燦莫名覺得不悅，好看的眉皺起來。

她怎麼了？好端端哭什麼？以她的性格，不像是為了看熱鬧跟著出殯隊伍亂走的人。

再者說，她好歹算是大家閨秀，這樣子像什麼話？就不怕再被人販子拐了去？或者被亂七八糟的流氓占了便宜？池燦繃緊了朱紅的唇，賭氣收回視線，可片刻沒到，又忍不住看過去，這樣反覆數次，終於確定喬昭確實在跟著他們。

出殯隊伍漸漸到了城門口，因為要出城門，速度遲緩下來，宛若一條銀白的巨龍，臥在那裡一動不動。池燦低低對朱彥與楊厚承道：「我過去一下。」

「拾曦……」朱彥忍不住喊了一聲。

池燦回頭。

「我覺得黎姑娘不是在跟著我們。」

池燦聽了不悅更甚，冷笑道：「我問問去！」他甩下兩位好友走出隊伍，來到喬昭面前。

看熱鬧的人太多，幾乎要與出殯隊伍混在一起，喬昭面前時不時就會有人擠過，是以當有人擋住她的視線時，專注盯著兄長的喬姑娘很自然往旁邊挪了挪。

所以這死丫頭根本就沒看見他？

「姑娘……」冰綠與阿珠，一個激動，一個沉穩，同時拉了拉她衣角提醒。

喬昭回神，因為哭過，柔美的音色帶了幾分低啞：「池大哥？你怎麼在這？」

「我說我一直在，妳信麼？」黑了臉的池公子忍耐地問。

喬昭沉默，她沒注意。這樣被人忽視徹底的感覺，池公子還是第一次嘗到，挑了挑眉問：

「妳來看這種熱鬧幹什麼？」

「我出來買東西，湊巧碰到了。看熱鬧不是人的天性麼？池大哥不是也一樣？」

池燦強忍著把眼前的臭丫頭一腳踹飛的衝動，咬牙切齒道：「當然不一樣，我是送殯的！」

喬昭呆了呆。大意了，果然話不能亂說的。

「所以妳在看誰呢？」池燦扭頭看了一眼長長的隊伍，眼神涼下來。「冠軍侯？」

他嗤笑一聲，低聲道：「黎三，我勸妳死了這個心，以我對邵明淵的瞭解，他短期內是不會接受娶妻的。妳恐怕還不知道吧，他特意向皇上告了一年長假，來為亡妻守孝！」

見到被毀容的兄長，喬昭心疼又難受，本就心緒不穩，聽池燦這麼一說，再也沒了好性子，淡淡道：「冠軍侯如何不關我的事，我看誰似乎也不關池大哥的事呀？」

「行，是我多管閒事了，那妳就跟著吧，再丟了希望還有多管閒事的人救妳！」池燦甩下這句話，拂袖而去。

喬昭抿了抿唇。她似乎有些失態了，可這個時候，她真的沒有心情哄池燦那彆扭的性子。

池燦回到隊伍裡，臉上烏雲密布。

「怎麼了？」朱彥問。池燦冷笑。「算我多管閒事！你們聽著，以後那丫頭就是被狼叼去，我若再眨一下眼睛就不姓池！」

「那你打算姓啥啊？」楊厚承下意識問。

朱彥伸手拍拍池燦，滿是敷衍安慰：「好啦，這種場合別氣了，以後咱們跟黎姑娘絕交，總行了吧？」

池燦一肚子的惱火忽然洩了。這兩個混蛋到底什麼意思啊？

隊伍緩緩移動著，喬昭從池燦三人那裡收回視線，再次看向喬墨。

不知是上天垂憐還是純粹的巧合，喬墨終於無意識往這邊看了一眼。

與兄長對視的瞬間，喬昭愣在當場，無聲落淚。
而後有一人伸手，把她拽進了人群裡。

三十一 似曾相識

喬墨覺得只是一眨眼的工夫，那個周身散發著清淨氣質，讓他陡然想到大妹的女孩子就不見了。他忍不住上前走了一步，卻被人拉住衣角。

「大哥……」哭紅了眼睛的喬晚仰著頭。

喬墨俯下身來，語氣溫和：「是不是累了？來，大哥抱妳。」

喬晚躲開。「我不要抱，大哥，我可以自己走。」

小姑娘抬手擦了擦眼睛，聲音嬌嬌軟軟讓人心疼：「大哥，早上去侯府，你為什麼不讓我看看姊姊啊？我想看看姊姊。」喬墨牽著幼妹的手，聲音溫柔：「那晚晚會忘了姊姊麼？」

「不會的。」小女孩把頭搖成撥浪鼓。

喬墨輕輕撫著她的頭。「那就是了。姊姊和晚晚一樣愛美，現在樣子不好看，不願意咱們看到。咱們只要把姊姊的樣子記在心裡就好了。」

「可是，我剛剛好像看到姊姊了……」

「妳說什麼？」喬墨眼神一緊。

前方的邵明淵忽然回頭。

小姑娘仰著頭，淚盈於睫。「我看到姊姊哭了。」

喬墨遙遙看邵明淵一眼，收回視線，輕聲道：「晚晚看錯了。」

喬晚難過地垂下了頭，好一會兒低聲道：「我就是覺得，姊姊那樣厲害的人，怎麼會輕易死掉呢？我不相信。」明明好多好多不如姊姊的人都活得好好的。所以她才要看一看，可哥哥卻不許。

邵明淵目光投向人群的方向。所以說，那天在春風樓的窗邊，他看到黎姑娘，並不是因為醉酒而產生的錯覺，而是黎姑娘果然有和妻子相似之處麼？

人群湧動，不見了少女的蹤影。邵明淵平靜收回目光。

是否相似，其實不是什麼重要的事，再怎麼相似都不是他愧對的那個人。

人群裡，如臨大敵的冰綠見到拉住自家姑娘的人，一時忘了反應。

「李爺爺？」喬昭有些意外。

李神醫吹著鬍子問：「昭丫頭，妳怎麼在這裡？」

「我……來看看熱鬧。」

「這種熱鬧有什麼好看的？」李神醫抬手敲了敲喬昭額頭，觸及她明顯哭過的眼睛，若有所思。昭丫頭哭了？「妳看熱鬧把自己看哭了？」

喬昭眨眨眼。她哭了有這麼稀奇嗎？她也是個女孩子啊，就算是以前，也不是沒哭過的，今天一個兩個都來問。不過池燦與李神醫的接連出現，還是把喬昭與兄長對面相逢不相識的難過心情給驅散了，讓她重新恢復了淡定。

「我在看喬家玉郎，看到他毀了容，覺得很難過，就哭了。」

李神醫張了張嘴，四顧一眼，把喬昭拉到人群後面去，語重心長道：「昭丫頭啊，爺爺雖然不大懂，但覺得妳這個年紀的女孩子，好像應該矜持點。為了男人哭這種事，哪能就這麼說出來了？」喬姑娘垂了眸。「嗯，那以後不說了。」

李神醫欣慰點頭。這就對了，管他什麼玉郎寶樹，長得好是能吃啊還是能喝啊？為不相干的男人操心，才是傻姑娘呢。

他這樣想著，就聽乾孫女聲音嬌柔道：「那李爺爺能不能替喬家玉郎把臉治好呢？」

李神醫：合著剛才都白說了！

她沒有想到大哥臉上的傷如此嚴重，憑她的能力，難以治好大哥的燒傷。

少女仰著頭，眼巴巴望著他。李神醫教訓的話忽然就說不出口了，抖了抖鬍子，氣惱道：「怎麼一個個的，都求老夫給那喬家玉郎治臉？」

雖然哪怕是無人來求，他也打算替喬墨醫治的，可來求的人一次比一次讓他意外。

「還有誰求？」喬昭聞言一怔。莫非是外祖家派人請了李爺爺？是了，若不是這樣，以李爺爺乖僻的性子，不可能出現在這裡。

李神醫聞言伸出手，遙遙一指。「喏，就是打幡的那小子！」

喬昭隨之望去，面色格外複雜。

邵明淵？原來他有求於李爺爺，不是為了驅除自身寒毒，而是為了兄長？他願意摻和進天家的渾水給李爺爺自由，就是為了請李爺爺給兄長醫治？

喬昭一時有些說不清是什麼感受。

感激？似乎談不上，她再大度也無法感激親手殺了她的人。

這和怨恨無關。

喬昭遙遙望著出殯隊伍裡一身素白的年輕將軍，心中輕嘆。

大概是感慨吧。感慨祖父並沒有看走眼，那個人是值得託付終身的，只是有更多其他的因素，讓他們最終走向了那樣一個結局。

隊伍已經出了城，天高地闊，走得快起來，依然有許多看熱鬧的百姓跟著，把停下來的喬昭與李神醫很快拋到了後面。

「喬家玉郎臉上的燒傷，李爺爺能治嗎？」

「這世上有老夫治不好的病？」李神醫哼一聲，隨後語氣一轉：「不過，他燒傷的是臉，治起來比較麻煩。」他認真看著喬昭。「昭丫頭，我可能要離開京城了。」

「李爺爺？」喬昭吃了一驚。

李神醫解釋：「要想治好喬墨的臉，需要一味藥，那藥只生長在南邊海裡的一種蚌殼裡，我要親自去採。」

「不能托人去採買嗎？」

李神醫搖搖頭。「不能，那是一種凝膠珠，外面是一層透明膠質，裡面是水，從蚌殼取出後若不及時入藥就會變質，沒有效用了，所以我必須親自走一趟。」

喬昭心情有些沉重。李爺爺一走，她又不能與兄長相認，在這京城真的是孤單單一人了。

「我聽說，南邊沿海有些亂，李爺爺一定要保重自己。」

李神醫不以為意笑笑。「這個妳不用擔心，我身邊有高手。」

他說著朝不遠處眉眼普通的年輕男子招招手。「過來。」

葉落默默走過來。

李神醫介紹：「他叫葉落，身手很厲害。」說著眨眨眼，補充道：「自從有了他，搗藥可方便了。」沉默寡言的某搗藥高手在心中大吼：將軍大人，我要回去，這差事實在沒法幹了！

「這也是……邵將軍派給您的？」喬昭問。

李神醫深深看她一眼。「昭丫頭這也猜到了？」

喬昭笑笑。「顯而易見。」

「妳這丫頭，挺聰明嘛。」李神醫嘆息。

他越來越會忍不住把昭丫頭和喬丫頭來比較，比來比去，就覺得她們越發像了。

如果——喬墨見到她會怎麼樣？這個念頭忽然從李神醫心中升起，而後搖搖頭。

除非昭丫頭就是喬丫頭，否則，沒有任何意義。

而喬昭卻在李神醫這一沉思、一搖頭的變化中，心中一動。

她一直苦於無法接近兄長，事實上，她完全可以藉著李爺爺與兄長有面對面的機會！

不是剛才如做夢般的對視，而是真切聽一聽兄長的聲音，甚至親耳聽他講一講，大火那一天，到底發生了什麼事。

李爺爺一定會問的！

這個念頭一旦升起，就好似瘋狂滋生的野草，再不可遏止。

「李爺爺，您今天來，是為了喬家玉郎的傷嗎？」

李神醫遙望著長長的送殯隊伍，輕嘆道：「也是，也不是。」

他想送喬丫頭最後一程，可惜身為長輩，只能以這樣的方式，如同無數路人一般，混跡在人群裡。老人的神情有些落寞，喬昭心生不忍，伸出手拉住他寬大的衣袖。「李爺爺，您若是遠行，昭昭會想您的。」

李神醫神情一震，猛然看向喬昭，抖著嘴唇道：「昭丫頭，妳說什麼？」

喬昭抬著頭，神情懇切。「我說您若是遠行，昭昭會想您的。」

李神醫一時出了神，耳畔彷彿響起女童軟軟的聲音：「李爺爺，您若是遠行，昭昭會想您的……」他深深看喬昭一眼，猶疑不定。

這世上，真有如此相似的兩個人嗎？

還是說，正是因為她們的相似，才讓他不由自主想多靠近這丫頭一些？

「昭丫頭，妳怎麼會認識喬家玉郎？」李神醫試探地問。

喬昭答得毫不忸怩：「在京城裡，但凡是姑娘家，誰不想一睹喬家玉郎的風采呢？我以前跟著姊姊們出門曾見過的。所以今天再見到，想著喬家玉郎如今的遭遇，就忍不住替他難過。」

說到這裡，喬昭笑笑：「不過有李爺爺替他醫治就好了，他們都說，您是絕世神醫呢。」

「小丫頭就是嘴甜。」李神醫輕輕敲了敲喬昭額頭。

喬昭笑著躲也不躲，忽然伸手一指隊伍尾處一名身穿黑衣的男子，低聲道：「李爺爺，您瞧見那人沒有？」

「哪個啊？人那麼多。」

「穿黑衣的，個子高高的，在隊伍末端。」

李神醫放眼望去都是人，哪裡分得清喬昭指的是誰，不以為意問道：「怎麼了？」

難不成又是長得好看，招小姑娘待見的？

「那人是錦鱗衛呢。」喬姑娘以一種很隨意的語氣說了出來。

李神醫眼神猛然一縮。一直當木頭人的葉落更是抬眸看了喬昭一眼，而後眼簾才落下來。

「昭丫頭，妳怎麼知道？」李神醫目光再從隊伍末端掠過，這一次便認真多了。

「我見過啊。有一次我去茶館，碰到過他和他的屬下呢。」喬昭這話說得很有技巧。

「李爺爺，我聽說被錦鱗衛盯上的人會有大麻煩呢。那人是跟著邵將軍的嗎？」

葉落的耳朵豎了起來。跟蹤他們將軍？那些爪牙真是可惡至極，他要去報告將軍大人！

「哦，也說不定是跟蹤喬家玉郎的？」喬昭再道。

跟蹤喬家玉郎？李神醫心中打了一個突兒，暗想：莫非和喬家大火有關？據說朝廷已經派官員前往嘉豐查探，難不成喬家那場大火有蹊蹺，才引起錦鱗衛的注意？

李神醫這樣一想，便替老友僅存的血脈多了一分擔憂，原本打算在人群中見過了喬墨的傷就離京採藥的，現在卻決定先見上一面再說。

「葉落，你先跟上去，等冠軍侯夫人下葬，就帶那個毀了容的人來見我。」

葉落一動不動。「將軍不許我離開神醫左右。」

「快去，大庭廣眾之下，我能出什麼事？」

「將軍不許我離開神醫左右。」

「我說了，沒事——」

「將軍不許我離開神醫左右。」

李神醫氣得吹鬍子瞪眼，想抬腳踹這根木頭一腳，又嫌硌得慌，一時竟拿他沒辦法。

喬昭便對葉落笑道：「那就請暗中保護的分出一人，去請人吧。」

李神醫聽得一愣一愣的，問葉落：「還有別人？」

「有啊。」葉落點頭。

「那你怎麼從來不說？」

「您沒問。」

別攔著他，他要下藥把這混帳毒死算了！

見葉落向某處打了個手勢，而後恢復了站樁的樣子。李神醫挑眼問喬昭：「昭丫頭，妳是如何知道暗中還有人？」

「呃，我隨便問問。」喬姑娘毫不負責道。李神醫一口氣堵在了嗓子眼裡。

葉落眉毛動動，飛快看喬昭一眼，垂下眼睛。幸虧將軍派他保護的是這位神醫，雖然脾氣古怪一些，但腦子不咋地，要是派他保護這位姑娘，那可就頭疼了。

絲毫不知道自已被搗藥高手鄙視的神醫揮揮手。「回茶館等著吧，晚不過日落之前，就該結束了。」

喬昭遙遙望了長龍般的隊伍一眼。龍頭處已經開始往山上走，那些看熱鬧的人漸漸開始往回走。她轉回身，默默陪著李神醫前往茶館。進了茶館坐定，李神醫灌了一杯茶，對喬昭道：「昭丫頭，妳先回去吧，出來太久，府上長輩該著急了。」

喬昭笑著道：「李爺爺放心，我已經打發一個丫鬟回去稟告了。」

李神醫仔細一看，那個叫阿珠的丫鬟果然不知什麼時候不見了。

喬昭端起茶壺，親自給李神醫斟了一杯茶奉上。「今天出來本來就是閒逛的，沒想到能遇到您，祖母定然樂見我多陪陪您。」

李神醫一想現在還早，一個人苦等無聊，便不再多說什麼，興致來了便拿出一本皺巴巴的圖冊教喬昭認穴，愕然發覺什麼東西只要一教她便會了，竟好似開了靈竅一般。

吃驚之餘，李神醫一改打發時間的態度，教得認真起來。

到日頭西移，李神醫正教得起勁，門外傳來腳步聲。

是大哥來了？

喬昭猛然站了起來，李神醫詫異看她一眼。

喬姑娘乾笑。「好像有人來了。」

李神醫依然懶洋洋坐著。「來了就來了唄，緊張什麼？」

三十二　毒氣攻身

對李神醫來說，喬墨只是一個晚輩而已，唯一的特殊，就是老友的血脈。

說話間，門外傳來請示聲，一直當木頭樁子的葉落前去把門打開了。

眉眼普通的男子站在門外沒有進來，而是低低與葉落說了幾句，便轉身走了。

葉落關好門，轉身走回來。

李神醫挑挑眉。「人呢？」

「神醫要請的人，在將軍夫人下葬後昏倒，被我們將軍帶走了。」

喬昭心裡一沉，脫口問：「昏倒了？為何會昏倒了？」

「這個沒打聽到。」

「李爺爺……」

李神醫站起來，並不見急切，對喬昭道：「我去看看。昭丫頭，妳先回去吧，天快黑了。」

喬昭眼睜睜看著李神醫帶著葉落出了門，卻沒有跟上去的理由。

「姑娘？」冰綠忍不住出聲，打斷了室內的靜默。「咱們回去麼？」

喬昭面上已經恢復了平靜。「不回，去濟生堂！」

大哥昏倒，送他回府再請大夫未免太耽誤時間，邵明淵最大的可能是就近找一家像樣的醫館，而按照回城的路線研判，十有八九會選擇濟生堂。

「去濟生堂？那不是醫館嗎？」冰綠轉轉眼珠，見姑娘已經抬腳往外走，忙跟了上去。

主僕二人出了茶館，直奔濟生堂而去，到了濟生堂外，就見那裡站滿了身穿白衣的年輕男子，從他們的站姿可以看出皆是兵士。

百姓們喜歡看熱鬧，但對這樣一看就不好招惹的人，卻沒有湊上去的勇氣，而是站得遠遠的圍成一圈看熱鬧。

喬昭心下鬆了口氣。看來猜對了，邵明淵果然把大哥送來了這裡。

「姑娘，咱們要進去嗎？」冰綠看一眼人高馬大、面色嚴肅的兵士們，哪怕是天大的膽子，此刻也有些膽怯。

喬昭面色沉靜如水，輕聲道：「不必了，在這看看。」

小丫鬟瞪大了眼。「咱們、咱們就是來看熱鬧的？」

喬昭看她一眼，頷首。「也可以這麼理解。」

瞧這架勢，尋常人想進醫館定然會被拒絕的，且會引來太多人注意。既然李爺爺說要來看大哥，還有誰比李爺爺更讓她放心呢？

她來到這裡，不過是想第一時間知道大哥的情況而已。

時間一點點流逝，晚霞絢麗如花，在天邊開得如火如荼。

喬昭靜靜站著，雙腳漸漸麻木，明明是夏日，卻感到一股冷意。

濟生堂裡。

喬墨終於緩緩睜開眼睛，映入眼簾的人讓他一怔，點漆般的眸子微轉，疑似在夢境。

「神醫？」他試探喊了一聲。

「醒了？別懷疑，你不是在做夢。」李神醫表情有些嚴肅。

喬墨雙手撐著便要坐起來。李神醫抬手，按在他的肩頭。「別逞能了，好好躺著吧。」

「是晚輩失禮了。神醫怎麼會在這裡？」

當初祖父病危，李神醫照顧祖父直到祖父仙逝，才飄然而去，從此再未見過。

李神醫在一旁的椅子上一屁股坐下來，拿方巾緩緩擦著手，問喬墨：「你先別操心這個。我問你，你為何昏倒，心裡有沒有數？」

喬墨被問得一愣，如墨的眉蹙起，赧然道：「大概是憂思過度，又一直沒有休息好……」

「不是。」李神醫出聲打斷，把擦過手的方巾直接丟進了盆裡，深深看著喬墨。「你是中了毒。」

「中毒？」喬墨眸光一閃。

「對，你中的是零香毒，無色無味，在體內累積到一定分量可以暫時蟄伏，直到身體虛弱染上風寒等症，便會趁機發作出來。尋常醫者很難尋到根源，只會當尋常症狀來治，藥不對症，後果可想而知。」

「是麼？」喬墨垂眸，左臉頰的燒傷因為離得近了，看起來格外驚心。「神醫，此事還請您替晚輩保密，不要對任何人提起。」

「可以，你自己心裡有數就好，我剛剛已用銀針替你引出了毒素，目前你身體雖虛弱，好生養著便會慢慢恢復。喬墨，你們家那場大火，到底是怎麼回事？」

喬墨沉默片刻，開口道：「因為祖父孝期已滿，那幾天晚輩奉先父之命，每天都出去拜訪世交故友。那天晚輩回來時已是傍晚，全家已燃起了大火，趕來的村民們束手無策，誰都不敢靠近。晚輩就從火勢稍小的後門衝進去，把幼妹救了出來，然後屋舍就坍塌了。」

李神醫聽完，沉默了許久，問：「那場大火……你認為是天災，還是人禍？」

喬墨垂下眼，輕聲道：「這個，晚輩還不確定，先等等看前往查案的欽差回來怎麼說。」

「也好。老夫不日就要離開京城，等下次回來，就替你治臉。」

聽到神醫要為自己治臉，喬墨依然很淡然。「神醫這就要離京嗎？」

李神醫笑起來。「不離京，如何治好你的臉？有一味藥，京城是沒有的。」

「讓神醫如此費心，晚輩很是慚愧。」

「別想太多，憑著我與你祖父的關係，見你這樣我也不會袖手旁觀。更何況，還有兩人替你求情呢。」

喬墨訝然。如今，還有人會為他如此打算嗎？

莫名的，喬墨腦海中浮現一個人，確認道：「莫非是冠軍侯？」

李神醫抬抬眉毛。「現在的年輕人，一個個都是人精啊，確實是冠軍侯請老夫出手。本來他讓我不必對你說的，不過我即將離京，想了想，還是和你說一聲為好。那小子沒有想像中差勁，以後你在京城，也算多個助力。」

「多謝神醫替晚輩打算，只是不知，另一人是誰？」

「那人啊——」李神醫神情柔和下來，笑瞇瞇道：「是老夫的小孫女，覺得你好看，毀了臉可惜。等我下次進京，讓你們認識一下。」

眼下喬墨面對一個爛攤子，還是不要昭丫頭摻和進來了。

覺得可惜啊？喬墨忍不住微微笑了。

神醫的孫女，看來還是個小姑娘呢，也不知道能不能和晚晚成為朋友呢？

喬墨也不過是恍了一下神，想到莫名其妙中了毒，嘴角笑意微凝。他的毒，究竟是什麼時候中的？

李神醫見他若有所思，叮囑道：「好好休養，年紀輕輕別想太多。」

「晚輩知道了。」

李神醫起身出去，邵明淵便等在廳裡。

「神醫，我舅兄如何了？」

「沒有大礙，把他送回去好好養著就是了。」

「那就好。」邵明淵明顯鬆了口氣，嘴角不自覺露出笑意。

他生得清朗俊逸，心性磊落，一笑如清風明月。

李神醫看在眼裡，猶豫了一下，彆彆扭扭問：「你請大夫看過沒？」

「沒有，之前不知道舅兄身體如此孱弱，幸好有神醫在。」

「不是，我是說，你自己看過大夫沒？」李神醫翻了個白眼。這笨蛋！

邵明淵微怔，安靜了片刻，笑道：「在兵營時曾看過。」

「大夫怎麼說？」

「大夫說無能為力。」

「那你有什麼打算？」李神醫斜睨著邵明淵。

求我啊，好好求我，若是心情好，我或許會改了主意。

「暫時尚能忍受，若是有機緣遇到名醫，能驅除寒毒是最好的，若是遇不到，也不強求。」

邵明淵坦然道。

遇到名醫？李神醫抖了抖嘴角。這小子眼瞎啊，還有什麼名醫比我有名？

真是氣死人了，就因為我說只治一個，這小子就不知道說幾句軟話嗎？哼，那還是等我回來再說吧，反正一時半會兒也死不了！

「對了，我打算離京了。喬墨臉上燒傷太過嚴重，我需要去南邊沿海采藥。」

聽李神醫這麼說，邵明淵沒有多嘴，很乾脆道：「在下這就安排保護神醫的人手。」

李神醫最討厭別人在有關醫術這方面指手畫腳，見邵明淵這麼乾脆，頓時看他順眼幾分，心想：這領兵打仗的人行事確實爽快，不像那些文官勳貴，淨整些婆婆媽媽的事兒。

「老夫不要太多人跟著，太麻煩。這樣吧，讓葉落跟著我，再加一個身手好、水性好、性情好的車夫就夠了。這要求不高吧？」

「不高……敢問神醫，性情好是指什麼？」

身手好，水性好，這條件放在京城不好找，他的軍中卻有不少。就是這性情好，還是問清楚為妙。李神醫摸摸鬍子：「性情好麼——少說話，多做事，我指東他不能往西，然後別整天像葉落一樣當木頭樁子就行了。」

「好。」邵明淵含笑看了緊跟在李神醫身後的葉落一眼。

葉落一臉委屈。將軍，我才不想陪著這性情古怪的神醫去南邊呢！

「葉落，以後要好生保護神醫的安全，記住了嗎？」

年輕的將軍目光淡淡掃來，滿腹委屈的小侍衛立刻低了頭。「是，請將軍放心，屬下誓死保護神醫安全！」

「行了，行了，好像我去龍潭虎穴似的。對了，我還有一件事要交代。」

「神醫請說。」

「我的乾孫女，你知道吧？」

邵明淵微愣，腦海中立刻浮現出少女淡然淺笑的樣子。

他點頭。「知道。」

「想你也不可能這麼快就忘了，上次才在人家府上吃過飯的。」

葉落一雙耳朵立刻豎了起來。

什麼？將軍大人在神醫乾孫女府上吃過飯？這是什麼時候的事，他怎麼不知道？

邵明淵頗為無語。神醫這樣一說，為什麼有種他專程去人家府上蹭飯的感覺？

「我也沒有別的要求，那丫頭命苦，在老夫不在京城的這段時日裡，你替我多照顧她一下，怎麼樣？」

照顧？邵明淵下意識拒絕：「男女有別，令孫女居於內宅大院，明淵恐怕幫不上什麼忙。」

「又不是讓你娶了她。」李神醫翻了個白眼，心中對邵明淵的自律倒是頗滿意，反而更放心了。「要是你聽說她遇到什麼難事或是被人欺負了，替她撐撐腰就夠了。」

邵明淵猶豫了一下，終於點頭。「明淵定盡己所能。」

「這樣老夫便放心了。我回頭收拾一下，等一切準備妥當了就直接離京，到時候你不必送我，再有別的事，我會讓人跟你說的。」

「好，那明淵祝神醫一路順風，早日回京。」

李神醫喜歡的就是邵明淵不婆婆媽媽的性子，滿意拍了拍他的肩，帶著葉落從醫館後門走了。

醫館門前看熱鬧的百姓漸漸散去，只有少數路過的行人，因為好奇那些佇立醫館門前氣勢非凡的年輕人們而駐足，等了一會兒不見動靜，便接著趕自己的路去了。

只有喬昭一動不動，目光一直盯著醫館大門。

終於，就見一頂竹青色的二人小轎停在大門口，遮掩了來自外面的視線。

喬昭沒有猶豫，抬腳走過去，等她走到時，竹青色小轎已經抬起。

年輕的將軍目光淡淡看過來，似乎詫異出現在眼前的人，淡然的目光轉為溫和。

他輕輕頷首算是打過招呼，示意起轎，跟著竹青色小轎往前走去。

那些站在醫館門前的年輕侍衛們立刻合攏成一隊，護在轎子與邵明淵兩側跟上。

喬昭望著漸漸遠去的竹青色小轎和那人挺拔的背影，喊了一聲：「邵將軍。」

邵明淵腳步一頓，示意親衛們繼續前行，自己則轉了身，回走幾步站到喬昭面前。

他個子高，喬昭頓覺光線被遮擋了大半，只得抬起臉看他。

逆光下，近在眼前的人如冷玉一般白皙，連唇色都是淡淡的。

喬昭下意識抬了抬眉。邵明淵遇到了什麼事？身體狀況似乎越發糟了。

「黎姑娘，喚在下有事？」溫和的聲音拉回了喬昭的注意力。

「邵將軍，我乾爺爺是不是在醫館裡？」

邵明淵恍悟，淡淡笑道：「原來黎姑娘是來找神醫的，但神醫已經從醫館後門走了。」

「哦。」喬昭並不意外。以李爺爺不願意惹麻煩的性子，好不容易脫離了王府恢復自由，哪還想再引起人注意，自然是怎麼低調怎麼來。

邵明淵平靜看著近在咫尺的少女，見她淡淡應著，瞧不出是不是失望，便也不知該說些什麼才好，於是道：「黎姑娘若是無事，那在下告辭了。」

喬昭抬眸，似是好奇又似是隨意，問道：「那病人怎麼樣了？」

那病人怎麼樣了？眼前的少女問出這句話，明明給人的感覺是順便問起，可邵明淵卻敏銳察覺，這個問題似乎對她很重要。

於是他也認真回道：「神醫說沒有大礙，好好休養就可以了。」

喬昭終於鬆了一口氣。

哥哥沒事就好。

雖然遺憾沒能和兄長說上一句話，但知道他沒有大礙，喬昭整個人都輕鬆起來，向邵明淵微微一笑。「剛剛我本來和乾爺爺在一起，誰知他聽說喬公子病了，就急匆匆走了，我隨便問問。」

雖然沒什麼理由，可這姑娘似乎在欲蓋彌彰。

喬昭很快意識到這一點，唇畔笑意微凝，深深看了邵明淵一眼。

他比她想的要心細。

「黎姑娘還有事？」

喬昭搖搖頭。「沒有了。」

邵明淵眸光深深。

不是「沒有」，是「沒有了」。也就是說，原本是有事的，現在沒有了。

那麼，黎姑娘其實想知道的，就是舅兄是否無恙？這是為什麼？黎姑娘難道與舅兄本就認識？

是了，舅兄以前也是在京城的，說起來二人是有認識的可能。

莫非，黎姑娘是舅兄的傾慕者？邵明淵眸光低垂，看著眼前的少女。

他曾聽楊厚承提過，池燦與舅兄都很受京城姑娘們歡迎。

喬昭抿了抿唇。眼前這傢伙在想什麼？總覺得哪裡怪怪的。

「咳咳，邵將軍自去忙吧，天色不早，我也該回府了。」知道了想知道的，喬昭欠身福了福，準備告辭。

邵明淵抬頭掃了一眼天邊。天際如火的雲霞漸漸變得暗淡，天色果然不早了。

「我派人送妳吧。」他自然道。

神醫既然要他照顧好黎姑娘，那麼受人之托，當然要忠人之事。

喬昭愣了一下，心裡莫名有些不舒服。這人，難道隨便一個姑娘與他搭話，他都要派人相送？

那恐怕不出一年，想嫁他的姑娘就要從靖安侯府排到城門外去了。

位高權重又溫柔有禮的年輕侯爺！

呃，這似乎不關她的事，可想想還是有些憋屈。她這個正牌妻子當初被這傢伙一言不發射死了，他對別的小姑娘卻溫柔款款？

看著眼前少女忽然冷下來的臉色，年輕的將軍頗有些茫然。他似乎沒說什麼啊？

「不用了，我有丫鬟陪著。將軍再不走，轎子該走遠了。」

「那好吧，在下告辭了。」邵明淵覺得在眼前少女徹底翻臉前還是先走為妙，轉身走出數步，忽然恍然大悟。

黎姑娘不悅，是不是因為那次他在黎府用飯，黎姑娘特意準備了佳餚款待，而他卻沒有表達過謝意？這樣想著，年輕的將軍轉過身來，向冷著臉的少女抱拳一禮：「多謝黎姑娘那日的款待，哦……山藥很好吃……」

山藥很好吃是什麼鬼玩意？喬姑娘臉色更冷了。

「告辭！」年輕的將軍茫然無措，趕忙走了。

邵明淵快步追上了轎子，悄悄吩咐一名親衛：「醫館門前有位穿青衣白裙的姑娘，你暗暗送她回家去，注意不要被她發現了。」

親衛心想，天啦，他們將軍對一位姑娘一見傾心啦！好激動，然而不能說！

發現了大八卦只能死死憋在心裡的親衛默默走開。

喬昭收回視線，繃著臉喊冰綠：「冰綠，還愣著幹什麼，回府。」

一直呆若木雞的小丫鬟這才回神，摀著臉語氣激動：「姑、姑娘，您真的太厲害了！」

「嗯？」小丫鬟狂熱崇拜的眼神讓喬昭莫名其妙。

「您居然，又和冠軍侯搭上話了！」

又……

這個字讓素來淡然的喬姑娘驟然生出了把小丫鬟踹一腳的衝動，沉著臉道：「去僱車吧。」

「噯。」自家姑娘能與冠軍侯搭上話，對冰綠來說可比看了一天的熱鬧要值得多了，立即歡歡喜喜應下來，轉身向街頭走去。

只剩下自己一個人，喬昭輕輕嘆了口氣，忽覺身後有腳步聲。

她立刻轉身，就見一人低頭看她，嘴角笑意玩味。

「江大哥？」

「黎姑娘，我發現一件很有意思的事。」

「什麼事？」面對錦鱗衛中大名鼎鼎的十三太保，喬昭收起了所有的情緒，淡淡問他。

「妳不但認識我，還認識喬家公子。」

喬姑娘面不改色。「喬家玉郎風采無雙，京城認識他的小娘子不知凡幾。至於江大哥——」

少女彎唇笑笑。「不是佛誕日那日才認識的嗎？我至今不知道江大哥家住何處，姓甚名誰呢。」

聽喬昭這麼說，這一次江遠朝沒有落荒而逃，反而淡淡笑道：「那妳聽好，我姓江名遠朝，目前暫居江大都督府。黎姑娘還有什麼想問的嗎？」

「沒有了。江大哥，我該回家了。」喬昭微微欠身，轉身欲走。

江遠朝在她後面慢慢道：「可我還有想問黎姑娘的，黎姑娘還是請留步。」

喬昭回過身來，嘆氣。「我現在又有問題了。」

「那妳先說。」

喬昭看著江遠朝，忽然笑了。「江大哥時常出現在我面前，又總是這麼多話說，我會以為，你可能暗暗傾慕我。」

江遠朝嘴角笑意一僵，明顯呆了呆。

這世上還有這樣臉皮厚的小姑娘嗎？她才多大，他該有多變態，才會對一個小姑娘動心思？

這樣想著，江遠朝下意識打量喬昭一眼。少女身材纖細，容顏嬌弱，彷彿是才結出花骨朵的梔子花，靜悄悄綻開那麼一點點，雖然還很稚嫩，卻有了足夠讓人心動的理由。

一個嬌弱青澀偏偏淡然聰慧的小姑娘，這樣矛盾的存在，本身就足夠引人注目了。

所以，會招人注意也不奇怪吧？

等等，他怎麼被帶歪了？江遠朝抽了抽嘴角，尷尬收回視線。

「江大哥還有什麼話問我？」喬姑娘淡淡問。

「妳是如何知道我是錦鱗衛的？」

也許那次她買糖葫蘆只是巧合認出江鶴是在茶館見過的人，並沒有猜出他們是錦鱗衛？應該是他多心了，不然一個小姑娘知道他是錦鱗衛，怎麼會一點不害怕，還敢……調戲他？

以他活了二十多年的經驗來看，剛剛那是調戲吧？

江遠朝不確定地想。

三十三　車夫十三

少女偏著頭，笑意淺淺。「大概、可能，是因為江大哥的手下被我發現兩次吧。」她頓了一下，補充：「連續。」

就說應該讓江鶴那個蠢貨天天刷馬桶的！

有些惱羞成怒的十三爺上前一步，居高臨下看著喬昭。「那妳不怕嗎？」

喬昭愣了愣，笑道：「我以為大名鼎鼎的錦鱗衛主要是做查案、抄家那些事的，難道還會與我一個手無縛雞之力的小姑娘過不去嗎？尤其是——」她深深看江遠朝一眼，提醒道：「我只是一個小小翰林修撰的女兒。」

「翰林院修撰的女兒啊？」江遠朝瞇了瞇眼，忽地抬手，輕輕捏住喬昭的下巴。喬昭修長的眉輕蹙起來。

所以說，錦鱗衛這樣的人最討厭了，什麼都不顧忌，肆意妄為。大概在他們眼裡，沒有男女之分，只有有嫌疑的和暫時沒有嫌疑的兩類人吧，所以才可以對一位小姑娘隨便動手動腳。

喬昭沒有躲。

在絕對的武力之下，她一個弱質纖纖的女流躲避大叫，不過是徒勞無功，自取其辱。

她便這樣靜靜看著江遠朝，目光波瀾不驚，哪怕感到觸碰她下頦的肌膚有些粗糙，依然不動聲色。江遠朝的目光，就這樣措不及防撞進少女眼眸深處去。

那一瞬間，他猛然想到一個人，忽覺燙手，狼狽鬆開了捏住少女下頦的手，匆匆調轉了視線，耳根隱隱發熱。

喬昭有些意外。他們這樣的人，也會不好意思嗎？

但一個大男人，竟然胡亂碰她的臉，這筆帳她且記著。

「看到喬公子會哭，是因為喬公子毀了容。」

「就因為這個？他毀了容與妳有什麼相干？」江遠朝顯然不信。

喬昭看他一眼，理直氣壯。「當然是因為喬公子長得好。要是相貌一般，毀了容也看不大出來區別的，我也就不會哭了。」

江遠朝抬抬眉。總覺得她說的相貌一般什麼的，是在指他！

他雖然不如喬墨那般俊美，但是，也不至於毀了容看不出區別吧！

江遠朝忽然覺得拿眼前的小姑娘沒辦法了。

錦鱗衛那些對付犯人的手段，他當然不會用到一個小姑娘身上，而這丫頭明顯不怕他，甚至每次二人對上，都是這丫頭隱隱占據上風。

這個認知顯然讓十三爺有些心塞。

他抬手摸了摸鼻子，輕咳一聲：「妳該回家了，我送妳回去。」

「不用。」喬昭斷然拒絕，抬手一指。「我的丫鬟僱來了馬車，就不麻煩江大哥了。江大哥再見。」少女說完，提著裙襬款款走向等在路邊的冰綠，伸手拍拍小丫鬟的肩，上了馬車。

江遠朝彎唇笑了笑，邁著大長腿走過去，挨著車夫坐下來。

還沒來得及放下馬車簾的喬昭心想，這人臉皮夠厚的！

江遠朝泰然自若接過車夫手中的馬鞭，輕輕一掃馬腿，馬車緩緩動起來。

冰綠如夢初醒，急道：「等等，我還沒上去呢！」

小丫鬟飛奔過去跳上馬車，扠著腰問：「你是誰啊？」

見江遠朝笑而不語，一派悠閒隨意的樣子，冰綠大怒，伸手便去推他。「哎呀，你快下去，哪有你這樣的人啊！」

江遠朝巋然不動，看向挑著車簾的少女。「黎姑娘，妳的丫鬟脾氣不小。」

「她只是盡她的本分。倒是江大哥讓我有些糊塗了，這樣實屬多此一舉。」

江遠朝面色不變，淡淡道：「怎麼會是多此一舉？妳們小姑娘涉世未深，以為僱了車子就是安全的嗎？」

他輕睨車夫一眼。「萬一車夫是壞人呢？把妳們兩個小姑娘拉到背人的地方去，到時候就是想哭都來不及了。」

一臉無辜的車夫心想，不帶這樣的啊，你們小情人打情罵俏，關我什麼事啊？我就是一個車夫，連馬鞭都給你了，還想怎麼樣？

「那就麻煩江大哥了。冰綠，進來。」喬昭放下了簾子。

「噯。」冰綠瞪江遠朝一眼，彎腰鑽進車廂。

樸素的竹青色布簾微微晃動著，江遠朝收回視線，輕輕揚起手中馬鞭。

那奉邵明淵回來暗中護送喬昭的親衛見到這情景，不由得瞪大了眼。

什麼情況啊？

那位姑娘不是他們將軍一見傾心的心上人嗎？怎麼會跟著錦鱗衛那位十三爺走了？

親衛琢磨了一下，回過味來，不由替將軍大人開始著急。哎呦，將軍，瞧瞧人家，都親自當車夫了，您就派一個小小親衛過來，還是暗中保護，這不是明顯輸慘了嗎？

不行，他這個小小親衛要發揮大作用！親衛忙追了上去。

車廂裡，冰綠小聲嘀咕：「姑娘，那是什麼人啊？瞧著就討厭！」

哪有不等她這個大丫鬟上車就催動馬車的？

喬昭壓低了聲音，彎唇笑著：「是很討厭，他是錦鱗衛。」

「啊！」冰綠急促驚叫一聲，忙死死捣住了嘴，好一會兒才把手放下來，小心翼翼問：「錦鱗衛？就是動不動把人抄家滅族的錦鱗衛？」

「對，就是那個錦鱗衛。」

「老天，姑娘，您怎麼招惹上錦鱗衛了呀？」冰綠眼珠一轉，臉色發白。「難道是老爺犯事了？」

「沒有。」父親大人其實一直在犯事，只是沒人跟一個在翰林院待了十幾年的修撰計較而已。

冰綠鬆了口氣。「不是老爺就沒事了。」想想府中別人也不可能招惹上錦鱗衛吧。

小丫鬟悄悄掀開門簾一角，打量著背影挺拔的趕車人，福至心靈，放下車簾轉頭對喬昭笑道：「那婢子就明白了，一定是因為姑娘長得美，那人想追求姑娘咧！」

錦鱗衛總不可能就打一輩子光棍吧？

「咳咳咳——」車外響起劇烈的咳嗽聲。

被搶了活計的車夫冷眼瞧著咳嗽得臉微紅的年輕人，鄙視地撇了撇嘴，就說是年輕人為了追求小姑娘故意湊上來吧？還拿他作伐子，真是世風日下，人心不古啊！

「黎姑娘，到了。」江遠朝在黎府門前停下來，跳下馬車，把馬鞭塞回給車夫。

車夫一聲不吭。只要不少了他車錢，他還是願意助人為樂的。

馬車簾子掀起，冰綠先出來，隨後伸手扶著喬昭下了馬車。

「有勞江大哥了。」喬昭欠了欠身，示意冰綠給車錢。

冰綠從荷包裡摸出幾枚銅板塞給車夫，又翻了翻，再摸出幾枚銅板，放到了江遠朝手裡。

喬昭沒想到冰綠會有此舉，忍笑向江遠朝道別：「江大哥，那我就進去了。」

江遠朝也做不出來把幾枚銅錢還回去的事，眼巴巴看著主僕二人進了黎府大門，垂眸盯著手心銅錢，啞然失笑。他自願給人家趕車，於是真被人家的小丫鬟當成車夫，還給了車錢，那丫鬟是有多嫌棄他啊？

車夫站在一旁冷眼瞧著，很不高興。果然被這小子搶了活計，不然這些銅板都該是他的！

車夫眼中的怨念太明顯，江遠朝把銅板往車夫手裡一塞，轉身大步走了。

罷了，以後討人嫌的事還是不做吧，只要那小姑娘別再有什麼奇怪的舉動。

暗暗跟著來的親衛見喬昭主僕安全回了家，於是回去覆命。

「將軍，那位姑娘已經到家了。」

「那就好，辛苦了。」把喬墨送到寇尚書府後才回到家的邵明淵聽完回稟，點了點頭。

「下去吧，到飯點了。」見親衛不動，邵明淵擺了擺手。

親衛依然沒動。「將軍，屬下還有一事要稟告。」

「說吧。」

「那位姑娘是錦鱗衛的十三爺送回去的。」

十三爺？邵明淵詫異揚眉。接替了江五的新任指揮僉事？那個和他年紀相仿的年輕人？

今天那人就出現在了人群中，還跟著他們上了山，對此，他百思不得其解。

就算上面那位對他這個征北將軍有了忌憚，有必要在他妻子出殯的日子派人來礙眼嗎？

江遠朝跟著黎姑娘做什麼？

邵明淵略一琢磨，有了答案：難道是因為神醫的緣故？不然堂堂錦鱗衛的正四品指揮僉事，好端端盯上一個小姑娘幹什麼？

看來對於那位黎姑娘，他也該上心些，真的出了事，便不好對神醫交代了。

於是邵明淵吩咐親衛：「以後多留意著黎姑娘的動靜，有事就來稟報我。」

親衛腰杆一挺腿一正，大聲道：「將軍放心，屬下定不辱使命！」

將軍的幸福可就靠他了，別說錦鱗衛指揮僉事，就是那位指揮使，他也不怕！

邵明淵頗有些莫名其妙。親衛這表現，怎麼好像要去暗殺韃子首領似的？

「也不要太靠近了，黎姑娘畢竟是位姑娘家，和以前的情況不一樣。」

「是、是，屬下明白。」他當然會有分寸的，免得將軍大人不高興。

直到親衛打雞血一樣出去，邵明淵依然覺得有些不對勁，卻又想不出究竟哪裡出了問題。

一天下來他身心俱疲，晚飯也沒吃，草草沖了個澡便歇下了。

江遠朝回到江大都督府時，日頭已經落了下去，只剩餘暉映亮天空。

江堂正坐在廳裡等他。

「義父。」

因為坐著，江堂的將軍肚越發明顯，原該是慈眉善目的樣子，神情卻是冷肅的。

「十三，你今天一大早去了哪裡？怎麼連衙門都沒去？」

江遠朝心中一凜，如實道：「去觀冠軍侯府出殯了。」

他當然知道，什麼事只要義父想知道是瞞不過去的，只是沒想到義父會對他的行蹤如此注意。

見江遠朝沒有撒謊，江堂神情稍緩，問他：「為什麼？」

「就是去看看熱鬧。」

「看看熱鬧？」江堂挑了挑眉。「一個出殯，能值得你一大早出去，這個時候才回來？」

江遠朝垂眸。「十三一直挺好奇那位常勝將軍。」

「那也不是你跟著人家出殯隊伍上山的理由！」

江堂簡直無奈了，他這個義子平時挺讓人放心的，今天是中了什麼邪？

「瞧瞧你幹的事！跟著人家送殯隊伍上山，還讓人家冠軍侯抓個正著，你讓冠軍侯怎麼想？你跟我說你是好奇，別人可不這麼認為，還以為是咱們錦鱗衛對冠軍侯有什麼想法呢！」

錦鱗衛得罪的人多了，多大的官都有，可莫名其妙得罪人就太沒必要了，更何況是冠軍侯！皇上雖沉迷修道，朝中大小事務都懶得過問，但對權力的掌控從來沒放鬆過，他們錦鱗衛就是皇上的眼和手，順著主子心意對誰都可以肆無忌憚，若是違背主子心意，那就不妙了。

至少現在，皇上可沒有動冠軍侯的意思，甚至……

想想幾位雲英未嫁的公主，江堂暗暗嘆了口氣。皇上的打算，要比世人想的遠多了。

「是十三魯莽了，請義父責罰。」江遠朝單膝跪了下來。

「十三哥——」一身粉裙的江詩冉抬腳進來，見到廳中情景，不由一怔，提著裙角奔過去，一邊去扶江遠朝一邊埋怨江堂。「爹，您這是做什麼呀？十三哥才回來，飯還沒有吃呢。」

江堂皺眉。「冉冉，我們在談正事。」

江詩冉伸手拽住江堂鬍鬚。「正事、正事，您說是正事重要，還是吃飯重要？」

明珠一般的女兒杏眼圓睜，江堂一顆心便軟了下來，笑著挽救自己的鬍子道：「吃飯重要，吃飯重要。」

江詩冉這才鬆開手，笑盈盈道：「這還差不多。十三哥，快起來——」

江遠朝眸光低垂，看不出心中所想，卻沒有避開江詩冉伸過來的手。

江堂看在眼裡，暗暗點了點頭，這才道：「起來吧。先吃飯。」

江遠朝從善如流站起來。

女孩子心思總是細膩的，察覺江遠朝微妙的變化，江詩冉顯然很高興，笑著道：「我命廚子做了佛跳牆。爹、十三哥，你們等著，我催催去。」

等少女的粉色身影消失在門口，江堂看著江遠朝，意味深長道：「遠朝啊，冉冉自小沒了娘，沒有那些大家閨秀嫻靜，都是我這個當爹的對不住她，所以難免寵愛些。你是我從小看到大的，以後也替我多疼疼她。」

感受著江堂有如實質的目光，江遠朝沉默片刻，頷首道：「義父放心，這是十三該做的。」

「那就好。」江堂滿意地笑起來。

三十四　憑心而動

翌日，天忽然陰了。

喬昭帶著昨日選好的上品淨煙墨，坐著西府的青帷馬車去了大福寺。領著她前往疏影庵的依然是小沙彌玄景。

這些日子，玄景的牙又掉了一顆，只要一說話便會露出兩個黑洞，瞧著可愛又好笑。

為此，玄景沒少被師兄們取笑，見了冰綠更是如臨大敵，向喬昭行了個禮，一聲不吭走在前面帶路。冰綠偏偏不放過他，從荷包裡摸出幾塊晶瑩剔透、還帶著白色霜花的冬瓜糖，笑嘻嘻道：「小師父，冬瓜糖吃不吃呀？」

玄景看冬瓜糖一眼，把頭搖成撥浪鼓。

不吃不吃，堅決不吃，上次就是因為吃糖，把牙吃掉了。

「真的不吃呀？這糖可好吃啦，清甜綿軟，是我特意從百年老字號的點心鋪子買來的呢。」

百年老字號？那豈不是比主持師祖還要老了？那百年點心鋪子賣的冬瓜糖是什麼味道的？小沙彌目光追逐著冰綠手中的冬瓜糖，暗暗吞了吞口水。

冰綠看得直笑，把冬瓜糖用帕子包著塞進玄景手中，捏一把他的小臉蛋。「快吃吧，你最近沒吃糖，牙不是照樣又掉了一顆嗎？」

小沙彌緊緊抓著冬瓜糖，小臉倏地紅了。

女施主最討厭啦！

看著小沙彌邁著短腿在前邊走得飛快，冰綠咯咯笑起來。

等到了疏影庵前，冰綠被留在外面，喬昭跟著尼僧靜翕走了進去。

「三姑娘今天來得早。」靜翕露出親切的笑容。

這位黎三姑娘來了數次，每次來過，師伯似乎都比往常開懷些。

「我看天有些陰，怕路上趕上雨，就早到了。」

「瞧著是有可能下雨呢。」靜翕看了一眼天色，加快了腳步，把喬昭領進去。

「來了。」無梅師太放下拂塵，淡淡開口。

喬昭把淨煙墨奉上。「昨天我去逛街，買了一方墨，帶來給您用用。」

她說得自然又坦蕩，便如許多尋常人家裡，懂事貼心的晚輩在外遇到合長輩心意的物品，買下來讓長輩開心一般。

無梅師太很是受用，接過來看了一眼成色，露出淡淡的笑容。「不錯，今天就用此墨抄寫經文吧。」

「好。」喬昭淨手焚香，輕車熟路鋪好紙，研墨提筆，開始抄寫經文。

她坐姿筆直而端正，筆下行雲流水中時間緩緩而逝，卻漸漸開始分神。

邵明淵雖說兄長沒有大礙，可大哥並不是孱弱書生，哪裡就至於昏倒呢？是燒傷帶來的後遺症，還是因為看她下葬，心中太過悲痛？

無論是哪一種可能，都讓喬昭心疼不已，一個不注意一滴墨便落在宣紙上，瞬間暈染開來。

她提筆回神，盯著暈開的墨怔了怔。

身後無梅師太忽然開了口：「妳今天有心事？若是心不靜，還是不要抄寫經書了。」

喬昭放下筆轉身，歉然道：「師太說得是。」

無梅師太打量喬昭片刻，問她：「是遇到了什麼麻煩嗎？」

喬昭心下微暖。以無梅師太的身分，這樣問她，已是難得了。

無梅師太今天穿了一件灰色僧衣，明明素淡至極，卻讓她有種歲月沉澱下來的明豔，而這樣的明豔，在暗淡僧衣的映襯下，無端讓人心生遺憾。

喬昭忽地想，當年，無梅師太又是經歷了怎樣的心情掙扎，才出家的呢？

不知怎麼，喬昭就有了傾訴的欲望。

「師太，如果有一個人，妳很想見到他、關心他，偏偏因為身分而沒有任何靠近的理由，那該怎麼辦呢？」

昨天若不是兄長暈倒，她幾乎可以確定，能在那間茶舍見到他了，可偏偏就出了紕漏。

這就是謀事在人成事在天吧，那她通過馥山社一步步接近寇家表妹們，從而尋找與兄長相見的機會，會不會再出意外？

她真的太想見到兄長了，甚至恨不得跑去尚書府，告訴兄長，她就是喬昭，是他的妹妹喬昭。

可到底是不能的，她如今是黎昭，若是貿然行事，別人定然以為她是瘋子，飽讀聖賢書的兄長也不可能相信這般離奇的事。

除非——

喬昭驀地想到一種可能：除非在與兄長長久的接觸中，讓兄長漸漸發現她與逝去的妹妹如此相像，從而主動產生這樣的想法。

可問題又繞了回來，她有什麼理由時時與兄長見面呢？

喬姑娘第一次覺得茫然。

無梅師太開了口：「要麼忘了他，要麼……忘了身分與理由，憑心行事。」

憑心？

無梅師太的話猶如當頭棒喝，把喬昭心頭茫然驅散。

是了，她怕什麼？動搖什麼？上天重新給了她生命，是給了她機會，而不是給了她枷鎖。

一次失敗，還有第二次，第三次。

只要兄長在，只要她在，總有一天會實現她所想的。

「多謝師太，我明白了。」

「明白就好。」無梅師太淡淡一笑，把目光投向窗外。

忘了身分與理由，憑心而動，也可能會失敗的啊。

只是後面的話，還是不要對這孩子提了。她失敗過，希望這孩子能成功。

「師伯，九公主來了。」靜翕進來稟報。

「真真？」無梅師太看一眼喬昭，淡淡道：「讓她進來吧。」

片刻後，等在疏影庵門外的真真公主被請進來。

「師太，真真可想您了，今天給您讀經書可好？」

真真公主進來後，一見喬昭就在無梅師太身旁，心中暗暗不悅，面上卻掛著甜美的笑容。

自從這丫頭來陪師太抄寫佛經，師太見她的次數都少了，實在是可惱！

「讀吧。」無梅師太點點頭，盤膝而坐。

見無梅師太沒有拒絕，真真公主揚起笑容，跪坐在蒲團上讀起經書來。

她聲音甜美，吐字清晰，這樣閉目聽著，無疑是一種享受。

一冊經書尚未讀完，就見無梅師太呼吸均勻，面色平靜，已是入了定。

真真公主見狀放下經書，小心翼翼退出禪房。

喬昭同樣退了出去。

真真公主就站在外面等著，一見喬昭出來，便道：「妳隨本宮來。」

菩提樹下，二人站定，喬昭平靜問：「不知殿下找臣女何事？」

「本宮昨天看到妳了。」真真公主伸手摘了一片菩提樹葉，隨手拈著。「在街上。」

「噢。」喬昭不大明白真真公主這話的意思。

「妳和我表哥究竟是什麼關係？」見喬昭語氣淡淡，真真公主有些惱火，把揉碎的樹葉丟到地上，目光灼灼盯著她。「不要把本宮當傻子哄，以我表哥的脾氣，若只是因為好奇廟會表演油鍋取錢，不可能對妳如此熱絡。」

何止是熱絡，池表哥這些年來幾乎就沒和女孩子好生說過話，昨天在城門那裡，簡直要讓她以為自己眼花了。那擔憂又無奈、哪怕被氣到了依然狠不下心來的男子，會是她毒舌自大的表哥？

「妳說話呀，心虛了？嗯？」真真公主拉長了尾音。

喬昭失笑。「臣女不知道，這些原來還需要向殿下彙報的。」

真真公主被噎得一滯，而後陡然沉下臉來。「大膽，本宮問妳話，妳這是什麼態度？」

喬昭收斂了笑意，規規矩矩道：「臣女與池公子，算是朋友關係吧。」

「朋友關係？」真真公主顯然不相信，往前走一步，靠近喬昭。「怎麼可能？我表哥會與妳做朋友？妳以為自己是誰？」

池燦那樣的人，連她這個公主都不放在眼裡，居然會和這丫頭做朋友？

「那總不會是池公子迷戀臣女的美色吧？」喬昭反問。

「就妳？」真真公主不但沒惱，反而笑起來。「別開玩笑了，若真論美色，我表哥才不會看上妳。」她明明比這丫頭好看多了，表哥還不是對她視若無睹，又怎麼會因為美色而對這還沒長開的丫頭另眼相待？

「那臣女就不知道了。殿下實在想知道，何不去問問池公子？」

問表哥？她才不去自討沒趣呢！

「總之妳以後安分些，莫要使什麼手段！」真真公主警告。

她可忘不了，這丫頭邪門得很。

「臣女知道了。」喬昭淡淡道。

「我問妳，那天廟會上看到的油鍋取錢，究竟是怎麼回事？」真真公主儘管對喬昭很惱火，可這個困擾她好些天的問題還是忍不住問了出來。

「因為油下是醋。」喬昭把緣由講給真真公主聽。

這就是讓人無奈的地方，身分有時候什麼都不算，可沒了身分，卻又萬萬不行。

就像現在，她需要翰林修撰之女黎昭的身分，可是以這個身分，面對公主不低頭是不行的。

或許，她應該讓自己成為更重要的人，比如李爺爺那樣的……

這個念頭在喬昭心頭忽然浮現，又壓了下去。

「那妳為何不去揭發那個騙子？」真真公主聽完，質問。

果然是矇騙人的把戲，那些行騙的人真是可惡。

少女語氣淡淡：「不過是討生活，願者上鉤而已，又何必斷人生計呢？」

真真公主一怔。

她想反駁，不知為什麼，又隱隱覺得眼前少女說的話有些道理，反而顯得她這個當公主的咄咄逼人了，便嚥下了到嘴邊的話。

這時尼僧靜翕走來，向二人雙手合十一禮。「二位施主，師太說天色不好，恐會落雨，讓妳們早些回去。」她說著把兩把傘遞給二人。

喬昭與真真公主各自接過，與靜翕告辭。

二人出了疏影庵，下山後各自上了馬車。

今天不是什麼特別的日子，又一直陰天，路上行人稀少，只有真真公主與喬昭一前一後兩輛馬車。真真公主的車子行得快，很快便瞧不見了。

冰綠不停看著天色，連連催促車夫：「快一些，要落雨了呢。沒看一同出發的馬車，人家都走遠了嗎？」

車夫無奈苦笑。「大姊兒，這不能比啊，人家駕車的是什麼馬，咱這是什麼馬啊？」

西府日子並不寬裕，不過養了一個老車夫，一匹老馬而已。

冰綠不好再說什麼，悻悻道：「行了，盡量快一些就是了。」

她放下車簾，從荷包裡翻出冬瓜糖遞給喬昭。「姑娘，您一直沒吃東西呢，吃幾塊糖墊墊肚子吧。咱家的馬不行，還不知道什麼時候到家呢，說不定要趕上雨了。」

喬昭接過冬瓜糖，掀起窗簾看了一眼。「雨馬上要下了。」

冰綠探出頭去看，有些不信。「真的呀？這天從一大早陰到現在，說不定會一直陰下去呢。」

「不會，很快就要下了。」

祖父身體尚好時喜歡帶她與祖母遊山玩水，對於天氣變化頗為關注，她自然跟著懂了一些。

夏天的雨說來就來，喬昭話音才落不久，忽然颳起一陣風，很快天上便烏雲翻滾，大雨滂沱而落。車窗簾來回颳著，風雨呼呼往內湧。

冰綠手忙腳亂按住窗簾，見沒有效果，乾脆拿身子堵上。

喬昭把她拉過來。「不用，吹進來就吹進來吧，這樣的雨，淋濕是難免的。」

「我怕姑娘受涼了。」

「不會的。」喬昭拍拍她的手臂，從隨身荷包裡摸出兩粒藥丸，一粒自己吃下，另一粒給了冰綠。冰綠把藥丸吞下去，好奇問喬昭：「姑娘，這是什麼？」

喬昭笑笑。「吃了讓妳不會受涼的東西。」

「這麼神奇啊！」冰綠瞄了繫在喬昭腰間的荷包一眼。

那怪模怪樣的荷包依然醜得礙眼，不過自從那天去女學開始，姑娘似乎就一直帶著了，沒想到裡面還裝了這樣的好東西。

剛剛那枚藥丸吃進嘴裡甜津津的，入口即化，此時肚子裡就暖洋洋起來。姑娘可真是厲害啊。小丫鬟默默地想。

雨越發大了，這樣的雨勢，哪怕是坐著馬車依然覺得難以前行，顛簸不已。

一道閃電劃破長空落下來，緊接著就是滾滾驚雷。

馬車在風雨中艱難行了約莫一刻多鐘，忽然停了下來。

「老錢伯，怎麼了啊？」冰綠扯著嗓子問。

「三姑娘，前面路被擋了，是一棵樹倒在了路中間。」車夫聲音忽然拔高：「還把前面那輛車給砸到了！」

「什麼？」冰綠吃了一驚，猛然挑開了車門簾。

風雨撲面而來，小丫鬟揉了揉眼睛，望著前方情景，不由瞪大了眼睛。

一棵樹橫躺在路中央，真真公主所坐的那輛馬車歪倒在路旁，有一側已經砸出一個窟窿來。讓冰綠豔羨不已的那匹駿馬早已嘶叫著跑遠了，親衛龍影一身狼狽，正把真真公主護在懷裡，而真真公主帶來的宮婢則撲倒在地，一動不動。

「啊——」冰綠驚叫一聲，忙放下了車簾，安慰喬昭道：「姑娘別怕、別怕，前邊出了一點小狀況。」見小丫鬟明明嚇著了還拚命安慰自己，喬昭伸手拍了拍她，溫聲道：「我已經看到了。冰綠，妳坐到這邊來。」

越是慌張驚恐的時候，冰綠對自家姑娘越言聽計從，聞言立刻坐了過來，把車門口讓出來。

喬昭拿起雨傘，彎腰鑽出車廂。

「姑娘，您幹什麼啊——」冰綠忙去拉喬昭。

喬昭回頭道：「妳在車上別動，我下去看看。」

見喬昭撐起傘往外走，冰綠如夢初醒，忙跟了出去，一邊去接喬昭手中的傘一邊道：「那怎麼行，姑娘去哪兒婢子都陪著您。」

外面大雨如注，油紙傘險些撐不住，喬昭沒有多言，任由冰綠撐著傘，抬腳往前走去。

龍影見到後面停下來的馬車，立刻抱著真真公主站起，大步流星走過來。

隔著雨簾，他幾乎沒有停頓，直接抱著公主往喬昭的馬車走去。

「哎，你幹什麼啊？」冰綠眼睜睜瞧著龍影把真真公主抱進馬車，忍不住大喊。

真是可惡，天下還有這麼不要臉的人？那是她家姑娘的馬車，這人怎麼一聲招呼不打就直接進去了？那位公主一身的泥水，還不把姑娘的馬車弄得到處濕漉漉的！

冰綠有心追上去攔著，卻發現喬昭大步往前走去，唯恐小姐淋了雨，趕忙撐著傘跟上。

喬昭走到伏地的宮婢面前，蹲下去。

那宮婢雙目圓睜，任由大雨沖刷著原本秀美的面龐，纖細白皙的脖頸上斜插著一根樹枝，鮮血在雨水的沖刷下由濃轉淡，很快就流到地上去，形成淡紅色的水窪。

「姑娘，她、她是不是……死了？」冰綠一張臉煞白，顫抖著問。

她平時不怕蟑螂也不怕老鼠，別人都說她膽子比男孩子大，可再怎麼膽大也沒見過死人啊！

喬昭抿著唇，伸手搭在宮婢腕上，引來冰綠的驚呼：「姑娘，不要啊！」

喬昭收回手，聲音在風雨中莫名有幾分悲涼：「她死了。」

冰綠一張臉更白了，死死拽著喬昭衣角道：「姑娘，咱們快回去吧。」

「嗯。」喬昭站了起來。

若只是受了傷，她會盡力幫忙救治，既然人已經死了，那自然該由其主人處置。

這樣想著，喬昭便轉過身來，正見到龍影跳下她的馬車，對呆若木雞的車夫道：「過來幫個忙。」龍影說完，伸手拽著車夫往她們的方向走來。

「他要幹什麼啊？」冰綠喃喃說著，猛然捣住了嘴。「天，他要把死人抬到咱們馬車上嗎？」

轉眼的工夫龍影已經走到近前，卻不是冰綠猜想的把宮婢抬到馬車上，而是彎腰抱起橫倒在路中央的大樹一端，對傻站著不動的車夫冷喝道：「還不來幫忙！」

車夫如夢初醒，忙去幫忙。

在兩個男人的努力下，大樹被一點點移開了。

龍影渾身已經濕透，直起身來擦了一把雨水，立刻大步流星返回去跳上馬車，坐在車夫的位置上揚起了馬鞭。

喬昭揚眉不語。

冰綠卻急了，又氣又怒之下全然忘了恐懼，衝過去大聲問：「喂，你是什麼意思？」

「讓開！」大雨中，龍影的語氣格外冰冷無情。

冰綠乾脆張開了雙臂，氣極道：「你這人還要不要臉，強占了我們的馬車不說，現在還要把我們甩下不成？」

「我說了，讓開！」龍影額頭青筋直跳，已經高高揚起了馬鞭。「再不讓開，馬車就直接過去了。三、二——」

「等一等。」因為冰綠生氣衝過去質問，喬昭已經置身於雨幕中。她沉穩依舊，絲毫沒有淋成落湯雞的狼狽，發問已經忍耐到極限的龍影：「公主殿下是不是受傷了？」

也許是少女沉靜的氣質撫平了急躁的心情，龍影緊繃著唇，回道：「不錯，公主殿下受了腿傷，流血不止，必須立刻回宮醫治。若是帶上妳們，會影響車速，姑娘請讓開吧。」

喬昭一步步走向馬車。「若是流血不止，那是割破了血脈，別說是這樣的大雨天，就算晴天大道，趕回宮中救治也是來不及的。」

龍影一聽，臉色更難看了，坐在馬車上拽著轠繩的手指捏得發白，居高臨下盯著走來的少女。

少女平靜道：「你讓開，我來給她止血！」

龍影下意識側開身子，讓喬昭上了馬車，見她彎腰進去，這才反應過來，喊道：「等一下，姑娘妳——」

少女轉身，雨水把她一張素淨的臉沖洗得乾乾淨淨，一雙眸子如黑寶石般明亮。

「還不進來幫忙。」喬昭甩下一句話，彎腰進了車廂。

車廂裡，血腥味濃郁。

真真公主摀著腿勉強睜眼，絕色容顏已毫無血色，整個人有氣無力。

喬昭目光下移，落在真真公主被匆匆包紮的左腿上，就見那裡的衣料已經被鮮血與雨水濕透了。她抬手去解繃帶。

進了車廂的龍影見狀立刻抓住喬昭手腕。「妳做什麼？」

「給公主重新止血包紮。」

「姑娘不要亂動，不然殿下血流更多，後果不是妳能擔得起的。」

喬昭涼涼看龍影一眼。「說得好像公主殿下現在沒流血似的。你鬆手，如果不想看到公主殿下血流盡而亡的話。」

「龍影，鬆……手……」陣陣眩暈襲來，真真公主咬著舌尖說道。

這丫頭很是邪門，這個時候與其相信自己能撐到回宮接受御醫救治，還不如相信這妖女。

龍影鬆開了手。

喬昭迅速解開碎布條充當的繃帶，一手按住腿部傷口上面的某個位置，冷聲吩咐龍影：「按著！」龍影不敢猶豫，立刻按了上去。

喬昭伸手從荷包裡摸出銀針，不由分說沿著傷口刺入。

三十五　遇險救治

明晃晃的銀針刺入白皙嬌嫩的肌膚，真真公主下意識想躲開。

喬昭抬眼看她一眼，淡淡道：「殿下不想死，就不要躲。」

「妳——」真真公主死死咬著唇，到底沒了針鋒相對的力氣，艱難挪動眼珠，對龍影道：「龍影……打量我……」眼不見心不煩總行了吧！

龍影下意識看了喬昭一眼。喬昭輕輕點頭。「也好！」

沒了旁人干擾，喬昭動作迅速地圍著真真公主腿上傷口刺入一圈銀針。

她動作太快，雖然只是刺入幾根銀針，但等結束後，額頭已經沁出細密的汗珠。

龍影面上不動聲色，心中卻詫異不已。這樣熟練的動作，難道這位姑娘是醫道高手？

喬昭微微鬆了口氣，又從荷包裡摸出一個小瓷瓶，打開瓶塞，把淡綠色的粉末灑在真真公主傷口處。

「可以鬆開了。」

龍影默默鬆了手，目光一直盯著真真公主傷口，那裡果然已經不再出血。

他詫異看著喬昭。

喬昭並不理會龍影，打開靠車壁而放的箱子，拿出一件中衣。

龍影見了忙移開視線，身後卻傳來少女沉靜的聲音：「麻煩把它撕了。」

龍影轉過頭來，接過喬昭遞過來的中衣，臉頰微熱，急忙把中衣撕成一條條的碎布。

喬昭看也不看，伸手接過布條，替真真公主綁好了傷口，而後從荷包裡摸出一枚藥丸，遞過去。「把公主殿下喚醒，讓她吃下去。」

龍影目光下移，落在喬昭腰間繫著的荷包上。

那荷包樣式有些古怪，看起來已經被雨打濕了，可是……

龍影抬眸，看著少女遞過來的藥丸。

藥丸是淡紅色的，看起來很乾燥。濕了的荷包，裡面藥丸卻是完好的，莫非這荷包另有玄機？察覺龍影的困惑，喬昭大大方方道：「荷包裡縫了一層魚皮，所以不會濕。這藥丸是驅寒的，公主殿下淋了雨還出這麼多血，身體虛弱，若是寒氣入體就更糟糕了。」

龍影默默垂了眼。黎姑娘這般坦然，倒顯得他小人行徑似的。

他伸手在真真公主後頸某處按了按，使真真公主幽幽醒來。

「龍影？」真真公主眨了眨眼。

「殿下，血已經止住了，您把藥丸服下吧。」龍影把淡紅色的藥丸遞到真真公主唇邊，問喬昭：「車上有水嗎？」

還真是不客氣。不過喬昭也懶得與一名侍衛計較，他們的責任便是保護公主安全，若是公主出了事，恐怕一條命都不夠償的，急切之下行事難免過分了些。

「冰綠，給公主殿下倒水。」

西府馬車雖遠不及公主車駕奢華舒適，茶水還是有的。

「噯。」冰綠擠進來，狠狠瞪了龍影一眼，倒了一杯水過來遞給他。「喏，你要的水！」

真是無恥，搶了她們的馬車，到最後還不是要靠她家姑娘幫忙，結果這人還癱著一張臉，活像姑娘這樣都是應該的。

龍影知道先前作為有些過分，默默接過水杯，服侍真真公主飲水。

真真公主蹙眉盯了淡紅色藥丸片刻，張開嘴吞了下去。

藥入口即化，化作絲絲縷縷的熱氣在小腹流動。

真真公主恢復了一些力氣，問龍影：「彩英呢？」

龍影頓了頓，回道：「殿下，彩英死了。」

「死了？」真真公主一愣，好一會兒，顫了顫睫毛，喃喃道：「竟然死了……她人呢？」

「外面，地上。」

「把她放到車上來。」

龍影一動不動。「殿下，馬車太小，路又不好走，帶上她會耽誤您回宮救治的。」

「把她放到車上來！」真真公主重複一遍，加重了語氣，見龍影依然不動，怒道：「龍影，你聾了嗎？本宮說的話聽不見？彩英是為了救本宮才死的，難道你要本宮把她的屍首就棄在這大雨天的荒郊野外？」

那時他們的馬車到了此處，忽然一道閃電劈下，路邊的樹就壓了下來，馬跟著驚了，若不是彩英護著她，想必此時出事的就是她了。

「遵命。」龍影見真真公主動怒，低頭下了馬車。

冰綠一聽要把死人抬到車上來，臉色難看非常，面對公主又不敢太冒失，只得拚命拉喬昭衣角。

真真公主這才看向喬昭，虛弱道：「放心，本宮回頭會賠妳一輛新的馬車。」

「可以。」喬昭平靜道。

也許是死過一次，再加上本就隨著李爺爺學了十多年的醫術，她對屍體並沒有尋常人的忌諱。

可以說，通過此事，反而覺得這位公主品性尚過得去。

只是——喬昭環視車廂一圈，這麼多人擠在這輛小小的馬車上，又是如此惡劣的天氣，等回到城中不知該是什麼時候了。

「姑娘……」一聽喬昭同意了，冰綠大急。

怎麼能和屍體共處一室呢？

喬昭看向小丫鬟，寬慰道：「別怕，就當她還活著，只是睡著了而已。」

還能這樣算嗎？

真真公主閃了閃眼神，望著喬昭道：「本宮的腿……也多謝了。」

「公主沒事就好。」喬昭笑了笑。

真真公主這才注意到喬昭渾身都濕透了。

夏日衣衫單薄，對方穿的又是素色衣裙，此刻緊貼在身上，顯出少女纖細的身段。

真真公主低頭，這才後知後覺發現自己也好不到哪裡去。

從沒這般狼狽過的真真公主，臉上有些發熱，看著對方平靜的眼神，卻詫異極了。

她就一點……都不會害羞嗎？

這時，龍影抱著彩英的屍體上來，把她放在了車門口的位置，回稟：「殿下——」

他才開口，真真公主就變了臉色，喝道：「快出去！」

龍影愣了愣。

因為公主突然遇險而一直處於高度緊張狀態下的小侍衛，顯然沒注意到什麼。

「出去啊，不知道什麼叫非禮勿視嗎？」

可憐一心為主的小侍衛完全不知道發生了什麼事，就被公主殿下吼了出去，到了外邊被雨水一淋，這才猛然回過味來。

其實他剛剛什麼都沒注意到，不知道公主殿下她們信嗎？

尷尬不已的小侍衛劈手奪過車夫手中繩索，揚起了馬鞭。

馬車緩緩而動，在雨中艱難前行，那匹老馬每往前走一步，腿肚子就會打顫，讓被龍影擠到一旁的車夫看得提心吊膽。

車廂裡，真真公主雙手環抱胸前，輕輕咬了咬唇。「妳……」

妳就不害羞嗎？這句話到了嘴邊，又嚥了下去。人家剛剛救了她，這點良心她還是有的。

「妳有沒有能換的衣裳？」真真公主改口問道。

「冰綠，把衣裳拿給殿下。」

一般的大家閨秀出門，總會多備一套衣裳應付突發情況，喬昭自是不例外。

冰綠心中不情願，可對方是公主，除了答應似乎沒有別的辦法，只得暗暗嘟著個嘴把箱子裡的衣裳拿出來奉上。

真真公主盯著那套素色衣裳，很有些嫌棄，不過再怎麼嫌棄也比穿著濕漉漉的衣裳強，便勉強對冰綠道：「幫本宮換上。」冰綠看向喬昭。

喬昭輕輕頷首。這位公主受了傷，又是這樣的大雨，哪怕服用了她的驅寒丸依然不保險，換上乾爽衣裳當然更好。

冰綠心中有些難受。姑娘好可憐，公主好討厭！小丫鬟黑著臉，默默給真真公主換上乾衣裳。

換下了濕漉漉的衣裳，真真公主頓時覺得舒服多了，靠著車壁緩了緩，問喬昭：

「妳怎麼不換？」

冰綠實在忍不住了，插口道：「只有一套衣裳，給殿下換了，我們姑娘哪裡還有衣裳可換？」

真真公主微微一怔。公主出行，自然不會只帶一套備用衣裳。

她低頭看了看身上衣裳，好一會兒看向喬昭，嘴唇翕動，輕聲道：「謝了。」

對面的少女依然神色平靜，語氣淡淡：「殿下還是閉目休息吧，等一會兒就會覺得傷口疼了，需要好體力才能堅持回去。」

真真公主聽得一怔，這才後知後覺想到，她昏迷前還疼得說句話都萬分艱難，再醒過來，似乎一直沒感覺到疼。

她低頭看向受傷的左腿。新換的乾爽衣裳遮住了繃帶，連那些斑斑血跡也遮掩了，若是旁人看來，絲毫看不出她受了傷。

「我現在怎麼不會覺得疼？」

「哦，很快就會疼了。」

她腦子又沒問題，完全沒有盼著趕緊疼的意思！

「本宮是說，怎麼會覺不出疼來？」

「因為替公主止血時銀針刺入了某些穴道，可以暫時緩解疼痛，不過只能緩解很短的時間而已。」所以李爺爺從數年前心心念念的，就是把傳說中能讓人感覺不到疼痛的麻沸散研究出來，只是一直沒有尋到合適的主藥，也不知現在怎樣了。

喬昭一時有些出神。

麻沸散啊，那是上古醫書中提到的神奇藥物，若是真被李爺爺研究出來，該會造福多少人，特別是那些為保衛大梁受傷流血的將士們。

喬昭在出神，真真公主望著她，同樣在出神。

這位黎三姑娘怎麼會懂得這麼多呢？她和那些貴女們，似乎一點也不一樣。

真真公主目光落在喬昭身上的濕衣上。

黎三姑娘把唯一一套乾爽衣裳讓給她，她並不奇怪。以她公主的身分，難不成對方還敢自己換了乾衣裳，而讓她穿著濕衣裳？就是把這輛馬車讓給她坐，她亦不會覺得如何。

可是，怎麼會有女孩子穿著濕衣裳，在男人面前一點也不羞怯的？

可偏偏，對方的那種不害羞不但不讓人覺得沒臉皮，反而有種坦蕩的風度，會讓想到這些的人覺得自己心思不夠純正，倒顯得小家子氣了。

真真公主越想越懊惱。她就說，這位黎三姑娘很邪門！

疼痛突兀而來，真真公主悶哼一聲，按向大腿傷口周圍，瞬間白了臉。

「覺得疼了吧？」喬昭回神問道。

「對……」真真公主咬牙，不再吭聲。

不知道為什麼，總覺得在這丫頭面前慘叫連連很丟臉。

「對了，本宮還不知道——」真真公主話還沒問完，馬車忽然往下一沉。

天翻地覆的那一刻，真真公主與冰綠的驚叫聲此起彼伏。

龍影動作快若閃電，在車廂翻倒的一瞬間，抱住真真公主跳下了馬車，把她牢牢護在懷裡。

千鈞一髮之際，喬昭下意識死死抓住車壁，腦子裡閃過一個念頭：糟糕，一定是人太多，超載了！

冰綠直接栽了出去，摔在地上，好在泥路是軟的，摔得並不重，可隨後一個黑影跟著翻下來，砸在了她身上。「啊——」冰綠慘叫一聲。

她回了神，終於看清砸在身上的是什麼，第二聲慘叫響徹雲霄。

喬昭扶著穩定下來的車壁探頭往外看，就見那死去宮婢的屍體正壓在冰綠身上，可憐的小丫鬟正手忙腳亂把屍體往外推，大概是太害怕了，屍體反而牢牢壓著她紋絲不動。

喬昭眸光一轉，看到龍影護著真真公主，躲在了路邊枝葉茂盛的大樹下，而車夫正死死拉著繩索不讓那匹老馬掙脫，一時半會兒竟無人去幫冰綠一把。

喬昭嘆了口氣，從歪倒的車廂裡爬出來，走到冰綠面前，蹲下幫忙。

她這副身子原就纖細柔弱，年齡又小，哪裡有什麼力氣，使勁拽了拽都沒拖動，只得溫聲安慰冰綠道：「冰綠，妳別慌。妳不是力氣很大嗎，冷靜下來一用力，就能把屍體推到一邊去了。」冰綠險些哭了。姑娘也知道是屍體啊，她現在手軟腳軟，哪還有力氣啊。

「冰綠，妳想想看，萬一這時候被壓著的是我呢？」

喬昭一句話讓冰綠瞬間爆發了，手上一用勁把屍體翻到了一側去。

總算是得救了！冰綠鬆了口氣，忽然覺得安靜得過分，定睛一看，不由大驚。

那宮婢的屍體正好撲到姑娘腿上，把姑娘整個人給撲倒了！

天呀，她可憐的姑娘啊！

腿上壓著屍體躺在泥地裡的喬姑娘，一臉生無可戀。

她剛剛為什麼要做那種假設，一定是腦袋被那匹老馬踢了！

雨水模糊了視線，喬昭眨眨眼，卻看到一雙高幫白底皂靴出現在眼前。

靴子的主人蹲下，撥開屍體，彎腰把她抱了起來。

三十六　遮擋風雨

看著視線上方的那個人，喬昭一時有些呆了。

邵明淵？

他為何會出現在這裡？

年輕的將軍穿著一襲蓑衣，頭戴斗笠，雨水順著帽檐匯成直線落下。

他偏開頭，把斗笠摘下，戴在了喬昭頭上。喬昭一直保持著見了鬼的表情愣愣看著他。

這人神出鬼沒啊！而且，他又抱陌生小姑娘了！

喬姑娘怔怔想著，水杏般的眼中滿是茫然，猶如籠罩了一層帶著晨曦露珠的薄霧。

邵明淵想，這小姑娘可真輕，好像還不及他常用的大刀重，這樣抱著如捧羽毛一般。

走至開闊的路旁，邵明淵問：「黎姑娘，妳有沒有受傷？自己可以站住嗎？」

「當然。」喬昭回了神，心情複雜地道。

她只是被屍體撲倒了，不是傷了腳。

邵明淵聞言立刻把喬昭放了下來，視線始終沒有往她身上落，而是低頭把蓑衣解下，披在了她身上。

那蓑衣也是冷的，好像感覺不到原來主人的溫度，只能隱約聞到極淡的、似乎被冰雪洗滌過的皂莢味道。

蓑衣把雨盡數隔離在外。喬昭靜靜看著邵明淵身上的白袍瞬間被雨淋得濕透，服貼在身上，顯出頎長矯健的線條，輕輕移開了視線。

邵明淵卻沒再與喬昭說話，而是轉了頭，對抱著真真公主躲在大樹下的龍影喊道：「兄臺，這樣的雨天是不能站在樹下的。」

「為什麼？」龍影沒有做聲，回過神來的冰綠下意識問。

年輕的將軍並不在意問話的是誰，解釋道：「因為有可能被雷劈——」

他話音才落，一道閃電劃破雨幕，帶著雷霆氣勢洶湧而下，擊中離眾人不遠處一株碗口大的樹。那棵樹火星四冒，冒著白煙轟然倒地。

剛剛喬昭以為自己夠烏鴉嘴了，沒想到這人比她有過之而無不及！

龍影快若閃電抱著真真公主，從躲雨的繁茂大樹下竄出來，站定後回頭看看安好的大樹，心有餘悸。

剛剛若是劈中了這棵樹……

龍影詫異看了邵明淵一眼，開口道：「多謝侯爺。」

懷中呻吟聲傳來，龍影立刻低頭：「殿下，您怎麼樣了？」

「疼……」真真公主一張臉雪白，幾乎要透明了一般。

龍影立刻看向真真公主左腿傷口處，那處果然又滲出鮮血來。

再顧不得和邵明淵多說，龍影抱著真真公主一個箭步來到喬昭面前，語氣急切：「黎姑娘，殿下又出血了，請您快些給她施針！」

喬昭上前掀起真真公主衣裙，解開繃帶看了傷口處一眼，神情凝重搖了搖頭。「金針止血術對同一處傷口只能施展一次，再施展效果就不大了。」

「那怎麼辦？」

喬昭抬手把斗笠摘下，塞進龍影手裡，囑咐道：「替公主遮著傷口！」

斗笠勾了一下綁髮的珠鏈，大雨頃刻間把她的髮髻沖散，黑而長的髮披散，如海藻般落下。

喬昭抬手把垂落到額前的髮抿到耳後，伸進蓑衣摸出一個瓷瓶，打開瓶塞把淡綠色的粉末灑在真真公主傷處。

而後她乾脆解下蓑衣，示意龍影接過去替真真公主擋雨，再雙手用力撕扯著自己衣襬。

她力氣小，撕扯了好幾下徒勞無功，不由咬了唇。

一雙骨節分明的大手忽然伸過來，俐落把裙襬扯下了一條。

喬昭抬眸，迎上邵明淵黑沉的眼眸，淡淡道：「謝了。」

她接過布條，迅速替真真公主包紮，鮮血很快把淡青色的布條染透了。

邵明淵見狀，立刻把身上白衣扯下幾條遞了過去。

喬昭頭也不抬，順手接過布條替真真公主綁了一層又一層，最後打了一個漂亮的結。

整個過程中，真真公主死死咬著唇，攀著龍影肩頭的雙手掐進對方肉裡去。

她看了看喬昭，又看了看邵明淵，終於昏了過去。

「殿下！」龍影臉色倏地變了。

「龍侍衛，」喬昭喊他，神情肅穆。「你必須儘快把公主殿下送回宮去！」

龍影抱緊了真真公主，看向路旁。

那輛超載的馬車已經歪倒在地上散了架，而那匹老馬連帶著車夫早已不知所蹤，顯然是馬驚了奔逃，車夫追了過去。

那一瞬間，明明急切萬分，龍影卻莫名閃過一個念頭：黎姑娘家一定很窮吧，這是什麼破馬車啊？

「騎我的馬。」邵明淵不知什麼時候牽過一匹白馬，把韁繩塞入龍影手中。

龍影眼睛一亮。他是公主親衛，見過多少好馬，冠軍侯這匹馬無疑是上品千里馬。

「謝了！」龍影顧不得多說，抱著真真公主翻身上馬。

那匹馬卻很不情願，站在原地不動，用馬臉蹭著邵明淵的手，滿是委屈。

年輕的將軍神色溫柔下來，輕輕摸了摸馬臉，低聲哄道：「飛影乖，回來給你吃糖。」

話音一落，他輕輕一拍馬腹，白馬便載著龍影二人疾馳而去。

雨落不停，模糊了人的視線，很快就見不到白馬的蹤影。

喬昭收回目光，微微鬆了口氣。真真公主只要能儘快趕回宮中，就不打緊了。

精神鬆懈下來，冰冷的雨落在身上，喬昭這才感覺到冷，忍不住打了個寒戰。

「姑娘——」冰綠挽住了喬昭手臂，滿是心疼。「您把斗笠和蓑衣都給了公主，那您怎麼辦呀？」姑娘自小體弱，這樣淋了雨，回去定然會生病的。

「無妨。」眩暈感襲來，喬昭咬了一下舌尖恢復清醒，溫聲安慰著冰綠。

她伸手往荷包裡摸了摸，驅寒丸卻沒有了。

那荷包裡分了好多暗袋，放了各種應急的小玩意，不過每一種分量都不多，只是以備萬一。

「馬車散架了，樹下不能躲，這連個避雨的地方都沒有！」冰綠焦急不已。

只能等回府再調理身體了，喬昭忍著不適想。

「妳們等等。」邵明淵出聲。

喬昭不由看向他。年輕的將軍走到一棵樹前，忽然縱身而起，雙腿交錯踩在樹幹上，待落地時，手中拿滿了寬大的樹葉。他低著頭，修長十指翻飛，很快就編出一個大大的草帽，抬手按到了喬昭頭上，而後垂眸繼續編起來。

邵明淵很快編出第二頂帽子，遞給冰綠。

冰綠接過帽子，險些熱淚盈眶。

冠軍侯居然給她一個小丫鬟編了草帽，簡直無法想像！

嚶嚶嚶，忽然覺得會編草帽的冠軍侯，比起美美的池公子更適合她家姑娘，至少下雨時忘了帶傘也不怕了！

「黎姑娘，妳們先站在這裡等一等。」滂沱大雨中，年輕的將軍眉梢眼角掛著雨珠，襯得一張臉越發俊白，是一種冰玉般的白皙，眼下有著淡淡的青。

喬昭想，這樣的天氣，他應該更不好受吧？

她沒有出聲，看著他轉身走向散架的馬車，彎下腰去扶起木板。

「姑娘，冠軍侯要幹什麼啊？」冰綠睜大眼睛看著邵明淵的動作，不由摀著嘴吸氣。「天啊，他該不會要把馬車修好吧？」

又會編草帽又會修馬車的冠軍侯簡直完美啊，她都要替她家姑娘愛上他了怎麼辦？

沒有人回答她。

冰綠轉了頭，大驚：「姑娘，您怎麼啦！」

喬昭痛苦地按住腹部，勉強吐出一句話：「有些冷。」

這個身子太嬌弱了，哪怕調理好了腸胃，依然是弱不禁風。

邵明淵聞聲抬頭，放下手中活計，大步流星走了過來。

「怎麼了？」他個子高，低頭問時，雨珠順著臉頰流下來，悄無聲息沒入衣領中。

喬昭摀著腹部，冷汗與雨水混著往下淌，蒼白著唇已說不出話來。

冰綠急哭了。「侯爺，我們姑娘說冷。」

邵明淵深深看著默不作聲的少女。這樣的神態他很熟悉，想必黎姑娘此時不只冷，還很疼。

「忍一忍。」邵明淵轉了身，大步走向馬車，叮叮噹噹一陣響，把斷掉的車轅綁好了。

他走了回來，道一聲「得罪了」，俯身抱起喬昭向著馬車走去。

冰綠愣了愣，抬腳跟上。

邵明淵把喬昭放到了車上。

此時的馬車因為車壁散了架被邵明淵拆了，已經成了無廂的，倒好似莊稼漢們趕的大車。

邵明淵看向冰綠，問她：「能自己走嗎？」冰綠有些懵，連連點頭。

冠軍侯把姑娘放到馬車上幹什麼？已經沒有馬了啊。

而後，冰綠吃驚地摀住了嘴巴，眼睜睜看著邵明淵雙手拉動馬車往前走出數丈，這才如夢初醒地追了上去。

喬昭腹痛如刀絞，默默看著拉車的人，心緒複雜。

這個低頭拉車的男子，彷彿和那日城牆下表情冷然，一言不發射殺了她的男子，是全然不同的兩個人。

可這兩個人影又漸漸重疊了。

戰場上的邵明淵，此時的邵明淵，每一面都是真實的，只是面對著不同情況時的選擇不同。

而她有生以來唯二的兩次狼狽，那一次，他殺了她；這一次，他救了她。

喬姑娘迷迷糊糊地想：她可能真的可以原諒他了。

馬車被拉著偏離了大路，隨著路變得狹窄，漸漸難以前行。

邵明淵停下來，緩緩把車放下，走到喬昭面前。

「黎姑娘，前面不遠處有屋舍，我帶妳先去避雨吧，等雨停了再趕路。」

喬昭忍著難受，輕輕頷首。以她此刻的身體狀況，真的強撐著回城，恐怕就凶多吉少了。

邵明淵俯身再次把喬昭抱了起來，向冰綠點點頭，抬腳往前走去。

三人沿著山路上去，果然有一座屋舍掩映在蔥鬱草木中。

那屋舍並不大，屋簷下掛著一串被雨打得七零八落的紅辣椒，還有一只碗口大的銅鈴來回晃動，風雨遮掩了鈴聲。

喬昭仰頭看著邵明淵，因為說話費力，只眨了眨眼睛。

邵明淵卻好似明白她心中所想，解釋道：「走過這條路，無意中看到有反光。」

他說得簡潔，喬昭卻瞬間明白了。

京城這邊的人有個習慣，若是居住在人煙稀少處，尤其是一些獵戶的居所，通常會在屋簷下掛上刻著福紋的銅鈴辟邪。天好的時候，銅鈴被太陽一照有了反光，曾經路過的邵明淵不經意間看到山林間反光，從而猜測到此處有屋舍。

這人可真是心細，也不知今天怎麼會遇到他呢？

莫非，他是去大福寺的，一個人？喬昭垂下眼眸，掩去所思。

也不過是一個閃神間，邵明淵就抱著喬昭來到屋舍門前，揚聲問：「有人在嗎？」

片刻後，門開了，一個身材精壯的中年漢子出現在門口，語氣戒備：「什麼事？」

「在下……」邵明淵遲疑了一下。「在下與舍妹前往大福寺拜佛，不料回途中趕上大雨。舍妹身子弱，淋不得雨，還望兄臺能給個方便，讓我們在貴地避雨取暖。」

他說完，從荷包裡摸出一塊碎銀子遞了過去。

中年漢子眼睛一亮，伸手把碎銀子接過來，嘀咕道：「這樣的天出門拜什麼佛啊，進來吧。」

邵明淵三人進了屋，發現屋內還有一名年輕些的男子。

那人站了起來。

中年漢子開口道：「這是我兄弟，這裡是我們打獵歇腳的地方。」

他說著扭了頭，對年輕男子道：「他們是路過來避雨的。」

年輕人笑了笑，目光從渾身濕透的冰綠身上掠過，又看向喬昭。

邵明淵側了側身子擋住投來的視線，淡淡看向他。

年輕人撓了撓頭，顯出幾分憨厚來。「這裡還放著我們哥倆一些乾爽衣裳，你們要不要去換換？不過沒有姑娘家穿的。」中年漢子附和道：「對，要是不嫌棄就先換上吧，我去燒火，煮些熱湯來。」

「那就多謝了。」

中年漢子領著邵明淵三人進了裡面的房間，從做工粗糙的櫃子裡翻出兩身衣裳，和一條髒兮兮的手巾。「只有兩套。」

邵明淵接過來遞給冰綠，開口道：「多謝，請兄臺把外邊牆上掛的虎皮賣給在下吧，舍妹淋雨凍著了。」懷中少女越發冰冷的身子讓他有些擔憂，更出乎他意料的是，儘管少女一直在瑟瑟發抖，卻由始至終安安靜靜的。

「哦，沒問題，就是這虎皮不便宜……」

「無妨，這些夠了吧？」邵明淵遞過去一塊銀子。

「夠了，夠了。那你們先忙，我去煮湯。」中年漢子攥著銀子出了門。

冰綠抱著衣裳，用兩根手指頭捏著那條髒兮兮的手巾，一臉嫌棄地道：「這是兩個大男人穿過的衣裳啊，怎麼給姑娘穿？還有這條手巾，簡直髒死了！」

邵明淵轉過身來，彎腰把喬昭輕輕放在椅子上。

喬昭靠坐在乾燥的椅子上，終於恢復了一些力氣，輕聲卻堅定對冰綠道：「可以穿。」曾經死去過，還有什麼比活著更重要？

別說是獵戶穿過的衣裳，就是更令其他女孩子們難以接受的事，只要不降其志，不辱其身，她都是可以接受的。她要活著，替死去的家人更好地活下去，查明那場大火有無蹊蹺，看著兄長臉治好的那一天。

邵明淵深深看了喬昭一眼。他以為，他要費一些力氣勸說這位黎姑娘的。

他出身勳貴之家，自然耳濡目染貴女們對飲食起居多麼講究，別說是陌生男人穿過的舊衣裳，恐怕就是嶄新的都難以接受。

可他偏偏在北地待了七、八載，見慣了那些為了活下去，不惜一切代價的普通百姓們，見慣了在韃子的踐踏下，失去了所有尊嚴的女子們，還有為了保衛身後的家園，在戰場上灑盡熱血的將士們。

除去生死，無大事。

當很多生命明明那樣頑強地想活下去而不能得時，當有些生命明明很無辜而他甚至要親手扼殺時，他更能體會這句話。

黎姑娘和他印象裡的京城貴女們很不一樣，年輕的將軍心想。

「把手巾給我。」邵明淵伸手從冰綠手中接過髒兮兮的手巾，對喬昭道：「等我一下。」

他轉身出了門，大步走向廚房。

年輕的獵戶已經開始生火。

「有熱水嗎？」

年輕的獵戶有些意外邵明淵的出現，怔了怔才道：「有、有！」

他放下燒火棍站起來，往身上擦了擦手，提起水壺問邵明淵：「要喝水嗎？才燒開不久的，不過只有吃飯的碗——」

「勞煩給我拿一個水盆。」邵明淵語氣溫和。年輕獵戶聽了，忙尋來一個木盆遞給邵明淵。

邵明淵接過水壺，在木盆裡倒入一些熱水沖洗了一下，接著注入小半盆熱水，把那條髒兮兮的手巾放了進去。

年輕的獵戶見了，不好意思道：「洗不乾淨了。」

邵明淵垂眸，一遍一遍搓洗著手巾，等木盆裡的水變得汙濁，倒出去重新換過，這樣用了三盆水，那條手巾總算洗得發白了。

他把手巾擰乾，對年輕獵戶道了謝返回喬昭那裡，把還帶著熱氣的手巾遞給冰綠，淡淡道：「趕緊給黎姑娘換上乾衣裳吧，換好了出來叫我，我就在門外守著。」他說完，轉身走了出去。

冰綠攥著那條溫熱的手巾，不由看向喬昭。「姑娘……」

喬昭披著濕漉漉的長髮，咬了咬舌尖對冰綠點頭道：「換！」

冰綠一聽，再不遲疑，忙把喬昭身上的濕衣脫下來，捏著手巾又猶豫了一下。「姑娘，冠軍侯好像把手巾洗了……」

所以您真的不嫌棄嗎？

「囉嗦，給我擦乾！」喬昭又冷又疼，沒了多少力氣，只得瞪了冰綠一眼。

冰綠心一橫，拿起手巾替喬昭擦乾，從兩套衣裳裡挑了稍微乾淨的一套，給喬昭換上了。

乾爽的衣裳穿上身，喬昭頓時有種活過來的感覺，輕聲吩咐冰綠：「把我脫下來的衣裳擰乾，給我把頭髮包起來。」

這些活計冰綠做起來沒有問題，很快就幫喬昭包好了頭。

「妳也換一下吧。」喬昭按著腹部道。

「婢子……」冰綠看了另外一套衣裳一眼，搖搖頭。「婢子還是不換了。」

嘤嘤嘤，姑娘為什麼有勇氣穿啊！她寧死不換！

「換上！」喬昭語氣堅決。小丫鬟忙把衣裳換上了。

雖然她很有原則，寧死不穿臭男人的衣裳，但姑娘的話死也要聽啊。

喬昭滿意笑笑，抬眸望一眼門口，輕聲道：「請邵將軍進來吧。」

「嗳。」冰綠應了，抬腳往外走，心中卻有些納悶，為何姑娘和冠軍侯不叫侯爺，一直叫邵將軍呢？明明侯爺聽起來更威風些。

冰綠來到門口，就見邵明淵手中拿著一張虎皮立在那裡，目光一直盯著廚房的方向。

聽到動靜邵明淵轉頭，把虎皮交給冰綠。「讓黎姑娘圍上吧，我去廚房等著熱湯。」

冰綠抱著虎皮進屋，給喬昭披上。全身瞬間被溫暖包圍，連腹痛似乎都因為這突如其來的溫暖而緩解了，喬昭完全不在意虎皮傳來的淡淡腥臭味，長長舒了口氣。

她手指輕輕動了動，把虎皮拉得更緊。

見喬昭臉色好看了些，冰綠悄悄鬆了口氣，恢復了活潑本性，小聲道：「姑娘，邵將軍去廚房等熱湯了。」喬昭抬了抬眉，沒有說話，目光投向門口。

廚房裡，兩名獵戶正忙碌著，見邵明淵過來了，中年獵戶扭頭道：「公子，您先歇著去吧，喝點熱水暖暖身子，等湯好了我給你們端過去。」

「不用了，我正好烤烤衣裳，等湯好了我端過去就行了。」邵明淵走過去蹲下，接過年輕獵戶手中的燒火棍。他低垂著眉眼，認真撥弄著火堆。

兩名獵戶互視一眼，悄悄轉了身往外走。

「二位還是和在下待在一起吧。」邵明淵頭也沒回，淡淡道。

兩名獵戶腳步一頓，停了下來。

「公子還有什麼事嗎？」中年獵戶問。

這一次，邵明淵回過頭，語氣溫和：「在下很感謝二位的幫助，想與二位兄臺隨便聊聊。」他說完，轉過頭去，低頭繼續烤著濕透的衣裳，心中卻嘆了口氣。

這兩個獵戶雖看起來忠厚，對他來說，神情遮掩卻太拙劣了，和那些在北地遇到的、偽裝成大梁百姓的細作相比相差甚遠。

是黎姑娘與侍女的狼狽讓他們忽然起了色心，還是他給出去的銀子讓他們陡然生出貪欲？財色動人心。他能做的，就是不給他們犯錯誤的機會，彼此好聚好散。

只可惜站在邵明淵身後的兩名獵戶卻不這麼想，二人以眼神交流了片刻，終於下定了決心，臉上露出猙獰表情。

三十七　難以抉擇

年輕的獵戶掄起一條木棍，照著邵明淵後腦杓打去，中年獵戶則拿起了菜刀。

邵明淵頭一偏，慣性之下木棍打在了灶臺上，發出一聲巨響。

房間裡的喬昭聽到動靜，吩咐冰綠：「去看一看。」

冰綠跑到廚房門口，不由摀住了嘴，愣了好一會兒才結結巴巴道：「他們、他們……」

邵明淵一腳踩著年輕獵戶，一手揪著中年獵戶，神色平靜吩咐冰綠：「把牆角的繩子拿過來。」

獵戶住的地方，自然是不缺繩子的。

「呃。」冰綠暈乎乎應了，拿來繩子遞過去，腦袋還是懵的，見邵明淵一言不發把兩個獵戶五花大綁，下意識問道：「邵將軍，您怎麼把他們綁起來了啊？」

將軍？兩名獵戶面面相覷，目露恐懼，連掙扎頓時都停了下來。

邵明淵抬了抬眉。「把湯盛了，給黎姑娘送過去。」

見他神情冷凝，冰綠忽然不敢多言，盛了兩碗熱湯趕忙走了。

「你、你是將軍？」中年獵戶面色如土。

絕對的實力差距讓他們已經沒有了任何反抗的勇氣，知道眼前人的身分，更是一臉絕望。

「早知我是將軍，二位就不會動手了？」

兩名獵戶點頭如小雞啄米。

「若是手無縛雞之力的公子哥兒，今天就要死在你們手裡了吧？」

兩名獵戶渾身一僵，冷汗冒了出來。

「殺了我，你們打算怎麼處置那兩位姑娘呢？」邵明淵平靜地問，眼神卻格外幽深。

「我們、我們就只是一時起了貪心，想弄您的銀子，對那兩位姑娘絕對沒有別的心思啊！」年輕獵戶連忙辯解道。

邵明淵笑了笑，抬手指指自己的後腦杓。「小兄弟，你是照著我這裡打的，要是打準了，我此時就是一具腦漿迸裂的屍體了。出手這麼狠，你想讓我相信，你們能放過那兩位姑娘？」

這也是邵明淵動怒的原因。

倘若年輕獵戶不是對著他後腦杓打，只存了傷人的心思，還有可能是圖財，可一上來就下這樣的狠手，把唯一的男子解決後，目的是什麼就不言而喻了。

「求將軍饒命，我們就是一時貪心，平時都是安分守己的良民啊！」兩名獵戶連連討饒。

邵明淵不再理會二人，低了頭安靜烤著身上衣裳。

冰綠端著熱湯回屋，餵給喬昭喝。

喬昭雙手捧著碗，幾口熱湯下肚，讓她有了說話的力氣。「廚房裡發生了什麼事？」

「邵將軍把那兩個獵戶給綁起來了。」

「哦。」喬昭垂眸又喝了一口熱湯。

冰綠眨眨眼。「姑娘，您都不好奇嗎？」

喬昭抬起眼簾，湯的熱氣撲到面上，讓她的雙頰有了一些紅暈。「好奇什麼？邵將軍那樣做，自然是有他的道理。」

聽到冰綠說邵明淵去廚房等熱湯，她便猜測，邵明淵可能覺得那兩個獵戶有問題，不然他一個行軍打仗的將軍是有多閒，喜歡守著廚房啊。

如今看來，他沒有料錯，她也沒有猜錯。

「姑娘——」冰綠咬了咬唇，期期艾艾道：「婢子覺得，邵將軍可能生氣了。」

「怎麼？」

「邵將軍一直溫和又親切，可剛剛婢子問他為什麼把人綁了起來，他神情一下子就嚴肅了，您看這不是生氣了嗎？可婢子也不覺得問問就哪裡不對了，誰忽然看到人被綁起來不問呀？」

小丫鬟說完，呆了呆。似乎她家姑娘就不會問。

喬昭轉了轉碗暖手，看著冰綠嘆氣。「妳是不是叫破了他的身分？」

冰綠愣了愣，低頭道：「婢子喊他邵將軍。」

「這就是了，妳叫破了他的身分，他如何處置那二人是好呢？放了他們？可那二人定然是對咱們圖謀不軌，因為遇到的是邵將軍才沒有得逞。若是普通人，恐怕就被他們害了性命了。這樣的人，現在放了，焉知以後不會再禍害別人？就算他們真的只是臨時起意第一次做壞事，如今已經知道了邵將軍的身分，把他們放了，萬一到處亂說怎麼辦呢？」

雖然不明白邵明淵為何對頂著黎昭身分的她如此關照，可她篤定，那人是不會讓人敗壞她名譽的。冰綠已經聽傻了，喃喃道：「要是不放呢？」

「不放？」喬昭望著門口笑笑。「那也許只能殺掉了，可這樣做，邵將軍心裡會過不去吧。畢竟咱們借用了人家的屋子，穿了人家的衣裳，喝了人家熬的熱湯。若那兩個人以前沒做過什麼惡事，只是面對誘惑臨時起了歹意，而這誘惑，卻是因為遇到了我們。」

人性並不是非黑即白，壞人可能存著憐憫，好人也可能在某些時候作惡，邵明淵會怎麼做，她都有些好奇了。

聽完喬昭的分析，冰綠難得有些慚愧。「都是婢子太過冒失了。」

哎呀，要是邵將軍殺了那兩個獵戶，姑娘會不會嫌棄邵將軍冷血啊？要是那樣，她豈不是坑了將軍嘛。將軍是好人，還給她編了草帽的。

小丫鬟小心翼翼看自家姑娘一眼，試探問：「姑娘，您說邵將軍會怎麼辦呢？」

喬昭把碗放下來，語氣淡淡：「我也不知道。不過，我尊重他的選擇。」

殺也好，不殺也好，作為被救的一方，指手畫腳未免是得了便宜賣乖，這樣沒品的事她不會做。

門外的邵明淵默默聽到這裡，終於揚聲道：「黎姑娘，我可以進來嗎？」

喬昭怔了怔，向冰綠頷首。冰綠忙走到門口，把邵明淵請進來。

邵明淵一進門，便看到少女擁著虎皮坐在椅子上靜靜望過來。她臉色蒼白，形容狼狽，可目光依然是淡然純淨的，所以那些狼狽便不再顯得狼狽。

這種感覺，讓他驟然想到一個人，再一次想到那個人。

他一定是瘋了。

邵明淵在心底澀然一笑，抬腳走了進來。

「黎姑娘好些了麼？」

「好多了。」喬昭目光落在邵明淵身上，見他身上衣裳已經半乾，莫名鬆了口氣。

「那就好，等雨停了，咱們再趕路。」邵明淵說完，沉默了一下，又道：「貴府的馬車車轅，有人為破壞的痕跡。」

喬昭瞳孔微縮，眸光轉深。

車轅被人為破壞？這麼說，馬車翻倒是人為的？

車是西府的，儘管她在東府應該是貓嫌狗厭，東府的手應該不會伸這麼長。

如果是西府的人……黎皎嗎？她一個小姑娘家會想到鋸車轅？

喬昭在心裡存了個疑慮，見邵明淵還在靜靜看著她，便笑了笑。「知道了，多謝邵將軍相救。」

「黎姑娘不必客氣。」邵明淵溫和笑笑，他想說是李神醫讓他特意關照她，又怕這樣會讓人不自在，便沒有多說，遲疑了一下問：「黎姑娘，妳是不是哪裡疼？」

喬昭被問得一怔，沒有回答。

邵明淵有些茫然。他好像沒問什麼難以回答的問題啊？

看出他的尷尬，喬昭有些好笑，牽了牽蒼白的唇角道：「現在好多了。」

「好多了就好。」年輕的將軍再也不敢亂問了。

喬昭反而問：「邵將軍，你怎麼會來這邊？」

這一次換邵明淵沉默。

喬姑娘腹誹，這是打擊報復吧？

室內安靜了片刻，邵明淵開口道：「在下去大福寺點長明燈。」

喬昭恍然。

原來如此。按著京城這邊的習俗，家中有人去世，下葬後的轉日，家中主母會安排人去寺廟請長明燈，不過在大福寺點長明燈花費不菲，哪怕是富貴人家也不是都供得起的。

看邵明淵這樣子，顯然不是靖安侯夫人安排的，他一個常年在外的人還能記著這個，真是讓她有些意外。

「黎姑娘怎麼這樣的天氣出門？」

「每隔七日，我會來疏影庵，陪庵中師太抄寫經書。」

「是那位無梅師太嗎？」

「邵將軍也知道無梅師太？」

年輕將軍的目光變得深遠。「知道的，我曾經去過大福寺。」

許是少女寧靜的氣質和這方寧靜的天地，讓人有了傾訴的欲望，邵明淵嘴角含笑，語氣溫柔：「我記得那一年是佛誕日，我舅兄也去了，結果被許多小娘子圍觀，嚇得他落荒而逃，險些連鞋子都掉了——」

喬昭心中驀地一動。那一年，她十四歲，邵明淵應該也是十四歲。他怎麼會和兄長一起去了大福寺？那年明明是她頑皮，寫信把哥哥誆去大福寺的。

「邵將軍與舅兄那麼早就認識了啊？結伴去大福寺玩？」喬姑娘不動聲色探問。

她看得認真，分明從面前的人眼中看出一絲赧然，便更好奇了。

被少女黑漆漆的眸子望著，邵明淵不好沉默，嘴角含笑道：「不是，是湊巧看見，才知道的。」罕有的撒謊讓他的耳根有些發熱。

那一年，當然不是湊巧，只是他聽說了未婚妻來到京城，出於少年人的好奇，被幾個「狐朋狗友」慫恿著在喬府附近晃蕩時，無意中發現舅兄出門，便悄悄跟了上去，希望能「巧遇」未婚妻。只可惜，到底是沒有碰到，再後來，父親在北地病重，侯府岌岌可危，所有屬於少年人的新奇與期待，都留在了這繁花似錦的京城裡。

而如今，他成了手染無數鮮血的將士，再也回不到從前。

喬昭靜靜看著眼前人的神色由溫柔懷念轉為落寞，不知為何，便在心裡輕輕嘆了口氣。

「邵將軍怎麼一個人去了大福寺？」

以他的身分，出行難道不帶一、兩名親衛嗎？

「一個人方便些。」邵明淵狀若隨意道。

和妻子有關的事，他不想多餘的人參與，不想讓別人看到他脆弱狼狽的樣子，哪怕是他的親衛。

不過……邵明淵回神，深深看了面前的少女一眼。

其實也不是沒帶任何人。

他囑咐一名親衛多加留意黎姑娘的情況，今早在大福寺門口，那名親衛就來向他稟告，黎姑娘來了此處。

等到他忙完了私事，親衛稟告說黎姑娘的馬車剛剛走了沒多久，而那名親衛卻拉了肚子，沒有跟上去。他見天色不妙，擔心黎姑娘遇到什麼事，便留下親衛先走了。

邵明淵再看面色蒼白的少女一眼，心想幸虧趕了過來，不然黎姑娘若是出了什麼事，他就愧對神醫了。

邵明淵忽地想到了剛剛在門外聽到的那些話。我也不知道。不過，我尊重他的選擇。這樣的女孩子，本該好好的，這世上已經有太多美好的人被毀滅了。

冰綠見兩個人一問一答，開心地嘴角翹起老高，輕手輕腳走到門口探頭往外看，這一看不由吃了一驚，就見那兩個人背對背綁在了一起，口中塞著破布，滿眼驚恐。

邵將軍到底會怎麼處置這兩個人啊？真的會殺人嗎？

小丫鬟回頭看了邵明淵一眼，再看自家姑娘一眼，心道姑娘連被屍體壓在身上都比她淡定多了，應該不怕的吧？

「黎姑娘，我出去看看，妳好好休息。」

看著邵明淵邁著長腿走出門口，喬昭一直按著腹部的手終於鬆開，頭一偏，嘔吐起來，身上圍的虎皮被濺上不少。

「姑娘！」冰綠嚇了一跳。

她就說這些東西都太髒了吧，姑娘怎麼能受得了！

「別亂喊，趕緊把這些收拾了，然後再替我盛一碗湯來——」喬昭後面的話戛然而止。

邵明淵大步走了過來，俯身把她抱起來，向外走去。

「將軍，您帶我們姑娘去哪裡啊？」冰綠忙追了上去。

邵明淵帶著喬昭來到廚房，把她放在灶臺前的小凳子上，溫聲道：「這裡更暖和。」

言下之意，可以把沾了嘔吐物的虎皮脫掉了。

任喬姑娘平時再淡定，嘔吐物被人看到甚至還蹭到了對方身上都覺得尷尬，乾脆脫掉虎皮，拿起燒火棍撥弄著火苗，沒有吭聲。

邵明淵不以為意，把廚房轉了一圈，在牆角缸底發現一點糙米，於是抓了一把，對喬昭道：「那肉湯就不要喝了，我煮些米湯。」

「讓冰綠來吧。」喬昭總算從尷尬中緩過來，心想剛剛邵明淵出去，該不會是看出她想吐卻強忍著吧？真是心細得讓人討厭，就不能晚點進來嘛！

冰綠一聽，忙拉了拉喬昭衣角。姑娘別開玩笑了，她什麼時候會煮這種糙米粥啊，她都沒吃過！

聰慧過人的喬姑娘顯然看懂了小丫鬟的意思，抽了抽嘴角。

「還是我來吧。」邵明淵含笑道。

「好。」喬姑娘答得飛快。

洗乾淨的糙米下了鍋，邵明淵直起身。

「黎姑娘，我去外面一下。」

喬昭眸光閃了閃。他又出去做什麼？

「邵將軍請自便。」眼看他往外走去，喬昭忽然想起什麼，揚聲喊道：「邵將軍——」

邵明淵回頭。

「外面還下著雨，你要是出去，把草帽戴上吧。冰綠，去那間屋子拿草帽。」

邵明淵一笑。「不用，我自己去拿。」

他很快消失在門口，冰綠眨眨眼，小聲道：「姑娘，婢子去瞧瞧邵將軍做什麼去。」

片刻後冰綠返回來，挨著喬昭蹲下，低聲道：「姑娘，邵將軍真的出去了，戴著他編的草帽。不過外面還下著雨，他這一出去衣裳又會被淋濕了。您說他出去幹什麼呀？」

喬昭望著門口的方向，搖搖頭。「我也不知道。」

她又不是他肚子裡的蛔蟲，哪能什麼都猜得到呢。

「姑娘您看見沒，那兩個壞蛋就在外頭綁著呢，萬一邵將軍還沒回來，那兩個人掙脫了繩索，那咱們豈不是危險了？」冰綠說著目露驚恐。「姑娘，用一下燒火棍。」

小丫鬟拿過燒火棍，沒等喬昭吭聲就飛快跑了出去。

不一會兒，就聽到外面傳來兩聲慘叫。

冰綠抱著燒火棍跑回來，神情輕快。「這下好了，婢子一人給了他們一棍子。」

「打死了沒有？」

很好，要是打死了，邵明淵就不用為難了。

這丫鬟到底是誰的啊？

冰綠連連搖頭。「沒有，沒有，婢子膽子小，不敢殺人的！」

喬姑娘無語望天。

不敢殺人，所以敲悶棍，原諒她見識少，沒見過這麼「膽小」的丫鬟。

「把米粥攪一下，別糊了。」不知道邵明淵什麼時候回來，擔心米粥煮廢了沒得吃，喬昭提醒道。

她這副身子太弱了，就更需要吃東西補充體力，哪怕吃了反胃也要嚥下去。

「冰綠。」

「噯！」解決了隱患，小丫鬟明顯輕快起來。

「回去記得學熬粥。」小丫鬟的頭聞言立刻耷拉下來。「是。」

灶膛裡，柴火燒得很旺，時而發出劈啪的響聲，大鍋裡的水漸漸沸騰，米粒上上下下沉浮。

喬昭把手背上蹭的灰擦掉，卻發現越擦越黑，乾脆由它去了，盯著跳躍的火苗想：邵明淵出去做什麼呢？

外面雨勢稍小，可才走出屋子，衣裳還是很快濕透了。

邵明淵終於在一處樹下發現要找的東西，彎腰把那幾株野薑挖了出來。

他直起身，看了看屋舍的方向，彎唇笑笑，抬腳往回走去，走到半途停下腳步，揚了楊眉。

那淋成落湯雞的年輕人已經發現了邵明淵，笑得露出一口白牙，屁顛屁顛跑過來道：「將軍，屬下可找到您了。」

「晨光，你不是拉肚子，怎麼不等雨停了再走？」

一身狼狽的親衛眼神閃了閃，抹了一把雨水道：「屬下見雨下大了，怕出什麼事，所以就追上來了。將軍，黎姑娘的馬車怎麼壞得那麼厲害？黎姑娘怎麼樣了？」

邵明淵深深看了親衛一眼。平時不覺得這小子這麼話嘮啊。

「馬車翻了，黎姑娘情況不大好。」

「翻了？不會吧！」親衛大吃一驚。

邵明淵盯著親衛片刻，沉聲問：「晨光，你是否有什麼事瞞著我？」

在將軍大人的迫人氣勢下，親衛腿一軟，單膝跪在了泥地裡。「將軍恕罪，是屬下……」

他抬眼看了面色沉沉的將軍一眼，忙又低下了頭，老實交代：「是屬下弄壞了黎姑娘馬車的車轅。」

邵明淵一聽，神情冷了冷，深深吸一口氣問：「為什麼？」

難不成他身邊就沒幾個可信的人了，一個個都出問題？

他目光落在單膝跪地的晨光身上，神情澀然。

不應該啊，晨光和葉落一樣都是跟著他許久的，是他當年從死人堆裡救回來的。

「說，為什麼這麼做？」

聽出將軍大人語氣中的惱怒和失望，小親衛險些嚇哭了，再不敢隱瞞，把緣由一股腦倒了出來：「屬下是想著，黎姑娘的馬車壞了，將軍追上來，不就正好可以英雄救美了嘛。」

他家將軍會修馬車呀！

年輕的將軍想了千百個理由，卻獨獨沒想到這一種，不由呆了一呆。

跪在泥水裡的親衛索性破罐子破摔道：「黎姑娘的馬車不怎麼好，那匹馬也老得跑不快，就算車轅斷了，頂多是沒法走了。屬下反覆琢磨過了，不可能會有危險的——」

迎上將軍大人黑沉沉的眼神，親衛低了頭。「都是屬下的錯，將軍責罰屬下吧。」

邵明淵怒火升起，冷淡問：「你反覆琢磨過了？雨勢這樣大，你想過嗎？黎姑娘途中又載了別人，你想過嗎？黎姑娘的身體不比北地的女子，甚至比京城尋常姑娘家都要弱，你又想過嗎？」

他本來要保護她的安全，誰知反而成了害她受罪的人。

親衛聽得臉色發白。將軍的心上人出事了？那他豈不是成了罪人？

「是屬下莽撞了，屬下對不住將軍啊！」親衛抽出腰間長劍，對準脖子就劃去。

邵明淵飛起一腳把劍踢飛了。

「將軍？」

「暫且留著你的漿糊腦袋，給我將功贖罪去！」

親衛呆呆看著邵明淵，問道：「您要把屬下交給黎姑娘發落嗎？」

邵明淵閉了閉眼。跟這樣的蠢貨屬下生氣，太不值當！

「用最快的速度趕回城裡去，帶馬車和幾身姑娘家穿的衣裳來，注意不要驚動別人。」邵明淵想了想，補充道：「黎姑娘的衣裳挑上衣青色裙子白色的，丫鬟的衣裳挑蔥綠色的，再帶兩名親衛來，速去速回。」

「領命！」親衛起身拔腿就跑，跑出數丈猛然返回來，抽出插入泥地裡的長劍，收劍入鞘，飛奔而去。

邵明淵返回屋舍，喬昭聽到動靜抬了頭，見他渾身濕透，雨水順著衣角落下來，很快在地上匯成水窪，便道：「邵將軍過來烤火吧。」

邵明淵捏著一把野薑，看著展顏淺笑的恬靜少女，一時有些心虛。

不知道等一下對黎姑娘坦白，黎姑娘會把他轟出去嗎？

三十八　坦白從寬

「邵將軍？」見邵明淵立在門口不動，雨水滑過面頰，一張臉似乎顯得更白，喬昭有些疑惑。她目光下移，落到邵明淵手上，仔細辨認一番，有些吃驚。「野薑？」

野薑可入藥，對腰腹冷痛有緩解作用，呃，還能活血調經。

活血調經！喬昭呆了呆。

所以邵明淵到底是因為哪個功效，出去採了一把野薑回來？

一貫淡然的喬姑娘心情瞬間複雜難言，水杏般的眸子盯著立在門口的人。他應該不會瞭解女孩子這些事吧？

「黎姑娘認識這個？」短暫的靜默過後，邵明淵邁著長腿走進來，看一眼鍋裡沸騰的米粥，走到牆角彎腰舀水把野薑洗乾淨，丟進了鍋裡。

喬昭下意識皺了眉。「這樣味道會很怪。」

「嗯，但吃了有好處，黎姑娘忍耐一下吧。」邵明淵立在灶臺旁，水珠落在柴火上，發出滋的一聲響。

喬昭往旁邊挪了挪。「邵將軍烤一下衣裳吧。」

「哦，謝謝。」一想到是自己屬下幹的好事，邵明淵就沒了先前的自在，默默坐下來，琢磨著該怎麼向人家坦白。

水珠落入火中被烤乾的聲響依舊不停，灶臺前的兩個人卻沉默了。

冰綠覺得氣氛有些奇怪，探頭往鍋裡看了看，遲疑道：「米粥應該煮好了吧？」

邵明淵回過神來，點頭：「好了。」

他轉身想去拿碗，冰綠忙道：「邵將軍您烤火吧，婢子來就行了。」

冰綠很快盛了兩碗米粥，一碗遞給喬昭，一碗遞給邵明淵，而後給自己盛了一碗，捧著粥碗道：「姑娘，邵將軍，你們烤火吧，婢子去看著那兩個壞蛋，免得他們跑了。」

眼看著小丫鬟一溜煙跑了，喬昭眨眨眼。那兩個倒楣獵戶不是被冰綠敲暈了麼，還去看什麼？

邵明淵捧著粥碗開了口：「那兩個獵戶是冰綠打暈的麼？」

喬昭微怔，隨後點頭。「對。」想了想，自己的貼身大丫鬟如此凶殘似乎不大好，於是替冰綠解釋：「她擔心被那兩個人掙脫了繩子，我會有危險。」

「不會。」

喬昭聞聲抬頭，撞進對方黑亮如水洗的眼眸裡。

「我是用特殊手法綁的人，不會掙脫的。」

喬昭揚唇笑笑。「我知道。」

堂堂的北征將軍，戰無不勝的冠軍侯，要是連兩個獵戶都能在他手底下跑了，他就活不到現在了。

邵明淵也笑了。他一直以為和女孩子打交道會很困難，可與黎姑娘交流，似乎沒有這個問題。

盯著跳躍的火光好一會兒，邵明淵瞥了喬昭一眼。

少女頭上胡亂包著布條，看樣子是從自己的衣服上扯下來的，和優雅一點沾不上邊，可她的神情卻坦然自在，側顏靜美。

邵明淵給自己暗暗鼓了鼓氣，試探地問：「黎姑娘，那時我說妳的馬車有人為破壞的痕跡……」

喬昭睫毛顫了顫，靜靜等著他繼續往下說。

邵明淵被她盯得有些窘，原本準備坦白的話到了嘴邊變成：「妳知道是誰幹的嗎？」

「我？」喬昭用燒火棍輕輕撥弄著火，搖搖頭。「我不知道。」

「要是知道了……妳打算怎麼辦呢？」

喬昭聞言，晃了晃手中燒火棍，呵呵一笑。「那自然是要他好看了，不然以德報怨，何以報德呢？」說完不見邵明淵回應，喬昭看向他。「邵將軍，你說是不是？」

領兵作戰多年的人，不會是心慈手軟之輩吧，這樣的問題還要問。

「呵呵。」年輕的將軍乾笑著。如果他現在坦白，黎姑娘會用這根燒火棍招呼他嗎？

喬昭心思敏銳，很快察覺出去過一趟的邵明淵和先前似乎有些不一樣了，沉吟了一下，問：「邵將軍，莫非你知道什麼線索？」不然他重提這件事是什麼意思呢？總不可能是幫她找出那個人來，再替她教訓一下幕後凶手吧？那他未免太過熱心了。

難道……喬昭驀地想到一種可能，臉色立刻沉了下來。

這個混蛋，莫非她屍骨未寒，就對別的姑娘動心了？

看一眼邵明淵身上已經瞧不出本來顏色的白袍，喬昭心塞不已。

雖說她如今成了黎昭，從此各不相干，可看著前夫連一年時間都等不得，就想打小姑娘的主意，還是有給他一燒火棍的衝動。

少女渾身散發的寒氣讓邵明淵趕緊往遠處挪了挪，一臉嚴肅道：「黎姑娘，我很可能是看錯了。」他寧願回去好好修理那臭小子，以後盡量照顧黎姑娘，也不想對著嚇人的黎姑娘坦白！

「呵呵，邵將軍就不要安慰我了。」喬昭越發覺得有問題，冷著臉道：「邵將軍不要把我當成膽小怕事的小姑娘，比起一無所知，我更希望知道在背後算計我的是誰，那樣以後才不會再著了道。」

這姑娘好難哄！他又開始在坦白還是死扛之間猶豫了。

喬昭睇他一眼，淡淡道：「其實，對於弄壞我馬車的人，我隱約有些猜測。」

「呃？」邵明淵眸光閃了閃。

「馬車去大福寺時就有問題的可能性不大，不然也許早就壞了，且容易被車夫發現。我猜最大的可能是車夫在寺外等著我時，有人趁他不注意弄壞了車轅。那麼，做這件事的人十有八九是今天去了大福寺的香客。」喬昭語速輕緩分析著：「公主的車子中途遇到變故，搭了我的車子，證明他們不知道馬車有問題，也就排除了他們的可能。而今天不是什麼特別日子，天氣又不好，前去大福寺的香客應該不會太多，所以我回頭去問一問，說不定就能知道一些線索了。」

某人瞬間做了決定——他還是坦白好了！

「黎姑娘……」邵明淵喊了一聲。

喬昭把燒火棍放下，輕輕捏了捏手腕。「嗯？」

「其實……妳的馬車是我的屬下弄壞的……」

喬昭下意識把燒火棍又拿了起來。什麼情況啊，邵明淵先告訴她馬車被人破壞了，現在又告訴她是他的屬下弄壞的，那麼，她可不可以理解為，是這混蛋沒話找話調戲小姑娘？

「能問一下原因嗎？」喬姑娘拎著燒火棍問。

原因？屬下為了讓他能英雄救美？

邵明淵為人坦率，但不是傻，這種原因當然是打死也不會說的。

「我那個屬下……腦子有點問題。」

喬姑娘臉更黑了。她腦子可沒問題，這種理由她會信？

喬昭放下燒火棍，端起粥碗，小口小口喝粥，不再做聲。

邵明淵心中一緊。以他多年觀察敵情的經驗，黎姑娘應該是生氣了。

從沒和女孩子打過交道的年輕將軍瞬間不知道該說些什麼好，端著粥碗悶聲喝起來。

喬昭瞥了他一眼，氣結不已。

這人的屬下弄壞了她的馬車，他說不出個所以然來，居然還喝上粥了？

把粥碗往灶臺上一放，喬昭直視著邵明淵，淡淡道：「邵將軍。」

邵明淵抬頭。

「我記得先前你說過，是隻身前往大福寺的，怎麼又出現了屬下？」

邵明淵端著粥碗，心中感嘆，黎姑娘心思縝密，要是放到他的軍營裡，那是千裡挑一的人才啊！奈何她是女孩子，可惜了。

邵明淵決定坦白一小部分：「黎姑娘，其實是這樣的，李神醫不久便會離京，於是托我關照妳，我便吩咐一名親衛多加留意妳的動靜。嗯，他覺得要是弄壞了妳的馬車，造成車夫失職，說不定有機會混進黎府當車夫，從而更好的保護妳，所以才腦子發昏幹了這樣的蠢事。」

年輕的將軍俊臉微紅。「他這麼蠢，我也覺得挺慚愧又不可思議，還望黎姑娘見諒。」

喬昭竟無言以對。沉默了好一會兒，她才開口：「原來是這樣，那多謝邵將軍費心了。」

知道他不是隨便對一位姑娘家就這麼好，心裡到底是舒服了點兒。

「應該的，我既然答應過神醫，就該受人之托忠人之事。沒想到好心辦壞事，反而讓黎姑娘遭了罪。」邵明淵對喬昭歉然一笑。「黎姑娘，在下很抱歉。」

「邵將軍不必如此自責，你那位屬下——」

「我讓那混帳回去弄馬車來接黎姑娘，等平安送黎姑娘回去，如何處置全由黎姑娘做主。」

喬昭笑了笑。「是邵將軍全由我做主，還是邵將軍那位屬下？」

邵明淵呆了呆。黎姑娘這話問得很有水準，若是與敵軍談判，定然不會吃虧的。

「是在下管教不嚴，黎姑娘有什麼要求，都可以對我提。明淵力所能及，絕不推脫。」

喬昭水杏般的眸子彎起，輕輕道：「邵將軍這話，說得太滿了。」

邵明淵看著她，不解其意。

「我若要邵將軍娶我，邵將軍也會答應嗎？」

若敢答應，她立刻給他一燒火棍！

「咳咳咳……」邵明淵偏頭，劇烈咳嗽起來，咳到後來，喉嚨發癢，隱隱嚐到血腥味。

他擦拭了一下嘴角，才回過頭，尷尬看喬昭一眼，道：「黎姑娘說笑了。」

黎姑娘不像是會輕易誤會的人，也因此，他全然沒想過這些。

「所以，以後邵將軍說話還是不要太滿了，特別是對姑娘家。」

邵明淵想了想，認真對喬昭點頭：「黎姑娘說得是。」

喬昭笑了笑。「那就讓邵將軍那位屬下以後給我當車夫吧，算是對他的懲罰了。」

馬車翻了，西府那位老車夫為了追馬不見了蹤影，可見有多靠不住，邵明淵的親衛就算腦子有點問題，想必身手還是不錯的。明明在某方面不行卻逞強的事，喬姑娘是不會幹的，冰綠才剛開始學武，一時半會兒派不上用場，而她以後會常出門，有這麼一位車夫跟著，何樂而不為？

邵明淵沒想到喬昭會提出這樣的要求，立刻便應了下來。以後晨光能光明正大保護黎姑娘，他就放心了。當然，回頭還要叮囑一下那混帳，別再幹蠢事。

簡陋的廚房裡一下子安靜下來，邵明淵很快聽到清淺的呼吸聲。

他看過去，就見少女頭伏在膝蓋上，已然睡著了。

她的呼吸聲很輕，就好像她的臉色，蒼白、晶瑩，彷彿高山白雪，太陽一出就會融化。

邵明淵遲疑了一下，起身走到外面。

「邵將軍，您喝完粥啦？我們姑娘呢？」

「她睡著了，妳去照看一下吧。」

「噯。」冰綠扭身進去了。

邵明淵看了仍在昏迷的兩名獵戶一眼，抬腳走到外面去。

雨不知何時已經停了，被雨水沖刷過的樹木越發顯得蔥翠，清新潮濕的泥土氣息撲面而來。

邵明淵一直站在那裡遠望，不知過了多久，忽然轉身返回廚房。

冰綠一直緊靠著喬昭蹲著，支撐睡著的主子不會摔到地上去，聞聲抬起頭來。

「把黎姑娘喊醒吧，我們可以走了。」

冰綠聞言大喜，立刻轉了身，輕輕喊道：「姑娘，醒醒。」

沒有動靜，她伸手輕輕推了推喬昭。「醒醒呀，姑娘——」

依然沒有動靜，冰綠臉色一變，有一隻大手已經伸過來，覆在喬昭額上。

「邵將軍？」冰綠睜大了眼，有些慌了。

邵明淵唇線緊抿，嚴肅道：「黎姑娘發燒了。」他說著彎腰把喬昭抱了起來，大步往外走去，一邊走一邊在心中嘆息，晨光那混帳真是把黎姑娘害慘了。當然，他身為晨光的主子，頭一個脫不了責任。

冰綠心慌意亂隨著邵明淵出去，就見下邊路上停著一輛青帷馬車，有三人順著他們上來的方向深一腳淺一腳走來。

「邵將軍，有馬車，有人呢！」

「對，他們是來接你們的。」邵明淵抱著喬昭快步往下走，與前來的人迎上。

「將軍，屬下來遲了。」晨光氣喘吁吁見禮。

身後二人異口同聲道：「見過將軍。」

邵明淵輕輕頷首，與之擦肩而過，甩下一句話：「晨光過來趕車，你們兩個把屋子裡綁著的那兩個人送到軍營，給我狠狠操練他們，調教好了送到北邊殺韃子去。記得跟他們說，今天的事若敢亂說，割了他們舌頭下酒！」

「領命！」

邵明淵抱著喬昭走向馬車，發現馬車旁站著個一身狼狽的老漢，不由得看了晨光一眼。

三十九　擔心無已

晨光忙解釋道：「這位老伯是屬下進城的路上碰到的，正牽著一匹老馬在雨中哭呢。屬下過去一問，他說馬車翻了，他去追馬，結果追到馬後，他們家馬車找不著了。屬下一琢磨，這不說的是黎姑娘嗎，一問果然不錯，就帶上了。」

老車夫一臉慚愧，抹著眼淚問冰綠：「三姑娘怎麼啦？」

冰綠瞪老車夫一眼，嗔道：「老錢伯，你還好意思問，怎麼能丟下姑娘追馬去呢？要不是遇到了邵將軍，姑娘就慘啦。」呃，似乎現在也很慘，但若沒有邵將軍給姑娘編草帽，帶姑娘躲雨，還給姑娘煮了米粥，那肯定會更慘就是了。

老錢伯哭得更厲害了。「我、我一時給忘了，等追上馬再回來，怎麼都找不到咱們馬車了。」

「你可真是糊塗啊！」冰綠氣得跺腳。

晨光低著頭，暗想這老漢比我犯得事還大，看來回去後這車夫是當不成了。唉，也不知道將軍回頭會怎麼處置他？

「大姊兒，我也不知道最近是怎麼了，經常忘東忘西的，有時候才吃過飯都忘了呢，還會再吃一遍，被我那口子罵了才知道吃過了。」老車夫也知道今天犯的錯不小，可憐兮兮地解釋。

冰綠啐了一口。「吃過飯再吃一頓？你每次忘事兒倒是沒委屈到自個兒。」

小丫鬟沉著臉，隨著邵明淵把喬昭送進了馬車裡。

車廂裡乾淨舒適，頓時讓人有種活過來的感覺。

「準備了妳們穿的衣裳，還有熱水等物，先替黎姑娘收拾一下吧，若是有事就喊我。」邵明淵交代完，退了出去。

晨光握著鞭子請示：「將軍，走嗎？」

「把鞭子給我，你下去吧。」

「咦？」晨光一頭霧水下了馬車。說好的讓他當車夫呢？

「帶著這位老伯去春風樓等著。」撂下這句話，邵明淵馬鞭一甩，馬車緩緩動了。

留下晨光目瞪口呆，將軍大人居然親自給黎姑娘當車夫！

雨停後，官道好走許多，邵明淵把馬車趕得飛快，竟絲毫不見顛簸，在天還未晚之前終於趕到了春風樓。馬車直接從春風樓後門而入，一直到院子裡才停下來。

邵明淵抱著喬昭進屋，吩咐守在此處的親衛：「速去把神醫請來。」

親衛領命而去，另一人稟告：「將軍，池公子幾人在前邊吃酒呢，說您若是回來了，就請您過去。」邵明淵放心不下喬昭的情況，便道：「去和他們說一聲我回來了，不過眼下有些事，晚一會兒再過去。」

「是。」

因為一場大雨，本該熱鬧的春風樓前車馬稀少，安安靜靜。

二樓一間臨窗雅間，朱彥與楊厚承相對而坐，隨意把玩著酒杯，池燦卻站在外面憑欄而立，望著被大雨沖洗得發亮的街面出神。

楊厚承看了池燦背影一眼，喝了一口酒，嘀咕道：「拾曦今天是怎麼了，一直一副魂不守舍的樣子。」

朱彥笑笑：「誰知道呢？」

他想了想，忽然嘆道：「今天好像是黎姑娘去疏影庵的日子吧。」

楊厚承掰著手指頭算了算，點頭道：「對，就是今天，黎姑娘提過的，每隔七日去一次疏影庵。」他說完，一拍桌子。「哎呀，這麼大的雨，豈不是被黎姑娘趕上了？」

楊厚承拍桌子動靜不小，池燦轉過身來，黑著一張臉道：「瞎拍什麼！」

「我這不是替黎姑娘著急嘛。那麼大的雨下了這麼久，這才停了，你們說黎姑娘會不會被困在路上啊？不會遇到什麼危險吧？」

「你閉嘴！」池燦大步走回來，一屁股坐下，端起酒杯仰頭喝光。

楊厚承盯著池燦眨眨眼，福至心靈道：「我明白了！拾曦，你一直心事重重的樣子，原來是在擔心黎姑娘啊！」

池燦聞言臉更黑，睃了楊厚承一眼。「胡說！我關心她幹什麼？我是嫌你聒噪，吵得人酒都喝不好了！」他說完，又給自己倒了一杯酒，一飲而盡。

楊厚承撇撇嘴。「擔心黎姑娘就直說嘛，死鴨子嘴硬。我這是才想起來，不然也會一直擔心呢。她一個小姑娘，弱不禁風的樣子，真被大風颳跑了可怎麼辦啊？不行，我沿路找找去。」

池燦捏著酒杯，指節隱隱泛白。

朱彥忙把說風就是雨的楊厚承給拉住了。「楊二，你忘了，今天還有人去了大福寺呢。」

「還有人？」楊厚承愣了愣。

「庭泉？」池燦已是反應過來。

「是啊，庭泉心性寬厚，若黎姑娘真有什麼事，被他遇見一定會相助，所以你們就不要擔心了。」楊厚承坐下來，鬆了口氣。「那就好。」

池燦手指鬆了鬆，把酒杯放到一旁，冷冷道：「誰擔心了，只有楊二爛好心，也不知被黎三灌了什麼迷魂湯。」

兩位好友一起望著他。

「看我幹什麼？」

朱彥笑笑：「呵呵。」

楊厚承則直接撇了撇嘴。「行了，行了，只有我一個人擔心，我們池公子才不擔心呢，就是站在外面吹了大半天的冷風而已，我們都知道你不擔心的。」

這兩個傢伙是什麼意思啊？他確實不擔心！

真的不擔心！

「三位公子，將軍回來了。」

「他人呢？直接從後門進的？」池燦問。

「是的，將軍直接去了後院。請三位公子稍等，將軍要晚些時候才能過來。」

「這個時候回來還有什麼事啊？」楊厚承疑惑問道。

「將軍說還有些事。」

池燦三人面面相覷。

「該不會是去寺廟點了長明燈，心情不好，躲起來哭吧？」楊厚承猜測。

不靠譜的猜測得了池公子一個白眼，池燦放下酒杯起身。「走，瞧瞧去。」

不是有可能遇到那丫頭嗎，一回來就一個人躲在後面是什麼意思？

知道這三人是將軍大人的好友，且將軍大人又沒有別的吩咐，親衛並沒有阻攔，抬腳跟了上去。

池燦遠遠就看到邵明淵站在廊蕪下，靜靜望著牆角的薔薇花出神，身上的衣裳已經辨不出模樣來。

「庭泉。」他喊了一聲。

邵明淵側頭看來，嘴角露出淡淡的笑意。「你們怎麼過來了？」

池燦大步走過來，上下打量著邵明淵，問：「你這是在泥地裡打滾了？」

邵明淵笑笑：「差不多吧。」

朱彥二人也走了過來。

楊厚承環顧一下，納悶問道：「不是說有事嗎？站在這賞花呢？」

「哦，不是。我從大福寺回來的路上遇到了黎姑娘，她的馬車翻了——」

邵明淵話音未落，池燦就臉色微變，打斷道：「她人呢？」

邵明淵詫異看他一眼，回道：「在屋裡呢，有她的丫鬟照顧著，我已經命人去請神醫了。」

一聽請了神醫，池公子面色恢復了正常，見三人都盯著他，繃著臉道：「我就說那丫頭一點不安分，早晚會倒楣吧，呵呵。」

朱彥和楊厚承同時斜了他一眼。

「你們兩個這是什麼眼神？」池公子有些下不來臺，咳嗽一聲道：「我去看看她到底倒楣成什麼樣了。」

他拂袖走了，留下邵明淵頗有些莫名其妙，以詢問的眼神望著朱彥與楊厚承二人。

朱彥溫和笑笑。「你知道的，拾曦這麼多年都是這樣的性子。」

口不對心嗎？想著池燦離去前的言行神態，邵明淵若有所思。

「是啊，他對黎姑娘明明關心得很，非要死鴨子嘴硬。」楊厚承附和道。

「我記得拾曦以前見到姑娘家就跑的，沒想到現在不一樣了。」

「什麼不一樣？」楊厚承撇撇嘴。「他還不是一見小娘子就鼻子不是鼻子眼不是眼的，害得我和子哲想和漂亮小娘子搭個話都不行。他就是對黎姑娘這樣——」

說到這裡，楊厚承朝兩位好友眨眨眼，小聲道：「拾曦該不會是開竅了吧？難道他想娶媳婦啦？」邵明淵一怔，不由回頭看向門口。

原來拾曦喜歡黎姑娘啊。

得出這個結論的一瞬間，邵明淵牽唇笑了笑。

黎姑娘是很好的女孩子，拾曦會動心也不奇怪。

他收回目光，投向牆角處的那從薔薇花。經了一場大雨，很多薔薇花瓣落了一地，可留在枝頭的顯得越發嬌豔明媚，那葉子更是水洗過的碧綠，生機勃勃。

他看向溫和含笑的朱彥與一臉八卦的楊厚承，其實好友們都到了該娶妻生子的年紀了，這樣可真好。

「庭泉，你想什麼呢？」

雨後的陽光溫柔如水，傾灑在邵明淵瑩白的面上，他嘴角含笑道：「我在想，那天不知是誰喝了酒，哭著說什麼不想娶媳婦呢，怎麼今天又怪拾曦拖累你沒辦法搭訕小娘子？」

楊厚承臉一紅，抬手給了邵明淵一拳。「不帶這麼揭短的啊！」

邵明淵與朱彥俱都笑起來。

「庭泉，你不去換一下衣裳？」朱彥笑過問。

「等李神醫來了，我向他說明一下情況再去。」

「黎姑娘受傷了嗎？」朱彥指指邵明淵被撕扯過的衣襬。那像是撕下來給人包紮用的。

「應該沒有。」邵明淵嘴上這樣回著，心中卻存了一點疑慮。那姑娘太堅強，若是身上有什麼傷處，他便不得而知了。

「黎姑娘淋了雨，有些發熱。」

「今天的雨是太大了啊，下得還急，黎姑娘真是不走運。」楊厚承感慨道。

「是呀，不走運。」邵明淵淡淡道，心中卻有些自責。

「神醫來了。」朱彥看著遠處道。

三人抬腳迎過去。李神醫板著張臉問邵明淵：「昭丫頭怎麼淋雨了？」

臭小子怎麼照顧的啊，果然嘴上沒毛辦事不牢！

「是我照顧不周，神醫先去看看黎姑娘再說吧。」

李神醫冷哼一聲：「還不帶路！」

三人簇擁著李神醫往安置喬昭的屋子走去。先一步過去的池燦已在門外站了好一會兒。門是虛掩的，能看到那個叫冰綠的小丫鬟忙來忙去，一會兒拿軟巾給床榻上的人擦臉，一會兒伸手探她額頭，一會兒又在屋子裡自言自語來回打轉。

床榻上的人閉著眼，長髮海藻般鋪散開來，一張只有巴掌大的臉蒼白近乎透明，連唇瓣都淡得沒有顏色，只有眉心比針尖大一點點的紅痣鮮豔如初，反而讓她越發顯得可愛可憐。

池燦立在那裡，就這麼默默瞧著：原來這丫頭還這樣小啊，為什麼總給他一種同齡人的感覺呢？這樣小的丫頭，他究竟……是怎麼了？

池燦忽地為自己聽到喬昭出事那一瞬間的莫名急切而生出幾分羞愧來。

這樣的感覺對池公子來說是絕無僅有的。他有些茫然，有些慌亂，更多的是困惑，以至於遲遲不敢走進去。

冰綠把軟巾擰乾覆在喬昭額頭上，一邊端著水盆往門口走一邊喃喃道：「神醫怎麼還不來呢，姑娘燒得好像越來越厲害了。」

她一心想著喬昭的情況，一手拉開門，順勢把水潑了出去，看著站在門口瞬間成了落湯雞的某人，目瞪口呆。「池、池公子？」

瞬間呆滯過後，小丫鬟立刻把臉盆往旁邊一塞，乾笑道：「池公子您也淋雨啦？」

別拉著他，他要宰了這個小丫鬟！

池公子正要爆發之時，身後傳來笑聲：「拾曦，你這是怎麼了？」

池燦猛然轉身，揪著楊厚承衣領往廊柱上一抵，一臉凶狠道：「楊二，你再敢多說一個字，我就要你好看！」

楊厚承沉默了一會兒，終究覺得這個威脅不住他，實話實說：「可你又打不過我——」

受到致命一擊的池公子額角青筋暴起，俊美的臉氣得都扭曲了

朱彥輕輕拍拍他的肩膀。「拾曦，我覺得，你還是和庭泉一起去換件衣裳吧。」

「拾曦，走吧。」邵明淵彎唇笑著邀請，目光下意識往屋內掃了一下，頓了一下道：「等黎姑娘醒來，被她看到也不大好。」

「我管她看到好不好呢。」池燦惱羞成怒回一句，緩了緩道：「走吧，穿著濕衣裳難受，真不明白你怎麼忍得住。」

邵明淵隨意笑笑。「這算什麼。」在北地與韃子打伏擊戰，最艱難的一次，他連草根樹皮都啃過。只要能活著，能把那些豺狼趕得遠遠的，有什麼是忍不了的。

李神醫抬腳走進去，甩下一句「你們在外面等著」，砰的一聲就把門關上了，只留了冰綠在屋子裡。這番動靜仍然沒有把床榻上的人驚醒。

李神醫大步走過去，伸手搭上喬昭的手腕。

冰綠小心翼翼問：「神醫，我家姑娘沒事吧？」

「死不了。」

冰綠咬了咬唇。這老頭怎麼說話呢，不是她家姑娘的乾爺爺嗎？什麼死不死的，呸呸呸，她家姑娘要長命百歲呢。她也要長命百歲，到時候還能伺候姑娘！

小丫鬟立下了遠大志向。

李神醫收回手，從隨身帶的藥箱裡摸出一個瓷瓶來，打開瓶塞倒出一枚藥丸，塞入喬昭口中，吩咐冰綠：「給她餵水。」

冰綠眼睛卻直勾勾盯著打開的藥箱角落裡，一個有些發舊的荷包出神。

李神醫抬手敲了冰綠一下，斥道：「妳這丫鬟是不是傻了，再不餵水要噎死妳家姑娘啊？」

這丫鬟可不如那個叫阿珠的機靈。

冰綠被敲痛了，疼得眼淚都要流下來了，卻一句抱怨也沒，急忙倒了水，把喬昭上半身扶起來，小心翼翼地餵她。

喬昭只是發熱睡得沉，並不是深度昏迷，反射性地便把水嚥了下去。

冰綠鬆了口氣，拿乾淨的帕子替她擦了擦嘴角，眼睛又忍不住往藥箱裡瞄了。

李神醫吹了吹鬍子。「妳這小丫鬟亂看什麼呢？」

冰綠是有話就說的性子，咬咬唇道：「婢子在看您藥箱裡的那個荷包。」

李神醫目光看過去，臉色微變，抬手猛然把藥箱闔上了，回頭冷冷盯著冰綠道：「荷包有什麼好看的，等昭丫頭醒了我可要好好教訓她一下，怎麼留在身邊的丫鬟如此沒規矩！」

一聽給自家姑娘丟了臉，冰綠立刻急了，忙解釋道：「不是啊，李神醫，婢子是覺得您藥箱裡的那個舊荷包，和我家姑娘的荷包很像啊。」

醜得那麼有特色，她當初費盡心思才找到了誇讚的理由，可是印象深刻。

「荷包很像？」李神醫聞言瞇了眼。

怕他不相信，冰綠立刻從懷裡掏出一個素面荷包來，遞到李神醫面前。「神醫您看，像不像？我們姑娘的荷包裡還縫了魚皮的，婢子覺得她很喜歡這個荷包，換衣裳時特意收起來了——」

她話未說完，李神醫劈手就把荷包奪了過去，盯著看了良久，臉色漸漸變了。

這荷包的樣式確實和喬丫頭曾經送他的荷包是一樣的，喬丫頭的荷包裡也縫了一層魚皮……

李神醫緊攥著荷包，目光投向躺在床榻上的人。

少女雙頰漸漸恢復了血色，呼吸均勻清淺，依然沒有轉醒的跡象。

疲勞過度，體力透支，再好的良藥也代替不了睡眠的作用。

李神醫卻神色凝重摸出幾根金針，對冰綠道：「妳也出去吧。」

冰綠看了沉睡的喬昭一眼，沒有動。

「出去，老夫施針，最忌打擾。」

「噯，那我家姑娘就麻煩神醫了。」

待冰綠一走，李神醫立刻把金針刺入喬昭幾處穴道，沒過多久，喬昭眼皮輕輕動了動，睜開眼來。「李爺爺？」

李神醫把荷包遞到喬昭眼前，問她：「這荷包哪來的？」

「我做的。」在李神醫面前，喬昭沒有什麼戒備心，順口道。

「妳做的？」李神醫心狂跳，眼睛死死盯著喬昭。「妳怎麼會在荷包裡面縫上魚皮？」

「因為防水啊，那樣若是趕上下雨天，放在荷包裡的東西都不會受潮打濕了。」喬昭笑盈盈道，坦然與李神醫對視。李神醫一顆心已經跳到嗓子眼，讓他這個年紀的人頗有些受不住，忙摸出一粒藥丸塞進口中壓壓驚，緩了緩，轉身打開藥箱，把那只舊荷包拿了出來。

喬昭一直靜靜看著，不動聲色。

李神醫把舊荷包與從冰綠那裡得來的荷包並排而放，看著喬昭。

「昭丫頭。」

「嗯？」

「妳不覺得，這兩個荷包很像嗎？」

喬昭笑了。「看起來一樣啊。」

所以說，從南邊偶遇起，李爺爺的那些懷疑，那些似曾相識，終於在這一刻，問出口了嗎？

李神醫默不作聲，把舊荷包的內裡翻過來，指給喬昭看。「這裡面，也是魚皮做的。」他深深望著喬昭，緩緩開口：「這個荷包是好些年前，爺爺另一個孫女送我的。」

喬昭輕輕牽了牽唇角，蒼白的唇有了一點粉嫩的色澤。

她笑著道：「李爺爺把這只舊荷包留了好久啊。」

李神醫沒有接喬昭的話，就這麼望著她，好像要一直望進她心裡去。

長久的沉默後，李神醫啞著聲音問：「昭丫頭，是妳嗎？」

喬昭垂眸，眼睛一點一點濕潤了。濃密如羽扇的睫毛輕輕顫了顫，凝結出一顆晶瑩的淚珠，那淚珠順著白皙的臉頰緩緩滑過。少女抬眸，看著近在眼前的老者，輕聲道：「是。」

這世上，從此以後，終於有這麼一個人，她在他面前可以做喬昭了。

李神醫彷彿不敢相信，輕而易舉就得到了肯定的答案。

他呆了呆，過了好一會兒，猛然抓住喬昭手腕，直直盯著她，目露狂熱。「怎麼可能？怎麼可能！」他深深吸了一口氣，鬆開手，忽然又瘋狂大笑起來。

原來他這幾年的研究不是癡人說夢，不是走火入魔！

李神醫的笑聲太瘋狂、太放肆，好像把長久壓抑在心頭的一塊頑石搬開了，外面的人推門湧進來。

笑聲戛然而止，李神醫黑著臉吼道：「都給我滾出去，老夫還沒治完呢！」

池燦立在那裡不動。「神醫這話不對吧，我看黎姑娘已經醒了——」

話未說完，就見李神醫衣袖一甩，一把銀針天女散花般撲面而來。

體驗過小銀針待遇的楊厚承最熟悉後果了，面色一變喊道：「不好，銀針有毒的！」

那一瞬間，邵明淵面不改色，抓起池燦衣領把他往後面一推，另一隻手同時迅速揮動，銀針盡數被衣袖擋住，落到了地上。

「神醫息怒，我們這就退出去。」邵明淵依然嘴角含笑，款款有禮。

他看喬昭一眼，點點頭便要退出，李神醫卻開了口：「你等等！」

四十　卸下心防

「除了他，你們都出去。」

李神醫甩出一句莫名其妙的話，側頭看看喬昭，再看看邵明淵，神情複雜。「罷了，你也出去吧。」

幾人退出門外，一頭霧水。楊厚承忍了忍道：「庭泉，我怎麼覺得，李神醫看你的眼神有些奇怪呢？看黎姑娘的眼神也很奇怪——」

邵明淵飛快看池燦一眼，淡淡道：「你一定是看錯了。」

「不可能，剛剛李神醫不是就讓你一個人留下嗎？」

「那現在站在這裡的是誰？」池燦沒好氣開了口。

如果病人需要養眼，那也應該是留下他而不是邵明淵啊！那老頭很可能眼瞎！

「也是啊。」楊厚承撓撓頭，嘆道，「這些有大本事的人性格都太古怪了，誰知道怎麼想的。」

他這樣想著，悄悄看邵明淵一眼，要說起來，庭泉也是有大本事的，放眼京城身手無人能及。不過這是羨慕不來的，庭泉天賦異稟，生來就是練武的苗子。

還好，庭泉性格挺正常的。

室內。

李神醫張張嘴：「他……」他看著喬昭，又改了口：「妳……」

喬昭眼角猶帶淚痕，唇彎了彎。「李爺爺想說什麼？」

「我……」是啊，他想說什麼？他想說的可太多了！

當時怎麼被韃子抓到的？死去的那一刻是什麼感覺？為何會成了另外一個人？身體沒有什麼異常嗎？無論是從一位長輩的角度，還是一位醫者的角度，他都有無數個問題要問，卻被出現在門口的那個小子給打亂了！

那小混蛋殺了昭丫頭啊，昭丫頭再面對著那小混蛋是個什麼感受？

「昭丫頭，他……知道妳的身分嗎？」

李神醫小心翼翼的語氣讓喬昭不由失笑。「當然不知。」

她抿了抿唇，看向闔攏的門口，淡淡道：「我怎麼會告訴他呢？我和他，其實只是陌生人啊。」若不是李爺爺的託付讓他們莫名其妙有了一些牽扯，他於她，就真的只是個特別的陌生人罷了。

「陌生人啊——」李神醫重複一遍，想了想，問：「就不恨他？」

這樣的問題，喬昭心想，或許此生只會被問這麼一次，所以她回答得也認真：「並沒有。李爺爺沒有去過北地，其實韃子的殘忍遠比傳說中還要可怕。我那時落入他們手中，能落得那樣的下場還是幸運的。」若真被那些禽獸輪番侮辱至死，再次睜眼醒來，她不可能有這樣的心情一點點調整自己，面對未來。

「就是見到他，容易想到不愉快的事。」喬姑娘說著這話，有著自己不曾察覺的委屈。

李神醫卻看了出來，抬手輕輕摸摸她的頭髮，寬慰道：「這樣也是正常，怎麼可能毫無芥蒂呢。昭丫頭別急啊，再忍個幾年，那小混蛋受不住寒毒就會疼死了，到時候就沒人礙妳的眼了。」

「李爺爺……」喬昭哭笑不得。

李爺爺是故意這樣說的吧？別說她對他沒有恨，就算有，也不希望大梁的將星如流星般殞落，那樣會是大梁的災難，會是千千萬萬個如她一般的女孩子的災難。

「李爺爺不打算給他驅除寒毒嗎？」

李神醫笑瞇瞇道：「那要看昭丫頭的意思。昭丫頭想，我就給他驅除寒毒；昭丫頭若不想，我管他去死！」

「……」李爺爺還是那麼任性！

這問題拋給她，總覺得有些怪異。喬昭心性豁達，既然對邵明淵無恨，自然不會忸怩，遂大大方方道：「李爺爺還是給他把寒毒祛了吧，有他在，不是還能讓百姓們過安穩日子嘛。」

李神醫橫她一眼，唏噓道：「妳這丫頭，倒是把妳祖父學了個十成十。」

窮則獨善其身，達則兼濟天下。

老友高潔灑脫，把這丫頭教得太好了，讓他有時候會忍不住替她委屈，想把外面那臭小子揪過來問一問：你殺了這樣好的一個孩子，就不後悔，不難受嗎？

他還是要求低了，只讓那小混蛋關照昭丫頭怎麼行？既然昭丫頭就是喬丫頭，那小混蛋就該掏心掏肺對昭丫頭好，哪怕把命給了她，都是應該的。

得知了喬昭真正身分，李神醫對邵明淵那怨恨的小火苗，又騰地冒了起來。

可惜不能說，真是憋死他了！既然不讓他好過，他也不能讓小混蛋立刻好過。

「李爺爺？」

李神醫白喬昭一眼，哼哼道：「急什麼，等我從南邊回來再說，妳哥哥的臉不治啦？」

喬姑娘被埋怨得莫名其妙。她沒急啊，當然是先給哥哥治臉了。

她想到邵明淵的寒毒，心中會有一點點可憐，可想到兄長的臉，心卻是揪痛的。

再者說，邵明淵的寒毒就是麻煩些，需要多花些時間祛除，其實她也是可以做到，兄長的燒傷她卻無能為力。倘若以後李爺爺不願意給邵明淵醫治，她可以找機會幫他一把。當然在李爺爺給治的情況下，她還是少惹這些麻煩了。

「李爺爺，您去南邊要多加小心，尤其是沿海那一帶，據說倭寇橫行，並不安生。」

「我知道，我會帶著葉落的，還有一個好身手的車夫，都是那小子給我找來的好手。」

「兩個人會不會太少？」喬昭還是不放心。

李神醫擺擺手。「不少了，我一個糟老頭子，沒財沒色的，只要出了這京城不暴露身分，誰盯著我啊？帶兩個人足夠了，帶多了反而引人注意，麻煩！」

喬昭知道李神醫性子執拗，遂不再勸，只是暗暗想著回頭找邵明淵提醒一下，再多派幾個人暗中保護也就是了。

「昭丫頭，妳現在的身體比之以前可是差多了，我教妳的五禽戲記得要練起來，不能偷懶。」

「是。」喬昭乾笑。她在這方面確實沒有什麼天賦，不過為了強身健體，是該堅持下去。

李神醫點點頭。「我明天就會離京，不過既然知道了妳是喬丫頭，回頭再整理一些東西給妳。」李神醫說完，又問起淋雨的事，喬昭便把事情來龍去脈說了。

李神醫聽完，看了一眼窗外天色，問道：「這個時候不見妳回，黎府的人該去尋妳了吧？」

「應該會吧。」想到鄧老夫人和黎光文夫婦，喬昭微笑起來。

李神醫抬手，敲了敲她額頭，訓道：「還笑，妳這丫頭就是心寬。」

喬昭抬手摀額，依然笑盈盈的。「老夫人他們都是好人。」

至於閨譽這種東西，反正早已經在被拐時就丟光了，現在反而樂得輕鬆，別人對一個被拐少女沒有太高要求。對於女孩子被碰了一下衣角，就恨不得這女孩子尋死來證明清白、保住家族名聲這樣的所謂禮教，喬姑娘向來嗤之以鼻。

「妳那個祖母是還不錯，至於現在的親娘——」李神醫回憶了一下，嘖嘖搖頭。

喬昭並不認同，笑道：「現在的娘親也很好。」何氏對女兒的心是無可指責的，她的一些不合時宜，是受天資和教導環境所致，作為女兒，沒有挑剔的理由。

「妳呀。」李神醫搖頭笑笑，心生感慨。

確實是老友的孫女啊，言行可謂得了祖父真傳。

老友就曾因他諷刺愚笨之人說過：這個世界，並不是只屬於聰明人的，難道天資愚鈍的人就都該去死嗎？因為別人的天生缺陷而嘲笑，無他，涵養不夠耳。

那是他們年輕時的初相識，於他來說不是愉快的開始，卻從此結交了一輩子。

「行了，既然妳覺得他們好，就好好在黎府生活，妳現在畢竟是黎氏女了。」

「嗯。」喬昭順著李神醫答應。

李神醫想了想，又道：「要是遇到困難就找邵明淵，反正他欠妳的！」

喬昭莞爾：「好。」

李神醫這才放了心，起身走到門口，打開了房門。

四個俊逸不凡的年輕男子在走廊上站成一排，小丫鬟冰綠正眼巴巴盯著門口瞧。

李神醫目光從邵明淵等人身上掠過，那一瞬間一個想法陡然而生。這四個小子都還看得過去，要是有一個當了昭丫頭的夫婿，昭丫頭也算有個好歸宿了。

他先看了邵明淵一眼，直接否定。不行不行，這小混帳雖然挺投他的脾氣，但真動手時也忒無情了，昭丫頭要是再被他禍害一次，都沒處說理去！

他目光移到池燦那裡，搖搖頭。這個更不行了，長得太好當不了飯吃只會惹麻煩，昭丫頭嫁過去是不是還要哄著他啊，還不夠操心的！

這大塊頭——

李神醫看著楊厚承連連搖頭，嫌惡地連眉都擰了起來。這個也不行，行事莽莽撞撞，他一把銀針就能撂倒了。

李神醫目光最終落在朱彥身上，眼睛一亮。這個可以，看這溫潤如玉的模樣，應該就是個體貼的……

李神醫正在腦海裡巴拉巴拉替乾孫女分析著未來夫婿的人選，百般比較，千般挑剔，被攔在外頭的幾人卻懵了。

神醫又是搖頭又是點頭，時不時還皺個眉，來一聲冷笑，這到底是什麼意思啊？

冰綠更是白了臉，淚珠子吧嗒吧嗒落下來，捣著嘴問：「神醫，莫非是我們姑娘不行了？」

「閉嘴！」池燦繃著臉，繞過李神醫大步往裡走去。

邵明淵收回視線，看向李神醫。「神醫，黎姑娘沒事吧？」

李神醫一看他這沉穩有加的模樣就來氣，剛剛腦子裡的想法瞬間放到一邊去了，冷笑道：「小池子還知道著急呢，老夫瞧著，侯爺對昭丫頭不怎麼關心啊。」

邵明淵被堵得一頭霧水。這個也要拿來比較嗎？

見李神醫吹鬍子瞪眼，似乎非要他給出一個答案，邵明淵無奈笑笑。「呃，在下……」

他想說在下當然也關心黎姑娘的情況，可又覺得這樣說似乎不大妥當，好像他有什麼不該有的想法似的，可要說真不關心——

邵明淵腦海中閃過少女側顏靜美的樣子。不違心地說，他當然希望黎姑娘安好。

「在下辜負了神醫囑託，實在抱歉……」

「抱歉抱歉，就知道馬後炮，有這個馬後炮的閒工夫，不知道滾進去瞧瞧麼？」

他閉嘴，他這就進去看，喜怒無常的神醫惹不起！

等幾人一股腦進了門，只剩下朱彥與楊厚承二人，楊厚承撓撓頭，完全摸不著頭腦。「什麼情況啊？」

「大概，可能，李神醫希望庭泉好好照顧黎姑娘吧。」

「為什麼啊？」楊厚承覺得情況有些複雜，揉揉太陽穴。

朱彥輕笑。「是啊，我也不知道為什麼。」他的目光投向牆角那叢嬌豔明媚的薔薇花，在心底輕輕嘆了口氣。

喬昭見池燦進來，頗為意外，揚眉喊道：「池大哥。」

出殯那日雖然有些不愉快，但那口氣當場就出了嘛，所以她才不是記仇的人，至於池燦記不記仇，她就不管了。

許是在李神醫面前摘下了屬於黎昭的枷鎖，喬昭此刻身體雖不大舒服，心情卻不錯，眉梢眼角都流露著歡喜。

她烏黑的長髮披散，巴掌大的臉蒼白，這樣的歡喜給人的感覺就很脆弱，亦很珍貴。

池燦見了，心中一動，彆彆扭扭地想，沒想到黎三見了他這麼高興，可見知道那天做得不對嘛。「還以為妳如何了，看樣子不是挺好嘛。」池公子涼涼開口。

喬昭不以為意，淡淡笑道：「是挺好的，池大哥特意來看我嗎？」

池燦耳根一紅，一臉嫌棄地冷笑道：「妳想多了，我們湊巧在這裡喝酒，結果一直等邵明淵不來，才來瞧瞧是誰又添亂了。」

這時邵明淵已經進了屋，聽池燦提起他，尷尬立在原地。

喬昭看過來，朝邵明淵輕輕點頭，算是打過招呼，又喊了朱彥二人，然後對李神醫道：「李爺爺，我是該回去了。」李神醫點點頭，對邵明淵道：「我陪昭丫頭一起回去。」

「好，在下這就去安排一下。」

池燦見他們說著話，少女聽得專注，心中莫名有幾分鬱悶，於是沒話找話問她：「莫非妳名字裡有一個『昭』字？」到現在他居然還不知道她的名字呢，怎麼別人好像都知道了？

「對，我閨名為『昭』。」

「哪個『昭』啊？」池燦隨口問。

邵明淵下意識看過來。

池燦問得隨意，喬昭答得自然：

「賢者以其昭昭使人昭昭的『昭』。」

四十一　使人昭昭

那一瞬間，如驚濤駭浪拍打在邵明淵心房。

他依然站姿筆直，腰桿挺拔，一雙眸子黑湛湛讓人瞧不出波濤洶湧的情緒，可目光始終落在喬昭身上，忘了移開。

耳畔，喬墨在問：邵明淵，你可知道我妹妹的閨名？

而後，喬墨說：你記住，她單名一個「昭」字，是賢者以其昭昭，使人昭昭的「昭」。

那個時候，這個名字就刻在他心上了。

此生不忘。

少女清清淡淡看過來，微笑。

池燦輕飄飄道：「這個『昭』啊。」

黎昭，還是挺好聽的嘛。

「邵將軍，今天多謝了，我想儘快回去，家人恐怕擔心了。」

「哦，我這就去安排。」邵明淵收回目光，從好友身上掠過，沉默著轉了身往外走去。

馬車換了一輛與喬昭散架了的那輛馬車類似的，半新不舊，不會引人注意，車夫和拉車的馬都是原來的。喬昭上車前，轉過身來。「邵將軍，請借一步說話。」

才上了馬車的李神醫猛然掀開車窗簾，探出頭來，目光灼灼地盯著邵明淵。

站在不遠處的池燦更是瞇了眼，目光在喬昭與邵明淵之間游移。

邵明淵頗有種萬人矚目的感覺，這樣的感覺他早就體驗過許多回，可只有這一回讓他有種說不出的古怪。然而少女神情坦然大方，他便頷首道：「好。」

二人一直走到旁人能看得見卻聽不見的地方，才停下來，站在榕樹下說話。

「黎姑娘還有事？」邵明淵問得客氣，喬昭卻敏銳察覺了一種疏遠。好像從回到春風樓後，有些什麼東西不一樣了。

喬昭並不在意，只是笑笑道：「邵將軍，李爺爺對我說，他明日便會離京，你派了兩個人保護他。」

「是。」

「我聽說南邊沿海頗不安全，雖然將軍派的人定然是一等一的高手，可有時雙拳難敵四手，只有兩個人，我擔心有些少了。李爺爺不喜太多人跟著，邵將軍若是方便，可否再派幾人暗中保護？」喬昭說完，見邵明淵只是看著她不語，輕輕抿了抿唇。「是我要求太高了嗎？」

邵明淵眼底浮現笑意，溫聲道：「不是，黎姑娘放心，我本就安排了暗中保護的人。」

喬昭水杏般的眸子彎起，鄭重對邵明淵福了福。「那就多謝邵將軍了。」

「黎姑娘不必客氣。」邵明淵側了側身子，沒有受她的禮。「以後黎姑娘若是遇到麻煩，也可以讓人聯繫春風樓的掌櫃，這裡我常來。」

他頓了頓，回望一眼，改口道：「或者找拾曦幫忙也是一樣的。」

喬昭皺了皺眉，看向他。

邵明淵被她看得有些尷尬，暗想他好像沒有說錯什麼啊，為什麼今天好幾個人看他的眼神都很奇怪？一頭霧水的年輕將軍與皺著眉的少女對視，一時不敢亂說話了。

「多謝邵將軍操心了。」喬昭一字一頓說完，抬腳走了。

邵明淵晃了晃神，跟了上去。

喬昭沒有再停留，上了馬車，老車夫揚起馬鞭輕輕一甩，車子就緩緩動起來，很快消失在眾人視線裡。

池燦斜睨了邵明淵一眼，不冷不熱笑笑。「你們的話還挺多，用得著這樣依依惜別啊？」

「沒有——」

「行了，不用解釋，喝酒去吧。」池公子一甩衣袖，轉身走了。

解釋就是掩飾，他最討厭解釋了！那個小白眼狼，不就是下雨幫了她一把嘛，多大的事兒？他從人販子手裡救了她，也沒見她感恩戴德啊！

四人回到前邊喝酒暫且不提，黎府那裡，已經人仰馬翻。

何氏揪著帕子正嗚嗚地哭：「老夫人，我就說讓我出去接昭昭嘛，您讓老爺去！老爺在雨最大的時候出去的，現在雨都停了，結果昭昭沒見著，老爺也沒見著，嚶嚶嚶……」

「妳閉嘴！」鄧老夫人太陽穴突突直跳，緩了緩氣道：「這有什麼可哭的，昭昭是去疏影庵，又不是去了別處，還有車夫丫鬟跟著，天子腳下還能遇到什麼事不成？」

何氏一聽，哭得更厲害了。「天子腳下昭昭還被拐了呢……」

鄧老夫人終於氣得沒忍住，毫不優雅翻了個白眼。「下這麼大的雨，人販子都不會出來的！」哭得兩眼淚汪汪的何氏眨眨眼。居然覺得婆婆說得很有道理！

她不哭了，揪著帕子道：「可老爺與昭昭怎麼還沒回來呢？老夫人，會不會是雨太大，昭昭困在半路上了啊？」

「那也不打緊，躲在車廂裡可以避雨。」鄧老夫人雖有些擔心，可為了避免兒媳婦再哭天搶地，沉著臉安慰道。

何氏站起來，一會兒看看天色，一會兒來回踱步，喃喃道：「萬一車壞了呢？老夫人您又不是不知道，咱們府上的馬車實在忒破了，依著我早該換了，偏偏您不許——」見老太太黑著臉不說話，何氏接著道：「這次昭昭回來，無論如何也要把那輛破馬車換了，對了，還有那匹馬，也老得跑不動了，也是時候換了。嗯，還有車夫——」

何氏越說越皺眉，拍板道：「乾脆全換新的吧，兒媳出錢！」

「何氏，妳給我閉嘴！」鄧老夫人氣個半死。

用兒媳的錢換馬車、換馬、換車夫，傳出去黎家很光彩嗎？她兒子就只養得起這樣的破車、老馬和老車夫！

「兒媳哪裡說得不對嗎？」何氏一臉費解。

她出銀子，她願意出，憑什麼不讓坐好馬車啊！

一個嫌婆婆古板迂腐，一個嫌兒媳婦暴發戶氣息十足，兩個人視線對上，有那麼片刻，格外安靜。二太太劉氏忙打圓場道：「三姑娘一直沒回來，說不定是被師太留下了呢。」

「這應該不會吧？」鄧老夫人回神。

和棒槌兒媳婦置氣，太不值當！

「怎麼不會呢？咱們三姑娘聰慧又可人，疏影庵的師太一定是極疼愛的，說不定見落了雨，就把三姑娘留下了，這個時候來報信的人很可能在路上了。」

鄧老夫人與何氏不由自主同時點頭。

這話說得倒是不錯，昭昭確實聰慧又可人，師太留宿也沒什麼稀奇的。

何氏深深看妯娌一眼，心道：以前沒發現妯娌這麼有眼光啊，可見年紀大了長進了。

收到何氏的眼神，劉氏暗暗撇嘴。

她才不在乎三姑娘是聰慧還是可人呢，只不過每次眼看著三姑娘會倒楣，結果倒楣的都是別人，為了別殃及她兩個閨女，保險起見還是祈禱三姑娘安安生生的吧。

唉，還要操心別人閨女，真是心累。

當娘的到底是想得多一些，才安心了片刻的何氏忽然又問：「萬一昭昭離開時還沒下雨呢？今天一直打雷，走在路上馬車不會被雷劈了吧？還有老爺！」

何氏這麼一想，整個人都不好了，抬腳就往外走。「老夫人，兒媳還是去找找吧！」

「妳回來！」鄧老夫人沉著臉喝止：「他早就出去了，剛才輝兒又帶了人出去，妳再出去添什麼亂？等會兒昭昭回來了，見不到妳，是不是還要出去找妳？」

何氏垂頭喪氣返回來，捏著帕子又哭起來。

大丫鬟青筠匆匆進來，面帶笑容道：「老夫人，三姑娘回來了。」

鄧老夫人大喜。「快讓她進來！」

何氏已經一個箭步衝了出去。

喬昭才在臺階上站定，衣襬被一陣風揚起，就被一個人抱住了。

「我的昭昭啊，妳可讓娘擔心死了！」何氏哭得一把鼻涕一把淚，抱著喬昭死死不鬆手。

喬姑娘艱難抬頭，看了看李神醫。

李神醫咳嗽一聲。何氏停住哭聲，抬頭。咦，這老者瞧著面熟！

喬昭頗無奈，開口道：「娘，是李爺爺送我回來的。」

何氏想起來了，閨女認了個神醫當乾爺爺！

這時，得到消息的鄧老夫人已經迎了出來。「神醫也來了，快快裡面請。」

當著眾人的面，李神醫狀若隨意解釋：「老夫明日要出遠門，所以來看看昭丫頭，後來想起今天是她去疏影庵的日子，便直接去找她了，半路上碰到她馬車壞了，正好把她帶了回來。」

黎皎目光落在喬昭身上，笑盈盈過去挽她的手。「三妹回來就好了，大家一直擔心著呢，父親和三弟出去尋妳至今沒回呢。」

她一把握住了喬昭的手，滿是關切。「三妹的手好涼，路上是不是淋到雨了？衣裳都換過了。」這身衣裳，她可沒見黎三穿過。

黎皎眼角餘光掃李神醫一眼，心道真的這麼巧，黎三馬車壞了，就遇到了李神醫？

喬昭抽回手，淡淡道：「是淋了雨換過衣裳。」所以換過衣裳才是黎皎關注的重點嗎？

她完全不理解這樣畸形的小心思，對著長輩們一禮，坦然道：「讓祖母和長輩們擔心了。有路人的馬車壞了，搭了我的車子，結果因為超重，我那輛車也壞了。」

何氏一聽大喜。太好了，她終於可以名正言順出銀子換馬車了！

黎皎眼神閃了閃。「三妹還是小心些，對路人又不知底細，怎麼能輕易讓他們上車呢？何況還下著雨，又是荒郊野外，萬一路人起了什麼歹心，可如何是好！」她轉頭對鄧老夫人道：「祖母，我聽著三妹的遭遇，都替她後怕呢。」

鄧老夫人面色微凝。大丫頭的擔心未嘗沒有道理。

不過看一眼面色蒼白的孫女，老太太還是沒有忍心多說，朝李神醫客氣道：「神醫快請進去喝杯茶吧。」

李神醫擺擺手。「不了，把昭丫頭送回來，老夫也放心了。老夫明日就出門，還有許多東西要整理，就不多留了。」

「那老身真是慚愧了。」

李神醫笑笑，語氣出乎意料的溫和：「老夫人這話就太見外了，老夫是昭丫頭的乾爺爺，說起來都是一家人。你們擔心昭丫頭，我更盼著她好呢。」

鄧老夫人明顯感覺這次李神醫對三孫女似乎更親近了。這種親近和先前不同，若說先前是對投緣的小輩的喜愛，如今就是毫不保留的那種親近。有人對孫女好，鄧老夫人自然樂見其成，客客氣氣送走了李神醫，才領著一大家子返回堂屋。

喬昭忍著不適道：「祖母，我想先去沐浴。」

「去吧。」鄧老夫人仔細打量喬昭一眼，把滿肚子的話嚥了下去。

三丫頭瞧著清爽，可若仔細瞧就狼狽了，是要趕緊去收拾一下。

「娘陪妳去。」

「不用了，娘，父親和三哥不是還沒回來麼，您在這裡等他們吧。」

何氏這才作罷，叮囑道：「我讓廚房的人煮薑茶，等妳沐浴後記得先喝上一碗。」

喬昭點頭應了。

約莫小半個時辰後，阿珠來報：「姑娘洗完後睡著了。」

「薑湯喝了嗎？」

「喝過了。」

何氏放了心，看向鄧老夫人。

「讓她睡吧，有什麼話明天再說。」鄧老夫人嘆口氣。

人平安回來就好，其他的緩緩再說吧，就是老大和輝兒怎麼還不回來呢？

鄧老夫人看著越來越晚的天色，亦有幾分焦急了。

「老夫人，三公子回來了。」

青筠稟告著，黎輝已經抬腳走了進來，向鄧老夫人見禮，被其一把拉住，鬆口氣道：「可算回來了，遇見你父親沒？」

黎輝衣袖上濺了不少泥點子，卻顧不得在意，面色凝重道：「孫兒一直沒遇到父親，也沒找到三妹……」

「昭昭已經回來睡下了。」

聽鄧老夫人這麼一說，黎輝眼睛瞬間一亮，肩頭立刻鬆下來，而後意識到失態，忙又抿緊了唇。「輝兒，你先去洗洗，再過來用飯吧。」

黎輝搖頭。「孫兒有些擔心父親。」

鄧老夫人與何氏一起點頭。

誰不擔心呢？這全家上下，最不靠譜的那個還在外頭呢。

「那就先吃飯，什麼事情都要吃飽了再做。」鄧老夫人吩咐青筠準備開飯，留眾人在青松堂用飯。飯菜端上來，一屋子人安安靜靜吃飯，氣氛頗凝重。

飯才吃到一半，一個婆子風風火火衝進來：「不得了啦，老夫人，大老爺被錦鱗衛押送回府了！」錦鱗衛？一屋子人臉色騰地變了。

鄧老夫人把筷子一放，抬腳就往外走，因走得急了，身子一晃。

黎輝伸手把鄧老夫人扶住，暗暗吸了口氣，沉聲道：「祖母，您別急，孫兒陪您去看看。」

四十二　流言蜚語

一家人膽戰心驚走到院子裡，黎光文已經走了過來。

「老大，錦鱗衛呢？」鄧老夫人左右環顧。

黎光文渾身都濕透了，氣哼哼道：「走了啊。」

「兒子，你跟娘說實話，咱沒犯事吧？」

「沒有，娘怎麼能這麼想呢，兒子什麼時候惹過事？」黎光文萬般委屈。

「那怎麼錦鱗衛跟著你回來了呢？」鄧老夫人一邊往回走一邊問。

「呃，是這麼回事，兒子不是僱了馬車去找昭昭嘛──」說到這裡，黎光文猛然停下，懊惱一拍腦袋道：「我遇到錦鱗衛狗仗人勢，一時義憤跟他們吵了一架，給忘了！兒子這就去找昭昭──」黎光文轉身就跑，鄧老夫人手疾眼快拎住了長子的耳朵，黑著臉道：「昭昭回來了！倒是你，你是吃飽了撐的嗎，沒事和錦鱗衛吵架？」

「兒子就是看不過眼……」

不顧兒媳婦和孫輩們看著，鄧老夫人劈手就打，邊打邊罵：「看不過眼，看不過眼，這世道看不過眼的事多了，跑去和錦鱗衛打架，今天下的雨都進了你腦子裡嗎？我今天打死你才是正經！」

黎光文抱頭鼠竄，不知不覺躲到了何氏後面去。

何氏一臉感動。關鍵時候，老爺還是想著她的！

「老爺，您快回雅和苑吧，我替您頂著！」

「多謝了！」黎光文抱拳，拔腿就跑。

何氏伸開雙手，擋在鄧老夫人面前。「老夫人，您消消火，錦鱗衛都不跟咱們老爺見識，您跟他生什麼氣啊！」

鄧老夫人停下，捏了捏拳頭。打兒媳婦的名聲傳出去不好聽，她忍了！

「奇怪，那混帳和錦鱗衛吵了架，錦鱗衛還把他送回來？」鄧老夫人喃喃道。

一旁的劉氏終於忍不住了，白著臉道：「老夫人，說不準錦鱗衛是想認認門，秋後算帳？」

鄧老夫人大驚：「不行，我去找老大問清楚！」

跑回雅和苑的黎光文剛脫下濕衣裳進了淨房沐浴，就聽人稟告說老夫人來了，當即就傻了眼。不是吧，母親大人今天看來是真的生氣了，居然追到淨房來了！到底還是親娘聰明啊，知道他這樣沒法跑……黎光文光著身子坐在浴桶裡，一臉生無可戀。

磨磨蹭蹭穿好衣服走出去，果然就見老太太正堵在門外坐著，端著熱茶時不時喝上一口。聽到開門聲，鄧老夫人抬抬眼，把茶盞往大丫鬟青筠手中一放，沉聲道：「青筠，給大老爺搬把椅子來坐！」

青筠掃了黎光文一眼，俏臉一紅，忙低著頭去搬椅子了。

黎光文換上了家常衣裳，頭髮因濕著是披散的，還往下滴著水，尷尬道：「娘，好歹等兒子把頭髮梳好。」何氏還看著呢。

黎光文飛快掃何氏一眼。何氏卻心想，老爺這樣真好看！

鄧老夫人眼皮也不抬道：「梳什麼頭，你這麼胡來，不定哪天一家人的頭都沒了呢。」

「兒子沒有胡來……」黎光文難過垂下了眼，暗暗握緊了拳頭有些傷心。

錦鱗衛若只是老老實實當天子爪牙也就罷了，那錦鱗衛統領江堂卻與首輔蘭山狼狽為奸，不知禍害了多少忠臣良將，長此以往，國將不國，到那時才真的是人命如蟻。

見兒子似乎真的傷心了，鄧老夫人又不忍了，咳嗽一聲道：「坐吧。」

青筠把椅子放下，沒敢抬頭，退到了鄧老夫人身邊。

黎光文只得坐下來。

「你既是與錦鱗衛吵了架，錦鱗衛又怎麼會把你送回來？」

該不會真如老二媳婦說的那樣，是先來認認門然後秋後算帳的？

提到這個，黎光文有些氣憤：「兒子不是與錦鱗衛吵架嗎，誰知那僱來的車夫居然駕著馬車就跑了……」

鄧老夫人滿心苦澀，混帳兒子還沒一個車夫有眼色！

「兒子沒了馬車，又下著雨，就迷路了，然後他們那個領頭的就命兩人把兒子送回來了。」

黎光文想到那個錦鱗衛頭領，忍不住蹙眉。

原來女兒認識的那人是錦鱗衛的！兒女長大了果然讓父母操心啊，怎麼能胡亂交朋友呢！

「這錦鱗衛，也有好心的時候？」鄧老夫人琢磨半天想不出個所以然，看一眼清俊無雙的傻兒子，嘆了口氣。做父母的，真是操不盡的心啊！

等鄧老夫人走了，只剩下黎光文與何氏二人，何氏鼓了鼓勇氣道：「老爺，我給您把頭髮梳起來吧。」

「好。」

何氏愣住。等了一會兒，黎光文蹙眉：「怎麼？」

何氏暗暗掐了自己大腿一把，飛快跑了。

黎光文呆了呆。

片刻後何氏氣喘吁吁跑來，笑靨如花舉著雕花象牙梳。「用這把梳子給老爺梳髮，不疼的。」柔軟的手指抓起濕漉漉的發，黎光文有些彆扭，卻終究沒有躲，淡淡道：「窮講究！等會兒一起去看昭昭吧。」

躲在角落裡看盡一切的黎皎死死攥著拳，指甲陷入掌心裡去，一雙好看柔美的眼睛，漸漸蓄滿淚水和憤恨。父親他，終於忘了母親嗎？

所以說，再好的、再堅固的感情，都比不過活著的。

「大姊。」少年獨有的清朗聲音響起，黎皎豁然回頭。

「三弟？」

「大姊，妳哭了啊？」黎輝抬手，替黎皎拭淚。

黎皎偏頭避開。「讓人看到不好。」

黎輝咬了咬唇。大姊怎麼越來越在乎這些虛的了，他們是親姊弟，姊姊傷心了，做弟弟的安慰一下，還要怕別人嚼舌嗎？

「行了，你快回去讀書吧，以後別再胡亂跑出去，下著雨，不知道我會擔心嗎？」

「我不也是擔心父親和……」黎輝想到喬昭，沒有好意思說出口。

黎皎心中一沉。連弟弟也開始關心黎三了？

「看不出，輝兒還挺關心三妹的。」

「今天的雨下得太大了……大姊，我回屋讀書了！」黎輝紅著臉跑了。

黎皎看了一眼西跨院的方向，抿了抿唇。

翌日一早，喬昭醒來，聲音沙啞：「阿珠，給我端杯水來。」

阿珠扭身端來水，伺候喬昭喝下，低聲稟告：「姑娘，婢子今早去廚房，無意中聽到廚房的人在議論，說昨天搭您車的路人有年輕男子——」

喬昭頭疼欲裂，抬手輕輕揉了揉太陽穴，問阿珠：「老爺和三公子都回來了吧？」

她這一覺睡得太沉，睜眼竟是到這個時候了。

「回了，昨晚老爺和太太還來看了您。」

喬昭放下心來，這才把心思放到阿珠聽來的流言上。

「冰綠呢？」

「冰綠剛剛出去了。」

正說著，冰綠就風風火火跑了進來，氣得滿臉通紅。「姑娘，婢子打聽到了，都是老錢頭酒後胡言亂語，才有了這種傳聞！」

「老錢頭？」

「是呀，這老錢頭真是可惡，昨天他丟下姑娘去追馬，還說什麼記性差，有個什麼事轉頭就忘了，婢子原想著他年紀大了老糊塗了也情有可原，沒想到這人不只是老糊塗了，還嘴碎！」

「傳聞只說搭我車的有年輕男子，就沒說別的？」喬昭問阿珠，只覺這事無比可笑。

「沒說——」

喬昭看向冰綠道：「流言是從老錢頭那傳出來的，老夫人他們有什麼動靜？」

「太太聽說後就帶著人直接去了老錢頭住處，把還在蒙頭大睡的老錢頭從被窩裡拉了出來，打了好幾個耳刮子。後來老夫人聽到消息，如今都在青松堂問話呢。」冰綠越說越來氣。「真不知道老錢頭腦子裡是不是長了草，就算嘴上沒有把門的，他也該知道昨天搭車的是公主啊，怎麼會傳出這樣的話來！」

冰綠說著跺跺腳。「姑娘，您昨天回來非要囑咐婢子別提昨天的事，如今好了，竟傳出這樣的話來。婢子都快慪死了，您要是允許，婢子這就去找老夫人說清楚。」

喬昭依然神色淡淡。「別急，先伺候我用飯吧，等吃完了，我自會去青松堂看一看。」

阿珠立刻端來洗漱之物，冰綠見姑娘與阿珠都不急不躁，一顆浮躁的心也沉了下來。

喬昭用過飯，這才帶著冰綠往青松堂去了。

「三姑娘來了——」守在門外的青筠一見喬昭，正要通傳，被喬昭止住。

「青筠姊姊不忙通傳，我想聽聽，是怎麼回事兒。」

裡面問的就是三姑娘的事，老夫人早晚是要傳三姑娘問話的，是以青筠並沒有阻攔，由著喬昭站在門口聽。裡面傳來老錢頭的哀求聲：「老夫人、大太太，都是老奴喝多了，才胡言亂語的，您們就繞過老奴這一次吧。」

啪啪啪的耳光聲響起，是老錢頭在自抽耳光。

何氏根本不解氣，只恨不得老錢頭打得更重一點。

鄧老夫人卻擺擺手，止住了他的自罰，冷冷道：「老錢頭，你在西府當車夫也有幾十年了，饒不饒你再另說。我問你，昨天你是和誰喝的酒，究竟還說了些什麼？」

「老奴，老奴真的不記得了……」老錢頭嗚嗚哭起來。

昨天那個叫晨光的冷面侍衛恐嚇他，說他回來要是把路上的事說出來，就要他的命，他哪敢亂說啊，喝醉後到底說了什麼真的一點都記不得了。

「老錢家的，你且說說，老錢頭昨晚和誰喝的酒？」

老錢家的跪在地上，低著頭戰戰兢兢道：「回老夫人的話，這老不死的昨晚出去了，跟誰喝的酒老奴也不知道……」

鄧老夫人一拍桌子，冷聲道：「這還真是邪門了，喝醉了說了什麼不記得，連跟誰喝了酒都不知道？紅松，看看容媽媽回來了沒？」

「噯。」紅松抬腳出去，見喬昭立在門口，不由一怔，行禮道：「三姑娘。」

喬昭頷首，抬腳走了進去。

「祖母，娘，二嬸。」

一見喬昭進來，何氏立刻站起來，伸手把喬昭拉過去。「昭昭，妳睡好了嗎？有沒有覺得哪裡不舒坦的？」

喬昭笑笑。「娘，我一切都好。」

「昭昭啊，妳來。」鄧老夫人開了口。

喬昭走過去。

「昨天妳回來就歇下了，祖母也沒來得及問妳，昨天是什麼人搭了妳的車？」鄧老夫人有些後悔昨天沒有問個清楚，以至於莫名傳出這樣的流言來。

喬昭面色平靜開了口：「昨天的事，我自會對長輩說個清楚，但胡亂編派主子這樣的行為，卻絕不能忍。祖母是不是派容媽媽去找與老錢頭相熟的人了？」

既然老錢頭忘了和誰喝酒，那從和他相熟的人找起就不會錯了。

「不錯。」孫女的聰敏，讓鄧老夫人微微鬆了口氣。

聰敏之人，按理說不會辦糊塗事。

「那就等他們來了，再說吧。」喬昭氣定神閒，在鄧老夫人下手坐下。明明剛剛還氣怒交加，此刻見喬昭這樣子，鄧老夫人心中不由好笑。這孩子，倒真沉得住氣。

不多時容媽媽領了三人進來，回稟道：「老夫人，門上的老趙頭、打理園子的老王頭，還有管庫房的老杜頭，他們三個都是常與老錢頭來往的，老奴把他們一起帶來了。」

「說吧，昨晚你們三人都在哪兒，有沒有和老錢頭喝酒？」

老趙頭先開了口：「昨晚大老爺回來後，老奴就鎖好了門，回屋歇著了，沒有喝酒啊。」

老王頭接著道：「昨天老奴的大兒子回來了，所以老奴早早就回去了。老奴的大兒子還叫了幾個要好的喝酒，老夫人派人一問便知了。」

「昨天下雨，老奴腿疼的老毛病犯了，也早早歇下了。」老杜頭道。

鄧老夫人聽得直皺眉，看向車夫老錢頭。「老錢頭，你就一點印象都沒了？」

老錢頭搖搖頭。「老奴近來不知怎麼回事，好些事轉頭就忘。」

「這麼說，你們三人裡，只有老王頭喝酒了？」喬昭忽然開口問。

老王頭一怔，隨後點頭。「老奴昨天確實喝酒了，不過是和一家子喝的啊——」

喬昭沒理會他的話，看向另外二人。

另兩人異口同聲道：「老奴昨晚沒喝酒！」

鄧老夫人不由皺了眉。老王頭家裡有外人在，派人一問就能排除嫌疑，至於這兩個，就算真有人撒了謊，咬死了不承認似乎也沒法子。

喬昭站起來，笑道：「祖母，他們三人裡只有老王頭有外人當人證，所以暫且可以排除嫌疑，至於其他兩人到底喝沒喝酒，我可以試出來呢。」

鄧老夫人一聽，好奇不已，問道：「如何試？」

四十三　惹惱喬三

喬姑娘從荷包裡摸出一粒藥丸來。「這藥丸呢，能和人體內殘留的酒起反應，變成有毒之物。老王頭，你把它吃下吧，讓他們兩個看看。」

老王頭一臉懵。不帶這樣的啊，沒排除嫌疑的一邊看著，他這排除嫌疑的要吃毒藥？

喬昭又摸出一粒藥丸來。「放心，這是解藥。只要在兩刻鐘之內服下就不要緊的，反而對身體有好處。」

老王頭拿著藥丸手直抖，眼巴巴望著鄧老夫人。「老夫人——」

沒等鄧老夫人開口，何氏就冷聲道：「姑娘讓你吃就吃，不是說了沒事嘛。再囉嗦我看也不必審問了，把你們幾個老東西全都提腳賣了去，省心！」

這個年紀被賣了還有什麼好下場，老王頭一聽，含淚就把藥丸吞下去了。

屋子裡的人目光都落在老王頭身上。

不過片刻，老王頭就變了臉色，摀著肚子道：「老夫人，老奴要……去茅廁！」

他拔腿就跑，喬昭在背後輕飄飄說一句：「記得兩刻鐘之內回來。」

老王頭頓了頓，跑得更快了。才過了一刻鐘，老王頭就面色蒼白雙腿發抖回來了，整個人看起來像是縮了一圈水的蔫菜，搖搖晃晃到了喬昭面前，撲通一聲跪下來，哭道：「三姑娘，求您快給老奴解藥吧。」

喬昭把另一枚藥丸遞過去，老王頭立刻吞下，臉上漸漸有了血色，甚至有種渾身一輕的感覺。他低著頭，把詫異藏在心裡。

喬昭走到老趙頭和老杜頭面前，素手攤開，手心是兩枚藥丸。

二人皆變了臉色。

喬姑娘微笑。「二位不要怕，這藥丸呢，若是沒喝酒是不會起作用的，只對喝了酒的起效。」她把藥丸依次放入二人手裡，不緊不慢道：「不過呢，有件事我要提醒二位。既然你們都說昨晚沒有喝酒，那麼吃下這枚藥丸後，我是不會提供解藥的。」

「沒有解藥？」老杜頭臉色一白。

喬姑娘頷首。「對，沒有解藥。你們既然都沒喝酒，那就用不著解藥。若是有人喝了酒——呵呵，那撒謊的人，難道不該受到處罰嗎？」

她目光冷凝，盯著二人看。

老趙頭白著臉，一咬牙，把藥丸吞了下去。

喬昭目光移到老杜頭臉上。

老杜頭捏著藥丸，臉色時青時白，遲遲不動。

「放心，不會腸穿肚爛那麼難看的。」

老杜頭終於腿一軟跪了下來，連連磕頭。「三姑娘饒命，三姑娘饒命，昨晚老奴是喝酒了，不過……」

喬昭直接打斷他的話，冷笑：「莫不是要接著狡辯，說不是和老錢頭喝的酒？」

老杜頭被問住了，他確實打算這麼說。

「如果不是，那麼你為何撒謊？莫要把主子們當傻子哄，我來問你們也不過是想弄個明白罷了。再不識趣，就像太太說的那樣，一家老小都賣了，圖個清靜！」

老杜頭何嘗見過當姑娘的這樣咄咄逼人的架勢，終是扛不住交代了：「昨天和老錢頭喝酒的是老奴。老奴嘴碎，聽老錢頭說了三姑娘的事兒，不小心說漏了嘴，結果一下子就傳遍了。請三姑娘恕罪，請三姑娘恕罪！」

清脆的耳光聲在室內響起，喬昭神情冰冷，毫無喝止的意思。

這內宅的算計，於她雖算不了什麼，可蒼蠅圍著轉也是煩人，總要給背後的人一點顏色看。

不過是轉眼的工夫，老杜頭兩邊臉頰就高高腫了起來，形如豬頭。

「夠了。」鄧老夫人出聲：「你們兩人，酒後胡言亂語，實在該罰——」

「祖母，我還有話說。」喬昭淡淡道。

眾人皆看向喬昭，喬昭卻只盯著老杜頭，微微一笑。「老杜頭，你依然在撒謊。」

老杜頭立刻喊冤：「老奴沒有啊，老奴真的是喝多了，才不小心把從老錢頭那裡聽來的話給說了出去。」

「呵呵。」喬昭輕笑一聲，反而不再看老杜頭了，而是看向鄧老夫人。「祖母，昨天李爺爺對我說過了，老錢頭患了一種健忘之症，所以才會轉眼就忘事，想必常與他來往的人都是清楚的。而老杜頭就是利用了這一點，咬定說是老錢頭酒後說出昨天搭我車的人有年輕男子這樣的話。而作為傳話者，哪怕被查出來，也比刻意往主子身上潑髒水的罪名要小多了。」

「三姑娘，您可不能這樣說啊，這是要老奴的命啊——」

喬昭看也不看老杜頭，向鄧老夫人一福。「祖母，昨天孫女淋了雨，身體不適早早歇下了，所以一直沒對您說明，昨天搭我車的路人，是九公主殿下。」

此話一出，老杜頭面如土色。

喬昭輕笑道：「祖母您想，老錢頭若酒後失言，怎麼會放著這樣驚人的實情不說，偏偏傳出什麼有年輕男子搭我車的流言？這不符合人酒後喜歡炫耀的本性！所以實際情況是，老錢頭應該什麼都沒說，這流言就是老杜頭編造出來往孫女潑汙水的，順便推到了健忘的老錢頭身上，把自己摘出去。」

「老杜，咱們好了多少年，你怎麼能這樣害人吶！」老錢頭恨得咬牙。

何氏忽然站了起來。「等等！」

她大步流星走到老杜頭面前，居高臨下打量著他，忽然扶額道：「我想起來了，老杜頭，你管的是大姑娘的庫房吧？對了，你是大姑娘生母的陪房，你的婆娘是大姑娘的奶娘！」

也許是為人母的天性，何氏從沒有腦袋這麼靈光過，轉身就撲到鄧老夫人面前，抱住老太太大腿哭起來。「老夫人，我說怎麼昭昭淋雨遭了罪，名聲還要再被人敗壞一遭呢，原來根源在這啊！」

喬昭彎彎唇，退至一旁。

「老夫人，大姑娘恨我這個當繼母的做得不好就罷了，可她不能害我的昭昭啊，昭昭有什麼錯呢，嚶嚶嚶……」鄧老夫人被何氏哭得有種撞牆的衝動，厲聲道：「叫大姑娘和她的奶娘過來！」

攪起了府上風浪，黎皎為了避嫌一直待在自己院子裡，聽到鄧老夫人傳喚，心中一緊，帶著奶娘趕了過來。

青松堂裡針落可聞，黎皎半低著頭走進去，一眼掃到癱坐在地上的老杜頭，心中就一個咯噔。莫非老杜頭說了什麼不該說的？

「祖母，您喚皎兒來，有事嗎？」黎皎心中打鼓，面上卻維持著鎮定，向鄧老夫人行禮。

何氏一看到黎皎，氣就不打一處來，柳眉倒豎斥道：「黎皎，妳這黑了心肝的，竟然指使奴才汙衊昭昭名聲，妳是存了什麼心吶？」

黎皎撲通跪下來。「祖母，孫女不知道母親在說什麼，請您給個明白。」

「何氏，皎兒好歹叫妳一聲母親，哪有一聲不問就蓋棺定論的？」鄧老夫人黑著臉道。

手心手背都是肉，昭昭好歹有親娘護著，皎兒要是真的受了委屈，那是沒人疼的。

何氏一聽，不服氣極了。老太太就是偏心大姑娘，偏心的都沒邊了！

何氏還待再說，喬昭輕輕拉了拉她衣角，這才忍了下來。

鄧老夫人盯著跪在地上的長孫女片刻，開了口：「皎兒，給妳管庫房的老杜頭已經承認了，是他編造了有關妳三妹的流言，還推到了老錢頭身上去。此事妳可有耳聞？」

黎皎一怔，猛然看向癱坐在地上的老杜頭，一臉不可思議。

這老東西是不是傻了，為什麼會承認這種事？他咬死了不承認，頂多算是嘴碎，誰能剖開他腦袋看看不成？

「老杜伯編造了三妹的流言？這不可能啊，這絕對不可能！祖母，這其中是不是有什麼誤會？」黎皎穩了穩心神，一臉無辜問道。

鄧老夫人看著長孫女，沉默片刻道：「妳三妹昨天確實讓別人搭了車，不過搭車的人是九公主，如果真是老錢頭醉酒後說出來的，這般重要的事，如何會沒流傳開來？」

黎皎徹底愣了。

九公主？昨天黎三含糊其辭提到有人搭車，竟然是九公主？

她猛然轉頭，看向靜靜挨著何氏而坐的喬昭，心中已是恨極。

這一定是黎三拋的誘餌，引她上鉤的。如果黎三昨天就說清楚是九公主，她怎麼會在這上面做文章！

「昨天竟是九公主搭了三妹的車嗎？三妹為何沒有提啊？」黎皎一臉詫異。

喬昭輕輕道：「雨中趕路本就狼狽，半路馬車壞了還要搭別人的車就更狼狽了，以己度人，我想九公主應該不願太多人知道，是以大庭廣眾之下就沒提。本來我是打算私下對祖母說的，誰想回來之後睡到現在才起，而府中說我讓男人搭車的流言就滿天飛了。」

少女坐得筆直，說得雲淡風輕，絲毫不見委屈的樣子，可鄧老夫人這麼聽著，莫名就有些心疼了，想到胡亂造謠的人更覺可恨，沉著臉對黎皎道：「皎兒，且不管妳三妹有沒有提，老杜頭的事，妳究竟有沒有耳聞？」這就是有些懷疑黎皎的意思了。

黎皎一張臉立刻紅了，手指微微顫抖。

氣氛正尷尬著，奶娘衝出去，照著老杜頭就搧了兩個耳光，邊打邊罵道：「你這個老不死的，我不是說過嗎，事情若是敗了，就給老夫人說個清楚，無論如何不能連累姑娘！」

奶娘打完，跪爬到鄧老夫人面前，砰砰磕頭道：「老夫人不要誤會大姑娘，都是老奴的錯！老奴眼瞧著三姑娘在府中越來越能耐，怕以後更沒了大姑娘站腳的地方，這才自作主張，讓我男人亂說的——」奶娘說著，使足了力氣打自己耳光，一下一下，臉頰很快就腫了起來。

喬昭冷眼旁觀，只覺好笑。

再來一個自打嘴巴的，黎府今天就可以賣豬頭肉了。

「奶娘，你別打了，別打了！」黎皎撲過去攔住奶娘，轉過身來哭著求鄧老夫人：「祖母，奶娘都是為了我，要說有錯也是我的錯，您要處罰就罰皎兒吧，奶娘年紀大了，禁不起這般折騰。」

「大姊這是逼祖母不了了之嗎？」一直安安靜靜的喬昭開了口。

黎皎一怔，反駁道：「三妹怎麼能這麼說話？我怎麼敢逼祖母？」

「誰犯了錯，誰就該接受懲罰。大姊不讓祖母懲罰奶娘和老杜頭，要祖母用他們的錯懲罰妳，可他們是僕人，妳是祖母的孫女，祖母處罰起來的心能一樣嗎？大姊只想著對奶娘盡兒女之孝，卻忘了對祖母的孝道了嗎？」

喬昭說到這裡，看一眼臉色發黑的鄧老夫人，接著問：「還是說，大姊料定了祖母不忍心懲罰妳，才把責任攬了過來？所以妳的下人汙衊府中姑娘的事，就可以不了了之了？」

喬昭一個個問題拋出來，字字誅心，逼得黎皎幾乎喘不過氣來。

「沒有，沒有，三妹，妳不要胡說！」

「沒有什麼？是沒有替妳的下人求情？還是沒有把妳的奶娘看得比府中長輩還重？」喬昭淡淡問，絲毫沒有半點煙火氣。「大姊，我從不胡說的。」

鄧老夫人已是臉色鐵青。「皎兒，妳三妹說得對，錯了就是錯了，下人犯的錯，怎麼能讓妳做主子的代之？那妳把府中長輩置於何地？更何況，妳的下人做出這樣的事來，無論妳知不知情，都是有責任的！」

「祖母……」黎皎面色慘白，已是欲哭無淚。

這一刻，黎大姑娘才算明白了什麼叫搬石頭砸自己的腳。可更讓她恐慌的是，被石頭砸的腳到底有多疼還是個未知數。

祖母會如何處置奶娘？

「老杜頭、老杜家的，你們兩口子既然對府上姑娘存了歹心，不管出於什麼目的，府上是不能留你們了。這樣吧，你們還是哪裡來回哪裡去吧。」

「祖母，孫女身邊就奶娘一個貼心的照顧了，求您不要把她趕回伯府去啊！」黎皎一聽就慌了。奶娘被趕回固昌伯府，看在她的面子上伯府固然不會苛待奶娘，可從此她在黎家的後宅，就真成了孤零零一個人了。

奶娘不能被趕回去！

「祖母，把大姊的奶娘趕回固昌伯府，我覺得不大妥當。」

黎皎猛然看向喬昭。

黎三難道會替她求情？

是了，這個時候黎三為了顯出寬宏大量，替她求情是很正常的，她才不會感激涕零。

「祖母，我覺得這處罰，太輕了。」喬姑娘理直氣壯道。

喬昭這話一出，室內眾人皆大感意外。

鄧老夫人想，大丫頭的奶娘夫婦雖然可恨，但畢竟是先前的兒媳留下的，還奶過大丫頭，三丫頭想要重重處罰，傳揚出去，恐要落個飛揚跋扈的名聲。

何氏則美滋滋地想，到底是她的親閨女，跟她想一塊去了。這樣害人的老刁奴，怎麼能輕饒了？

二太太劉氏端起茶盞默默喝了一口，心道：看吧，看吧，果然三姑娘一遇到糟心事，就有別人該倒楣了，好在這次倒楣的是大姑娘，跟她兩個閨女無關。呼，險險過關！

黎皎臉上的溫婉險些要維持不住了，一雙眼睛噴了火，盯著喬昭。

喬昭全然不在意自己一句話引來眾人多少想法，淡淡道：「時人都講究個落葉歸根，奶娘夫婦原本就是固昌伯府的人，如今讓他們回去養老，我覺得這不是懲罰，反而是嘉獎了。祖母，如果隨意糟蹋府上姑娘的名聲還有這般好處，那滿府的下人，以後豈不都要有樣學樣？」

她說完，臉色驟然冷下來，聲音是不容置喙的堅定。「我請祖母重重責罰這二人，不只是為了我出什麼氣，更重要的是為了整肅家風，將來不要再有這樣的刁奴一個私心，就把汙水隨便往姊妹們身上潑。」

喬昭說到這裡，輕輕瞥了劉氏一眼。

劉氏心中一震。對啊，今日之事，他們二房並不是事不關己，要是把這兩個該死的奴才輕輕放過，說不定下一盆汙水就要潑到她兩個閨女身上去了。

一直看熱鬧的劉氏立刻挺直了脊背，對鄧老夫人道：「老夫人，三姑娘真是太明事理了，今天的事確實不能這麼算了，定要重重處罰這兩個刁奴，殺一儆百！」

黎皎渾身一震。「二嬸……」

劉氏笑笑。「大姑娘，二嬸知道，妳向來是個懂事的。俗話說得好，王子犯法還與庶民同罪呢，大姑娘定然不會庇護兩個刁奴吧？」

「我……」素來裝慣了大度懂事的黎皎，被噎得說不出話來。

鄧老夫人深深看了喬昭一眼。喬昭毫無忐忑，靜靜回望。

祖孫二人目光交集，於旁人只是瞬間，於二人卻好像過了許久。

鄧老夫人終於沉聲開口：「是我考慮不周了。來人，把老杜頭兩口子推到庭院中去，一人打上十板子，然後送回河渝老家看宅子去！」

黎皎大驚失色，撲到鄧老夫人腳邊哀求：「祖母，不要啊，奶娘上了年紀，如何禁得起打板子？河渝老家又偏僻——」

「夠了，皎兒，祖母就是看在她是你奶娘的份上，才讓她回老家終老，否則就直接發賣了。難道在妳心裡，黎家老家還容不下一個奶娘嗎？別忘了，黎家的根都在那裡！」

黎皎知道鄧老夫人已經下了決心，不會再改變主意，絕望之際抱著一絲希翼求道：「祖母，那能不能免了奶娘的板子？皎兒求您了，奶娘畢竟奶了皎兒一場，就當給孫女一個臉面吧，她畢竟是我的奶娘啊——」

「不能。」喬昭涼涼開口，站起來走到黎皎面前。

黎皎猛然看向她。

「不打板子，我也覺得沒臉面。大姊的奶娘犯了錯，大姊還知道要臉面，妹妹不過睡了一覺，風言風語就傳遍全府，難道就不要臉面嗎？」喬昭說完，輕輕彎了彎唇角。

她就是要府中上下都看個明白，沒有金剛鑽，別攬瓷器活。真的讓她煩了，難道以為她會為了什麼賢良淑德的好名聲忍氣吞聲嗎？

「三妹，妳的心太狠了，妳真的要逼死我的奶娘嗎？」黎皎掩面痛哭。「算我求妳了好不好？我給妳磕頭賠罪行嗎？」

十板子是不多，可把人推到庭院裡，讓滿府下人圍觀著打下來，奶娘還能活嗎？將來就是回了河渝老家，也會被人笑話一輩子，永遠抬不起頭來。

奶娘於她，就是半個母親啊！

黎皎把所有恨意掩在心裡，膝蓋一彎朝喬昭跪了下來。

她今天的屈辱，總有一天要連本帶利討回來！

喬昭側開身子。

她站在廳中央，這麼一避開，黎皎正好朝著鄧老夫人跪了下去。

鄧老夫人見自小疼到大的大孫女如此可憐，心又軟了下來。

她還未開口，喬昭就先一步說話了：「大姊這樣一哭一跪，不知情的倒以為是我的下人犯了錯了。如果犯了錯哭一哭、跪一跪，就能把錯處推到別人身上去，免了懲戒，那還要三法司衙門幹麼？祖母，您說是不是這個道理？」

鄧老夫人下意識點頭。

喬昭依然沒有作罷，接著道：「祖母秉公處置，其實是為大姊好。不然在府中大姊哭一哭跪一跪，長輩們因為疼妳而退讓，讓大姊把一哭二鬧三上吊當成了解決問題的尚方寶劍，等將來大姊出閣，再如此行事，豈不是讓人看笑話？」

這番話猶如當頭棒喝，讓鄧老夫人猛然一震。

三丫頭說得不錯，姑娘家在娘家是寶，到了婆家連草都不如，上要孝敬公婆，下要友愛弟妹，到那時，身為兒媳的若有做錯的地方，又指望哪個長輩心存憐惜呢？

想到這裡，鄧老夫人瞥了何氏一眼，心道：也就何氏傻人有傻福，碰到她這樣通情達理的婆婆。嗯，她確實不能因為對皎兒心存憐愛，回頭反而害了她。

「還愣著幹什麼，把人帶出去！」

立刻有幾個五大三粗的婆子上來，七手八腳把奶娘夫婦綁了，推到庭院中打起板子來。

板子落在肉上的悶響聲傳來，下人們團團圍著，聽打板子的人數數：「一、二、三——」

那一下下板子落在奶娘夫婦屁股上，又好像落在每一個圍觀者身上。

大姑娘雖然沒了親娘，素來是得當家老夫人寵愛的，連帶著大姑娘的奶娘在滿府下人中都高人一等，平日裡大家都敬著。誰想到如今得罪了三姑娘，竟然就這麼當眾被打了板子，還要發配到老家去。

儘管不是所有人都與奶娘夫婦交好，可同樣的身分頓時讓圍觀眾人生出兔死狐悲之感。

他們不由自主看向屋門口，驟然發覺三姑娘不知何時站在屋外臺階上，平靜淡漠地看著一切。

四十四　柔心婉意

下人們頭皮一麻，齊刷刷低下頭去，冷汗滴下來。

三姑娘好可怕，以後再也不敢亂傳三姑娘的閒話了！

喬姑娘頗滿意這效果，見板子打完了，施施然轉身回屋。

屋子裡的車夫老錢頭還跪著，一見喬昭看過來，差點嚇哭了。

嗚嗚嗚，他昨天為了追馬把三姑娘丟了，今天又被人作伐子，三姑娘一定會狠狠收拾他吧？他的身板可比老杜頭兩口子差多了，十大板子下來老命就要去了一半。

看著面色平靜的三孫女，鄧老夫人心情頗複雜。

總覺得三丫頭沒了以往飛揚跋扈的樣子，行事卻更……咳咳，更強硬了，還強硬得讓人無話可說。鄧老夫人心底是有一點喜悅的。三丫頭被拐過，恐怕是嫁不出去了，將來黎府子孫遇到個什麼事，以三丫頭的雷霆手段，說不定能護著子孫後輩周全。

於黎府，這未嘗不是一件幸事。

就只是可憐了三丫頭，大好韶光只能終老於黎府，此生沒有良人相伴。

老太太決定以後對能看護子孫的三孫女更加好一些。

黎皎的抽泣聲傳來，鄧老夫人皺了皺眉，對喬昭道：「昭昭，這老錢頭，依妳看，該如何處置呢？」

黎皎止住哭聲，錯愕看著鄧老夫人。

祖母是什麼意思？黎三雖是受害者，可什麼時候祖母處置下人要先問孫輩的意見了？難道說，黎三在祖母心中的地位早已比她還要重？甚至——比三弟還要重？

三弟是西府孫輩唯一的男丁，比三弟更受看重是不可能的。

黎皎否定了這個猜測，可一想到喬昭在鄧老夫人心中的地位越過她去，就恨得把下唇咬出血來。奶娘的事讓她失態了，她不能再犯錯。她一個沒了母親的人，要是連祖母都不喜了，在這後宅就真沒有立足之地了。

黎皎停止哭泣，安靜下來。

喬昭看一眼老錢頭，對鄧老夫人笑道：「祖母，若是問我的意見，就不要處罰老錢頭了吧，讓他退養就是了。」

時下，但凡是有些底蘊的人家，當了幾十年差事沒犯錯的下人，是不可能發賣出去讓人背後戳脊樑骨的。凡是病了的、老的不能做事的，就可以回家榮養，府中依然會減半發月錢。

「退養？」鄧老夫人顯然有些意外剛剛還強硬收拾人的孫女又溫和起來。

老錢頭竟然在馬車壞了後把姑娘甩下，去追一匹老馬，就算不是故意的，也不能輕饒。已經瞭解了昨天來龍去脈的鄧老夫人，只要一想可憐的小孫女在大雨中瑟瑟發抖，趕車的混帳卻追老馬去了，就氣得不行。

這是湊巧遇到了李神醫，要是沒遇到呢？

「老錢頭雖不是老杜頭兩口子那般有心作妖，但無心之過，犯的錯依然不小，昭昭為何如此寬宏？」

鄧老夫人問完，黎皎跟著開了口：「三妹，是因為我嗎？」

她輕聲細語問，似嗔似怨，沒了惱人的哭聲，反而顯得越發可憐了。

可這話，卻字字誅心。

同樣是犯了錯，不管是有心還是無心，既然錯誤都不小，怎麼剛剛就咬死了不鬆口，非要重重責罰，甚至親自站在門外看，對老錢頭卻如此寬宏了？

黎皎沒有直說，言下之意卻很明顯。

不過是因為老杜頭夫婦是她的人，三姑娘針對的是她這個繼姊罷了。

喬昭目光淡淡看向黎皎，笑意漸漸在唇畔散開。「大姊是問對老杜頭夫婦的處罰嗎？」她輕笑：「呵呵，當然是因為看大姊的面子，我才手下留情了，不然他們兩個往我身上潑髒水的狗奴才，豈是打幾板子送回老家那麼簡單？」她想了想，點頭道：「嗯，怎麼也要剪了舌頭再送回去嘛，省得在老家胡亂說話，我又不得而知。」

黎皎氣得無語。

鄧老夫人一聽是這個理，立刻吩咐人把挨過板子的老杜頭兩口子拖進來，警告道：「回了老家定要安分守己，若敢胡亂編派府中主子們，但凡傳出一絲半點風聲，定不輕饒！」

老杜頭夫婦已是裡子面子全丟個乾淨，此刻只剩下膽戰心驚了，連連保證不敢胡言亂語，鄧老夫人這才作罷，讓人把他們帶下去了。

跪在一旁的老錢頭悄悄抹了一把淚。三姑娘說讓他退養，該不會是在說反話吧？

「至於老錢頭——」喬昭看向鄧老夫人，輕輕一嘆。「他病了啊。他不是因大意忘事，而是因為患了健忘之症，才犯下這樣的錯誤。人非聖賢，孰能無過，更何況是一個病人呢。所以祖母讓他退養吧，再選一個合格的車夫就是了。」

鄧老夫人與喬昭視線相觸。

少女的眼睛黑亮，眼波寧靜，更顯得一雙黑曜石般的眸子燦大而靜美，讓人瞧了，會從心底生出歡喜來。

既有雷霆手段，又有慈悲心腸，從什麼時候起，那個總讓她皺眉頭疼的小孫女長大了？

鄧老夫人嗓子有些啞，好像有什麼東西在心中發酵，讓她一時說不出話來。她抬手輕輕拍了拍喬昭手臂，點點頭。

老錢頭呆呆聽著，老淚縱橫。

鄧老夫人清清喉嚨。「老錢頭，還愣著幹什麼，去帳房把這個月的月錢領了，回家去吧。」

老錢頭如夢初醒，先是給鄧老夫人磕了一個響頭，緊接著就給喬昭磕頭。「謝三姑娘、謝三姑娘。」老錢家的跟著磕頭，嘴上謝個不停。

老錢頭兩口子比老杜頭兩口子晚一步走出去，看熱鬧的下人們這一次鴉雀無聲。

他們不由自主，再一次把目光投向門口。

這一次，臺階上沒有人，但每個人再想到三姑娘的心情，已是大為不同。

老錢頭夫婦的反應同樣讓鄧老夫人唏噓不已，不自覺把目光投向喬昭，心道如此一來，剛剛三丫頭強硬處罰老杜頭夫婦，在下人們心中豎起的惡名又春風化雨般撫平了。三丫頭是早已預見到了這樣的結果，還是無心插柳呢？

喬昭依然安安靜靜，坦然由人打量。她求的，不過是個清淨，外加問心無愧罷了。

一場熱鬧總算過去，門上又來報：「老夫人，來了一個年輕人，說是奉神醫之命給三姑娘送東西的。」送東西的年輕人正是晨光。

一箱子一箱子的東西抬進來，把青松堂的堂屋堆得滿滿的。

鄧老夫人震驚了，二太太劉氏也震驚了，就連黎皎都忘了憤恨，睜大了一雙美眸看著。

只有何氏一臉雲淡風輕。

「這些是……」

晨光朝鄧老夫人一拱手。「這些都是神醫來京後別人饋贈的東西，神醫說出門帶著這些太麻煩，就全送給三姑娘了。」

別人？神醫一進京就住進了睿王府，這個「別人」豈不就是指的睿王？王爺送的東西能差得了嘛，李神醫居然把這些全送給了三姑娘？

二太太劉氏越想越震驚，盯著一個個箱子，目露精光。

乖乖啊，這裡面都是什麼寶貝啊，怎麼她的閨女就沒有一個當神醫的乾爺爺呢？

「老夫人，咱們是不是該打開過目一下？畢竟是送給姑娘的東西……」劉氏試探道。

她雖懷著私心，可這話卻不算錯。姑娘家不比別人，收受禮物確實是要慎重一些，不然萬一被沒懷好心的悄悄塞進去亂七八糟的東西，將來就說不清了。

鄧老夫人顯然也想到了這些，掃一眼屋內，把不相干的人打發出去，對心腹容媽媽道：「把這些箱子打開驗一下吧。」

第一個箱子打開，滿滿一箱子綾羅綢緞，看顏色花樣都是適合男子的；第二個箱子打開，是蟲草、靈芝等珍貴藥材。

容媽媽暗吸一口氣，打開第三個箱子，眾皆驚嘆：竟是一株色澤純正的紅珊瑚！

等容媽媽去開第四個箱子時，劉氏一雙眼睛恨不得鑽進箱子裡去，而後眼前一花，只覺滿室都亮堂起來。第四個箱子裡居然是滿滿一箱銀元寶！

「天哪！」劉氏忍不住驚呼出聲，忙用帕子掩口。

鄧老夫人吃驚之餘，不由皺了眉。她對皇親貴胄雖沒多少瞭解，卻聽東府的姜老夫人說過，睿王爺因其老師是次輔許明達，首輔蘭山對其多有針對。而對某些衙門來講，在朝中一手遮天的首輔，可比王爺的話管用多了，是以睿王府的日子，並沒有普通人想得那麼風光。

這樣大的手筆，恐怕不全是睿王所贈吧？

第五個箱子很小，只有一尺多長，容媽媽伸手打開時，手指已經有些抖了，不由看向鄧老夫人。「打開。」鄧老夫人雖震驚不已，畢竟是經過風浪的，面上還沉得住氣。

容媽媽心一橫，把箱子打開了。

滿滿一匣子的各色珍珠流光溢彩，晃花了人眼，更晃花了人心。

劉氏眼睛都要瞪出來了，塗了口脂的紅唇張開，忘了闔攏。

她忍不住扭頭，去看這些東西的新主人，就見少女緊挨著何氏靜靜坐著，百無聊賴以帕子掩口，打了個呵欠。

「……」她不服，她抗議，這種明明該震驚瘋狂卻偏偏一臉無所謂的人，真的太討厭了！

第六個箱子更小了些，容媽媽似乎已經麻木了，伸手打開時，忙以手遮眼。

竟是一匣子金葉子！

鄧老夫人手一抖，險些坐不住了。

她有些後悔命人當眾打開了，世上沒有不透風的牆，恐怕以後要有很長一段時間，西府會是樑上君子們的首選。

最後一個箱子個頭不小，容媽媽暗暗穩了穩神，把箱子打開。

眾人緊繃的弦頓時鬆弛下來。

劉氏悄悄撫了撫胸口，暗道還好，還好，只是一箱子書，要再是一箱子寶貝，她真要扛不住撲上去了。

一直表情淡淡的喬昭卻眨了眨眼，嘴角忍不住翹起來。

李爺爺竟給了她這麼多醫書，那些入門的醫書不過是掩人耳目的，裡面一定有李爺爺近幾年的心血所在。

這樣一想，喬昭就有些坐不住了，恨不得抱著這箱子書飛奔回雅和苑，看個痛快。

總算是檢查完了，容媽媽擦了一把汗，退至一旁。

鄧老夫人緩了緩神，對晨光溫和笑道：「這麼多東西勞煩小哥送來，真是麻煩你了。」

「老夫人太客氣了，小的不敢當。」

「神醫已經出門了？」

「是，神醫一早便出門了，托我轉告三姑娘，不必擔心他，神醫辦完了事就會回來。」

「神醫對我們三姑娘實在是太厚愛了，這麼多東西，她一個小姑娘怎麼受得起呢？」鄧老夫人客氣道。眾人中，除了喬昭之外表現最淡定的何氏，一聽不樂意了。

這些東西她閨女就受不起了？將來她那些嫁妝都留給昭昭呢，想當初她嫁進來可是十里紅妝，這些年老太太總攔著，想花都沒地方花！

一想到這個，何氏就開始心塞。

明明出嫁前那些七大姑八大姨叮囑她說，讓她多加小心，好多破落人家的婆婆和相公聯合起來，專門算計媳婦嫁妝呢。婆婆要用兒媳婦嫁妝吃山珍海味填補虧空，相公要用媳婦嫁妝養庶子庶女小妾外室。怎麼到她這裡，她想換輛馬車老太太都不樂意，送個貴重玉掛件給老爺，老爺還要瞪眼。

「神醫說，這些東西於他只是累贅而已，請三姑娘用起來不要客氣。」

累贅？劉氏直接翻了個白眼。

這樣的累贅，給她來一打！

劉氏越想越心酸。別說一打了，就是把那箱子銀元寶給了她，將來兩個閨女的壓箱錢就夠了。這可真是人比人氣死人啊。

鄧老夫人又客氣幾句，端了茶。

見客的規矩，主人家一旦端茶，那便是送客的意思了。

見晨光毫無反應，鄧老夫人暗暗搖頭：這小夥子瞧著挺精神，人生得也俊，但腦子似乎不大靈光啊。她一個老太太，總不能一直陪著他聊天閒磕牙吧？

等了又等，鄧老夫人終於忍不住道：「小哥若是無事，就自去忙吧。」

晨光飛快掃了喬昭一眼，害羞笑笑。「老夫人，小的也在神醫送給三姑娘的名單中。」

「什麼？」面對著一屋子金銀珠寶鄧老夫人沒失態，此刻卻吃了一驚。

不能吧，神醫行事再不同凡響，也不至於送個大男人給她孫女吧？

老太太下意識打量晨光一眼。

嗯，身高腿長，俊逸不凡，要說起來是送得出手的——

呃，想岔了！鄧老夫人咳嗽起來。

四十五　神醫送禮

「神醫把你送給我們三姑娘？」

「是這樣的，神醫說昨天給三姑娘趕車的車夫有毛病，不能再用了，所以把我送給三姑娘當車夫。」晨光解釋道。

原來如此！鄧老夫人鬆了口氣。「青筠，領小哥去管事那登記一下，以後在車夫的份例上再加三成。」晨光忙道：「老夫人，府上不用給小的發月錢，神醫說讓小的當三姑娘專屬車夫，月錢神醫已經出了。」

他又不真是趕車的，等將軍大人爭氣點早些把三姑娘娶回去，他還要繼續給將軍當親衛呢。想到這裡，晨光有些心酸。他堂堂北征大將軍的親衛，如今給一個姑娘家當車夫，將軍大人將來要是不能抱得美人歸，第一個對不起的人就是他！

「這樣啊，那青筠去給小哥安排一下住處吧，對了，還不知道小哥叫什麼名字？」

「小的叫晨光。」晨光露出燦爛的笑容。

「好名字。」鄧老夫人點點頭，命青筠帶晨光下去。

這時又有消息報進來：「老夫人，宮裡來人了！」

「宮裡？」老夫人一臉驚疑。

室內眾人面面相覷，報信的道：「是麗嬪娘娘派人給三姑娘送謝禮來了。」

鄧老夫人一聽，忙整理一番，親迎出去。來送謝禮的是一個年輕太監，手中捧著一個三層雕花紅木匣子，見到鄧老夫人便滿臉笑容道：「昨日大雨，我們九公主得了貴府三姑娘幫助，娘娘很是感激，特命奴婢來給貴府三姑娘送謝禮的，不知道哪位是三姑娘？」

年輕太監說著，目光在黎皎與喬昭二人身上游移不定，最終停留在黎皎面上。

兩個姑娘中這一位看起來大一些，雨中救助公主殿下的應該就是這一位吧？另一位實在有些年幼了。黎皎被年輕太監看著，嘴角笑容僵硬，心中羞惱不已。

黎三果然幫了九公主，這麼大的事昨天偏偏不說，讓她跳進坑裡去。

她一定是故意的！

「昭昭，還不謝過麗嬪娘娘的賞。」

喬昭上前一步，向年輕太監福了福。「多謝娘娘賞賜。」

年輕太監頗驚訝地揚了楊眉，把紅木匣子遞過去。「三姑娘，咱們娘娘說了，您昨天對公主殿下的幫助，她記在心裡了。等咱們公主殿下大好了，讓殿下親自謝您。」

紅木匣子入手微沉，喬昭欠身道：「娘娘太客氣了，不過是舉手之勞罷了，請公公轉告娘娘不必放在心上，公公大老遠把東西送來才是辛苦。」

「是呢，公公一定要留下喝杯茶再走。」鄧老夫人跟著道。

喬昭的話讓年輕太監心裡頗舒坦，笑意越發濃了。「不了，咱家還要趕回去覆命呢。」

他這樣說，卻沒有動彈。鄧老夫人人老成精，自是明白小太監心思，向容媽媽使了個眼色。

容媽媽把一個荷包塞進年輕太監手裡。「給公公喝茶的，公公莫要推辭了。」

年輕太監暗暗捏了捏荷包，頗為滿意。這出來一趟有十來兩銀子可得，很是不錯了。

麗嬪娘娘出身低微，又不得聖上獨寵，所靠的不過是份例上的東西。他們這些伺候娘娘的宮人過得都緊巴巴的，這匣子裡的大半東西還是公主殿下好面子塞進去的呢，不然依娘娘的意思，賞一匣子宮中特製的珠花，已經給足了外臣之女的臉面。

唉，要說起來，公主殿下因為時常有太后等主子的賞賜，身家比娘娘豐厚多了，他若是有機會去伺候公主反而好些。

年輕太監揣著荷包高高興興走了，劉氏等人的眼睛黏在喬昭手中匣子上不轉了。

喬昭見狀，乾脆把紅木匣子往茶几上一放，大大方方道：「看看麗嬪賞了些什麼。」

她的祖母是皇族中人，對她講過當今這位天子的事。

明康帝一心修道，修得可不是白日飛升，而是長生不老，好把皇位千年萬年坐下去。是以對僅有的兩位皇子一方面有著對繼承人的天然重視，萬一修不了長生不老，姜氏的皇位還要傳下去；可另一方面，又唯恐他當皇帝久了，兒子們按捺不住來個逼宮什麼的，所以對兩個兒子防範得很。平日裡哪個官員與皇子走得近了都要敲打一番，皇子們的日子遠沒有尋常人想得那麼舒服。

皇子都是如此，尋常妃子境況就可想而知了。是以喬昭料定，麗嬪送她的謝禮，定是精巧有餘貴重不足之物，與其抱回去讓眾人心心念念胡亂猜測，還不如大大方方打開，讓人看個明白。

拉出匣子第一層，是滿滿一層的珠花，做工精巧絕倫，栩栩如生，花樣都是小姑娘們極愛的，又是宮中特製，戴出去很有體面。

再拉出第二層，是十多隻形狀各異的玲瓏玻璃瓶，裡面液體顏色不一，竟是近兩年很流行的海外香露，俱是貢品。

第三層拉開後空蕩蕩的，雪白的襯布上只有一只紅色的玉鐲靜靜躺著，光彩奪目。

何氏是識貨的，脫口而出道：「血玉鐲？」血玉稀少，這樣一只血玉鐲可是萬金難求的。

劉氏是聽說過血玉鐲名聲的，聞言忍不住咋舌。三姑娘今天真是發財了！

鄧老夫人年輕守寡，對這些看得淡，揮手道：「把這些箱匣子全都蓋好，給三姑娘送到雅和苑去。」這些都是三丫頭的，和旁人沒什麼關係，府上當前最緊要的支出，是買兩輛馬車！

眼看著一箱箱寶貝被抬出去，劉氏一顆心都碎了。

抬走了，抬走了，就這麼抬走了，三姑娘好歹客氣一下，把珠花分幾朵給她閨女戴啊。

❧

喬昭回了雅和苑，看著堆滿了屋子的箱子，皺了皺眉頭，果斷開始安排去處。

「阿珠，把這箱子布料挑挑，老成些的給老爺送去，剩下的給三公子送去。」

冰綠心肝一抖。這些可是好料子，姑娘就這麼送出去了？留著給未來姑爺也是好的啊！

「這匣子珠花給我留幾朵素雅的，妳和冰綠各挑兩朵，石榴和秋藕各一朵，其餘的均分幾分給幾個姑娘送去。」

冰綠只覺心口中了一箭。什麼，全分了給幾個姑娘？憑什麼啊，她們對姑娘又不好！

「還有這匣子珍珠——」冰綠直接撲到了裝珍珠的匣子上。「姑娘啊，您乾脆殺了婢子吧！」

「珍珠放久了色澤不好，與其在我這裡白放著，不如分給大家。」

冰綠兩眼淚汪汪。「怎麼是白放著呢，婢子每天就這麼數一數，也是好的啊。」

喬昭好笑道：「行了，快些起來。這些於我都是橫財，散出去一些反倒安生。」

冰綠聞言，依依不捨起了身。似乎是有這樣的說法，橫財招禍。還是姑娘厲害，總是那麼有道理。

「可是，姑娘要把這些珍珠分給幾位姑娘嗎？送給四姑娘、六姑娘也就罷了，送給大姑娘，婢子真的替姑娘不值。可都是一府的姊妹，姑娘要是單單把大姑娘撇開，大姑娘定要去老夫人面前告狀的。」冰綠一想要把珍珠分給黎皎，心跟割肉一般疼。

四姑娘、六姑娘近來在她家姑娘面前都很安分，大姑娘才算計了姑娘呢，幾朵絹花也就罷了，憑什麼給她分珍珠？

「姊妹們送了絹花，這些珍珠是送給長輩的。妳找兩個小匣子把珍珠分裝了，給我娘還有二太太送去。」冰綠一聽猛然拍手。「姑娘真會分！」

太太肯定是不會把珍珠給大姑娘那個白眼狼的，二太太得了珍珠就等於是四姑娘她們有了，反正大姑娘落不著。喬昭笑笑。她還真沒那麼大度，巴巴給黎皎送珍珠。

「這株紅珊瑚送到青松堂去，再帶些銀元寶過去，請老夫人給我選一輛小巧結實的馬車。剩下的銀元寶回頭換成小額銀票，至於金葉子、藥材等物，阿珠清點好收起來吧。」

喬昭分配完，終於指向那箱子書。「冰綠，把這箱書搬到裡屋去，不到吃飯的時候就不要進來打擾我了，我要看書。」一箱子書被搬到裡屋，喬昭一本本翻看著。

放在上面的醫書都是她曾學過的，翻到最底下，是一本猶帶墨香的書，封面上壓著一封信。

拿起信箋，露出書的封面，是喬昭熟悉的字跡：「奇難雜症筆談」。

喬昭眼睛倏地一亮，卻沒有急著打開書，而是抽出信紙，閱覽起來。

是李神醫的親筆信，重點就是交代了這本《奇難雜症筆談》乃是他近年來總結的畢生心血，特意寫出來供她研讀，因裡面有些內容太過驚人，叮囑她記下後要毀了去，以免落入心術不正之人的手裡，惹出滔天罪孽。

瑩白的手指輕輕劃過書冊封面，喬昭彷彿能看到鬚髮皆白的老者，在燈下奮筆疾書的樣子。

她心中有些澀，又有些甜，捧著珍貴無比的書冊一個字一個字看起來。

不知不覺就到了晌午，阿珠站在門口道：「姑娘，該用飯了。」

喬昭揉揉眼，一直平靜的面龐此時白得過分，好一會兒才啞著聲音道：「阿珠，取火盆來。」阿珠一言不發取來火盆與燭火。

喬昭留戀地看了一眼墨香猶存的書冊，在心底嘆了口氣，親手把書冊湊向火光。

書冊很快被火舌吞沒，在火盆裡化成灰燼，只剩餘煙嫋嫋。

驚世之作就此灰飛煙滅，饒是喬昭的淡然性子，此刻都面露不捨。

不過李爺爺說得對，書中內容太過驚世駭俗，一旦被心思不正的醫者得到，是要出亂子的。書中內容最保險的就是口口相傳，想必若不是因為李爺爺知道她看書過目不忘，也不會現在就把這本書交給她了。把一本奇書徹底毀去後，喬昭這才顧得上繼續翻箱子。

奇書下面放著的是一個小兒巴掌大的皮袋子，打開來，赫然放著一排排金針。

把皮袋子握在掌心，喬昭忽地想起，她還在杏子林喬家時，最後一次與李爺爺分別，李爺爺笑呵呵地說，等下次見面，給她一套金針當禮物。

何其幸運，她最終還是等到了這分禮物。

喬昭心中歡喜，去書房提筆畫下荷包樣子交給阿珠。「妳手藝好，照著這個樣式，給我縫幾個荷包出來。」她特意指指荷包角落。「這裡的小鴨子眼睛記得繡成綠色的。」

她還記得小時候畫鴨，發現池塘邊一隻鴨子的眼睛是綠色的，逮住那隻鴨子便獻寶般給祖父和李爺爺看。祖父很是稀奇，李爺爺卻撇著嘴道：「稀奇什麼，那是因為這鴨子有病，就和達官貴人們吃飽了撐的稀罕白鹿、白鳩似的，其實那些動物都有病！」

那是她接觸醫術的伊始，後來盛放小玩意的隨身荷包上，便會央求祖母繡上綠眼鴨子做紀念。先前那只荷包是她一手縫製的，但對繡鴨子什麼的實在有心無力。

喬昭交代完，才覺腹中饑腸轆轆，忙淨手用飯去了。

四十六　黎皎心碎

西跨院一派寧靜，其他院子因得了喬昭派人送去的禮物，驟然熱鬧起來。

錦容苑裡，二太太劉氏捧著一匣子珍珠歡喜得嘴都闔不攏，對兩個女兒道：「可見我讓妳們兩個與三姑娘交好是做對了。當時娘瞧得真切，那匣子珍珠也就能分成這樣的兩份，果然我問了問，來送東西的冰綠說只分了兩份，一份給了妳們伯娘，一份給了我。」

嘖嘖，三姑娘真是滴水不漏啊。

大嫂何氏得了半匣子珍珠，回頭還不是會給親閨女用來打首飾，她這半匣子珍珠自然也會娘仨個一起用，這樣一來就大姑娘一粒珍珠沒有得著，偏偏還沒處抱怨去。

老夫人再偏疼大姑娘，呵呵，一株紅珊瑚總不能分成兩半吧？

「妳們給我記住了，以後對三姑娘且要敬著些，她是當姊姊的，妳們低頭不丟人。尤其是嬋兒，再不能因為年紀小就口無遮攔了。」

三姑娘收拾起大姑娘來都這麼俐落，她嬌養大的兩個閨女要是衝上去，那是白搭啊。

半匣子珍珠和宮中特製的精美絹花，晃花了小姑娘的眼，黎嬋興沖沖應道：「娘，知道了。」

四姑娘黎嫣則在沉默後鄭重對劉氏道：「娘，我以後會提醒妹妹的。」

而雅和苑的東跨院裡，黎皎則把送來的幾朵絹花狠狠擲到了地上，攬著奶娘哭道：「奶娘，妳放心，總有一日，我會替妳出了這口氣！」

奶娘抖著唇，神情嚴肅。「姑娘，把絹花拾起來！」黎晈紅著眼睛看著奶娘。

「姑娘，您若還在意老奴，就去把絹花拾起來。」

黎晈咬了咬唇，彎腰把絹花撿了起來。那絹花做工精良，雖被擲到地上依然無損半分，戴出去定會惹人豔羨，黎晈撿起來時卻只覺刺眼又屈辱。

「我的姑娘啊。」奶娘抬手，憐愛地摸了摸黎晈冰涼的面頰。「以後奶娘不能陪著您了，您一個人在這宅子裡就更不能意氣用事。老夫人對您是真心疼愛的，您要多討老夫人的歡心，莫要把這份疼愛推到別人那裡去。」

「奶娘，祖母現在已經開始疼愛三妹了……」

奶娘搖搖頭。尸「姑娘想岔了。論身分，您是原配嫡長女，三姑娘是繼室所出；論情分，您自小常在老夫人身邊，三姑娘幾個月前還常常頂撞老夫人呢；論人心，您自幼失母，三姑娘卻有一個護短的母親，老夫人天然便會多疼您幾分。所以無論從哪方面看，三姑娘都是越不過您去的，您要做的就是穩住了，不要再被三姑娘抓到把柄。」

黎晈垂首默默聽著，想到馬上要與奶娘天各一方，胸口撕心裂肺般地疼。

奶娘輕輕撫著黎晈的髮，嘆道：「姑娘啊，再熬熬就好了。」

「熬熬熬，為什麼我的日子就是熬，這樣的日子什麼時候能熬出頭呢？都怪我命不好，不會投胎，從小就沒了娘……」

奶娘握住了黎晈的手：「姑娘別這麼說，要說起來，嫁人才是女人最重要的『投胎』呢。女人這輩子在娘家不過十幾年，在婆家才是漫長的一生啊。姑娘討了老夫人歡心，老夫人定然會把您的親事放在心上，等將來嫁個好人家，您的好日子就到了。至於三姑娘——呵呵，姑娘何必與一個沒了名節的人置氣，依老奴看，三姑娘恐怕要在西府當一輩子老姑娘了，縱然一時得意，將來到死看子侄輩的臉色，又有什麼好下場？」

黎皎一怔，緩緩點頭。「奶娘說得對。」

黎大姑娘那些鬱悶和挫敗，在聽到奶娘這番話後頓時散去許多，嫁個好人家的意念在她心頭越發清晰起來。

「大姑娘，老杜家的收拾好了嗎？老夫人命老奴送她出去。」青松堂的容媽媽來了東跨院。

「奶娘——」離別真的就在眼前，黎皎最後一絲希望徹底破滅，痛哭出聲。

「姑娘莫哭，老奴在老宅會燒香拜佛，求您順心如意的。一定要記得老奴的話，自個兒好好的啊——」奶娘隨著容媽媽一步三回頭走了，黎皎伏在美人榻上哭了許久，才神情冰冷止住了哭聲，低低吩咐大丫鬟春芳幾句，昏昏沉沉睡著了。

春芳從西府後門出去，直奔國子監。

在國子監就讀的監生雖然要守點放學，但家中要是有個急事還是可以通融的。

黎皎對唯一的弟弟格外重視，早吩咐身邊的丫鬟與國子監守門的混了個面熟。

春芳塞了些銀錢給門人，不多時，得信的黎輝就急匆匆走了出來。

彼時天已經熱起來，黎輝走得急，出了一頭的汗。

「春芳，可是大姊有什麼事？」

春芳哽咽著道：「三公子，您快回去勸勸大姑娘吧。大姑娘的奶娘被三姑娘趕回河滄老家去了，大姑娘一直哭，都哭得閉過氣去了。」

黎輝一聽抬腳便走，等趕回西府，一眼看到照壁上的松鶴延年圖，一下子冷靜下來。

既然只是春芳來尋他，大姊情況應該不會太糟。他還是先弄個清楚，以免再像那次一樣氣急敗壞去尋三妹麻煩，反而落個難堪。見黎輝忽然停住腳，春芳有些意外。「三公子？」

「妳先回去看看大姑娘怎麼樣了，我跑了一身的汗，先換過衣裳再過去。」知道三公子在西府和大姑娘心中的地位，春芳不敢置喙，屈膝一禮匆匆往雅和苑去了。

黎輝換過衣裳去青松堂給鄧老夫人請過安，這才匆匆趕到黎皎那裡。

一見黎皎兩眼紅腫如桃子，孤零零躺在美人榻上，黎輝頓時心疼不已，走過去在一旁坐下，輕輕摸了摸她額頭，確定沒有發熱這才放下心來。

「三弟？」黎皎睫毛顫顫，睜開眼來，一顆晶瑩的淚立刻滾落下來。

「大姊，妳別傷心了，還有我在呢。」

黎皎撲進黎輝懷裡，痛哭失聲。「三弟，奶娘被趕走了，我心裡真的難受極了，我長這麼大奶娘從沒離開過半步啊。我知道，我不該怪三妹的，可一想到從今以後再見不到奶娘，我的心就如刀割似的，嗚嗚嗚……」

黎輝聽得心疼，又忍不住皺眉，由著黎皎哭夠了，才開口勸道：「大姊，這件事我聽祖母說了，確實怪不到三妹頭上。大姊與奶娘雖然情分深，可奶娘仗著情分就敢糟蹋三妹的名聲，這樣的處罰是她該得的。」

「三弟？」黎皎頓時止住了哭聲，震驚看著黎輝。

黎輝道：「我知道大姊心情不好，以後我都早些回來，多陪陪大姊，大姊莫要傷心了吧。」

黎皎默默吞下一口老血，死死忍著才沒有發火，勉強一笑。「知道了，輝兒真是懂事了呢。」

黎光文那邊收到喬昭派人送去的好衣料，美滋滋帶著衣料就去了何氏那裡，把衣料往何氏面前一放，道：「讓人用這些衣料給我裁幾身衣裳穿吧。」

何氏驚疑不定。「這是……昭昭送的？」

「對啊。」

「老爺不是不愛穿綾羅綢緞嗎？」何氏驚訝極了。

以前她每每用上好的衣料做了衣裳送給老爺，都被他黑著一張臉拒絕了。

誰知黎光文用一種「妳有病」的眼神看著何氏道：「這話說的，綾羅綢緞誰不愛穿啊？」

「那、那怎麼以前我送的……」

黎光文肅容打斷何氏的話。「那能一樣嗎？閨女長大了，知道孝敬我了，我高興還來不及。要是吃妳的、用妳的、穿妳的，我不成吃軟飯的了？」

黎光文覺得何氏實在是白長了一個好模樣，簡直愚不可及，眼風掃到面前的好料子又嘆了口氣。罷了，念在她給他生了個蕙質蘭心的女兒，當娘的蠢點就忍了吧。

黎大老爺難得沒有抬腳就走，板著一張俊臉道：「餓了，開飯吧。」

何氏歡喜得腳下打飄，暈乎乎命人通知廚房里加餐去了。

轉眼進了六月，雅和苑西跨院裡火紅的石榴花開了又謝，謝了又開，已結出喜慶的果實來。

這一日，喬昭收到了禮部尚書府蘇洛衣的一張帖子，卻是馥山社組織社員們小聚的入場帖。

總算等到了這張期待已久的帖子，能有機會與寇家大表妹接觸，喬昭心中繃緊的那根弦鬆了鬆。聚會的日子定在六月初六，地點卻很有意思，竟然是黎皎的外祖家——固昌伯府。

喬昭仔細翻找著記憶，才想起來，黎皎的表妹杜飛雪同樣是馥山社成員之一。馥山社不同於尋常詩社，在某方面有所長的姑娘都有入社資格，杜飛雪就是因為騎術精湛而加入。

六月初六這天很快便到了。

喬昭一大早起來，打扮妥當，帶著阿珠前往青松堂給鄧老夫人請安。

「昭昭今天這麼早？」給鄧老夫人見過禮，喬昭笑道：「祖母，我今天要去固昌伯府。」

「咦？」鄧老夫人放下茶盞，笑著道：「昭昭也要去啊？妳大姊才走不久，說是固昌伯府的杜姑娘邀她去玩呢。」現在的姑娘家真會玩，她們那時候哪有什麼這社那會的啊，當她沒有年輕過嘛，這些聚會打著比試才藝、共同進步的幌子，實際上就是一群小姑娘出門放鴨子。

鄧老夫人收起了嫉妒的小心思，輕咳一聲道：「去吧，到了那裡與妳大姊一道就是了。」

「嗯。」

喬昭如今有了專屬的馬車與車夫，出門很是方便，她帶著阿珠出了門，早接到消息的晨光叼著一根青草靠著車側，正懶洋洋曬著太陽。

「姑娘，今天要去哪兒啊？」一見喬昭出來，晨光站直了身子吐掉青草，露出燦爛的笑容。

「牙綠了。」喬昭從晨光身側走過，扶著阿珠的手上了馬車。

「嗯？」晨光一臉茫然。喬昭回頭，解釋道：「有些草是有毒的，以後別亂嚼。」

晨光一聽臉色微變，轉身彎腰，劇烈咳嗽。

「你嚼的這個沒事，就是容易把唇齒染上顏色，別人看到會笑。」喬姑娘一本正經提醒。

畢竟是去參加京城貴女們的宴會，她不求車夫多麼體面，只求能正常點。

阿珠面無表情從衣袖中掏出一柄巴掌大的小鏡子，遞過去。

晨光瞥了鏡子中的自己一眼，臉色大紅。

該死的，誰跟他說叼著一根草亂嚼很帥的？好像是邵知那小子，回頭跟他拚了！

話說，好久沒有見到將軍了，好想念將軍大人。

「姑娘，今天不是去疏影庵的日子，咱們去哪兒啊？」問出這話，晨光一顆心怦怦跳。會不會是去與將軍約會啊？娘嘞，再這麼操心下去，他的小心肝受不了了。

「去固昌伯府。」

小車夫一下子蔫了。「哦。」

完全摸不著頭腦的喬姑娘進了馬車，心想這車夫再這麼不正常下去，她可能要考慮退貨了，總是有種以後會被坑的預感。

好在小車夫趕車的技術相當不錯，新換的馬車品質又好，喬昭閉目養神，很快就到了固昌伯府。

她下了馬車，晨光邀功道：「姑娘，小的趕車快吧？您看，咱們府上的馬車也才剛剛停下呢。」喬昭順著看過去，正見到黎皎下車，杜飛雪走下臺階相迎，周圍陸陸續續還有馬車停下。

喬昭帶著阿珠走過去，出聲招呼道：「大姊。」

黎皎回頭，訝然道：「三妹……」

旁邊的杜飛雪已經搶先問道：「妳怎麼來了？」四周靜了靜，下了馬車的貴女們視線投過來。

黎皎眼神閃了閃，伸手拉住喬昭的手，笑道：「飛雪表妹，三妹是跟我一起來的。」

杜飛雪早就聽黎皎提過奶娘被趕走的事，正想著找機會替表姊出口氣，聞言冷笑道：「皎表姊，妳就是心善，某些人不要臉，還非要顧著她的臉面。」

喬昭淡淡開了口：「今日不是馥山社開社的日子嗎？我記得不錯的話，地點正是貴府。杜姑娘開口不要臉，閉口不要臉，似乎有失待客之道。」

「呵呵，我說黎三姑娘，馥山社開社與妳有什麼關係？是我的客人，我才有待客之道，對厚著臉皮不請自來的，難不成我還要掃榻以待？」

就連皎表姊都沒有參加馥山社聚會的資格，不過是因為正好在她家舉辦，依著慣例，她身為主人可以帶挈一下姊妹罷了。伯府就她一個姑娘，她請表姊前來，旁人不會多說什麼，可黎三居然也跟來了，這臉皮未免太厚了吧？

「飛雪表妹，妳別說了，真的是我請三妹陪我一起來的……」

杜飛雪打斷黎皎的話。「皎表姊，妳就不要替她遮羞了，分明是她見妳來參加聚會眼熱，這才巴巴跟了過來。妳們要真是一起來的，怎麼沒有坐一輛馬車呢？」

黎皎的好性子讓急脾氣的杜飛雪對喬昭更加討厭。

皎表姊也太可憐了，都是被黎三從小欺負，才這般好性兒！

幾個貴女已經停下腳步，冷眼看著熱鬧。

黎皎看喬昭一眼，一臉為難道：「是因為……因為三妹習慣坐自己的馬車。飛雪表妹，咱們快進去吧——」

杜飛雪反應過來，掩口驚呼道：「不是吧，皎表姊，妳們府上不是只有一輛馬車嗎？」

她飛快看了不遠處的小巧馬車一眼，憤憤不平道：「這有娘的人就是好，還有專屬的馬車了。皎表姊，這對妳也太不公平了，妳才是原配嫡長女！她一個繼室所出的女兒，憑什麼處處壓妳一頭？」

這話正好被才下了馬車的江詩冉聽個正著。江詩冉是錦鱗衛指揮使江堂的獨女，自幼千嬌百寵，比之公主也不差，可自幼喪母同樣是她的心病，此時聞言，便沉著臉深深看了黎皎與喬昭一眼。

被眾人各色目光打量著，喬昭坦然自若，她唯一驚奇的就是這對表姊妹竟能一唱一和說這麼多，完全不給她開口的機會。

喬姑娘從衣袖中抽出入場帖，遞給杜飛雪，淡淡道：「還是杜姑娘說得對，我確實不是陪大姊來的。現在可以進去了嗎？」

四十七　花木深處

這是——

杜飛雪身為馥山社成員之一，一直以此為榮，對專屬於社員的入場帖再熟悉不過了。

她面色一變，直直盯著喬昭。「妳從哪得來的？」

該不會是偷來的吧？這也不是沒有可能，黎三她娘還使下作手段嫁給皎表姊的父親呢，養出來的女兒能有什麼好的？就算不是偷的，也可能是撿來的！

一個輕柔的聲音響起：「是我給的。」

眾人聞聲望去，就見有著蘇府標誌的馬車，不知何時停在了伯府門前，蘇洛衣彎腰下了馬車，款款走來。「蘇姑娘——」冷眼看熱鬧的貴女們紛紛與蘇洛衣打招呼。

禮部尚書瞧著雖不如吏部、兵部等尚書風光實惠，可歷來是踏進內閣的必待之位。一般來說，皇上屬意誰進內閣，就會讓他在禮部尚書兼翰林掌院的位子上坐個幾年。

對於未來閣老的孫女，在京城貴女中自然是受歡迎的，何況蘇洛衣沒有動貴之女的驕縱，只有書香門第的靈慧，人緣就更好了。

蘇洛衣走到近前，挽住喬昭的手，對目瞪口呆的杜飛雪柔柔一笑。「黎三妹妹是馥山社的新成員，是我與朱顏一同推薦的。」

「蘇姑娘，妳們……」杜飛雪只覺臉面無光，一張俏臉刷地紅了。

有人恍悟道：「是了，黎三姑娘的字在佛誕日那天是入了疏影庵師太的眼的，當然夠資格加入咱們馥山社了。」此話一出，立刻有不少人紛紛附和。

咱們馥山社？黎皎暗暗咬碎了銀牙。

剛剛還都瞧熱鬧呢，這麼快就成「咱們馥山社」了，難道說黎三的字得了無梅師太青眼的事是才發生的嗎？

哼，不過是因為蘇洛衣副社長的身分，這些人趨炎附勢罷了！

她忍不住看向喬昭，心中更恨。

黎三到底是什麼時候搭上蘇洛衣的？竟一直不動聲色，讓她與飛雪表妹眾目睽睽之下鬧笑話！黎皎悄悄拉了拉杜飛雪衣角。

杜飛雪驕縱之名在外，是不怕的，她還要好名聲呢。更何況今天這些人裡，只有她是沾了杜飛雪的光才來的，成為眾人焦點不是什麼長臉的事。

杜飛雪雖然嬌蠻，到底還記得主人的身分，更何況不少貴女身分比她高，也是容不得她一味嬌蠻的，遂暗暗把惱火壓下去，一臉純真笑道：「原來是這樣，只怪黎三姑娘先前沒有說清楚，才讓我誤會了。哎呀，皎表姊，妳怎麼也不提醒我呢？」

杜飛雪這麼一甩鍋，眾人立刻把注意力投向黎皎。

黎皎心中惱火得不行，偏偏不好得罪杜飛雪，只得笑笑道：「我也是才知道呢。」

「姊妹們快進去吧。」杜飛雪揚著笑臉招呼眾女，看到一直冷眼旁觀的江詩冉眼睛一亮，迎過去道：「江姑娘，妳來啦。」

「是啊，今天這麼熱鬧，我覺得比什麼詩會、花會有意思多了。」江詩冉目光從喬昭面上緩緩收回，不冷不熱地道。

杜飛雪把眾女交給侍女帶去聚會之處，自己則返回來等候還未到的人，黎皎站在一旁相幫。趁著無人前來，杜飛雪壓低了聲音道：「皎表姊，妳怎麼搞的，黎三什麼時候成了馥山社社員，妳竟然一點不知道？」

黎皎壓下難堪，委屈道：「我確實半點不知。飛雪表妹有所不知，三妹近來和以往不大一樣了，心裡很能藏得住事。她把加入馥山社的消息對我死死瞞著，誰知道是怎麼想的呢？」

「還能是怎麼想的？定然就是為了今天看妳我笑話！」

黎三是馥山社成員卻被她冷嘲熱諷，落在旁人眼裡，無疑是她這個當主人的失禮了。

黎皎心中一喜，面上卻道：「飛雪表妹，還是算了吧，她和我畢竟是一個府上的姊妹，一損俱損一榮俱榮的。她丟了醜，我也不好看。」

杜飛雪跺腳。「皎表姊，妳就是這樣什麼都顧著，反而自己憋屈。妳放心吧，今天我只會讓她一個人出醜，連累不到妳頭上去。」

黎皎被杜飛雪說得都有些好奇了，追根究柢又不符合她的形象，遂把好奇心壓下來，狀若無意問道：「蘇姑娘不是說她與朱姑娘聯名舉薦的三妹嗎，飛雪表妹沒聽朱七姑娘提過？」

杜飛雪撇撇嘴。「顏表姊不愛熱鬧，我近來都沒怎麼見過她，哪裡能聽她提呢。哎呀，蘭姑娘來了，先不說了。」杜飛雪忙撇下黎皎，迎上一位穿藍衣的高䠷少女。

那少女面對杜飛雪的熱情洋溢卻只是矜持點了點頭，便逕自往裡去了，反而比主人家還要自在些。杜飛雪咬了咬唇追上去，沒露半點嬌橫之色。

黎皎心中冷笑。看來飛雪表妹的嬌蠻任性也是分人的，對黎三不客氣，對她這個表姊，其實又何曾放在眼裡呢？奶娘說得對，她只有嫁個好人家，以後才能在這些人之中揚眉吐氣。

聚會之處就設在園子裡，等人都陸陸續續來齊了，杜飛雪端起一杯果子酒道：「今天是咱們馥山社再一次開社的日子，正巧也是小妹的生日，我先乾為敬。」

「今天是杜姑娘生日啊？杜姑娘應該早說的，卻是我們失禮了。」平時與杜飛雪來往不多的幾位姑娘紛紛道。

黎皎心中一動。往年杜飛雪生日，只請了表姊妹們和手帕交關起門來慶祝，連園子都不逛的。她對此心知肚明，不過是杜飛雪小心眼，怕她們遇到來給孿生兄長杜飛揚慶生的泰寧侯府那位朱世子罷了。

今天聚會設在花園裡，也不知能不能見著朱世子呢？

想到溫潤如玉的朱彥，黎皎心中一熱。若是能嫁給朱世子那般的人物，此生就算得償所願了。

眾女喝了果子酒，開場白過後，有侍女舉著托盤來到杜飛雪身側。

杜飛雪把托盤上放的五彩籤筒拿起來，笑道：「說來也是幸運，正巧我做東時趕上新成員加入，能給今天的宴會添不少樂趣。」

她看向喬昭，把五彩籤筒遞過去。「黎三姑娘，馥山社的老規矩，新成員來抽一支籤吧。」

新入馥山社的成員需要抽籤這種細節，喬昭是不知道的，但見四周之人皆無異樣，便知道杜飛雪雖然明顯針對她，但這條規矩是有的。

姑娘家的遊戲，無非是琴棋書畫詩酒花茶，喬姑娘在這方面從來屬於那種「別人家的姑娘」，自是沒有什麼可懼的。

她大大方方伸手，從五彩籤筒中抽出一支籤來。

「我看看黎三姑娘抽的什麼籤。」杜飛雪手一揮，捧著五彩籤筒的侍女退下去，從喬昭手中接過那支籤掃一眼，笑著對江詩冉道：「江姑娘，今天考校新人的題目，由妳來出呢。」

怕喬昭不明白，杜飛雪指著簽上所刻的一個「江」字，解釋道：「咱們馥山社有五位副社長，每次新人入社，就會抽籤選出一位副社長來給新人出題。黎三姑娘抽的這個『江』字，就是代表江姑娘了。」

喬昭頷首示意聽懂了，神情平靜看向江詩冉。「明白了，那請江姑娘出題吧。」

江詩冉伸手從杜飛雪手中拿過花籤輕輕瞥了一眼，盯著喬昭看了片刻，露出笑意來：「馥山社許久沒有新人加入了，又隔了好一段日子才開社，這次的題目容我好好想一想，大家先繼續玩吧。」雖是打著馥山社的噱頭，其實也就是給貴女們一個相聚的由頭而已，只不過是檔次高了些。

作為主人的杜飛雪提議大家以「荷花」為題鬥詩，有興趣的便可展露一下才華，若是沒有興趣的，大可以下棋賞花，甚至就湊在一起閒聊。

喬昭當然沒打算寫出什麼驚才絕豔的詩句爭風頭，她的注意力全放在了舅家大表妹寇梓墨身上。今日寇梓墨穿了一件丁香色的花草紋褙子，安安靜靜坐在角落裡品茗，全身給人的感覺，好似籠著一層輕愁。

喬昭想了想，抬腳要過去，卻被蘇洛衣拉住了。

「黎三妹妹，咱們手談一局如何？」

「哦，好的。」對於引她入社的蘇洛衣，喬昭自然不好拒絕這樣的小要求。

園子裡的長亭頂上爬滿了藤蘿，開著小小的花，風吹來，一搖一晃，比之室內還要涼爽。

喬昭與蘇洛衣在早擺好棋盤的石桌旁相對而坐，開始對弈。她的心思全放在寇梓墨那裡，忽見寇梓墨起身隨著一位姑娘往外走去，頓時有些心急，不由加快了攻勢。

蘇洛衣被逼得一退再退，不多久額頭沁出汗來，敗局已定。

看著慘敗的局面，蘇洛衣捏著棋子眨眨眼，哭了。

「……」喬昭不是故意的！

不知何時走到一旁觀戰的泰寧侯府七姑娘朱顏輕笑出聲。「洛衣，原來妳下棋輸了會哭鼻子的，可惜我下不過妳，竟一直沒機會得見。」

被好友取笑，蘇洛衣大為尷尬，忙拿帕子擦了擦眼角，對喬昭解釋：「讓黎三妹妹見笑了，其實我不是哭，是沙子迷了眼睛而已。」

表示相信顯得太虛偽，揭穿了又怕蘇姑娘再哭，哦，喬昭忽然覺得還是黎皎那樣的姑娘好相處。畢竟一旦惹到她了，直接還回去就行了嘛，一來一往多隨意。

蘇洛衣顯然也意識到自己找的這個藉口很爛，乾脆坦言道：「論棋藝，我一直覺得在京城貴女中沒有對手，是我井底之蛙了。剛剛我其實是激動的，想著以後有黎三妹妹指點棋藝，自己能更進一步，就忍不住喜極而泣。」

朱顏在一旁輕笑。「洛衣，妳嚇著黎三姑娘了。」接著對喬昭笑道：「黎三姑娘，妳別見怪，她就是個癡人。」

蘇洛衣與朱顏顯然是極熟悉的，聞言起身把朱顏往石凳上一拉，嗔道：「有本事妳來。」

朱顏忙擺手。「我就不必獻醜了，我的棋藝還及不上妳呢。」

蘇洛衣這才氣順了些，輕哼道：「我琢磨著，以黎三妹妹的棋藝，就是妳兄長來，也撐不了多久。」

在朱顏心裡，自家哥哥那是什麼都好的，不過剛剛看了蘇洛衣與喬昭的對弈，她說不出違心話，只得還擊道：「提我哥哥作甚？我哥哥比不比得過黎三姑娘我不知道，不過勝妳是沒問題的。」

「沒有對弈過，我可不承認。」

朱顏看了一眼遠處，輕笑道：「其實我哥哥今天也來了，可惜不方便讓妳們見。」

提到這個，她把目光投向喬昭。黎三姑娘可能認識她哥哥，雖然哥哥沒有明言，卻瞞不過她。

哥哥和黎三姑娘是如何認識的呢？朱顏不是八卦的人，可事關兄長，自是不同。

只可惜交淺言深太過失禮，這話她是問不出口的，於是把疑惑壓在心裡，轉而提醒道：「江姑娘擅投壺、騎射，等會兒她給黎三姑娘出題，很可能與其所長相關，黎三姑娘心裡要有個數。」

「多謝朱姑娘提點。」眼角餘光早已不見了寇梓墨身影，喬昭雖對朱顏、蘇洛衣二人觀感不錯，卻無心多談，起身歉然道：「我去一下淨房，二位姊姊要一起嗎？」

蘇洛衣噗哧一笑。「又不是小姑娘了，去淨房還結伴啊？黎三妹妹妳去吧，我要和朱顏下一局緩緩心情，剛剛被妳虐得太狠了。」

喬昭便請一位侍女領她去了淨房，出來後便對侍女道：「妳自去忙吧，我看那邊有叢薔薇花開得甚好，過去看看。」

今天杜飛雪在園子裡招待眾女，自是安排好了不讓亂七八糟的人闖進來，方便姑娘們隨意活動。侍女聞言屈膝一禮。「姑娘請自便，若有什麼吩咐就叫婢子。」

總算沒了旁人，喬昭抬腳向寇梓墨消失的方向走去。

她漸漸走到花木深處，隔著繁茂林草聽到女孩子柔細的聲音傳來：「微雨，妳別難過了，回頭我向祖父打聽一下，看有沒有伯父的消息。」

喬昭聽出來，這是寇梓墨的聲音。

另一個女孩子的聲音有些冷：「不用了，我父親被錦鱗衛抓了去，梓墨姊去問寇尚書，定然會讓他為難的，說不定還要訓斥妳。梓墨姊，咱們好了這麼久，我今天就是向妳道別的，以後我恐怕不會再參加馥山社的聚會了。」

那女孩子音色偏冷，隔著花木見不到樣子，這樣冷不防聽到，無端有種決絕的意味。

喬昭伸手輕輕撥開花木，但見寇梓墨與一位穿藕荷色衣裙的少女，正站在一株海棠樹下說著話。

寇梓墨是面對著喬昭的方向，藕荷色衣裙的少女則是背對著她，看不清容貌。

喬昭長久住在南邊嘉豐，與寇梓墨雖是很親近的表姊妹，實則來往並不多，對這位表妹有什麼閨中密友就不得而知了。

微雨？

喬昭在腦海裡搜索了一圈，依然沒有任何印象，可見小姑娘黎昭對這個名字也是陌生的。

喬昭緊緊盯著那道藕荷色的背影，聽到寇梓墨聲音裡帶了難過：「微雨，妳別太擔心了，說不定事情沒有妳想像的那麼糟。伯父是個好官，錦鱗衛衙門再可怕，那些錦鱗衛也是人，是人就不可能一點良知都無。我從父親那裡打聽過，朝中不少大臣都在替伯父求情的……」

少女冷笑一聲：「講良知是沒有用的，我父親上疏彈劾首輔蘭山，反被天子認為詆毀重臣，命錦鱗衛把我父下了詔獄。若說世人偶有良知我信，若說那些錦鱗衛有良知，我是不信的！」

少女說到這裡，聲音哽咽，伸手握住了寇梓墨的手。「梓墨姊，我父親此去恐怕凶多吉少，到時候會不會把家人捲進去尚且不知，我最後一次參加馥山社的活動，就是想跟妳說，倘若以後我有個什麼事，妳萬萬不要摻和進來，不然若是再連累了妳，我更不安心了。」

「微雨，妳說的什麼話，妳若有事，我怎麼能袖手旁觀？」

「梓墨姊，容我直言，妳雖是尚書府的姑娘，可真遇到大人們的事，能怎麼辦呢？那些錦鱗衛都是聽命於天子的，而天子是聽信蘭山的，真得罪了他們，就是寇尚書恐怕都——」

寇梓墨急忙掩住了少女的嘴。「微雨，快別說了，被人聽到不好，今天蘭惜濃也在呢。」

少女拉開寇梓墨的手，悲涼笑笑。「事到如今，我是沒有什麼可怕的了，梓墨姊妳與我不同，難道妳不為自己家族想想嗎？」

寇梓墨怔住了。

站在喬昭的角度，此刻能看到她一雙漂亮的眼睛裡滿是淚水，悲哀又無助，喃喃道：「為什麼好人總是不如意呢？」少女伸手，抱住了寇梓墨，低泣道：「梓墨姊，妳一定要記著我的話，不然要是因為我……因為我家的事連累了妳，我就更難受了。」

喬昭越聽越覺得不對勁，側頭正好看到一隻白貓邁著懶洋洋的步伐走過，心念一轉，彎腰把白貓抱起來。那隻白貓膘肥體壯，皮毛光滑，正美滋滋散步呢，忽然被人抱起來哪能接受，後腿使勁一蹬，就從喬昭懷裡跳了出去，落在地上轉過身來，繃緊了尾巴對著喬昭喵喵直叫。

「誰？」

寇梓墨猛然看過來，那穿藕荷色衣裙的少女跟著轉過身來，喬昭終於看清了她的樣貌。是個很清秀娟麗的女孩子，一雙眼珠渾黑，許是因為含著淚光，格外明亮。

看到她的模樣，喬昭倒是從記憶中翻找出這位姑娘的身分來，是歐陽御史家的姑娘。小姑娘黎昭在幾次花宴上見過，只是沒留意這位姑娘的閨名而已。

歐陽微雨，倒是人如其名般秀美。

喬昭拂開花枝走過去，唇畔含著淺笑。「寇姑娘、歐陽姑娘。」

因為黎嬌的父親是寇梓墨祖父的下官，兩家姑娘的交集頗多。寇梓墨雖不喜忽然冒出一個人來，但她秉性貞靜，依然溫柔一笑。「原來是黎三姑娘，妳怎麼到了這裡？」

「我去了淨房，回去時看到一隻漂亮的白貓，想要逗弄一下，就追著牠過來了。」喬昭含笑指指喵喵直叫的白貓。

那白貓一臉警惕，見喬昭指向牠，很不高興地叫喚一聲，再示威般掃了寇梓墨二人一眼，甩著尾巴大搖大擺走了。

「黎三姑娘真是好興致。」寇梓墨淡淡笑道，既不失禮，又不熱絡，就是對待毫無關係的陌生人的態度。

想到寇梓墨曾經面對她這個表妹時那份真切的歡喜與崇拜，喬昭唏噓不已。看來今天想要引起梓墨表妹的注意，進而尋到見兄長的契機，並不是那麼容易的事。

喬姑娘不怕事情難，對她來說，沒有機會也要創造機會。

她已經來到這裡，還有什麼比這個更艱難呢？

「是妳。」歐陽微雨開了口。喬昭看過去，點漆般的眸子微微一閃，是不知這話從何而起的疑惑。

歐陽微雨說出一句更奇怪的話來：「妳是黎修撰的女兒？」

喬昭頷首：「正是。」

黎府有三位老爺在朝為官，她的父親在翰林院當修撰，叔叔外放當地方官，東府的伯府則官至刑部侍郎。在京城的各式場合，提到黎府，人們想到的都是黎侍郎，卻鮮少把她父親提出來。

瞧歐陽微雨這樣子，倒不像是父親得罪了她家。

喬昭心念急轉，忽然想起一件事來。

她從疏影庵回來馬車壞了的那次，後來聽何氏說父親大人出去找她，結果和錦鱗衛吵架了，痛罵錦鱗衛禍害忠良，於是把找她的事給忘了。

何氏怕她對父親不滿，還特意解釋：妳爹其實很在乎妳的，不然也不會冒著大雨出去了，他就是一旦注意到一件事就容不下其他事了，其實就是人太專一了。

那一天，喬姑娘深刻理解到了什麼叫情人眼裡出西施。

原來因為跟人吵架把找閨女的事忘了，是能這麼解釋的！

聯想到剛剛聽到的話，喬昭驀然生出一個念頭，該不會那天父親大人與錦鱗衛吵架，就是因為歐陽姑娘的父親吧？

「黎姑娘……」歐陽微雨喊了一聲。

「嗯？」

歐陽微雨忽然屈膝，鄭重對喬昭行了一禮。「我替我父親向黎大人道謝了。我父親被抓走那一天，是黎大人衝上去與錦鱗衛理論，錦鱗衛才沒有把我父親五花大綁，給我父親留了最後一點體面。」

果然如此啊，喬姑娘心想。

四十八　馥山首鋒

喬昭欠身還禮。「歐陽姑娘客氣了。」

歐陽微雨沉默了一下，問道：「黎姑娘，錦鱗衛後來沒有難為黎大人吧？」

「呃？」

「那天，我看到錦鱗衛把黎大人帶走了。」

「沒有，我父親沒事。」喬昭嘆了口氣。

父親大人沒事，有事的是她！她給父親大人送了衣料，結果父親大人跑來訓了她一頓，讓她以後不許胡亂交朋友，還特別叮囑要跟那天在五味茶館見到的江遠朝劃清界限。

她最終保證與江遠朝只是認識而已，絕對算不上朋友，足足教訓了她一個時辰的父親大人這才甘休，心滿意足走了。

「黎大人沒事就好，不然我父親定會於心不安的。」歐陽微雨說完，抬手遮了遮眼，對寇梓墨道：「梓墨姊，天有些熱，我想回亭子那邊去了。」

寇梓墨見歐陽微雨神色恢復如常，鬆了口氣，對喬昭客氣道：「黎三姑娘，我們要回去了，妳呢？」喬昭分明感覺得到，此時寇梓墨的態度比之先前多了幾分親近，由此可知，這位歐陽姑娘在寇梓墨心中地位頗重。

或許，她可以從歐陽微雨這邊著手，拉近與梓墨表妹的關係。

這個念頭從喬昭心中閃過，她彎唇笑道：「那隻貓也不知哪裡去了，我也想回去了。」

三人一起回到長亭。杜飛雪一眼看到寇梓墨，伸手把她拉過去道：「寇大姑娘，我正要派人尋妳呢。」

「怎麼？」

杜飛雪笑著解釋道：「大家要玩對對子，對不上來的罰酒。妳可是對對子的能手，如何能少了妳？」

「可是我……」寇梓墨忍不住回首，看向歐陽微雨。歐陽微雨反而抬腳走到一邊去了。

「快來吧，寇大姑娘。」杜飛雪直接把寇梓墨拽到長桌邊坐下，眼角餘光瞥一眼歐陽微雨的側影，心中冷笑：這也是個不識趣的，明明父親犯了事，還要跑來參加什麼聚會。她都沒給她下帖子，也不知道歐陽微雨從哪裡知道了這次聚會的具體時間地點，居然巴巴趕來了。

奈何歐陽微雨原就是馥山社的會員，她也不可能把人趕出去。

「黎三妹妹，來對對子麼？」蘇洛衣向喬昭招手。

喬昭笑笑。「不了，我看看就好。」

喬昭這樣說，蘇洛衣便以為她不擅長此道，遂不再多勸，以免令人為難。

參與對對子的姑娘們以長桌為界限，分成兩隊，按著規則一隊出上對，另一隊接下對，若是答不上來，全隊成員便要喝酒，如此往復。

來參加小聚的姑娘不少，長桌位置有限，敢於坐下的都是擅長對對子的，是以還有不少人如喬昭一樣，站在兩旁看熱鬧。

杜飛雪身為這次聚會的主人，自是當了主持。

這次採取的法子是擲銅錢，正面代表著左邊一隊，反面代表右邊一隊。

她揚手一擲，落在石桌上的銅錢向著正面，便笑道：「那就由蘭姑娘先出上聯吧。」

蘭惜濃是首輔蘭山的孫女，也是馥山社的副社長之一，以她的身分來出第一對，旁人自是沒什麼話說。喬昭冷眼旁觀，就見歐陽微雨忽然抬眸看了蘭惜濃一眼，很快又垂下眼簾，那匆匆一瞥間，竟是令人心驚的恨意。

想到在花木深處聽到歐陽微雨與寇梓墨對話時語氣中的決絕，喬昭心中一動：歐陽微雨今天前來參加聚會，莫非與寇梓墨道別是假，想要對首輔蘭山的孫女蘭惜濃做些什麼才是真？

喬昭越想越覺得有可能，不然站在歐陽微雨的立場，她實在想不出，一個父親被錦鱗衛帶走、下場未卜的女兒，哪怕是與手帕交道別，還來參加這樣的聚會，未免太不合宜了。

仔細想來，剛剛歐陽微雨對寇梓墨說的那番話，倒更像是一旦她陷入麻煩中，讓寇梓墨記得置身事外，不要摻和進來。喬昭有了這般猜測，便把大半注意力放到了歐陽微雨身上。

「那行，我來說一個上聯，妳們聽好。」蘭惜濃神色淡淡，不緊不慢拋出一個上聯：「鳳落梧桐梧落鳳。」

此聯一出，亭內便是一靜，眾女都沒想到，作為拋磚引玉的第一聯，便是一個頗有難度的回文聯「鳳落梧桐梧落鳳」。無論從前往後讀，還是從後往前讀，都是一樣的，而且還隱隱暗示了出題之人高人一等的身分。

不少人忍不住看向蘭惜濃，見她一身藍衣神色傲然，心中便嘆了口氣。有個好出身，確實是可以這般隨性的。

「請出下聯吧。」蘭惜濃淡淡道。

對面的姑娘們或蹙眉或沉思，還有暫且沒有頭緒的，忍不住看向居中而坐的一位少女。

少女穿了一襲月白色衣裙，戴著珍珠髮箍，眉眼冷清，正是許次輔家的姑娘許驚鴻。

她似是察覺眾人目光，不負眾望冷冷開口道：「山連水月水連山。」

鳳落梧桐梧落鳳，山連水月水連山。

「好聯！」許驚鴻同隊的姑娘們撫掌，鬆了口氣。

站在一旁湊熱鬧的貴女們跟著點頭，許姑娘的下聯，確實甚好。

許驚鴻面上全無半點得意之色，依然是冰冷冷的模樣。

蘭惜濃看了許驚鴻一眼，忽然轉頭看向杜飛雪。「杜姑娘，我認為規則應該改一改。」

杜飛雪有些意外，又不敢得罪蘭惜濃，忙問道：「蘭姑娘覺得該怎樣改？」

蘭惜濃一笑。「咱們這些人既然是京城貴女中才情最出眾的一批，出一個上聯對一個下聯未免太簡單了。我看這樣吧，一隊出了上聯，另一隊至少要對出兩個才算過關，若是對出三個，便可以加一分，等輪換時要是另一方只對出兩個，對出兩個的這一方便要罰酒，有些難度才有意思。」

杜飛雪環視眾人一眼，在蘭惜濃淡淡目光逼視下，只得點頭道：「蘭姑娘的提議，我覺得不錯，不知道大家怎麼想？」

在場的姑娘都有些自恃才氣，自是無人出聲拒絕。

改了規則，許驚鴻這一隊的姑娘們只得再想一聯，一盞茶的工夫後，寇梓墨忽然開口：「我這裡有了下聯：舟隨浪潮浪隨舟。」

「好聯，寇大姑娘果然是有急才的！」眾女紛紛讚道。

「還有第三對麼？」蘭惜濃淡淡問。她這麼一問，另一隊的姑娘們頓時沉默了。

這上聯出的本來就難，能對出下聯來已是不簡單，寇大姑娘又對出一個，再要想出第三個來，那真的太難了。

一時間長亭內鴉雀無聲，有的姑娘端起茶盞冥思苦想，有的姑娘下意識揉著手帕，任誰都知道，這個時候要是對出第三個來，那是極光彩的事。

風吹起長亭頂垂下的綠色藤蘿，把淡淡花香送進來，卻無人有閒心品味。

蘭惜濃輕笑出聲。「姊妹們可有第三對了？」

她說著，輕輕瞥了對面的許驚鴻一眼。許驚鴻手執團扇輕輕扇著，全然沒有半分焦急的模樣。

「許姑娘想出來了沒有？」蘭惜濃開口問。

眾女把希翼的目光投向許驚鴻。

首輔蘭山和次輔許明達皆是才名在外的人，這樣的書香門第養出來的女孩，自是比勳貴家的姑娘於詩書一道上強上三分。見大家看過來，許驚鴻冷淡淡道：「想不出，蘭姑娘何不問問別人？」

誰規定她的祖父是次輔，她就該會對對子了？許驚鴻心中冷笑。

「不知各位呢？」

許驚鴻這一隊的姑娘們有些心慌。剛剛雖然說了對出兩個就算過關，不用喝酒，可對出三個才能加分。她們現在對不出，萬一輪到她們出上聯時對方對出了三個，那麼依照規則，她們仍然要被罰的。

她們都是姑娘家，今天的聚會準備的是果子酒，喝一杯雖不算什麼，可若是罰一杯就臉面無光了。這樣的場合，人要的不就是一個臉面嘛，何況她們可都是自幼出類拔萃，享慣了旁人豔羡眼神的天之驕女。

「蘭姑娘容我們再想想。」有人道。

又有人悄悄拉了拉寇梓墨。「寇大姑娘，妳想出來沒？」

寇梓墨輕輕搖頭。對對子這種事，講究的是個急才，要的是靈光一閃，她已經對出一聯，哪會這麼容易再想出一聯的，畢竟蘭惜濃的上聯可不是尋常對子那麼簡單。

蘭惜濃彎了彎唇角，忽然往喬昭的方向看了一眼，出聲道：「黎姑娘——」

喬昭把大半注意力放在了歐陽微雨身上，一時沒有反應過來是在喊她。

而黎皎心中存了一鳴驚人的念頭，正絞盡腦汁想下聯，聞言下意識抬頭，應道：「噯，蘭姑娘喚我？」

蘭惜濃怔了怔，看喬昭一眼，忽然笑道：「我倒是忘了，兩位黎姑娘是親姊妹。」

這話一出，黎皎頓時鬧了個大紅臉。

滿場的姑娘中只有她不是馥山社的成員，心底本來就存了不足對外人道的自卑之意，此刻成了眾女的焦點，羞惱、屈辱在黎大姑娘心中翻騰燃燒著，燒得她恨不得昏厥過去。

可若是昏厥過去，無疑會更丟臉，黎皎只得暗暗握拳掐了掐手心，忍受著火辣辣的難堪。

她不該來的，尤其黎三加入了馥山社，她就該躲得遠遠的，免得丟人。都是黎三心思險惡，為何死死瞞著這個消息？黎皎頭一次後悔來湊這樣的熱鬧，把喬昭更恨三分。

好在這樣的尷尬沒有維持太久，蘭惜濃輕輕一笑。「既然是親姊妹，那麼都是一樣的。黎姑娘，妳的父親，是翰林院修撰吧？」

黎皎確定，這一次的「黎姑娘」是喚她無疑，可這個問題同樣讓她臉上陣陣發熱。

在場的貴女們，不是侯府、伯府的姑娘，便是什麼閣老的孫女，尚書的孫女，只她卻是個小小翰林修撰的女兒。蘭姑娘在這樣的場合提及她父親，是什麼意思？

「我聽說，令尊曾高中探花呢。令尊有這般才華，想來黎姑娘也是不差的，不知可想出了下聯來？」蘭惜濃笑問。

看著蘭惜濃不及眼底的淡淡笑意，黎皎忽然明白了：這是父親惹的麻煩，人家找她這當女兒的來還了！想到這裡，黎皎暗恨不已。

翰林院明明是天下最清貴的地方，誰家有人進了翰林院是全家都長臉的事，說不定過個二、三十年就能出一位閣老來，可偏偏她的父親卻在翰林院混成了一個大笑話！

父親到底有沒有半點腦子，時常痛罵首輔蘭山，世上沒有不透風的牆，這不就讓人記恨上了，現在還只是為難她，說不定再這樣下去就該抄家滅族了，跟歐陽微雨的父親一樣！

「黎姑娘究竟想沒想出來？」見黎皎遲遲不語，蘭惜濃略帶不耐地問道。

黎皎忍著羞惱，輕聲道：「蘭姑娘的上聯挺有難度，姊妹們已經想出兩個，我一時半會兒想不出第三個來。」

在座的又不是只有她想不出，其實也沒有什麼丟人的，不過是父親的官職和言行讓她太尷尬罷了。

「別人想不出來也不奇怪，據我瞭解，在場姊妹們的父親都不似令尊那般是探花出身呢。不都說，虎父無犬女嗎？」到這時，眾女已經瞧出來，蘭惜濃是在有意針對黎家姊妹了。

黎家姊妹二人，三姑娘是剛入社的，這位大姑娘就更好笑了，完全是憑著杜飛雪面子才混進來的，是以沒有人願意在這種情況下打圓場。

而蘇洛衣與朱顏雖是喬昭的引薦人，因剛剛蘭惜濃喊「黎姑娘」時，黎大姑娘搶答了，此刻被為難的不是喬昭，以她們的性子亦懶得多事。

此時最適合出面的是杜飛雪，可她顯然不願意為了一個表姊，得罪權傾朝野的蘭首輔的孫女，此刻竟也不發一言。

蘭惜濃呵呵一笑，輕挑的眼睛中滿是揶揄。「還是說，盛名之下其實難副呢？」

這話，羞辱的是黎光文還是黎皎，就難說了。

「鳳落梧桐梧落鳳……」一直靜靜站著的喬昭忽然開了口，把眾女視線吸引過來。

她卻渾不在意，淡淡道：「下聯我對：珠聯璧合璧聯珠。」

在眾女面露驚訝之時，她轉而一笑，定定望著蘭惜濃。「我還可以對：天連碧水碧連天；或者可以對：霧鎖山頭山鎖霧，也可以對：花滿庭院庭滿花……」

辱及父母觸到了喬姑娘的底線，她的聲音甜美，表情卻是冰冷，一連說了七、八個下聯後，淡淡道：「其實有一個下聯我覺得更合適：龍潛溪洞溪潛龍。」

四十九　迎頭還擊

鳳落梧桐梧落鳳，龍潛溪洞溪潛龍。

誠如喬昭所說，這一聯確實比其他的更合適。

喬姑娘聲音淡淡，一口氣甩出七、八個下聯，早已經把眾女震得久久回不過神來。

當她們終於回神，大部分人雖礙著蘭惜濃的面子沒有說什麼，內心卻震撼不已。

龍潛溪洞溪潛龍，蘭惜濃暗諷黎姑娘的父親沒有真才實學，教養不出有才氣的女兒，黎三姑娘這個下聯，何嘗不是給了最硬氣的回應？

翰林院修撰在世人眼裡只是個芝麻綠豆大的小官，焉知是不是龍潛溪洞，以後終有一日會翱翔於天際呢？

妙就妙在黎三姑娘不是唇槍舌劍與蘭惜濃理論，而是藉著下聯反駁了暗諷其父「盛名之下其實難副」的說辭。比起空打嘴仗的能耐，這分急智與才華，讓這些自詡高人一等的姑娘們不得不暗暗欽佩起來。

清脆的掌聲響起，眾女聞聲望去，就見許驚鴻輕輕擊了幾掌，淡淡道：「黎三姑娘好才華。」

首輔蘭山是壓在文武百官心上的一塊巨石，朝廷局勢延及宅院，這些姑娘自然對蘭惜濃有所顧忌。但再怎麼顧忌，這畢竟只是小姑娘們的聚會，真的有了矛盾，堂堂首輔也不會吃飽了撐著，因為誰搶了孫女的珠花就擼起袖子把人家父兄鬥倒，所以不同的聲音還是有的。

在場的姑娘中，次輔許明達的孫女許驚鴻，錦鱗衛指揮使江堂的獨女江詩冉，至少這二人是不看蘭惜濃臉色說話的。

其實次輔許明達一直以來在首輔蘭山面前都老老實實的，鮮少有反對聲音。許驚鴻這姑娘純粹是性子冷，不屑於玩上諂下陷那一套，倒也不是因為其祖父能與蘭首輔勢均力敵。

要真正說起來，在場眾女中，只有江詩冉的父親錦鱗衛指揮使江堂，那是連首輔蘭山見了都要客客氣氣的人。如果說蘭山是得了聖眷的弄臣，江堂則是明康帝最信任之人。

隨著許驚鴻的掌聲，彷彿平靜的湖面投入石子，打破了靜默的氣氛。

到底只是姑娘們的聚會，父兄們的爭鬥難以磨去其天性，不少姑娘都跟著鼓起掌來。

朱顏更是輕輕拍了喬昭一下，嘆道：「我一直想見一見黎三姑娘的字，沒想到黎三姑娘對起對子來，更讓人驚訝。」寇梓墨則深深看了喬昭一眼，目露異色。回文聯並不好對，能對出一個、兩個已是難得。可這位黎三姑娘卻一口氣對出七、八個來，可真是讓人吃驚。

幾年前一次偶然的機會，她曾有幸聽姑母家的大表姊這般對過對子，當時聽著，真的是熱血沸騰，心情激蕩。只可惜，大表姊年紀輕輕就香消玉殞了。寇梓墨在心中嘆了口氣，不由又多看了喬昭一眼。

蘭惜濃緊緊盯著喬昭，就在眾女以為她可能會再次為難黎家姊妹時，她卻輕笑起來。「黎三姑娘果然好才華，看來是一直藏拙了，應該早點讓妳來馥山社的。」她轉眸輕笑。「妳這當妹妹的，可比姊姊有真才實學多了。」

這話就有些意思了。

經過杜飛雪那一鬧，在場眾女都知道這位黎大姑娘自幼沒了生母，黎三姑娘的母親是續弦。那麼，是不是黎三姑娘享受了黎大姑娘沒有的資源，才會比同父的長姊強出這許多來呢？

聽了蘭惜濃的話，黎皎的臉紅得能滴出血來，才修剪過的粉嫩指甲深深掐進手心，刺痛依然不及心中的屈辱。當場對對子不比其他，這份急才是做不了假的，原來黎三一直在扮豬吃老虎，專等著給她難堪呢！

她以前暗笑繼母流水般給黎三請先生開小灶，認為是白糟蹋銀子，原來她才是傻的那一個。

喬昭站在黎皎身邊，笑道：「蘭姑娘謬讚了，只不過是人各有所長而已。我大姊的女紅出類拔萃，就是我遠遠不能及的。」

嗯，在場這些人，估計是個人的女紅都是她遠遠不能及的，所以喬姑娘可沒有妄語。

蘭惜濃揚眉，輕飄飄問道：「這麼說，黎三姑娘認同『女子無才便是德』這句話了？」

喬昭牽了牽唇角。這位蘭姑娘可要比黎皎、杜飛雪那樣的女孩子難纏多了。一個個古人道理壓下來，總是能把人置於進退兩難的境地。

她若說不認同，那就是對古人不敬；若說認同，在場眾女面上雖不會說什麼，卻把這些人都給得罪了。要知道能進馥山社的女孩子，哪一個不是因才自傲呢。

她們從骨子裡便對「女子無才便是德」這類的話嗤之以鼻，最看不起的就是大字不識的婦人。眾女都在等著喬昭回答，喬昭笑笑，絲毫不把蘭惜濃的刁難放在心上，淡淡道：「其實這句話還有上聯：男子有德便是才。蘭姑娘如何理解這句話呢？」

此話一出，眾女心中一驚，既吃驚喬昭的急智，又吃驚她的大膽。

男子有德便是才。世人誰不知道，蘭惜濃的祖父蘭山，那可是才華僅遜於已故大儒喬先生的人，可偏偏這樣一個人，卻是被忠臣良將們在背後戳著脊樑骨痛罵的大奸臣。

喬昭在此時問出這句話來，很輕易就讓人聯想到蘭首輔身上去。蘭惜濃若是慷慨激昂分析一通，哪怕分析得再精妙，在眾女心中也不過是個笑話罷了。偏偏蘭惜濃還不能因此指責人家，因為這句話一開始就是她自己拋出來的，只不過話說了一半而已。

有那父兄與首輔蘭山站在對立面上的姑娘，就在心中暗暗讚了喬昭一聲。

一直面無表情的歐陽微雨，黑湛湛的眸子閃了閃，深深看了喬昭一眼。

正如眾女料想的那般，蘭惜濃雖然鐵青著臉，卻沒有發作，冷冷道：「黎三姑娘果然蕙質蘭心。杜姑娘，活動繼續吧，該到她們那一隊出題了吧？」

「哦。」杜飛雪這才反應過來，壓下心中對喬昭的震驚，問許驚鴻：「許姑娘，這上聯由妳來出，可好？」

許驚鴻神色平淡。「其實我不擅此道，不如這樣，此聯就由黎三姑娘來出吧。」

許驚鴻說完，看向自己這隊的姑娘們，問道：「大家覺得呢？」

眾女紛紛道：「好極！」

她們不約而同看向喬昭，喬昭坦言道：「這樣似乎越俎代庖了，我並不是妳們的隊員。」

若不是因為蘭惜濃辱及父親，她沒想過出這個風頭的。而今風頭也出了，氣也出了，她又不是混才女名聲來的，想法子與寇梓墨拉近關係才是正事。

「哎呀，黎三姑娘，我們許副社長都這麼說了，妳就莫要推托了，說不定妳還能出個絕對，難一難她們呢。」

「是呀，黎三姑娘出個有難度的，才有意思。」

蘭惜濃挑了挑眉，略帶不耐地道：「黎三姑娘，不過是一場遊戲，又不是輸不起，妳這樣婆婆媽媽可沒趣。怎麼，莫非是瞧不起我們，怕妳出個對子我們沒人能對上，會為難妳？」她牽了牽嘴角，神情傲然。「妳放心吧，馥山社成立的宗旨就是讓姊妹們互相切磋，共同進步，這點容人之量，無論是我蘭惜濃還是其他人都是有的，斷不會因為才學上的長短而為難妳。」

這個死丫頭，剛剛啪啪打她的臉不是打得挺結實嗎？那樣她都沒說什麼，現在玩什麼欲擒故縱啊？

蘭惜濃話都說到這份上，又有不少貴女紛紛附和，喬昭再推托就不大好看了。她本是個灑脫的人，略一琢磨便開口道：「既然這樣，那我就出一個頂針聯。」

所謂頂針聯，便是用聯語中前一句的末字作為後一句的起字，要求句子首尾相連，環環相扣，是頗有難度的。此話一出，眾女就是一怔。

蘭惜濃剛剛出了回文聯，現在黎三姑娘又要出頂針聯，今天是怎麼了，一個比一個有難度，真是精彩又刺激，要趕上馥山社首次開社的盛況了。

只可惜，社長見不到了。不少女孩子心中驀地閃過這個念頭，忙又壓了下去。

「大家聽好。」喬昭清了清喉嚨，聲音甜糯，氣質卻偏了清冷，讓這個十三歲的少女格外引人矚目。她吐字清晰，緩緩道：「望天空，空望天，天天有空望空天。」

此聯一出，便是長久的沉默。

這姑娘是來砸場子的吧？這樣的上聯幾乎可以算是絕對了，這讓她們怎麼對？

這個時候兩隊的姑娘也不分是敵是友了，都絞盡腦汁琢磨起來。

喬姑娘悄悄彎了彎唇角。總算是清淨了，她要找梓墨表妹套近乎去。

寇梓墨既然喜歡對對子，這些人若都對不出的話，說不定就要找機會問她的，一來二去，慢慢也就混熟了。

所以說，只要能來，機會總是千方百計創造出來的，說不定還會出現更好的機會呢。

喬昭這上聯難度太高，所有人都全神貫注冥思苦想起來，一時間長亭內靜悄悄的，只聞蟬鳴雀語聲。不，平日裡那惱人午憩的蟬鳴聲，此刻都入不了姑娘們的耳裡了，有的下意識咬著唇，有的輕輕扯著帕子，還有的死死攥著茶杯，來來回回摩挲著。

滿亭子的姑娘們，反而只剩了喬昭一個局外人。

哦，應該還有一人一直冷眼旁觀，與這輕鬆又緊張的氣氛格格不入。說緊張，是因為好勝心與虛榮心一起，在場的貴女們都想對出下聯來；說輕鬆，自是因為再怎麼激烈緊張，不過是姑娘們打發時間展示自己的遊戲罷了，無關生計，無關生死，又能如何緊張呢？

只有一個人，是不同的。

喬昭垂眸，眼尾餘光去尋覓歐陽微雨的身影，這麼一掃卻吃了一驚——歐陽微雨竟已不在原處了！

喬昭忙環顧一圈，心中不由一沉。果不其然，她不知何時，已站到蘭惜濃身後去了。所有貴女注意力都放在了想下聯上，喬昭悄悄走到歐陽微雨身邊時，沒引起任何人的注意。

喬昭由此越發篤定，歐陽微雨若想對蘭惜濃做什麼，此時無疑是最佳時機。

她默默站到歐陽微雨身後，歐陽微雨或許是太過於專注將要做的事，竟也沒注意到喬昭的靠近。時間對於沉浸在想下聯的姑娘們來說過得飛快，對於喬昭來說卻慢極了。她眼珠不錯一下，冷眼盯著歐陽微雨的一舉一動。歐陽微雨顯然是緊張的，身體緊繃，面無表情，臉色卻隱隱發白，細密的汗珠從額頭滾落下來，亦無心擦拭。

喬昭默默看著，終於看到歐陽微雨從衣袖中小心翼翼掏出一個小小的紙包，夾在指尖快速一抖，白色粉末落入了放在蘭惜濃身側的茶盞中。

喬昭的眼神猛然一縮。

歐陽微雨做完了這件事，汗珠已經濕透了後背，迅速左右看看，見無人察覺，悄悄鬆了口氣，正要往後一退，忽然就見一隻素手伸到她面前，緊接著，把蘭惜濃身側的茶盞拿了起來。那隻手纖細柔美，沒有一點瑕疵，當得起冰肌玉膚，可落在歐陽微雨的眼中，卻好似見了惡鬼一般。

她猛然回頭看過去，就見剛剛還出盡了風頭的少女不知何時站在了她身後，手中拿著那杯要命的茶，面色平靜地轉了身，往亭子外走去。歐陽微雨臉色大變，抬腳追了上去。

二人一前一後去了園子裡。

日頭不知何時爬到了頂，一走出陰涼的長亭，熱浪就撲面而來。

歐陽微雨卻覺得渾身都是冷的，走在平坦的路面上好似踩在棉花上，深一腳淺一腳，彷彿所有力氣都隨著那隻手的出現而被抽空了。

喬昭在海棠樹下停下來，回過身，看著歐陽微雨。

「黎三姑娘，妳把茶杯給我！」

喬昭晃了晃茶杯裡的水，舉起來問：「歐陽姑娘，這裡面是什麼？」

歐陽微雨眼中閃過慌亂，飛快道：「茶水啊，黎三姑娘，妳拿這個幹什麼？」

「我有些渴了。」

歐陽微雨臉色一變。「這不是妳的茶杯吧，怎麼胡亂拿別人的？」

喬昭一笑。「侍女們新換上來的茶水，反正又沒人喝過。」

她說著以袖擋口，舉起茶杯往唇邊湊去。

「別喝！」歐陽微雨撲上去，劈手便把喬昭手中茶杯打落。

五十　多管閒事

茶水灑在地上，泛起一股白煙。

喬昭看著歐陽微雨，吐出兩個字：「砒霜？」

歐陽微雨勃然變色。「妳……」

喬昭低頭撿起茶杯，揚手扔進了不遠處的人工湖裡。

落水的聲音驚醒了打盹的水鳥，忙展開雙翅飛走了，掉下的幾根羽毛飄飄蕩蕩在湖面漾起一串串漣漪。

「歐陽姑娘，這茶水，是給蘭姑娘準備的吧？」

「妳看到了？」被喬昭毀滅了下毒的證據，歐陽微雨沒有生出感激之情，反而神情冰冷。「黎三姑娘，妳為何要多管閒事？」

喬昭眨了眨眼睛。

歐陽微雨上前一步質問：「莫非妳見蘭惜濃是蘭山的孫女，蘭松泉的女兒，就想討她歡心？」見喬昭不語，歐陽微雨更是激動，咬唇道：「妳知不知道她的祖父與父親做了多少惡事？蘭山殘害忠良貪贓枉法毫不手軟，蘭松泉更是陰險狡詐。我父親曾說過，蘭山陷害忠良的那些餿主意，幾乎都是蘭松泉出的！我今天要毒死蘭惜濃，妳為何要從中阻撓？」

「大概，多管閒事是學了我父親吧。」喬昭絲毫不在意歐陽微雨的激動，淡淡道。

歐陽微雨一窒，咄咄逼人的氣勢忽然洩了下去。

黎三姑娘的父親為了讓她父親留一點體面而與錦鱗衛據理力爭，落在旁人眼裡，何嘗不是多管閒事呢？她不是不識好歹的人，今天決定毒死蘭惜濃，早就存了必死之心，黎三姑娘把毒茶拿走其實是救了她，而後用這句話回她，她真的無言以對。

歐陽微雨抬手抹了一下眼睛，把淚意逼回去。她不能哭，早在父親被錦鱗衛抓走那一天，她就已經哭夠了。

「黎三姑娘，我知道妳是好心，可今天這事我希望妳不要摻和進來。我已經下了決心，今天一定不會讓蘭惜濃活著回去，妳若是再阻攔，就是助紂為虐！」

喬昭依然面色平靜，對歐陽微雨笑笑。「歐陽姑娘，其實我不大明白，想請教一下。」

「妳說。」對待喬昭，歐陽微雨的心理很微妙。

因為黎光文對她父親的援手，還有剛剛喬昭驚才絕豔的表現，以及拿走毒茶的行為，歐陽微雨潛意識中就對喬昭多了一絲信任，連她自己都沒意識到。

「歐陽姑娘剛剛說了首輔蘭山與其子蘭松泉的種種惡事，可這些與蘭惜濃有什麼關係？」

「怎麼會沒有關係？蘭惜濃若不是首輔的孫女，憑什麼過著眾星捧月的日子？她享受了祖、父輩帶來的風光，就不該承受祖、父輩帶來的代價嗎？原來黎三姑娘是這樣的爛好心！」

「並不是爛好心的問題，我就是覺得歐陽姑娘重點錯了。即便妳今日毒死蘭惜濃，於令尊的事，又能起到什麼作用？」

歐陽微雨被問得一怔，咬著唇道：「至少也讓蘭山父子體會一下，什麼是喪親之痛！」

喬昭輕笑出聲。

「這有什麼好笑的？」

喬姑娘懶洋洋靠著海棠樹，淡淡道：「我聽聞首輔蘭山與夫人伉儷情深，沒有姬妾，只生了蘭松泉一子。而蘭松泉卻與其父大相逕庭，姬妾無數，子女眾多。蘭惜濃雖然是唯一的嫡女，但對蘭松泉來說，恐怕真沒有歐陽姑娘想的那麼重要。最起碼，與令尊在妳心中的地位是遠不能比的。歐陽姑娘是聰明人，想一想，這樣的買賣划不划算？」

歐陽微雨徹底怔住了。

「更何況，令尊的事情還沒有定論，歐陽姑娘對蘭惜濃出手，焉知蘭首輔父子不會以此為藉口，對令尊更進一步下狠手呢？」

歐陽微雨渾身一震。

喬昭目光投向長亭，眸光深深。「歐陽姑娘說我多管閒事，這話說得不錯，我確實不忍看到一個青春正艾的女孩子就這樣丟了性命，那個人不只是蘭惜濃，更是歐陽姑娘妳！」

她死過，又活過來，才更知道生命的寶貴。

人不是不可以死，但至少要有價值，歐陽微雨即便毒殺了蘭惜濃，又有什麼意義呢？

蘭山父子頂多感傷一下，轉頭該陷害忠良的接著陷害忠良，該出餿主意的繼續出餿主意，為此付出代價的，只有兩個女孩子的性命，外加一群女孩子的麻煩。

「那，那要是他們害死了我父親呢？我寧死，也無法容忍害我父親的人依然逍遙自在！」歐陽微雨喃喃道。她本來抱著必死的決心毒殺蘭惜濃，聽了喬昭一番話，忽然茫然起來。

她以命換命，真如黎三姑娘所說，沒有一點意義嗎？

喬昭深深看了歐陽微雨一眼，嘆道：「如果連死都不怕，那更要好好地活著，想好到底該如何做才有價值，而不是頭腦一熱，把性命搭在這滿園錦繡的園子裡。」

歐陽微雨沉默了。

「每個人要做的事，旁人勸住一時，卻勸不住一世。歐陽姑娘仔細想想吧，我先回了。」

喬昭撂下這句花，抬腳向長亭走去，走出數步後回眸。「對了，稍後要考校我的那位江姑娘，歐陽姑娘熟悉麼？」

歐陽微雨一愣，再回神，那管閒事的少女已經飄然走遠了。

喬昭才走到長亭裡，杜飛雪就皺著眉道：「黎三姑娘，妳去哪了啊？剛剛沒找到妳，我還喊人去尋妳了。」

「去了一趟淨房，然後隨意走了走。」

「哦，那怎麼不說一聲呀？」杜飛雪抱怨道。

喬昭一本正經問：「去淨房也要報告嗎？」

「妳……」杜飛雪被噎得尷尬不已。

蘭惜濃出聲打斷：「行了，黎三姑娘，妳既然回來了，就把下聯說出來吧。」

「嗯？」

杜飛雪咳嗽一聲道：「是這樣的，兩隊都沒想出下聯來，算是打平了，就等著妳說出下聯呢。」

見眾女都眼巴巴看過來，喬昭開口道：「這對子，我是有一個下聯，但算不上好——」

「囉嗦，讓妳說妳就說好了。」蘭惜濃冷冷道。

喬姑娘抽抽嘴角，心想：這姑娘真是遭人恨，再這樣她可就放歐陽姑娘過來了啊。

「上聯是：望天空，空望天，天天有空望空天。」喬昭目光緩緩掃過眾女，最後落在杜飛雪面上，字字清晰。「我對的下聯是：求人難，難求人，人人逢難求人難。」

「好聯！」寇梓墨直接站了起來，見眾人紛紛看來，又羞紅了臉重新坐下去。

「確實是好聯！」許驚鴻輕輕拍著手。

蘭惜濃忽地笑了，問杜飛雪：「杜姑娘覺得這下聯怎麼樣？」

杜飛雪沒有反應過來喬昭看著她說的深意，雖不想給喬昭錦上添花，可眾目睽睽之下也不可能顛倒黑白，遂乾笑著道：「黎三姑娘出的對子確實精妙無雙。」

「是呀，關鍵是對得好。求人難，難求人，人人逢難求人難。」蘭惜濃緩緩重覆著下聯，目光掃過眾人，最後回到杜飛雪面上，似笑非笑道：「杜姑娘說是不？」

她蘭惜濃最看不起的就是杜飛雪這樣的人。她剛剛難為黎家姊妹是一回事，可杜飛雪身為這次聚會的主人，又是黎大姑娘的表妹，面對表姊難堪居然袖手旁觀，就讓人鄙視了。

在場眾女皆是蕙質蘭心之人，經蘭惜濃這麼一提醒，俱是反應過來，投向杜飛雪的目光便帶了鄙夷。杜飛雪當然也反應過來了，一張俏臉通紅，猛然看向喬昭，想要找她質問。可這種場合質問出來無疑更丟臉，暗暗咬碎了銀牙才把這口憋屈氣給忍下了。

眾女不自覺看向喬昭，見她面色平靜，神色淡淡，心中又是一震。

這位黎三姑娘委實是驚才絕豔，剛剛如此漂亮的化解了蘭惜濃的刁難，而後又藉著出對子的機會把杜飛雪給埋汰了。最令人叫絕的是，黎三姑娘沒有拿杜飛雪在大門口攔著不讓她進說事兒，而是暗諷杜飛雪面對嫡親的表姊被人羞辱而袖手旁觀，這樣的回擊真是漂亮得讓人無話可說，且是藉著對對子這般雅事，就更是讓人只剩佩服了。

許驚鴻目光微閃，不著痕跡掃向異常沉默的黎皎，難得生了幾分好奇。

都是文臣圈子裡的姑娘，她與黎家姊妹雖不熟絡，卻也是有些印象的，不過那印象就有些意思了：一提起黎大姑娘，腦海中自然而然想到這是個自幼失母處境艱難的善良女孩兒，而提到黎三姑娘，卻立刻生出逢高踩低、粗俗無禮的印象來。

許驚鴻勾了勾唇角。

以黎三姑娘這般才華與手段，居然會傳出這樣的名聲。呃，想必是見黎大姑娘自幼失母讓著姊姊吧？不然她真的想不出別的合理解釋了。

許驚鴻斜睨了已經成為眾人焦點的喬昭一眼，垂眸微笑。

這位黎三姑娘還真是個有意思的人。

喬昭被人強拉著坐下，對對子的活動繼續下去，長亭裡又熱鬧起來。

不知何時悄然返回長亭的歐陽微雨站在角落裡，心中一遍遍回味著喬昭的下聯：「求人難，難求人，人人逢難求人難。」這下聯，說的何嘗不是她目前的處境！

她也曾是這些貴女中的一員，吟詩作對，撫琴吹簫，日子過得多麼快活，最大的煩惱無非是今天多吃了辣明天額上冒出了痘子。

可不過是朝夕間，她的生活就天翻地覆，往常與她家常來往的親朋好友全都不見了蹤影，家人想盡辦法都摸不到錦鱗衛的門檻，連父親如今是生是死都不知道。

她最終想到的，不過是與蘭惜濃同歸於盡，讓奸臣蘭山父子痛一痛罷了。

可黎三姑娘卻告訴她，哪怕她搭上自己性命這麼做了，其實對人家來說，只不過是無關痛癢而已。

她真是不甘啊！

歐陽微雨癡癡望著喬昭，心想：要是她有黎三姑娘這般聰明就好了，一定能想出辦法來的。

想到這裡，歐陽微雨心中一動。

對了，黎三姑娘臨走時提醒她，是否與江詩冉熟悉……

歐陽微雨目光不自覺移向江詩冉。

江詩冉今天穿了一件大紅色的雀紋織錦裙，並沒有參與對對子的活動，而是坐在不遠處的石凳上，托著腮望著遠處，一副百無聊賴的樣子。

江詩冉是錦鱗衛指揮使江堂的獨生女兒，聽說那令人聞風喪膽的錦鱗衛頭子，對這個女兒千嬌百寵，要月亮不敢摘星星的，所以江詩冉才有可與公主媲美的地位。

歐陽微雨暗暗握緊了拳。她要找機會求一求江詩冉！

黎三姑娘提醒得對，與其白白搭上性命反而把家人推向更危險的境地，還不如豁出臉面求一求錦鱗衛指揮使的女兒，說不定還能打聽到父親的情況。

歐陽微雨這樣想著，忽然有一隻手覆上她的手。

「微雨，在想什麼？」原來是寇梓墨不知何時退了出來，來到她身邊。

歐陽微雨回過神來，看著好友，露出了這些日子以來頭一個真切的笑容，輕聲道：「沒想什麼，就是覺得黎三姑娘不但聰慧，面對身分遠高於她之人對家人的侮辱，還能不卑不亢還擊，是個值得結交的。梓墨姊，我父親犯了事，以後我家很難在京城立足，以後我們想見面恐怕就難了，妳往後盡量和黎三姑娘交好吧，跟這樣的人交好不會吃虧的。」

寇梓墨緊了緊歐陽微雨的手。「那些都是以後的事，我現在就是擔心妳——」

「我沒事，我想明白了。」歐陽微雨目光追隨著江詩冉，忽見江詩冉站了起來，走向眾女那裡。

「妳們可分出勝負了沒？」江詩冉不耐煩問。

她最煩什麼吟詩作對了，純粹是吃飽了撐的。

「怎麼了？」蘭惜濃挑眉問道。江詩冉把玩著繫在腰間的玉佩，笑盈盈道：「我已經想出了考校黎三姑娘的題目，妳們這裡遲遲不結束，我等得好無聊。」

聽了這話，不少人心中很是不快。明明很有意思的事竟然說無聊，可見這是個粗俗的，也就是錦鱗衛指揮使的女兒，大家不敢得罪罷了。

「結束了，江姑娘妳來吧。」蘭惜濃揮著扇子淡淡道。

有了喬昭珠玉在前的表現，後面是挺沒意思的，比起繼續對對子，她更期待看江詩冉如何折騰人。杜飛雪頓時忘了先前的難堪，嘴角輕揚。「江姑娘需要我準備什麼嗎？」

她特意把五彩籤筒裡的籤全換成寫著「江」字的，就是等這一刻呢。

江詩冉背景強硬，刁鑽古怪，以往新入社的成員被她弄哭的可不是一、兩個了。

她準備的五彩籤筒本來是打算行酒令時捉弄人的，沒想到用在了黎三這個新入社的成員身上，可見老天都看不過去黎三的囂張，給她機會收拾黎三一下。

就是不知道江姑娘會出什麼題目了。

杜飛雪無比期待起來。

「杜姑娘，貴府有演武場吧？」江詩冉問。

杜飛雪一怔，隨即點頭道：「有的。」

固昌伯府是軍功起家，傳到現在雖早已沒有子弟再上戰場，演武場卻是一直留著的。她的騎術精湛，可少不了家中演武場的功勞。

「有就好。」江詩冉目光落在喬昭身上，唇畔含笑道：「剛剛呢，我見識到了黎三姑娘的急才，還聽聞過黎三姑娘的字是頂頂好的，這些我都不懂，自然也考校不了黎三姑娘。所以呢，我今天要考黎三姑娘的題目便是——」

她頓了頓，緩緩吐出兩個字：「勇氣。」

勇氣？這個題目可真是新鮮，江姑娘會如何考校黎三姑娘的勇氣呢？

眾女面面相覷，好奇心大起。

「杜姑娘請帶路吧，咱們到了演武場再說。」

杜飛雪猶豫了一下。這花園因為要招待姑娘們早早就清場了，只留了少數端茶倒水的丫鬟，今天別說亂七八糟的人，就連打理花園的婆子們，都不許進來礙姑娘們的眼。哥哥他們知道這邊是馥山社的活動，自然也會避嫌，可演武場那邊，她卻沒有安排。

「怎麼了，杜姑娘？」江詩冉見杜飛雪站著不動，不悅地擰了眉。

「哦，請姊妹們隨我來。」杜飛雪把心一橫，抬腳領著眾女往演武場走去。

這個時候，按理說大哥他們不會去演武場的。其實就算是撞上也無妨，如今又不是以前那般對女子嚴苛，意外遇到陌生男子再避開就是了。她只是不願意讓這麼多人見到朱表哥……

可剛剛她已經丟了臉面，這個時候再拒絕，以後在這些人之中就尷尬了。

演武場離著花園不算太遠，杜飛雪心中轉著這些念頭，遙遙望見演武場上空無一人，鬆了口氣。還好，她就說這個時候大哥他們不可能來這裡的。

演武場邊上是一排架子，掛著各式兵器。

江詩冉繞著看了一圈，在場中站定，笑盈盈道：「我呢，學不來文縐縐那一套，想要考校勇氣，那就得來真的。」她說完，看向喬昭，問道：「黎三姑娘，妳敢不敢？」

喬昭面無波瀾。「願聞其詳。」

「黎三姑娘倒是爽快！」江詩冉伸手從武器架上取下一張弓，試拉了幾下，揚手道：「黎三姑娘在頭頂、肩頭放上仙桃，讓我試試準頭，可好？」

此話一出，眾女頓時倒抽了一口冷氣，有沉不住氣的當場便驚呼出聲。

江詩冉眼波一轉，笑道：「放心，咱們可以用鈍頭箭。」

眾女聽得膽戰心驚。

鈍頭箭也不行啊，這麼快的速度飛過去，要是射到了眼睛……

這樣一想，眾女頓覺頭皮發毛，膽子小的直接嚇出冷汗來。

「黎三姑娘，敢不敢試試？」江詩冉笑吟吟問，一副篤定了喬昭會認慫的神情。

面對著首輔蘭山的孫女蘭惜濃的刁難，喬昭一直波瀾不驚，可這個時候她的面色卻變了。

要說她膽小嗎？並不。

但凡江詩冉換了任意一項活動，都不會讓她猶豫退縮，可當箭靶子卻不同。

那一箭穿心的痛，這世上還有誰如她一般，體驗過又活著呢？

從前的她不善騎術，拳腳功夫亦不成，唯獨射箭能拿得出手，可自從重生以來，再見到弓箭就下意識渾身發冷，半點都不想靠近。

喬昭看著笑意盈盈的女孩子輕嘆。

這位江姑娘，可真是無意中抓住了她的要害啊！

五十一 一箭雙雕

不過——

喬昭眸光一轉，瞥了寇梓墨一眼。

她先前說過，沒有機會也要創造機會，透過寇梓墨見到兄長，那麼，還有什麼比這更好的機會呢？江詩冉給她出了天大的難題，卻同時給了她最好的機會。比起見到兄長，別的都不重要，包括她對死亡的恐懼。

「黎三姑娘要是不敢試呢，那也不打緊，反正我以前出的題目也沒人通過，照樣還是可以做馥山社社員的。」在場有運氣不好抽到過「江」字籤的幾位姑娘悄悄變了臉色，心有餘悸之下，看向喬昭的目光中多了幾分同病相憐。

「可以的。」喬昭平靜道。

眾女萬萬沒有想到喬昭敢答應，不少人驚呼出聲。

「黎三妹妹，副社長出題考校新社員，只是為了給聚會添些樂趣，並不是強制性的。妳若不願，不必勉強自己！」蘇洛衣走出來挽住喬昭的手，沉聲道。

「是的。」朱顏也站了出來。

見她們兩位副社長開口，不少人紛紛附和。

蘭惜濃牽了牽唇角，暗道：一場對對子的遊戲，倒是讓這位黎三姑娘成功打進了圈子，還真是好機遇啊。

許驚鴻則一直面無表情看著，心生疑惑：看黎三姑娘之前的行事，不像逞強之人，她這樣做意義何在呢？還是說，只是不敢得罪江詩冉？

「三妹，妳還是別逞強了，若你有什麼事，我可如何對祖母母親她們交代呢？」當了許久隱形人的黎皎開口道。

「大姊不必擔心，我相信江姑娘的箭法。」喬昭說完，謝過眾女關心，抬腳走到場中站定，淡淡道：「江姑娘，妳準備好的話，就可以開始了。」

「杜姑娘，有鈍頭箭吧？」江詩冉問。

「有的。」杜飛雪強壓下心中激動，拿出鈍頭箭給江詩冉，又命人取來桃子送到喬昭面前。

喬昭伸手拿起水靈靈的桃子，在頭頂與雙肩各放一個，就聽江詩冉問道：「黎三姑娘，妳準備好了嗎？」

「好了。」喬昭深深吸了一口氣，身體緊繃，面上卻不露聲色。

她眼睜睜看著江詩冉彎弓拉箭，對準了她。

那一瞬間，喬昭彷彿重新站到了冰冷的城牆上，成了任人宰割的魚肉。

原來有一種怕，會身不由己。

人緊張害怕時，瞳孔會放大，心跳會急速，冷汗嗖嗖往外冒，直到這個時候，喬姑娘才發覺她其實與別人沒有什麼不同，唯一能做的只有盡力克制著這些反應，不讓人察覺。

那箭對準了她，彷彿一隻無形的大手扼住了她的咽喉，讓她恨不得立刻落荒而逃。

可最終，喬昭還是挺直了脊背，把所有情緒都壓在心底深處。

今天雖然和梓墨表妹有了不錯的開始，但要按部就班，需要等待太久。可她已經等不及了，有這樣的機會出現，她必須拚盡全力抓住，在最短的時間內見見兄長。

無法相認，哪怕是聽一聽兄長的聲音，也是好的。

那箭飛來，喬昭猛然閉上了眼睛，腦海中一片空白。

頭頂上倏地一輕，隨著女孩子們的驚呼聲停止，周身一片寂靜。

喬昭顫抖著睫毛睜開了眼睛。

桃子在地上滾著，羽箭靜悄悄落在地上，好些女孩子以手捣住眼睛，一些膽大的則默默看著。

那一瞬間，劫後餘生的感覺浮上心頭。喬昭默默想，身體的本能反應，果然是靠理智難以克服的。邵明淵那個混蛋！

她暗暗罵了邵明淵一句，卻也不知道到底該罵他什麼，彷彿這樣一罵，就痛快了些。

「黎三姑娘，我射第二箭了。」江詩冉笑盈盈喊道：「先射妳左肩上的桃子，妳可別亂動，免得把桃子弄掉了。」

喬昭回神，唇色蒼白，彎出極小的弧度。「好。」

她不敢多說，怕膽怯流露於人前，可到底有心細又格外注意她的人看了出來。

歐陽微雨低聲對寇梓墨道：「梓墨姊，妳有沒有覺得，黎三姑娘其實也挺害怕的。」

寇梓墨收回目光，低聲道：「是啊，又不是只動動嘴皮子，換誰站在黎三姑娘那裡能不害怕呢？江姑娘萬一失手了，雖然是鈍頭箭也會受傷，萬一擦碰到臉上，那就更糟了。」

寇梓墨說到這裡，看著站在場中神情肅然面色蒼白的少女，忽然替她擔心起來。

歐陽微雨咬了咬唇，喃喃道：「我就是看不大明白了，黎三姑娘就算拒絕了江姑娘，其實也不要緊。先前的對對子已經讓人對她刮目相看，沒人要求她十全十美。」

剛剛在海棠樹下，黎三姑娘勸她時明明是很冷靜聰慧的人，怎麼這個時候卻有些意氣用事呢？

歐陽微雨隱隱覺得喬昭的舉動有些違和，又想不出個所以然來。而對寇梓墨來說，喬昭只是個今天才有了一點接觸的陌生姑娘，自是沒有想太多，小聲道：「大概是年少好強吧，畢竟黎三姑娘年紀還小。」

在眾女或屏息注目或悄悄議論的時候，江詩冉鬆開弓弦，第二枝箭射了出去。

這一次，喬昭沒有閉上眼睛，眼睜睜看著鈍頭箭直奔自己而來，冷汗瞬間濕透了後背。六月的天彷彿置身於寒冬臘月中，隨著鈍頭箭射中桃子，那讓她喘不過氣來的恐懼才消散了。

「江姑娘好箭法！」接連兩次分毫不差的射中，眾女心頭的緊張褪去，恢復了看熱鬧的心情。

聽到眾女的稱讚，江詩冉唇角輕揚，得意之色一閃而逝。

她敢提出這樣的玩法，自是因為對自己的箭法有信心，端看被考校的人有沒有這個膽子罷了。現在看來，黎府這位三姑娘膽子雖不算大，尚還過得去。

江詩冉斜睨了黎皎一眼，喬昭就是欺負沒娘的長姊，實在不怎麼像話，今天也算是給她一個教訓了。她收回思緒，鬆開了弓弦。

羽箭飛射而去，可很快響起此起彼伏的驚叫聲，蘇洛衣等人更是直接奔過去，口中直呼：「黎三姑娘，妳沒事吧！」

怎麼回事兒？

江詩冉呆了呆，一時之間沒有反應過來。

直到有人驚呼「黎三姑娘流血了」，她才後知後覺想到，莫非她失手射偏了？

這不可能！

江詩冉手握著弓箭，大步流星走了過去，直接把擋路的女孩撥開，看到被眾女團團圍住之人的樣子，一臉不可置信。

「射到哪了？」

一見江詩冉過來了，眾女下意識分到兩旁，目光落在她手中弓箭上，又迅疾移開。

喬昭站在人群中央，手捂著右邊臉頰，鮮血從指縫冒出，很快彙聚成小小的溪流淌過手背，染紅了素色裙衫。她的手纖細白皙，衣衫素淡，就顯得那鮮血更加刺目，又因為傷的是姑娘家最要命的臉面，讓人一眼看去則腿腳發軟。

「妳怎麼回事，是不是妳胡亂動了？」江詩冉咬著唇氣急敗壞，臉上一陣陣發熱。

「江姑娘，」清冷冷的聲音傳來，許驚鴻面無表情開口：「這個時候，不該看看黎三姑娘到底傷勢如何麼？」

蘭惜濃同樣皺了眉，問杜飛雪：「杜姑娘，府上大夫呢？還不快請過來。」

眾女紛紛附和，杜飛雪白著臉吩咐侍女去請大夫，忽聽一個少年聲音道：「飛雪，怎麼回事？」杜飛雪轉頭看，就見胞兄杜飛揚皺著眉站在不遠處，旁邊還站著幾個年紀相仿的少年，唯有兩名男子比這些少年高出半頭，正是朱彥與楊厚承。

一見到同胞兄長，驚慌失措的杜飛雪總算找到了主心骨，提著裙襬飛奔過去，煞白著臉道：「有人受傷了，我已經叫人去請大夫了。」

楊厚承眼尖，一眼掃到落在地上的羽箭，低聲對朱彥道：「該不會是射到人了吧？」

杜飛揚一聽，面色一變。

今天妹妹做東請馥山社的姑娘們在府中小聚，他是知道的，而馥山社的姑娘出身都不一般，要是真有人被箭射到，那身為主人的妹妹也要擔干係的。

「到底怎麼回事兒？誰受的傷？如何受的傷？」杜飛揚急切問道。

杜飛雪已是慌了神，聞言倒竹筒般倒出來：「就是黎三啊，她新加入了馥山社，按著規矩抽中了江姑娘來給新人出題。江姑娘要考校她勇氣嘛，就讓黎三頭頂桃子，江姑娘來射桃子，結果——」她的話才說了一半，朱彥與楊厚承已是變了臉色，大步向著眾女走過去。

「黎姑娘怎麼樣了？」楊厚承大步流星走過去，看著一群姑娘無從落腳，只得站在邊上放聲問道。他生得濃眉大眼，是不同於文秀書生的一種英氣，但京城貴女青睞的是池燦那般風流俊美、精緻如畫的人物，乍然見到一個人高馬大的年輕男子走過來，頓時嚇了一跳，忙散開去，把喬昭給顯露出來。

「黎姑娘——」楊厚承一看喬昭摀著臉頰的手上滿是鮮血，當時就變了臉色，抬腳欲要過去，被朱彥拉住。

「黎姑娘，妳莫要怕，大夫很快就來了。」朱彥拉著楊厚承在不遠處站定，安慰完喬昭轉頭便對杜飛揚道：「表弟，你讓我的小廝速速回泰寧侯府一趟，我家有上品的雲霜膏，說不定能派上用場。」

「嗯。」杜飛揚神色複雜地看形容駭人的少女一眼，忙吩咐人去通知朱彥的小廝。

「黎三妹妹，痛不痛啊？」蘇洛衣臉色發白，光滑的額頭急出了一層汗珠。

「三妹，妳傷勢怎麼樣？」黎皎啜泣起來。

歐陽微雨走過來，掏出雪白的帕子遞過去。「黎三姑娘，用這個按著吧。」

喬昭鬆開手，接過歐陽微雨遞過來的手帕，勉強道：「謝謝——」

她暗暗做了無數次的心理準備，沒想到還是痛得厲害，剛剛都已經麻木了，現在才慢慢感覺到疼。喬昭鬆開手的瞬間，右臉的傷口呈現在人前，驚呼聲頓時此起彼伏，每個看到她臉上傷口的姑娘，都嚇得臉色發白。

「天哪，竟然劃出一道口子，還是在臉上，黎三姑娘是不是毀容了？」

「看那傷口挺嚴重的，用再好的雲霜膏都會落疤的，以後黎三姑娘不好了。」

「哎呀，真是可憐——」

七嘴八舌的議論匯成雜音，像是無數蚊蠅在江詩冉耳邊嗡嗡作響。江詩冉閉了閉眼，大聲道：「都閉嘴！」場面頓時一靜，無數視線投在江詩冉身上。

江詩冉越發窩火，揚弓指著喬昭道：「肯定是她胡亂動了，不然我不會射偏的！」

眾女不發一言，心中卻在冷笑，不愧是錦鱗衛指揮使的女兒，蠻橫至此，真是無人能及了。恐怕就是公主站在這裡，面對被弄傷的女孩子都不會這麼囂張，連一個敷衍的歉意都沒有，還把責任推到受害者身上。在場眾女並不是都對喬昭有好感，但姑娘家的容貌何等重要，親眼瞧著就這麼毀了，難免心生同情，而面對江詩冉的咄咄逼人，便又生出同仇敵愾的心來。

她們這些人，不是文臣武將家的便是勳貴家的，唯有江詩冉的父親很特殊，特殊到人人敬上三分，卻難以歸到任何一派去。

喬昭彷彿成了局外人，面無表情地看著眾女對江詩冉的無聲指責。

她有些想笑，卻不敢牽動傷口，只能在心裡暗想：這樣的一箭雙雕，她還挺喜歡的。

就算她身分不及在場眾人高貴，也是官宦之女，江詩冉為了讓她難堪，提出讓她去當箭靶子，何嘗有半點考慮過她的尊嚴與感受？她若只是個真正的十三歲小姑娘，恐怕早就出醜了。

哪怕江詩冉的箭法再好，自認再萬無一失，都是對被考校之人極大的不尊重。而說到底，江詩冉提出這個題目，刁難人是其次，更重要的還是展露江大姑娘高超的箭法，博個滿堂彩罷了。

喬姑娘從祖父那裡學到了很多東西，卻從沒學過「逆來順受」幾個字怎麼寫，想踩著她尊嚴露臉的人，要真能如願才是怪了。

「妳們這是什麼意思？」江詩冉並不傻，眾女的無聲指責讓她大感難堪，偏偏不能單獨揪出哪個來質問，最後還是把矛頭對準了喬昭。「妳說話啊，是不是妳自己亂動才射偏的？」

「夠了！」楊厚承終於大怒，幾步走到喬昭與江詩冉中間，黑著臉對江詩冉道：「妳傷了人還有理了不成？是誰給了妳這麼大的底氣拿活人當箭靶子？妳爹嗎？」

楊厚承自幼喜歡舞槍弄棒，對那些公子哥們的聚會參加的少，認識的女孩子更少，江詩冉卻是自小就認識的。原因無他，太后是他姑祖母，他兒時常被叫進宮去玩，自然就認識了同樣時常進宮的江詩冉。

「你、你多管什麼閒事？」已經很久沒人敢這般對她說話了，江詩冉惱羞成怒。

「路不平有人鏟，事不平有人管，我多管閒事總比妳惹是生非強！」瞧著喬昭滿臉是血，楊厚承氣憤不已，半點面子也沒給江詩冉留。

朱顏眸光微閃，似是頭一次認識楊厚承一般，深深看了他一眼。

以往兄長的這位好友給她的印象就是大大咧咧、心無城府之人。如今看來，這樣的人也是不錯的，至少比她哥哥那乾著急得強！

朱顏瞥了自家兄長一眼。

當她傻呀，別看兄長一臉若無其事的樣子，也就是糊弄外人吧，實則還不知道多擔心呢，沒看手上青筋都蹦出來了。她就說五哥和黎三姑娘一定是認識的。

這些念頭在朱顏心裡一閃而逝，就見朱彥對她使了一個眼色。

兄妹二人心有靈犀，朱顏很快明白了朱彥的意思，上前一步扶住喬昭：「黎三姑娘，我扶妳先去屋子裡等著吧。」她離得近了，看得更清楚，忍不住咬住了下唇。

這該多疼啊，黎三姑娘居然一聲不吭！

「不用了。」喬昭開了口，看向身為主人的杜飛雪。「杜姑娘，我想告辭了。」

杜飛雪臉色一變。「這怎麼行，妳這樣回去，不是讓人笑話我們伯府嗎？」

「是啊，三妹，妳臉上流了好多血，怎麼也要等大夫處理一下傷口再回家。」黎皎跟勸。

喬昭拿帕子輕輕按著傷口，神色堅決。「不行，我必須回家再處理。」

「那不行，妳這樣是故意讓我為難。妳在我們家受了傷，就這麼回去，那別人該怎麼看我們伯府？」杜飛雪頓了一下，覺得這樣說有些無情，又補充：「何況妳先處理一下，傷口才不會感染，將來能恢復得好些。」

「在場的人都可以作證，是我要回去，不會怪罪杜姑娘的。」臉頰越來越疼了，喬昭手心冒出的汗卻是冰涼的，說完這話欠了欠身子，便要離去。

「妳站住！」江詩冉面色陰沉地攔在了喬昭面前。

讓她出了這麼大的醜，就想這麼算了？

因為疼痛，額頭上的汗珠雨一般往下落，面前的少女一張臉都是雪白雪白的，被汗珠沖刷開的血跡在臉上蜿蜒，瞧著越發觸目驚心。但少女目光依然淡然，面對咄咄逼人的江大姑娘微微一笑。「江姑娘，這次不滿意的話，下次咱們可以繼續。現在先讓我回家把傷口處理一下吧。」

「妳——」江詩冉下意識往後退了半步。

她恣意慣了，卻也沒見過一個姑娘家臉上流著血這麼淡定的，淡定得讓她心裡發涼。

喬昭依然舉止得體，朝江詩冉略一頷首，轉而對杜飛雪道：「杜姑娘，勞煩妳派人把我的丫鬟喊來。」她說完，抬腳便走，從楊厚承與朱彥身旁經過時，停下來，大大方方道謝：「多謝二位大哥。」

楊厚承腦袋一熱，脫口而出道：「黎姑娘，我送妳回去！」

連一個小姑娘都如此坦蕩，他明明算是她的朋友了，見她受傷被人欺負，卻只能礙於禮教眼巴巴看著，這不是可笑嗎？

去他娘的禮教，大不了……楊厚承回神，尷尬地想：大不了認她當妹子好了，咳咳，當媳婦實在是小了點兒，他又不是池燦那傢伙，對著這麼小的女孩子實在生不出什麼想法來。

朱彥按上楊厚承的肩膀，側頭對一直欲言又止的杜飛揚道：「表弟，讓黎姑娘這樣回去不大妥當，我們正好要回去了，就順道送送她吧。你最好和姑母說一聲，派得力的管事同去。」

杜飛雪猛然看過來，死死咬住了下唇。

朱表哥要送黎三？別人不知道，她可是再清楚不過了，朱表哥對人雖溫和有禮，卻從來不招惹這樣的閒事。

莫非……杜飛雪扭頭看喬昭一眼。莫非朱表哥對黎三另眼相待？

杜飛雪越想越心慌，看著喬昭的眼神凌厲如刀。

「好，我這就去和母親請示一下。」杜飛揚道。人是在他們府上受的傷，無論如何伯府是脫不了責任的，派個體面的管事帶著禮品登門道歉是基本的禮數。

「大哥，不用去叫管事了。」杜飛雪上前一步，開了口：「我跟著黎三姑娘去黎府好了。」

「飛雪，妳——」杜飛揚詫異揚眉。他比誰都清楚，妹妹對黎三有多麼不喜。

其實不只是妹妹，他又何嘗待見黎三呢？

一想到以往黎昭對他的糾纏和對表姊的欺辱，杜飛揚眼中厭惡之色一閃而逝，繃著唇角道：「那好，妳先送黎三姑娘回去，我去和母親說一聲。」

「表弟放心，還有我呢，我會照顧好兩個妹妹的。」黎皎適時開了口。

喬昭已經抬腳向外走去。

固昌伯府的大門外停了許多馬車，其中一輛很不起眼的青帷馬車停靠在牆角，年輕的車夫斜倚著牆壁，默默發呆。他究竟是為什麼想不開，要來當車夫的？日子好無聊，好無聊！

門口處傳來動靜，耳力甚好的小車夫晨光聞聲看去，一眼就見到喬昭用帕子捂著半邊臉走出來，臉上、身上血跡斑斑。

晨光臉色猛然一變，收起了所有慵懶，大步流星走過去。

「姑娘，您怎麼受傷的？沒事吧？」晨光目光從跟著喬昭的眾人面上一一掃過，格外冷厲。

他娘的，他雖然嫌日子無聊，可也沒盼著黎姑娘出事啊。

該死的，他又沒把黎姑娘保護好！

臉頰火辣辣的疼讓喬昭說話都費勁了，簡短吩咐道：「回府！」

「是！」晨光深深看眾人一眼，他可把這些人都記住了，回頭知道是誰害黎姑娘受傷，非狠狠敲一記悶棍不可。

什麼？不打女人？

拜託，將軍大人早就教育過，對他們來說，只分自己人和敵人，不分男人和女人！

面色發白的阿珠扶著喬昭上了馬車，見黎皎要跟上來，晨光伸手把她攔住，淡淡道：「大姑娘，車子小，坐不下這麼多人。」

晨光說完，俐落跳上馬車，一揚馬鞭，把馬車趕得跟飛一般，留給眾人一鼻子灰塵。

朱彥與楊厚承面面相覷。「似乎，是我們亂操心了。」朱彥想著喬昭臉上的傷，神色凝重道。

楊厚承盯著一路煙塵出神，好一會兒才反應過來，伸手撓撓後腦杓，嘀咕道：「子哲，你有沒有覺得那車夫有點面熟啊？好像在哪裡見過似的。」

「是麼？」朱彥若有所思。

杜飛雪跺跺腳。「真是什麼主子跟著什麼下人，一點規矩都沒有！」

固昌伯府準備的馬車已經停在面前，杜飛雪提著裙襬上車，回身道：「表哥，你們騎馬了嗎？」

「沒有。表妹快些追黎三姑娘去吧，我們就先走了。」

杜飛雪愣了愣，脫口問道：「表哥，你們不去了？」

朱彥好笑又無奈。「黎三姑娘既然已經先走了，我們就不跟著了。」

楊厚承很是不待見這位總是纏著他好友的杜姑娘，把朱彥一拉道：「快走吧，還有事呢。」

眼巴巴看著朱彥二人走了，杜飛雪提著裙角欲哭無淚。早知道，她就不自告奮勇去黎府了，那該死的車夫！

「皎表姊，上車吧。」杜飛雪咬了咬唇，沒好氣地道。

等黎皎進了車廂，杜飛雪問道：「黎三那個車夫，以前怎麼沒見過？」

「是李神醫送給她的。」黎皎心情鬱鬱。今天她實在不該來的，黎三大出風頭，她只能眼巴巴看著，反被襯托得越發平庸；而黎三出了事，她卻脫不了干係，祖母他們定會認為是她沒有照顧好妹妹。

「那位李神醫對她這麼好？連車夫都送了？」

「何止呢。」黎皎把那日喬昭收到的禮物如數家珍給杜飛雪聽。

杜飛雪聽得目瞪口呆，福至心靈道：「皎表姊，妳說李神醫還送了黎三一箱子珍貴藥材嘛，會不會有什麼寶貝啊，所以黎三才要回去處理傷口？」

黎皎心中一動。「我回去打聽一下。」

都說那位李神醫能活死人肉白骨，說不準就有什麼奇藥留給了三妹呢。

五十二　開口求人

因著喬昭這一受傷，馥山社的聚會自然是繼續不下去了，姑娘們懷著各色心情散了，停靠在固昌伯府門前的馬車陸續離去。

江詩冉還在回憶著最後那一箭，走得頗慢，忽然一人衝了過來。「江姑娘——」

驟然衝過來的人被同樣驟然出現的另一道身影攔住。

江鶴一臉嚴肅警告道：「不許靠前！」

尚未離去的幾位貴女不由得愣住。這男人是從什麼地方冒出來的？

她們下意識看了看四周，後知後覺發現此時還沒走出固昌伯府大門。那麼，這男人莫非一直隱藏在江詩冉身邊？

姑娘們的臉色頃刻變了。

這豈不是說，在她們玩樂時，旁邊還有個大男人目不轉睛瞧著？

這個認知讓幾位貴女頃刻間變了臉色。

許驚鴻冷冷問江詩冉：「江姑娘，妳能不能解釋一下，這是什麼人？」

江詩冉被問得有些尷尬，黑著臉問江鶴：「你怎麼在這兒？」

江鶴暗暗翻了個白眼。這位大小姐可真有意思，他是奉命保護她的，不在這兒在哪啊？難道他吃飽了撐的，稀罕窩在草叢裡看一幫小姑娘玩樂？

都是大人狠心，調他來保護江大姑娘，早知道這樣，他還不如繼續監視黎姑娘呢。

黎姑娘真可憐，被江大姑娘射傷了臉——射傷小姑娘的臉，就是錦鱗衛都沒這麼下狠手的啊。不能再想下去了，再想下去，他一點保護江大姑娘的動力都沒有了。

「說呀，你從哪兒冒出來的？」見江鶴不語，江詩冉惱羞成怒，抬腳踢了他一下。

「屬下奉命保護姑娘。」江鶴暗暗吸了一口氣。

他可是大人的得力手下，萬事以大人的命令為重，絕不會感情用事。

「給我滾，以後不許跟著我！」江詩冉大怒，見江鶴垂著眼一動不動，再踢他一腳道：「你是聾子嗎？滾呀，以前也沒人保護我，本姑娘不一直好好的？」

忍住！江鶴深深吸了一口氣。

算了，忍無可忍無需再忍，他還是實話實說吧！

「江大姑娘，以前不是沒人保護您，負責保護您的前一任錦鱗衛才因公殉職呢，只不過您不知道而已。」

不然他是怎麼倒楣接班的？就江大姑娘這性子，沒人保護早被人打成豬頭了好嗎？

「你、你還敢狡辯？」江詩冉可真是沒見過錦鱗衛在她面前這麼放肆的，又害她在人前尷尬，抽出腰間軟鞭就要抽去。

「江姑娘，」歐陽微雨趁機出聲道：「能不能借一步說話？」

江詩冉這才分了一點神給歐陽微雨，抬著下巴冷笑道：「妳是誰？我憑什麼和妳借一步說話？」江詩冉說完，揚起鞭子抽了江鶴一下，抬腳便往外走。

今天在固昌伯府真是處處糟心，以後再也不來這該死的地方了。

歐陽微雨見狀一直追到了大門外，江鶴攔著她道：「這位姑娘，請不要再糾纏江大姑娘。」

老天，他窩在草叢裡可是什麼都看到了，就這個嬌滴滴的小姑娘，居然往茶水裡胡亂放東西。雖然為了保護江大姑娘，他沒有跟過去瞧個清楚，但這種危險人物是絕不能讓她靠近江大姑娘的，不然出了事他也別想活了。

唉，他個人生死倒是不重要，但大人要是失去他這樣得力的手下該多傷心啊，他可不能讓大人難過。

「江姑娘，江姑娘！」歐陽微雨使勁掙扎，依然掙不脫江鶴的阻攔，眼看著江詩冉就要跳上馬車，福至心靈間脫口而出：「江姑娘還記得黎三姑娘的下聯嗎？」

江詩冉身子一頓，回過頭來，神情不耐看著歐陽微雨。「什麼？」

見有了轉機，歐陽微雨熱淚盈眶，一字一頓道：「求人難，難求人——」說到這裡，她險些哽咽出聲，強撐著沒有失態，把後面的話說完：「人人逢難求人難。」

她睜大了雙眸，定定望著江詩冉，絕望中又帶了期盼。

那絲期盼很渺小，卻好像一束光，照亮了一雙眼睛。

「江姑娘，人活在世，誰沒有遇到難處的時候？妳的舉手之勞，就是我的生死攸關，求妳聽我說幾句，無論願不願意幫忙，我都會感激妳一輩子的。」說到這裡，歐陽微雨掩面顫抖，終於落下淚來。

黎三姑娘出的這個對子，旁人只以為是還擊杜飛雪的袖手旁觀，又何嘗不是對所有人的告誡和對她的提醒呢？這句話，可能是她能夠打動江姑娘的唯一希望了。

江詩冉一腳踏在車板上，另一隻腳依然落在實地上，就這麼冷眼看著歐陽微雨哭泣，神色變幻莫測。終於，她輕輕吐出一口氣，不耐煩開口：「行了，別哭了，到底找我有什麼事，來馬車裡說吧。」

歐陽微雨大喜。

江鶴卻把人死死攔住。「不行，誰知妳有沒有帶傷人利器？」

「我沒有，我真的沒有！」夏天的衣衫本就單薄，歐陽微雨抖抖衣衫，把荷包扯下來，唯恐機會一閃而逝，不假思索便把頭上簪子等尖銳物件全都扯了下來，任由長髮胡亂披散，問江詩冉：「江姑娘，妳看這樣可以了嗎？」

「可是……」可是妳還會下藥呢！江鶴心中嘀咕道。

江詩冉瞪江鶴一眼。「夠了，就她跟弱雞似的，能傷得了我？」

大小姐的脾氣誰都惹不起，江鶴最終還是讓開，讓歐陽微雨上了馬車。

車廂裡寬敞極了，鋪著冰蠶絲織就的毯子，六月的天一進去不但絲毫不覺悶熱，反倒令人清涼舒爽。江詩冉靠在軟枕上，淡淡道：「說吧，有什麼事？」

歐陽微雨撲通跪下來：「我父親前些日子因為彈劾首輔蘭山，被天子斥責獲罪，錦鱗衛把他帶走了，至今不知道是生是死……」

「等等，」江詩冉打斷歐陽微雨的話。「妳想讓我救妳父親？」

歐陽微雨忙解釋：「不敢有這樣的妄想。朝廷上的事咱們閨閣女孩都是插不上手的，我只想求江姑娘替我打聽一下。我父親如今如何了？好讓家人心中有個底。」

聽了歐陽微雨的話，江詩冉擰眉。

閨閣女孩怎麼了？就只能吟詩作對、擺弄胭脂水粉了？

這人，忒瞧不起人了。

見江詩冉擰眉，歐陽微雨心中一沉。莫非，她不願答應？

江詩冉懶洋洋靠著車壁，瞥她一眼。「行了，我知道了，回去等消息吧。」

歐陽微雨眼睛倏地一亮，淚水忍不住洶湧而出，邊哭邊拚命道謝：「多謝江姑娘，多謝江姑娘——」

江詩冉不耐煩冷哼一聲。「別囉嗦了，趕緊收拾收拾妳自個兒吧，披頭散髮的，別人還以為我又把人怎麼著了呢。」

提起這個，江詩冉就窩火。她懶得像那些人一樣裝溫婉淑女不假，可也沒惡毒到成心把人毀容啊，以她的箭法明明不會出任何問題的，怎麼就射到黎三臉上去了呢？

肯定是黎三因為害怕亂動了，等下次再見著，她非要問個清楚明白，免得平白擔了這樣的惡名！江詩冉越想越不痛快，把歐陽微雨趕下馬車，直接回家去了。

一直隱在一旁等候的寇梓墨來到歐陽微雨身邊，一臉擔憂地問：「微雨，怎麼樣了，江姑娘答應了沒？」

重新挽好了頭髮的歐陽微雨，握住寇梓墨的手又哭又笑。「答應了，她真的答應了！」

寇梓墨跟著露出真切的笑意來。「答應了就好，她是錦鱗衛指揮使的寶貝女兒，一定能打探到伯父的消息。」

「是呀，是呀。」歐陽微雨胡亂擦著眼淚，心情激動。「我祖父他們四處奔波求助無門，我娘都急病了，沒想到我能透過江姑娘得到父親的消息。等回去告訴我娘，他們一定會高興壞了。」說到這裡，歐陽微雨又後怕起來。

倘若她真的毒殺了蘭惜濃，此時恐怕已經變成一具冰冷的屍體被抬出去了，母親他們得到消息又該是什麼情形？歐陽微雨忽然不敢往下想了，喃喃道：「幸虧了黎三姑娘……」

歐陽微雨臉色微變。「梓墨姊，妳說黎三姑娘臉上的傷能治好嗎？會不會落疤啊？要真是那樣，黎三姑娘豈不是太可憐了？」

「是呀，我也覺得黎三姑娘太令人惋惜了。」寇梓墨不自覺抬手撫摸著自己的臉，腦海中浮現一個人影。那人丰姿無雙，曾令多少女子心馳神往，而今毀了容，昔日那些愛慕的眼神悉數化作驚恐厭惡，心裡又該多難受呢？

黎三姑娘是女孩子，容貌比男子更重要，要是臉上留了疤痕，恐怕……

寇梓墨越想越覺得惋惜。

「梓墨姊，我如今深陷麻煩之中，不便隨便走動，妳若是方便，就派人打聽一下黎三姑娘的消息吧，知道她的情況，咱們也能放心些。」

寇梓墨點點頭。「說得是，回去我就派人留意著黎家的動靜，要是有了黎三姑娘的消息，就遣人告訴妳一聲。」

「嗯。」

二人這才作別。

❧

這邊江詩冉坐在馬車上，挑開車窗簾問江鶴：「你是哪個『太保』的手下？」

「屬下跟著十三爺的。」江鶴抬頭挺胸道。

「十三哥？」江詩冉一聽，盛氣凌人的氣勢頓時一鬆，嘴角忍不住翹起來。「原來是十三哥命你保護我啊？」江鶴覺得這位江大姑娘瞬間變得怪怪的，抽了抽嘴角回道：「是的。」

江詩冉擺弄著髮梢，笑吟吟問：「你叫什麼名字？」

「屬下跟著十三爺姓江，叫江鶴。」

「江鶴呀，真是個好名字，這是我十三哥給你取的吧？」

「是。」

江詩冉皺眉。這人，真是木訥無趣，比起她十三哥差遠了，十三哥怎麼會有這樣的手下？

「江鶴，我問你，十三哥是怎麼跟你說的？」

「啊？」江鶴呆了呆，完全聽不懂這姑娘的意思。

「就是……他怎麼和你說，讓你保護我的？」

「十三爺說，要是您出什麼事，讓屬下提頭來見。」

江詩冉一聽，頓時滿心甜蜜，問道：「十三哥現在在衙門嗎？」

「應該在吧。」江鶴不確定地道。

「車夫，直接去錦鱗衛衙門！」江詩冉揚聲喊完，放下窗簾不再說話了。

江鶴一臉莫名其妙，轉念一想他正要找大人報告，便也顛顛跟了上去。

衛門內的江遠朝處理完手頭的事，推開窗子眺望著院中景色，就聽一道歡快的聲音傳來：

「十三哥——」很快進來一位紅衣少女，笑靨如花，明媚可人。

江遠朝露出淡淡的笑容。「冉冉，今天怎麼有空來這裡？」

「來看你啊，要不是因為他，我還不知道十三哥派人保護我呢。」江詩冉伸手一指江鶴。

「是麼？」江遠朝嘴角含著淺笑，看向江鶴。

江鶴瞬間頭皮發麻，縮了縮脖子。大人雖然在笑，可總有種等會兒要把他剝皮的糟糕預感。

江鶴趁二人說話之際悄悄溜了出去。

「十三哥，你最近忙不忙呀？」

「還好。冉冉呢，今日馥山社聚會，玩得開不開心？」

一提起這個，江詩冉立刻皺了眉，撇嘴道：「不開心，煩死了，有人害我丟了好大的臉。」

「嗯？」江遠朝笑意淺淺看著江詩冉，一副耐心聆聽的樣子。

江詩冉心中生出幾分甜蜜，解釋道：「馥山社有個新加入的，依著規矩正好抽到我來考校她。十三哥你不知道，那人仗著有娘疼，專門欺負自幼喪母的長姊，你說這樣的人是不是很討厭？」

「是很討厭。」江遠朝輕笑著附和。

「就是呀，所以我琢磨著要給她點顏色看看，就讓她當箭靶子讓我來射桃子，看會不會把她嚇得灰頭土臉。剛開始倒是好好的，誰知第三箭時她胡亂動，結果就射到她臉上了。」江詩冉越想越煩，嘟著嘴道：「十三哥，你是知道我的箭法的，那麼近的距離射桃子，怎麼可能射偏了？她這不是害我出醜嗎，還要被人在背後說我惡毒。」江詩冉搖了搖江遠朝衣袖，撒嬌般問道：「十三哥，你說我冤枉不？」

江遠朝微長的眸子半眯起來，讓人看不出任何情緒，嘴角依然掛著溫和的笑意，語氣帶著一絲寵溺。「是很冤枉，不過想來是那位姑娘嚇壞了，傷到臉也得到了懲罰，冉冉就別再和她生氣啦。」

「不行，十三哥，你派人替我去打聽一下，看她怎麼樣了。要是敢胡亂傳我的壞話，我饒不了她！」

「是誰家的姑娘？」

「她父親好像是個小修撰，姓黎。她是黎府的三姑娘。」

五十三 靈藥治傷

江遠朝嘴角的笑意瞬間凝固。

「十三哥？」

「嗯，我知道了，會派人去打探的。」

江詩冉甜甜笑起來，挽著江遠朝胳膊道：「我就知道，十三哥對我最好了。」

江遠朝垂眸，落在少女的手上。少女的手豐柔白皙，美好至極。

他別過眼，貌似不經意間問道：「那位姑娘的臉，究竟傷得如何呢？」

江詩冉皺了皺眉。「流了好多血，我都沒瞧清楚，不知道會不會毀容。」

「這樣啊。」江遠朝笑了笑，輕輕掙開江詩冉的手，語氣溫和。「我這裡還有很多事要處理，冉冉，妳先回去吧。」

「好吧。」江詩冉依依不捨道別：「十三哥，那你今天早些回去啊，我心情不好，你要陪我。」

江遠朝輕輕頷首。「好。」

見他答應，江詩冉忍不住嘴角翹起，滿心歡喜出去了。

等江詩冉一走，江遠朝唇畔的笑意頃刻間收起，吩咐門外的屬下：「去替換江鶴護送江大姑娘回府，讓江鶴滾來見我。」

不多時，江鶴顛顛跑進來。「大人，您找我？屬下正有事向您彙報呢。」

江遠朝坐在太師椅上，背靠椅背，面無表情看著江鶴。

大人居然沒笑！江鶴心中一咯噔。可他沒幹什麼呀？

「不是說讓你滾進來嗎？」江遠朝涼涼開了口。

「啊？」

「出去，重來！」

江鶴眨眨眼。「大人？」還真滾啊？

「嗯？」不笑的大人好可怕，他還是「滾」進來好了。

江鶴忙夾著尾巴退出去，往地上一躺，滾著進來了。

他一直滾到江遠朝腳邊，才一個咕嚕翻起身來，抱著江遠朝大腿委屈道：「大人，您是不是心情不好啊？要是心情不好您可說出來啊，讓屬下知道誰惹您心情不好，屬下抽他去！」

「那你抽吧。」

「嗯？」江鶴吃了一驚。「大人，屬下可不能抽您，下不去手啊！」

江遠朝氣得半天沒說話，過了一會兒，他朝江鶴伸出大拇指。

江鶴不好意思撓撓頭。「這是怎麼說的，屬下也沒幹什麼啊，當不起大人如此誇讚。」

江遠朝又涼涼開口：「江鶴，你是頭一個保護江大姑娘被她知道的！」

他一定是腦子抽風了，放著馬桶不讓這蠢貨刷，讓他去保護江詩冉！

江鶴一聽才知道又犯錯了，抬手啪啪打了自己兩個嘴巴，眼巴巴瞅著江遠朝。

江遠朝揉了揉眉心，無奈道：「說吧，今天到底怎麼回事兒？」

江鶴忙把在固昌伯府的所見所聞從頭到尾講了一遍，說完還不忘總結一下：「大人，屬下今天可是大開眼界，那些姑娘們實在太會玩了。」嘖嘖，他以後還是娶小家碧玉吧，大家閨秀都好可怕！

江遠朝沉默了一會兒，問：「黎姑娘……她傷得究竟怎麼樣？」

江鶴撓撓頭。「當時那些姑娘都圍過去了，後來黎姑娘又一直用帕子摀著臉，屬下沒瞧清楚，不過黎姑娘流了好多血啊，屬下估摸著，十有八九毀容了。」說到這裡，江鶴有些同情，嘆道：「黎姑娘那麼漂亮的小娘子，毀了容多可惜啊，以後怎麼嫁人呢？哎呀，大人，您不知道，江大姑娘讓黎姑娘當箭靶子，黎姑娘毫不猶豫就答應了。不過屬下看得出來，黎姑娘還是挺害怕的，站在那裡手都在抖呢，瞧著怪讓人心疼的。」

江遠朝冷冷看了江鶴一眼。「廢話這麼多！」

江鶴忙低下頭，不敢說話了。大人今天真的心情不好，他可以確定！

「你去一趟黎府，悄悄打探一下黎姑娘傷勢如何。」

「是。」

眼看著江鶴要出去，江遠朝不放心補充一句：「再辦不好，你就給我刷一輩子馬桶！」

等江鶴也出去了，江遠朝手扶著扶手，輕輕搖了搖頭。

那小姑娘精靈古怪，如何會讓自己陷入那般困境的？總覺得她不是那種會吃虧的性子，難道真毀容了？

江遠朝腦海中浮現少女淡然淺笑的樣子，心中莫名有些煩悶，站起身重新走到窗前。

窗外青竹成林，望之令人心曠神怡，江遠朝忽然沒有了回江大都督府的心思。

再精靈古怪的女孩子，遇到義妹，恐怕都束手無策吧。

一力降十會，在絕對的地位面前，聰明才智又有多大的發揮餘地呢？

就是有些可惜了那小姑娘，江遠朝想。

小巧的青帷馬車在黎家西府前停下，晨光跳下馬車，揚聲道：「姑娘，到了。」

車門簾挑開，阿珠扶著喬昭走出來。

「直接回雅和苑。」喬昭叮囑阿珠。

她這個樣子，讓老太太瞧見，非嚇昏過去不可。

「是。」

主僕二人逕直回了雅和苑，喬昭右臉頰已經腫起來，說話越發艱難，她抬手指了指西跨院。

阿珠會意，以身體擋在外側，扶著喬昭穿過月亮門進了西跨院。

西跨院裡那棵石榴樹結了許多石榴，沉甸甸壓彎了枝頭。

冰綠正繞著石榴樹來回走，想要尋一顆大點的石榴吃，奈何這個時節石榴果還很青澀，找了好一會兒沒找到，只得失望轉身。

小丫鬟一眼看到了血流滿面的喬昭，呆愣了一瞬間後，尖叫聲響破雲霄：「天呀，姑娘，您怎麼受傷了！」

喬昭很想抽嘴角，奈何臉太疼做不到。

片刻後，何氏從月亮門衝進來。「昭昭哪裡受傷了？」

話音才落，就看清了喬昭的模樣，很快第二道直沖雲霄的聲音響起：「老天，我的昭昭呀，妳這是怎麼啦！」

頭暈目眩中，喬姑娘默默想，很好，這下子老太太也該知道了。

何氏抱著喬昭大哭，把冰綠擠到一邊去，冰綠急得跳腳，一眼看到阿珠，罵道：「阿珠，妳這個混帳，妳是怎麼跟著姑娘的？姑娘出門好好的，傷成這樣回來，妳還有臉跟著回來？」

阿珠面色蒼白，神情依然冷靜，沒有理會冰綠的質問，勸道：「太太，還是把姑娘扶進屋去，問問姑娘接下來該怎麼辦吧。」姑娘堅持回來，定然有自己的想法。

何氏這才反應過來，對冰綠喊道：「還愣著幹什麼，趕緊請大夫去！」

阿珠去看喬昭。

喬昭卻沒有任何反應，默許了。

阿珠眸光微閃。

姑娘的反應有些奇怪，如果是這樣，又何必撐著回到家裡再請大夫呢？

這邊雞飛狗跳去請大夫，青松堂那邊，鄧老夫人很快得到了消息，直接就來了雅和苑。

「何氏，昭昭怎麼樣了？」

何氏眼睛都哭紅了。「大夫正給昭昭清理傷口呢。我的昭昭啊，臉上那麼大的傷口，該多疼啊！我連看都不敢看，一看心都碎了。」

「我去看看！」鄧老夫人抬腳走進去。

鄧老夫人進去時，大夫正好清理完，於是一眼便看到了喬昭右臉頰上驚心動魄的傷口。

鄧老夫人當即倒吸一口氣，手忍不住發起抖。

「大夫，請給我孫女用最好的藥，無論花多少錢都無妨。」

大夫搖搖頭。「令孫女臉上這道傷口太深了，用再好的藥都會落下疤痕。」

跟進來的何氏一聽，直接撲過去揪住大夫衣袖。「大夫，求求你了，一定想辦法不能讓我女兒臉上落疤啊！」大夫傻了眼，忙掙脫何氏的手解釋：「這個實在無能為力，不是花多少錢的事。」

「我去東府！」鄧老夫人忽然開口道。

「老夫人？」何氏不明所以。

「我去問問鄉君，有沒有宮中賞的雲霜膏。」

專供皇家的雲霜膏對外傷疤痕效果極好，歷來是最受各家歡迎的恩賞之一，東府的姜老夫人手中定然是有的。

大夫出言打斷二人的話：「老夫人，您所說的雲霜膏老夫也接觸過，實話說，就是最上品的雲霜膏，都沒辦法讓令孫女不落疤的。」

事關寶貝女兒，何氏當然捨得花錢，請來的是京城最有名的大夫，這樣的醫者自然是有門路接觸到雲霜膏。大夫這話一出，鄧老夫人臉色頓時一暗，心道：三丫頭真是可憐，許是天意如此，三丫頭毀了臉，以後更不可能嫁人了。好在何氏疼女兒，她也不介意白養一個孫女，以後提點著輝兒那孩子，別薄待了這個妹妹就是了。

何氏一聽，抱著喬昭放聲大哭。「昭昭，妳別怕，娘就是散盡嫁妝，遍請天下名醫，也要把妳的臉治好！」

大夫抽抽嘴角，開口道：「太太，您能不能讓一讓？老夫要給令愛上藥了。」

何氏聞言鬆了手，眼淚像斷了線的珠子般往下落。

喬昭終於開口：「我想起來了，李爺爺給我留了治療疤痕的藥。阿珠，妳去庫房把藥材箱子最底下的那個白玉盒子拿來。」

阿珠聞言立刻去了，喬昭向大夫欠欠身。「多謝大夫替我清理傷口，上藥就不必了，我有更好的藥。」大夫一聽，很是不悅，立刻看向鄧老夫人。

鄧老夫人忍不住問：「昭昭，那真的比雲霜膏還好？」

「當然，就是最上品的雲霜膏，也不及它萬一。」

鄧老夫人聽了，將信將疑。李神醫雖然有能耐，可醫者有專攻，從沒聽說他有治療疤痕的奇藥啊。

「至少比普通大夫的藥好多了。」喬昭貌似無意道。

大夫抖了抖鬍子。這小丫頭片子什麼意思啊？普通大夫？他可是京城名氣大大的醫者，若不是因為這把年紀了懶得進太醫署受束縛，就是混個太醫當當也是沒問題的。他是普通大夫？

何氏哪有心思看大夫臉色，聞言忙點頭道：「對、對，昭昭乾爺爺給的藥，再怎麼樣也比醫館裡那些普通大夫強，藥可不能亂用。」

不愧是母女，說話都是一樣的氣人，他是普通大夫？

「老夫人……」大夫看向鄧老夫人。

鄧老夫人同樣把心思放在喬昭的臉上，哪有餘力安慰老大夫受傷的心靈，點點頭道：「說得也是，那就用昭昭手上的藥吧。」

大夫一聽險些氣歪了嘴，抖著鬍子道：「老夫人，令孫女傷的是臉，若是胡亂用藥，又是這樣炎熱的天氣，萬一感染化膿了，那可就更糟糕了！」

鄧老夫人連連點頭：「大夫說得是，藥確實不能亂用。」

大夫總算氣順了些。就說吧，那母女倆是不懂事的，還是上了年紀的人穩重。

「姑娘，藥來了。」阿珠手捧著一個巴掌大的白玉盒子進來。

「快給三姑娘上藥！」鄧老夫人催促道。

大夫一口氣險些沒上來，嘴都氣歪了。「胡鬧、胡鬧！」

何氏忙遞過去一個荷包。「大夫您別生氣，該給的銀子我們一分不會少的。」

「不必了，老夫告辭！」沒等何氏說完，大夫就黑著臉拂袖而去。

大夫才出去，青松堂的紅松來報：「老夫人，大姑娘和固昌伯府的杜姑娘一起回來了。」

杜姑娘？

鄧老夫人眼神微閃，這才顧上問阿珠：「阿珠，三姑娘是如何受傷的，妳仔細道來！」

阿珠撲通跪下來。「婢子去了固昌伯府，就和各府姑娘們帶來的丫鬟一樣，被留在前邊吃茶了，並沒有在身邊陪著姑娘。後來有人喊我過去，才知道姑娘傷著了。婢子聽旁人議論說，是錦鱗衛指揮使的女兒江姑娘考校姑娘，讓姑娘當箭靶子……」

「真是欺人太甚！」鄧老夫人聞言，面沉如水。

何氏更是勃然大怒。「錦鱗衛指揮使的女兒？錦鱗衛指揮使的女兒就能這樣對待我的昭昭嗎？就是公主都沒這麼刁蠻的！不成，我要去告御狀！」

「何氏！」

何氏眨眨眼，眼淚直流。「老夫人，您要攔著我嗎？那一箭射在昭昭臉上，比射在我心上都疼啊，要是不替昭昭出這口氣，我就活不下去了！」

喬昭心頭一震，看向何氏。冰綠正給她上著藥，這麼一動，頓時碰到了傷口，疼得喬昭低呼一聲。

「哎呦，姑娘，您別動啊！疼吧，婢子給您吹吹。」冰綠湊近了喬昭的臉，輕輕替她吹氣，眼中淚汪汪。喬昭彎起嘴角，看著何氏輕聲道：「沒，不疼……」

就聽鄧老夫人開口道：「事情當然不能就這麼算了！何氏，妳先去前邊打發了固昌伯府的姑娘，等回來再說。」

五十四　祖母震怒

「嗳，我這就去。」何氏氣勢洶洶走了。

鄧老夫人彎了彎唇角。她讓棒槌兒媳婦去打發固昌伯府的姑娘，絕對是人盡其才。

不管怎麼說，三丫頭是在固昌伯府受的傷，還是傷到了最要命的臉面，哪怕有神醫給的藥，誰能保證一定不落疤？

身為舉辦這次聚會的主人，讓客人受了傷，難道提著兩盒子破爛上門來說一聲道歉就完了？呸，他們黎家才不稀罕！老太太撫了撫心口，忽然覺得有個這樣的兒媳婦也不錯，至少遇到這種事不用擔心當包子，更不用擔心旁人看法。畢竟，誰和一個棒槌較真呢！

鄧老夫人收回思緒，看向喬昭。

喬昭右臉頰的傷口已經塗了一層半透明的藥膏，白皙的臉上橫著一道猙獰血痕，生生毀了半邊容顏。可少女依然是平靜的，甚至乍一看去，都感覺不到她會疼，只有悄悄握起拳頭的手背上凸起的青筋，掩藏不住真實的感受。

鄧老夫人頓時心疼不已。「妳這孩子，疼就說出來啊。」

喬昭臉上敷了藥，不敢亂開口，只得眨眨眼。

鄧老夫人別過頭去，壓下湧上眼底的淚意，回過頭來肅容道：「昭昭，妳放心，咱們家雖不是高門大戶，可也不能讓妳受了這樣的委屈，就這麼算了！」

「祖母……」喬昭忍不出吐出兩個字。

鄧老夫人輕輕撫著喬昭的髮，阻止她繼續說話。「三丫頭，妳想說什麼祖母都知道，但不是遇到什麼事都要忍氣吞聲的。就妳父親那個翰林院修撰，當不當的沒什麼意思。如果他為了保住那芝麻綠豆大的官職卻護不住自己的女兒，祖母第一個饒不了他！」

喬姑娘的眼睛彎了彎。看來還是父親大人太給力，混了十幾年翰林院修撰，終於混成光腳的不怕穿鞋的了，還從來沒聽說錦鱗衛把一個小翰林治罪的。

冰綠剪了紗布，要給喬昭把傷口遮住，被喬昭避開。

「姑娘？」冰綠一臉不解。

阿珠知道喬昭說話困難，遂解釋：「天氣太熱，敷上紗布更容易化膿。」

冰綠悻悻放下紗布，想想又不服氣，翻了個白眼道：「看妳能的，妳這麼能怎麼沒保護好姑娘呢？要是換我去，誰敢射姑娘我先給她一腳再說。」

喬昭輕輕碰了碰阿珠。阿珠會意問道：「姑娘，您是不是累了？」

喬昭點頭。

「昭昭，那妳歇著吧，祖母去前邊看看。」

❦

何氏去了前邊待客廳，一進門就見黎皎正陪著杜飛雪喝茶，當下火氣就上來了，腳底生風走到二人面前。

「母親……」黎皎忙放下茶杯站起來。

杜飛雪站起來，矜持向何氏欠了欠身。「何夫人，三姑娘今天在我們府上受了傷，實在是抱歉。

我來看看她情況究竟如何了，這是我們府上準備的一些補品藥材，許有用得到的地方——」

何氏聞言大怒，拎起杜飛雪帶來的兩個禮盒就扔了出去。

「何夫人，您這是什麼意思？」杜飛雪臉騰地紅了。

黎皎的母親早早歿了，杜飛雪作為黎皎的嫡親表妹，偶爾來黎府玩耍，鄧老夫人為了讓伯府那邊明白黎家沒有薄待黎皎，都是把杜飛雪當嬌客對待，杜飛雪在黎家何嘗受過這般屈辱。

「我們不稀罕這些，我就想問問，我女兒是怎麼受的傷？」

「何夫人，您這樣不覺得太失禮了嗎？」

「我失禮？杜姑娘，妳來我們家不是一次兩次了，我再失禮也沒讓妳毀了容回去吧？」

杜飛雪一聽不快了，忍著惱怒解釋道：「是三姑娘運氣不好，偏巧抽到了江大姑娘。」

「妳放屁！」何氏破口大罵，一手扠腰，一手指著杜飛雪，就差把手指頭戳到她腦門上，「照妳這麼說，還活該我們昭昭倒楣了？別人我不管，我就問妳，妳是今天聚會的主人不？」

「是又怎麼樣？」杜飛雪不自覺後退幾步。

黎三的娘真的太粗魯了、太野蠻了，她還是第一次聽人這麼罵的！

「妳也知道妳是這次聚會的主人，那有人提出這樣危險的遊戲，妳為何不盡主人的責任攔下來？難道有人在妳府上殺人，妳也旁觀叫好嗎？」

「那、那是江姑娘，錦鱗衛指揮使的女兒，我怎麼攔著？」杜飛雪氣急敗壞地辯解道。

何氏冷笑一聲。「所以是因為江姑娘的爹位高權重，妳才袖手旁觀嗎？既然如此，現在又裝什麼好心來送禮？是為了聽我們說一聲原諒，再得一個懂事的好名聲？我呸，妳休想。妳現在就給我滾出去，以後再敢登黎家的門，我就關門放狗！」

「妳、妳，妳真是粗俗！」杜飛雪再任性也是勳貴家的姑娘，哪裡見過何氏這樣的，氣得嘴唇發抖。「我來不來黎府，妳又做不得主——」

何氏抄起放在高几上的雞毛撣子就打過去，邊打邊罵：「我做不得主？死丫頭片子，今天我就讓妳瞧瞧，至少我的手我能做主！」

杜飛雪連連躲避，黎皎衝上來護住杜飛雪道：「飛雪表妹，妳先回去吧，先回去吧！」

杜飛雪狼狽逃離了黎府，只覺把一輩子的臉都丟盡了。

頂著何氏噴火的眼神，黎皎跪下來道：「母親，都是我的錯，我沒有照顧好三妹……」

何氏看也不看黎皎，扔下雞毛撣子抬腳就走，經過黎皎身邊時甩下一句話：「怪不著妳，原就沒指望過妳。」黎皎望著何氏離去的背影，咬了咬唇。

何氏一腳踏出門口，迎上鄧老夫人，急切問道：「老夫人，您說該怎麼辦？只要讓害昭昭的人得到報應，您讓兒媳幹什麼都行！」

「第一件事，先去通知老大和輝兒，讓他們都回來，沒的府上姑娘受了欺辱，當男人的還渾不知情的；第二件事，恰好明天是昭昭去疏影庵的日子，派冰綠去疏影庵說一聲，昭昭被人毀了容，明天去不成了；第三件事——」鄧老夫人緩了口氣。「妳回去照顧好昭昭，我去錦鱗衛衙門口靜坐去，等老大他們回來，記得讓他們輪流給我送飯！」

何氏聽得目瞪口呆，好一會兒張張嘴道：「老夫人，還是讓我去吧！」

「妳不行，今天這事兒我怎麼安排，妳就好好聽著！」鄧老夫人難得聲色俱厲。

「噯，兒媳知道了。」關鍵時刻，何氏覺得老太太應該比自己靠譜，遂不再爭辯，忙去安排事情了。隱在門口的黎皎，把鄧老夫人與何氏這番話聽個清清楚楚，臉色當即就變了。

祖母怎麼能去錦鱗衛衙門？

父親的官職怎麼辦？二叔的官職怎麼辦？要是得罪了錦鱗衛，丟官都可能是輕的，說不準要家破人亡的。祖母怎麼能為了黎三這麼做？難道要一家人為了黎三的毀容陪葬嗎？

黎皎急得如熱鍋上的螞蟻，想衝出去勸鄧老夫人，又知道祖母平時雖和藹隨意，可一旦下定決心要做的事，憑她是攔不住的，只會白白落一頓責罵而已。

黎皎眼珠一轉，抬腳直奔錦容苑。

錦容苑裡青澀的海棠果壓彎了枝條，劉氏閒來無事，正指點兩個女兒繡花。

彼時陽光明媚，四姑娘黎嫣與六姑娘黎嬋，分別坐在海棠樹下鋪著錦墊的石凳上，手中各拿著一個花繃子，年紀大些的少女聽得專心致志，年紀小些的女孩則一副百無聊賴。

劉氏伸手敲了敲黎嬋腦殼，數落道：「就知道走神，妳也不小了，依然學什麼都不上心，以後可怎麼辦啊？我跟妳們說，這些日子我冷眼瞧著，妳們想要超過三姑娘的地方，恐怕只有女紅了——」

劉氏話音才落，有丫鬟稟告道：「太太，大姑娘來了。」

劉氏一眼看到站在院門口的黎皎，直起身來。「大姑娘來了，有什麼事嗎？」

黎皎對劉氏一福。「二嬸，您知道三妹出事了嗎？」

劉氏心中一咯噔。糟糕了，三姑娘又出事了？這回輪到誰倒楣了？

顧不得追問，劉氏忙扭頭喊道：「嫣兒、嬋兒，妳們先回屋待著去！」

黎皎懵了。二嬸這是幹嘛啊？她還沒說什麼事呢，就讓四妹她們躲起來了？

劉氏回過頭來。「行了，大姑娘現在跟我說說，三姑娘出什麼事了？」

「今天三妹參加馥山社的聚會——」

才走到屋門口的黎嫣竄了回來。「三姊加入馥山社了？」

黎皎一陣心塞。劉氏瞪黎嫣一眼。

黎嫣央求道：「娘，就讓我聽聽吧，我保證不出院門口。」

劉氏這才點頭，看向黎皎。黎皎已經完全摸不清狀況了，抿了抿唇快速說道：「按著規矩要由副社長考校新人，三妹抽到了錦鱗衛指揮使的女兒江詩冉，江詩冉提出射箭，結果射到了三妹臉上。三妹毀了容，祖母大發雷霆，現在要去錦鱗衛衙門前靜坐了！」

劉氏聽得一愣一愣的，眨眨眼。「然後呢？」

「然後？」黎皎一口氣險些沒上來。合著她跑來說這個，二嬸以為聽故事呢？這個時候，難道不該大驚失色，跟她一起去勸祖母嗎？

「這麼說，那位江姑娘惹了三姑娘？」

「是——」黎皎下意識點頭，忙改口：「不是，二嬸，您沒聽我說清楚嗎？祖母要去錦鱗衛衙門前靜坐了！」

「聽見了啊，所以還是那位江姑娘惹到了三姑娘？」劉氏同樣覺得黎皎語無倫次，心中鬆了口氣，看樣子這次府上應該沒人倒楣了。

黎皎瞠目結舌。「二嬸，您怎麼還沒明白，那是錦鱗衛衙門啊，祖母惹怒了他們，咱們該怎麼辦呀？」

「大姑娘別怕，老夫人向來比咱們想得周全。」劉氏不以為然道。

黎大姑娘簡直不敢相信，平時和繼母針鋒相對的二嬸是這麼心寬的人，跺跺腳道：「二嬸，您知道這事就好，我先告辭了。」

見黎皎風風火火走了，劉氏揚聲道：「嬋兒，妳也出來，我帶妳們去看看三姑娘。」

黎皎離開錦容苑，想了想，直奔喬昭住處。

喬昭已經說不出話來，正以筆代口，吩咐阿珠事情。

黎皎衝了進來，氣喘吁吁。「三妹——」

喬昭放下筆，眉眼平靜看著她。那一刻，黎皎莫名生出自慚形穢的感覺。

明明被毀容的是黎三，為何是她更顯得狼狽？這個念頭只是一閃而逝，黎皎緩了一口氣道：「三妹，家裡要出大事了，現在只有妳能勸住祖母了！」

喬昭眨眨眼表示疑問。

「祖母要去錦鱗衛衙門靜坐，還要父親和三弟給她送飯，為妳出氣！」

喬昭眸光微閃，心中一暖。

現在的家人，原來會為子女做到如此地步，她何其有幸重生於此家。

「錦鱗衛衙門是什麼地方，妳該知道的。祖母要真這麼做了，咱們家會惹來大禍的！三妹，妳該不忍心因為妳，讓咱們家遭受這樣的厄運吧？」

喬昭抿了抿唇。

「哎呀，三妹，妳快隨我去攔一攔祖母吧，晚了就來不及了。」黎皎拉起喬昭就往外走。

喬昭掙脫黎皎的手，向阿珠指了指紙筆。阿珠會意，帶上紙筆等物，隨喬昭一同去了青松堂。

鄧老夫人剛剛收拾好，一見姊妹二人一道進來，問道：「妳們怎麼一起來了？昭昭，妳怎麼不好好養著？」

黎皎在一旁開口道：「祖母，三妹聽說您要去錦鱗衛衙門前靜坐，很是著急，就趕了過來。」

鄧老夫人面色微沉。「昭昭，我說過，現在是大人的事了，妳莫要多想，趕緊回屋養著才是正經！」

喬昭指指自己的嘴，示意現在說不出話來，從荷包裡摸出個翠綠色的玲瓏葫蘆瓶遞過去。

鄧老夫人接過來，面露不解。

喬昭接過阿珠手中紙筆，在桌几上攤開，龍飛鳳舞寫下一行字，拿起來給鄧老夫人看。

黎皎掃了一眼，險些氣炸了肺，只見紙上寫著：「祖母，帶上這瓶清涼油，以防中暑。」

鄧老夫人愣了愣，隨後大笑。「好丫頭，祖母知道了。」

鄧老夫人帶著丫鬟婆子揚長而去，留下黎皎險些撞牆，伸手死死抓住喬昭手腕，質問道：「三妹，妳這是什麼意思？妳怎麼能如此自私，為了能讓自己出口氣，竟置一家人的安危於不顧？」

喬昭伸手把黎皎抓住她另一隻手腕的手拂開，依舊面色淡然。

「三妹，我知道妳自幼享盡母親的寵愛，沒受過這般委屈，可妳好歹替全家人想一想啊！為了替妳出氣，付出這般大的代價值得嗎？算我求妳了好不好，妳現在追上去攔住祖母，還來得及的。」

黎皎是真的怕了，又恨又怕，既恨祖母他們為了喬昭做到如此地步，又怕惹到錦鱗衛真的遭了殃，落到淒慘境地。

喬昭搖搖頭，提筆又寫下一段話。

黎皎湊上去瞧，只見紙上寫著：「這世上，有的事能攔，有的事不能攔。」

黎皎完全莫名其妙：「這是什麼意思？難道今天的事，妳認為不該攔？三妹，說到底，妳就是嚥不下這口氣，是不是？」

喬昭低頭再寫下一行字：「對，今天的事不能攔，這樣的事攔多了，會把脊樑攔彎的。」

容貌對女孩是何等重要的事，如果自家才十三歲的女孩被人當箭靶子毀了容，這家的父母兄長連一聲都不敢吭，從今往後，還有什麼人會把這家人放在眼裡？這家的男人以後真能挺直了腰板做人嗎？

鄧老夫人是替她出氣，但也不只是替她一個人出氣，可以想像，換作家中任何一個晚輩受了這般罪，老夫人都會這麼做的。

「脊樑攔彎？」黎皎怔怔念著這幾個字，心中隱隱明白喬昭的意思，又難以理解。「什麼亂七八糟的！」

這一次喬昭寫下的話更簡短，只有三個字：「妳不懂。」

黎皎被噎個半死，顧不得維持素來懂事有禮的形象，惱羞成怒道：「三妹，妳就是不打算勸祖母了是吧？妳有沒有想過，如果祖母、父親他們真的為了妳得罪了錦鱗衛，該怎麼辦？」

喬昭再寫下一行字：「那是我的事。」

她不會攔著父母長輩為受了委屈的子女出氣，也不會讓錦鱗衛禍害家人。

錦鱗衛指揮使江堂？她不介意去見一見這位令人聞風喪膽的錦鱗衛頭子。

喬昭抬腳，從黎皎身邊走了過去。

五十五　抗議不攔

先一步走出黎府大門的老大夫拎著藥箱，氣得腳底生風，幾縷鬍鬚一飄一飄的，走到半路被人攔住。

「大夫，請問黎府三姑娘臉上傷勢如何？」

老大夫有些吃驚，怎麼還有人打聽這個？

問話的人見老大夫不語，忙把一塊銀子塞進老大夫手裡。「沒別的意思，就只是打聽一下黎府三姑娘的情況。大夫，這個應該不是祕密吧？」

老大夫更吃驚了，居然還有銀子拿？

他這正一肚子氣呢，別說有銀子拿，就是沒銀子拿他還想找人說說呢，就沒見過黎家這麼不著調的人家！

這老大夫口風夠緊的啊，居然還不說？

問話的人一狠心，又塞給老大夫一塊銀子。

老大夫這回終於開口了：「小哥認識我不？」

「當然認識啊，您不是濟生堂的程大夫嗎，在京城坐館大夫裡，您是這個。」問話的人豎了豎大拇指。

老大夫抖了抖鬍子。看吧，他是普通大夫？連一個路人都知道他在京城大夫中是拔尖的，這黎家老小居然這麼不拿他當回事兒！

「小哥兒打聽黎府三姑娘啊，老夫就跟你說實話吧，黎府三姑娘的臉徹底毀了，傷口太深，就是用宮廷特供的雲霜膏也不管用的。」

「哦，這樣啊，謝謝了，程大夫。」問話的人打聽到該知道的，拱拱手轉身走了。

老大夫掂了掂手中銀子，心想這銀子賺得夠容易的。

誰知才走了兩步，又有人把老大夫攔下來。「大夫，向您打聽個事兒。」

「什麼事？」

「黎府是不是請您給他家三姑娘看臉傷啊，那位三姑娘情況到底怎麼樣了？」

「……」什麼情況啊這是？

問話的人忙塞給老大夫一塊銀子。「大夫方便透露一二不？」

「沒什麼不方便透露的，黎府的三姑娘臉徹底毀了，以後恐怕見不得人了……」老大夫又把剛才那番話複述一遍。

問話的人心滿意足走了。

江鶴遠遠看著老大夫陸續被人攔住，皺起了眉。

那老大夫幹什麼了，怎麼一個勁的收銀子？

眼見老大夫紅光滿面拎著藥箱走過來了，江鶴低聲喊道：「大夫，借一步說話。」

居然還有人要問？

這個時候，老大夫已經由一開始的吃驚到現在的麻木了，淡定地捋了捋鬍子，中氣十足道：「說吧。」

「呃……他們為什麼都給你錢？」

老大夫腳下一個趔趄，差點栽到地上去。

怎麼冒出來個不一樣的？這小子有毛病吧？要不然就找他打聽消息，要不然就離他遠點，別人給不給他銀子關這小子屁事啊！

「不方便說呀？」江鶴很會察言觀色，一見老大夫一臉不高興，忙把好奇心壓了下去。還是大人交代的任務重要。

「呵呵，那我就不問了，我問問別的。大夫啊，您是給黎三姑娘看臉的吧，她臉上傷勢怎麼樣啊？會不會毀容？」

老大夫抬著下巴，輕輕哼了一聲。

江鶴一臉莫名其妙。

老大夫開口道：「現在，你應該領悟到第一個問題的答案了。」

江鶴一臉錯愕。「這麼個問題居然還要收費？」

這錢未免太好賺了！

老大夫嗤笑一聲，抬腳就走。江鶴忙追上去，把銀子塞進老大夫手裡。

「毀容了，沒治了。」老大夫撂下一句話，又抬腳走了。

「真毀容了啊？」江鶴喃喃道，忙回去覆命去了。

日頭漸漸升到高空，錦鱗衛衙門前門可羅雀，就算偶有經過的路人，遠遠瞧見這不同於別處的黑漆衙門都忙繞開了走，衙門口的守衛懶洋洋站著，默默盼著開飯的時間。

「咱們這衙門還真是人見人怕了，都繞道走。」

「是啊，連看個過路的人解解悶都不行。我那在翰林院當差的表哥說了，人家門口經常有大姑娘小媳婦路過，一個個還穿得體面鮮亮，別提多養眼了。」

「哎，你看看，那邊來了個老太太，好像是奔著咱們這裡來的。」

「別說笑了，連五大三粗的漢子都繞道走，什麼老太太會奔咱們這來啊——」那守衛不經意間望了一眼，下意識站直了身子，嘀咕道：「好像還真是往咱們這邊來的，還帶了一堆丫鬟婆子。」

「別是哪位大人的家眷吧？」

「不像，你見過誰家老太太帶著一群丫鬟婆子來錦鱗衛衙門閒逛啊？」

「還真過來了！」

兩名守衛不嘀咕了，同時上前一步，伸手把鄧老夫人攔住。

「老太太，這裡是錦鱗衛衙門重地，閒雜人等不得入內！」

鄧老夫人停下來，沉聲道：「勞煩二位差爺替老身通稟一聲，我要見你們大人。」

「您找哪位大人啊？」見鄧老夫人年紀著實不小了，兩名守衛難得有些耐心。

「就是你們最大的大人，錦鱗衛指揮使江大都督。」鄧老夫人面不改色道。

「誰？」兩名守衛一怔，隨後忍不住笑起來。「老太太，您莫要開玩笑，這裡不是您解悶的地方，您還是趕緊走吧。」

其中一人抬手指指天空。「看看，日頭這麼大，您在家裡待著多舒坦，再在外邊溜達，中了暑氣可怎麼辦呢?回去吧，回去吧。」

「老身沒有解悶，更不是瞎溜達。兩位差爺應該知道，江大都督有個女兒吧？」

兩位守衛一聽事情有些不對，對視一眼。

鄧老夫人自顧說道：「就是今天，江大都督的女兒江大姑娘把老身的三孫女毀容了。本來呢，這事應該去找內宅夫人的，但老身聽聞江大都督一直沒有續弦，所以就來這裡找江大都督討個說法。」

毀容？兩名守衛面面相覷，心想這還真是江大姑娘能幹得出來的事。不過，別說是毀容了，就是弄死了，居然還有人家敢找上門來討說法？這是活得不耐煩了吧？

其中一位守衛比較謹慎，問道：「敢問老太太是誰家女眷？」

鄧老夫人沉著臉道：「老身的長子在翰林院做官！」

「莫非您是蘇尚書的夫人？」兩名守衛吃了一驚。

當朝禮部尚書蘇和兼任翰林掌院，那是大有希望入閣的。

雖然他們大都督並不怕什麼閣老、尚書，可江大姑娘真的傷了這樣人家的姑娘，還真要跟大都督通稟一聲。

「什麼蘇尚書的夫人，老身不是說了，是老身的長子在翰林院做官！」

「您的長子是——」

「哦，他是翰林修撰！」

翰林修撰？兩名守衛幾乎以為自己聽錯了，緩了好一會兒，才揮揮手道：「老太太，您還是趁早回去吧，別在這裡胡鬧！」

「怎麼，是蘇尚書的夫人就能見到你們大都督，是翰林修撰的母親，就是在這裡胡鬧了？」鄧老夫人臉色徹底陰沉下來，眼中含著怒火和嘲諷。

兩名守衛臉上掛不住，有限的耐心也磨光了，凶狠道：「快走、快走，我們大都督今天進宮去了，甭管您是哪位，今天都見不著的！」

二人伸手往外推人，一旁的丫鬟婆子大聲喊道：「你們這些差爺，怎麼能打人呢！」

她們嗓門夠大，又是一群女眷，當即就把遠遠經過的路人好奇心勾了起來，那些人雖不敢靠近錦鱗衛衙門，但看熱鬧是國人天性，便都遠遠站著觀望。

「再不走我們可要動真格的了！」

鄧老夫人抬抬手。「咱們走！」

見鄧老夫人轉身就走，兩名守衛心想這老太太還算識相！

等等，這老太太想幹嘛？

二人伸長脖子觀望，就見幾名丫鬟婆子迅速從停靠在路邊的馬車上搬下桌椅、傘蓋等物，在錦鱗衛衙門前支了起來。

老太太往太師椅上一坐，接過丫鬟遞過來的茶盞閉目養神，身後站著兩名丫鬟替她打扇。

兩名守衛看傻了眼，愣了好一會兒才反應過來，大步走過來，冷聲道：「老太太，這裡不是您喝茶睡覺的地方，請速速離去！」

「這裡又不是錦鱗衛衙門裡。怎麼，天子腳下，這地方被錦鱗衛買下來了？不能讓人喝茶睡覺了？」

「老太太，您今天是來找茬的吧？」

駐足的行人漸漸多起來，皆豎著耳朵悄悄聽著。

鄧老夫人氣沉丹田，聲音猛然拔高：「老身今天本來就不是來觀景的！老身的孫女被你們大都督的女兒當箭靶子射著玩，結果江大姑娘射偏了，一枝箭不偏不倚射到老身孫女臉上了！可憐老身孫女才十三歲，就被毀了容，一輩子也徹底毀了！老身來替我那可憐的孫女討個說法，結果卻連江大都督的面都見不著，這世間還有王法公道嗎？」

圍觀眾人一聽，不由譁然。

拿十三歲的小姑娘當箭靶子？這是人幹出來的事？那位江大姑娘未免太沒人性了！

「這老太太胡說什麼啊，趕緊滾，趕緊滾！」恨錦鱗衛的人多了去了，兩名守衛卻從來沒見過鄧老夫人這一款的，當下有些亂了手腳。

老太太這麼大年紀了，萬一推推搡搡歸了西，大庭廣眾之下，就算是錦鱗衛也不好交代啊。

鄧老夫人被推了一個趔趄，老淚縱橫。「老身還是誥命，我那可憐的孫女好歹算是官宦人家的姑娘，卻被江大姑娘當貓狗般戲弄，要是換做尋常百姓家的女孩，又會怎麼樣呢？老身今日前來，做不出讓江大姑娘自毀容貌賠罪的事來，並不是因為江大姑娘的身分，而是不忍心讓同樣大好年華的一個女孩子，遭了我那可憐的小孫女同樣的罪。老身今天來要的是你們的道歉，討的是一個公道，為的是以後別再有被父母家人當掌上明珠養大的女兒，被人當畜生對待！」

「說得好！」圍觀眾人忍不住叫好。

兩名守衛頭都大了，一看事情鬧得無法收拾，一人盯著鄧老夫人，一人忙回去報告去了。

「有人因為江大姑娘毀人容貌的事在衙門外鬧事？來的是受害姑娘的祖母？」江遠朝聽了手下回稟，心中輕輕一嘆，吩咐一名錦鱗衛道：「去皇宮外等著，大都督出來後，速把此事稟告給大都督。」

江遠朝吩咐完，抬腳向外走去。

五十六　群眾造勢

「老太太，我警告您啊，要是再這麼鬧下去，我們就不客氣了！」

圍觀者越來越多，聽到動靜的幾名錦鱗衛都出來了，橫眉豎目趕人。

被趕的老百姓識趣地站遠了些，繼續伸長脖子看熱鬧。

鄧老夫人冷笑道：「老身不是被嚇大的，如果只是要求道歉就被你們錦鱗衛抓起來，那你們乾脆把老身一家老小都抓進大牢裡好了。」

這老太太，還真是死豬不怕開水燙啊！

「老太太，您既然是誥命，就不為自己兒孫想一想？」一名錦鱗衛低聲警告道。

話音才落，忽然衝進來一人，怒道：「誰敢動我娘？」

那人三十出頭的模樣，手中拎著一個食盒，盛怒讓他清俊的眉眼濃麗起來，端的是豐神玉朗，俊秀無雙。

咦，這人有點面熟。有兩名錦鱗衛默默想。

黎光文護在鄧老夫人面前，把食盒遞給一旁的婆子。「娘，兒子給您送飯來了。兒子來晚了，讓您受委屈了！」他轉身上前一步。「各位差爺要把我們抓起來？本官是葵未年的探花郎，在翰林院當了十幾年修撰，原本也待得無聊，換個地方待著也無所謂。但有一點要告訴諸位，除非我死在大牢裡，不然只要出來，依然是要為我女兒討回公道的！」

黎光文中氣十足說完，朝著天空拱手道：「上天明鑒，今天站在這裡的不是什麼翰林修撰，我們要見的也不是什麼江大都督。我就只是一個心疼女兒的父親，想見一見害我女兒之人的父親，親口問問他是怎麼教育子女的！」

鄧老夫人眼眶一熱。今天長子真是超水準發揮啊！

欺人太甚，真是欺人太甚！圍觀百姓礙於錦鱗衛的惡名雖然不敢高聲支持，但同仇敵愾的表情已經說明了一切。緊張的氣氛一觸即發。

這形勢，不只是鄧老太太一家造成，而是無數圍觀者在這一刻憤憤不平的情緒被點燃，成為了黎家人無形卻令人不敢為所欲為的依靠。

許多暗暗打探黎三姑娘傷情的各府下人，忙把這個消息傳了回去。

幾乎就是一陣風的工夫，京城上下就知道了黎府的三姑娘，被錦鱗衛指揮使的女兒射箭毀容，黎家長輩找上錦鱗衛衙門去的事。

「什麼，西府出了這麼大的事？」東府姜老夫人得到這個消息，臉色黑如鍋底，拄著拐杖道：「胡鬧，真是胡鬧，鄧氏怎麼越活越回去了！」

一旁的伍氏暗暗勾了勾唇角。

她雖然覺得西府老太太行事衝動了些，可再怎麼樣，西府老太太是真心護著子孫的，不像她這位婆婆，遇到個什麼事，先把自己摘出來，讓孫女頂缸。

一想到女兒黎嬌如今的尷尬處境，伍氏對姜老夫人的恨意就更上一層。

原本她的女兒在京城貴女中即便不出挑，也是不差的，嫁一個門當戶對的好兒郎絲毫不成問題。可如今，都被婆婆的自私虛榮給毀了！

「伍氏，妳陪我去一趟錦鱗衛衙門，把鄧氏她們帶回來！」姜老夫人起了身，勉強看清了路，抬腳往外走了幾步又停下來。「不行，東西兩府雖然打斷骨頭連著筋，但今天的事是西府的事，咱們原本就是置身事外的，錦鱗衛就算要動手，也不會為了這麼點事把火燒到東府頭上，要是去了反而摘不清了。伍氏，妳派人悄悄觀望著，有什麼情況及時稟告就是了。」

「知道了。」伍氏欠欠身。

固昌伯府。

杜飛雪被何氏拿雞毛撣子趕出去，裡子面子丟了個乾淨，回來後就一頭撲進固昌伯夫人朱氏懷裡大哭起來：「娘，女兒以後沒臉見人了，竟然被人拿雞毛撣子趕了出來……」

朱氏氣得不行，對婆婆道：「老夫人，表姑娘的繼母簡直是不知禮數，可見表姑娘平時過的是什麼日子。咱們這次不能就這般算了，不單是為了飛雪，就是為了表姑娘，也要讓黎家給個說法，至少要表姑娘的繼母受些教訓才是。」

她捧在手心的女兒居然讓人給打了出來，簡直豈有此理！

正在這時下人進來稟告道：「老夫人、夫人，黎家老夫人跑到錦鱗衛門口靜坐去了……」

聽下人稟告完，老夫人瞠目結舌問：「黎家老夫人老糊塗了，他們家男人呢，由著老太太胡鬧？」下人抹了一把汗。「何止啊，那位黎修撰拎著食盒給黎家老夫人送飯去了，現在換黎修撰跟錦鱗衛槓起來了，好多人家都悄悄派人去看熱鬧呢。」

「接著去打聽！」老夫人擺擺手讓下人退出去，與朱氏面面相覷。

婆媳二人心有靈犀，誰都不提去黎家算帳的事了。

別開玩笑了，黎家都敢跑去錦鱗衛衙門鬧事，她們送上門去不是自找麻煩嘛。

春風樓今天的生意莫名比往常冷清不少，晨光心知喬昭受了傷，一時半會兒是不會出門了，便悄悄跑過來找邵明淵。

「將軍，黎姑娘出事了。」

邵明淵黑湛湛的眸子閃過冷銳的光芒，沉聲問：「黎姑娘出了什麼事？」

晨光趕忙把事情來龍去脈說了一遍。

「黎姑娘臉上傷勢可嚴重？」

晨光連連點頭。「屬下瞧著挺嚴重的，傷口挺深，落疤是一定的了。將軍，是屬下沒有保護好黎姑娘，請您責罰屬下吧！」晨光單膝跪了下去。

邵明淵沉默片刻，把他扶起來。「是我考慮不周，身為男子，許多地方不便跟著。你先回府，把御賜的上品雲霜膏拿幾盒給黎姑娘送去。」

「領命。」

邵明淵目光掃過窗外絢爛如霞的薔薇花，問道：「黎家人什麼反應？」

「屬下還不知道，屬下打聽到事情經過就來向您稟告了。」

「嗯，你速去速回，你的任務就是護著黎姑娘不再出事，至於別的，我自會處理。晨光，事關錦鱗衛指揮使，你別自作主張行事。」

晨光的性子他清楚，平日裡有些小冒失無傷大雅，這種事情上若是亂來，反而會令己方陷入劣勢。

等晨光走了，邵明淵推門而出，往錦鱗衛衙門的方向去了。

「少爺，您跑慢點，跑慢點，當心跌跤啊！」小廝青吉在後面追趕著黎府的三公子黎輝。

少年身材單薄，跑起來卻飛快，衝進西府直奔雅和苑而去。

他衝進去，站在門口愣住。

昔日清麗秀美的少女，如今臉頰上一道血肉模糊的猙獰傷口，落在白皙如玉的臉上，格外駭人。

「三妹……」少年張張嘴，心口漲得難受。

他一直不喜歡這個妹妹的，因為她太任性，總是欺負姊姊，甚至在聽聞姊姊被退親消息的那一刻，驟然生出三妹要是沒回來就好的念頭。

可是，現在看著三妹這個樣子，為什麼有種想哭的衝動呢？她再怎麼樣，都是自己的親妹妹，卻被外人欺負成這個樣子，而他這個做哥哥的，卻從沒保護過她。

「對不起，我回來晚了。」見喬昭沉默不語，黎輝以為她在生氣，喃喃道歉。

小廝青吉在一旁說：「三姑娘，不是我們公子不著急。小的去國子監時，我們公子正在參加先生的考核，消息一直傳不進去——」

「青吉，別說了！」黎輝喝止了青吉的解釋。

阿珠開口道：「三公子，我們姑娘塗了藥，一時半會兒說不出話來。」

黎輝看向何氏。「太太，祖母和父親是不是已經去錦鱗衛衙門了？」

「對。」見到黎輝出現，何氏臉色緩和了些。

她照著老夫人吩咐派人去喊老爺和三公子，見黎輝遲遲不回，有種早知如此的感覺，現在倒是出乎意料了。何氏是個實在人，有人對她女兒好，她就覺得這人很不錯，若不是趕上這個時候，定要吩咐方媽媽給三公子做獅子頭吃了。

「那我去找祖母和父親！」黎輝掉頭就跑，跑出去幾步又返回來，雙手按著喬昭肩膀，正色道：「三妹，妳放心，我們不會讓妳白受欺負的！」

見黎輝要走，何氏忙喊道：「你別去，老夫人囑咐了，現在是你父親去送飯，你送晚上那頓！」

「太太，祖母年紀大了，父親……呃，父親也年紀大了，我擔心他們受不住，去看看才能放心。」

喬昭嘴角彎起細微的弧度。真是難為三哥了，不便說父親的不是，找了這麼一個藉口。

何氏死死攔著黎輝。「反正你不能去，今天的事必須聽老夫人的。」

「太太！」黎輝後悔不已。早知如此，就從國子監直接過去了，他就是想先看看三妹究竟怎麼樣了。

喬昭伸手，輕輕拉了拉何氏衣袖。

「昭昭怎麼了？」

阿珠向何氏一福。「太太，姑娘想去錦鱗衛衙門找老夫人。」

「這……」何氏還從來沒有拒絕過女兒的要求，此刻頓時為難了，不由看向喬昭。

喬昭眨眨眼，再次輕輕搖了搖何氏衣袖。

何氏一顆心立刻軟了。「那行，等娘收拾一下，咱們一道去啊。」

何氏說完，還不忘捎帶上黎輝。「三公子想去就一起吧。」

「……」不是說聽祖母的嗎，繼母的原則呢？

錦鱗衛衙門前，看熱鬧的越來越多了，所謂法不責眾，平時對錦鱗衛畏懼如虎的老百姓們，此時卻低低議論起來。

「都說過了，我們大都督今天不在，你們還在錦鱗衛衙門口喝茶吃飯，這是來砸場子吧？」黎光文呸了一聲：「朗朗乾坤，昭昭日月，當著這麼多鄉親們的面，你們錦鱗衛就能顛倒黑白不成？我們只是在這裡等江大都督來，砸你們衙門一磚一瓦了嗎？砸了嗎？」

「沒砸！沒砸！」圍觀的老百姓中有膽子大的跟著喊起來，喊完往人群裡一縮，任是錦鱗衛慧眼如炬，也是找不到人的。

一群錦鱗衛頭都大了。這都是什麼事啊，江大姑娘惹的禍，讓人家鬧到這裡來了。

要是別的事也就罷了，憑著錦鱗衛的威風，隨便嚇唬一下，對方就得認栽。可小姑娘的事，沒有上面大人們發話，他們還真把握不好分寸。

「十三爺！」眾錦鱗衛彎腰垂首，往兩側分開，心中同時鬆了口氣。

大都督不在，十三爺頂上也行啊。

讓出的路中間走出來一名年輕男子，緋衣皂靴，腰間掛著鎏金錯銀的繡春刀，眉眼沒有出眾到讓人驚嘆的地步，嘴角含著淺笑，卻足以鎮得住場面。

現場忽然一片安靜，所有人視線都集中紅色袍服的年輕男子身上，有見識廣的不由倒抽一口氣：竟然是正四品的錦鱗衛！要知道錦鱗衛頭子也不過正三品而已，這人如此年輕就已位居正四品，將來錦鱗衛首領的位置——

「是你？」黎光文一怔，隨後大怒。「又是你！」

江遠朝嘴角含笑，向黎光文拱手。「黎大人，是小崽子們不懂事，怠慢了。」

黎光文冷哼一聲。他是聽幾句好話就會犯糊塗的人嗎？這人才不是什麼好東西，更可惡的是，居然還想和他女兒做朋友？當他傻啊，錦鱗衛能有什麼朋友？誰知這人對昭昭存的什麼心思？

江遠朝又向鄧老夫人欠欠身。「老夫人、黎大人，我們大都督確實不在衙門裡。不如這樣吧，二位先進去坐坐，有什麼話對在下講也是一樣的。」

鄧老夫人面色平靜開口：「這事，你做不得主。」

江遠朝笑意一滯。

「老身是我那被毀容的可憐小孫女的祖母，這是她父親。敢問大人是江大姑娘的什麼人？」

「在下是她的義兄。」

鄧老夫人嗤笑一聲。「所以老身說，這事大人做不得主，我們還是在這裡等江大都督回來吧。」江遠朝嘴角的笑意終於收了起來。黎家如此行事，不難猜出他們的用意，造勢讓此事鬧得人盡皆知，既壞了義妹名聲，還要逼義父低頭。義父視義妹為掌上明珠，如果事情鬧得更大，恐怕他們都很難交代。

「讓圍觀的百姓散開。」

「十三爺，人太多了，趕不走。」

江遠朝笑意淡淡。「準備弓弩手！」

有了主心骨，錦鱗衛們自是有了底氣，立刻沉聲道：「領命！」

一排弓弩手對準了圍觀百姓。

五十七　齊心合力

豔陽下，一排弓弩閃著冷光，寒意逼人。

圍觀百姓面色駭然，往後退了一步，再退一步，轉眼間呼啦啦散了。

「老夫人，請入內坐坐吧。」江遠朝依舊笑意淺淺，面不改色。

鄧老夫人面沉如水，深深看江遠朝一眼。「難怪大人年紀輕輕就身居高位，果然是成大事者不拘小節。不過大人應該聽說過，防民之口甚於防川吧？」

江遠朝微笑。「京城事多，這樣的熱鬧，百姓們轉過頭去就忘了。」

鄧老夫人冷笑。「是，事不關己確實轉頭就忘了。不過，一個人做過的事，是抹不去的。」

這樣的情形，她不是沒料到，把百姓們趕走了又如何？他們這些人與普通百姓是兩個圈子，百姓們轉頭便忘，可終究有些人與江大姑娘是一個圈子的。

她做不到以眼還眼讓江大姑娘也毀容，至少能讓江大姑娘拿名聲來償。

見鄧老夫人如此強硬，江遠朝低嘆一聲，吩咐道：「請老夫人與黎大人進去。」說罷，轉身就走。

這就是來硬的了。

「不許動我祖母和父親！」黎輝跳下馬車，飛奔而至。

他跑得太急，氣喘吁吁，雙頰潮紅，目光卻亮得驚人。

「輝兒，你怎麼這時候來了？」鄧老夫人嗔怪道，抬眼看向馬車。

江遠朝跟著看過去，那一瞬間，嘴角笑意一收。

少女低頭下車，而後抬頭，平靜看過來。

她的右臉頰已經消了腫，那傷痕反而更明顯了，讓人看著，心底發寒。

喬昭一步步走過去，隨著她走近，那些拿著明晃晃刀槍的錦鱗衛不由別過眼。

他們見慣了生離死別，甚至在緝拿犯人時，女眷一頭撞死在面前的情形亦不罕見。可親眼瞧著一位貌美如花的少女，俏臉被生生毀成這個樣子，就生出不忍直視的感覺。

這位姑娘還是被江大姑娘用箭射的，也難怪人家父兄長輩如此氣憤，定要討個公道了。

但公道？這世上哪有什麼公道啊。

隨著少女走來，眾錦鱗衛無人出手阻攔。

「昭昭啊，妳怎麼來了？」鄧老夫人一見喬昭也來了，面色更加難看。

今天的情形，其實最好的效果就是孫女也出現，把她的臉展現在世人面前。可她不忍心，孫女已經這般淒慘，怎麼能夠再像個證物般由人品頭論足？

這對昭昭太殘忍了！

「何氏，我是怎麼交代妳的！」

「昭昭要來……」何氏訕訕道。

喬昭伸手，握了握鄧老夫人的手，然後轉身，與江遠朝對視。

江遠朝心緒複雜。他沒有想到，再見到這個小姑娘，是在如此劍拔弩張的情形下。

喬昭往前走了一步，江遠朝下意識往後退了一步。

眾錦鱗衛面面相覷。

他們十三爺怎麼了？居然被一個小姑娘臉上傷勢嚇到了？這不符合常理啊！

喬昭站在江遠朝面前，心中嗟嘆，這就是錦鱗衛啊，永遠不可能成為朋友，因為不知道什麼時候再見，對方就要翻臉無情了。

江遠朝忽然覺得面前少女的目光有些刺眼，刺得他的心驀地疼了一下，彷彿有什麼重要的東西失去了，他卻不得而知。

大概，是見到美好的東西被殘忍毀壞，心中生出的憐惜吧。

他也是個人，是人就會有七情六欲。

江遠朝眉目柔和下來，語氣溫和：「黎姑娘，妳臉上傷口不宜在陽光下曝曬，不如勸一勸令祖母，先進衙門裡再說吧。」

黎光文大怒。「別和我女兒說話！」

江遠朝：「……」

眾錦鱗衛：「……」情況好像和想的有點不一樣啊！

其中兩名錦鱗衛對視一眼，恍然大悟想起來了，那天下著大雨，不就是這棒槌攔著他們大罵一通嗎？十三爺不但沒和這棒槌計較，還讓他們把這迷路的棒槌給送回家去了！

十三爺這麼大度，難道是因為這位黎姑娘？兩名錦鱗衛隱隱覺得發現了一件大事，還不能對別人說！

喬昭無聲望著江遠朝，難怪江遠朝年紀輕輕就當上錦鱗衛指揮僉事，當機立斷便把祖母造的勢化解了大半，這份只要裡子不要面子的果敢算是難得了。

至於江大姑娘的名聲——

喬昭心底生出幾分困惑。看樣子，江遠朝並沒有太把江大姑娘的名聲看得太重。

是覺得江大姑娘無論名聲如何，旁人都只能敢怒不敢言嗎？

喬昭在心底冷笑。

吃虧的事她不做，江詩冉射出了第三箭，那麼以後在貴女的圈子裡就不必混了。

錦鱗衛權勢滔天，可這天下終歸不是錦鱗衛的天下。只是江大姑娘從沒意識到這一點罷了。

祖母想要達到的目的已經完成了大半，如今江堂會不會道歉其實並不重要，因為所有人都看到了黎家人站了出來。現在祖母他們需要的，是見過江堂後能夠全身而退。

而這是她的責任。

她惹的麻煩，自然該她來收場。

喬昭向江遠朝輕輕點頭。

江遠朝在心中舒了一口氣。這一家子好歹有個理智的人。

「那就請諸位進去吧。」

「昭昭……」鄧老夫人喊了一聲。喬昭回頭，向鄧老夫人頷首。

她沒有說一個字，可迎上孫女冷靜淡然的目光，鄧老夫人心中忽然就有底了。

她既然盼著三丫頭以後能看護著子孫後輩，今日何不藉此看一看三丫頭的能耐呢。

或許，她需要給三丫頭的，是更多的信任和支持。

「好，那我們就進去等。」鄧老夫人終於起身。許是坐了太久，又上了年紀，老太太身子一晃。

「老夫人，您小心。」何氏扶住鄧老夫人。

喬昭閉了閉眼睛，把淚意壓了下去。她算好了一切，卻獨獨忘了算進去黎家人的擔心與心疼。

以後，再不會了。

喬昭重新睜開眼睛，瞥江遠朝一眼，抬腳往裡走。

江遠朝微怔。

小姑娘哭了嗎？

他目光在少女被毀的面頰上滑過，而後下移，不經意間掃了一眼，忽然怔住。

少女腰間繫著個荷包，荷包一角繡著的小鴨子憨態可掬，一雙綠色的鴨子眼彷彿盛滿了春日的湖水，在他心頭狠狠一撞。

春江水暖鴨先知。

繡成綠色的鴨子眼睛，他是見過的。

江南春光正好，伊人念念難忘。

江遠朝唇畔不見了笑意，神情冰雪般冷肅，一把抓住了喬昭手腕，把她拉進了衙門裡。

眾錦鱗衛驚掉了下巴。兩名認出黎光文來的錦鱗衛互視一眼，心有靈犀地想：太心急了，太心急了，大人好歹等人家爹走了啊！

黎光文勃然大怒。「混蛋，放開我女兒！」

他身材清瘦，這個時候爆發的力氣卻不小，眾錦鱗衛又被自家十三爺的行為給搞懵了，一時被他衝撞得七零八落。

江遠朝頭也不回，甩下一句話：「把他們先請到屋子裡坐！」

有了江遠朝這句話，錦鱗衛就知道怎麼辦了，當即把鄧老夫人一干人等給硬請進了屋子裡。

喬昭沒想到江遠朝突然發瘋，措手不及之下，身體踉蹌，牽動了傷口，偏偏又說不出話來，疼得淚水當即就滾落下來。措不及防撞上少女的淚眼，江遠朝一怔，下意識鬆開了手。

喬昭站得筆直，無聲看著他。江遠朝伸手，砰的一聲把門關上。

小小的室內，只有他們二人。

「這是從哪裡來的？」江遠朝一把扯下繫在喬昭腰間的荷包，遞到喬昭面前。

這個荷包？喬昭眸光一閃。

難道說，她以前無意中救了江遠朝那次，他就留意到這個荷包了？

這人不愧是錦鱗衛出身，都過去好幾年了，萍水相逢的女孩子隨身佩戴的荷包，居然能記得這麼清楚？

「怎麼不說？」江遠朝伸手把喬昭抵到牆壁上，一雙眼好像帶了鉤子，牢牢鎖住她。

喬昭閉了閉眼。這可真是意料之外的麻煩事。

眼簾上，忽然落下溫熱的重量，是對方的手指。

「睜開眼。」那總是笑著的男子用指腹摩挲著她的眼簾，冷冷命令道。

這種冷，不是沒有溫度的冷，反而像是被冰雪埋沒了火山，隨時都可能爆發出來。

他幹嘛如此在意這個？喬姑娘惱怒又疑惑。

她還是睜開了眼睛。那人近在咫尺，氣息可聞。

「這個，究竟是從哪裡弄來的？」江遠朝一雙眼彷彿著了火，要把面前人的心思燒個透亮。

他聲音低了下來，警告的意味卻太明顯：「黎姑娘，我不想再問第三次。」

要不然用言語幹掉對方，要不然用力量幹掉對方，奈何喬姑娘目前兩樣都沒有，雖然惱怒不已，只能認命低頭，抓起了江遠朝的手。

江遠朝垂眸。少女的手纖細柔美，比他的小巧了太多，正伸出食指，在他手心一筆一劃寫字。

「疼。」少女先寫下一個字，然後抬眸，靜靜看著江遠朝。

江遠朝忽然就有些不敢看少女的眼睛。

他剛剛……確實太衝動了！

「黎姑娘，妳現在不能說話？」

喬昭眨眨眼。不然呢？她吃飽了沒事幹，先前在衙門外一直給他送秋波？

江遠朝心中生出幾分歉然，可那個荷包卻是他迫不及待要知道的事，以他的耐心，也無法克制這份急切。

「這荷包，是妳的嗎？」

喬昭點頭。

「妳為什麼會有這樣的荷包？怎麼會把鴨子的眼睛繡成綠色？」江遠朝閉了閉眼，復又睜開，直直盯著喬昭。「我曾經見過這樣一個荷包。不要告訴我，這只是巧合。」

他上前一步，手指輕輕勾起少女的下頦，淡淡道：「作為一名錦鱗衛，一般不相信巧合。黎姑娘，妳是聰明人，別挑戰我的耐心好嗎？」他低頭，湊在喬昭耳畔，喃喃道：「別忘了，妳的父母親人，還都在隔壁喝茶呢。」

喬昭眼神驀地一緊。錦鱗衛果然都是冷血無情的混蛋！

之前幾次見面，眼前這人好歹還保持著風度，人模狗樣的，一旦涉及到自身相關的事，就原形畢露了。但是，一個荷包而已，他揪著不放是要幹嘛啊？

喬昭頭一次完全一頭霧水。要是換了性情陰晴不定的池燦，她還不覺得奇怪，可江遠朝給她的感覺是頗有城府之人，年紀輕輕能坐上錦鱗衛指揮僉事位置的人，怎麼會如此失態？眾目睽睽之下把她拉進屋裡，這人瘋了嗎？

「妳和嘉豐喬家，究竟有什麼關係？」

喬昭身子一顫。

江遠朝直視著喬昭的眼，再問：「或者說，妳和喬家的大姑娘，有什麼關係？」

喬昭反而平靜下來，想要彎彎唇角卻做不到，只得伸出手指，在江遠朝手心一筆一劃寫道：

「喬姑娘和你有什麼關係？」

江遠朝被問住了。

喬姑娘和他有什麼關係？當然是毫無關係。

唯一的關係，就只是他悄悄的、單方面的，對喬姑娘動了心，而喬姑娘不可能再知道，他也永遠失去了說出口的機會。

少女一雙眸子漆黑如墨，澄淨透亮，哪怕是在這樣的情形下，依然不見驚慌，只有寧靜淡然。這樣的目光，讓他下意識便失了神，總是一次又一次想起那個人來。

江遠朝說不清這衝動是從何而起，對上這樣一雙眼睛，慢慢道：「我喜歡她。」

對，就是這樣簡單，因為喜歡她，從未擁有便徹徹底底失去，就總是想要抓住令他心動的那個姑娘曾經在這世上留下的一切痕跡。

包括，這樣一個荷包。

聽到這個答案的一瞬間，喬昭整個人是懵的。

江遠朝喜歡……喬姑娘？喬姑娘是指她，也就是說，江遠朝喜歡她——

江遠朝喜歡……喬昭嗎？

「為什麼這麼看我？」少女奇異的眼神讓江遠朝生出幾分狼狽，理智驟然回籠。

他一定是瘋了，和一個十三、四歲的小姑娘說了這個。

「黎姑娘，現在該妳回答我了。」江遠朝攤開手心，示意喬昭繼續寫。

喬昭抬手，青蔥般的指尖還未碰到對方的手，忽然寫不下去了。

這真是太奇怪了，她要回去緩一緩。

她轉而在牆上匆匆寫下幾個字：「說來話長。」而後指指自己的嘴。

江遠朝沉默良久，終於點頭：「那好，等妳好了，我來找妳。」

喬昭鬆了口氣。

這時，一陣急促的敲門聲響起。

五十八　全身而退

「十三爺，您快出來吧，那個黎修撰碰壁了！」門外的錦鱗衛在喊。

就說不能當著人家父親的面亂來吧，十三爺還是沒經驗！

喬昭腦袋嗡了一聲，轉身猛然把門拉開，推開站在門口的錦鱗衛拔腿就跑。

錦鱗衛迎上江遠朝黑沉的眼，把後面的話說了出來：「然後撞到大都督身上了！」

江遠朝抬腳就走，到了廳外就聽江堂帶著怒火的聲音傳來：「把十三給我叫過來！」

跟著還有何氏的哭喊聲：「你們錦鱗衛還要不要臉了，殺人滅口是你們的強項就罷了，禍害女孩兒是畜生才幹的事，我和你們拚了——」

廳內一片混亂，江遠朝深深吸了一口氣，抬腳走了進去。

正巧一個花瓶飛過來，他一側頭，伸手把花瓶接住，隨手交給一旁的錦鱗衛，朗聲道：「義父——」江堂一見江遠朝進來，沉聲道：「夠了，都給我安靜！」

眾錦鱗衛死死控制住鄧老夫人等人。

喬昭輕輕搖了搖何氏衣袖，示意自己沒什麼事，何氏抱住她大哭起來。

江堂抬手揉了揉太陽穴，沒有質問江遠朝，而是對著鄧老夫人道：「事情經過我已經瞭解了。老夫人，今天的事，只是小女孩們玩鬧，您一家這樣找到錦鱗衛衙門來，是不是有些過了？」話說到這裡，江堂眼中閃過陰鬱的狠光。

這一鬧，冉冉哪還有好名聲可言？

雖然以他的地位，冉冉再怎麼樣都能護她周全，可等他不在了以後呢？幸虧他沒打算把冉冉嫁入高官勳貴之家，十三無父無母，將來娶了冉冉，不會有長輩拿捏著冉冉的名聲來磋磨她。

不過，十三居然對黎家的女孩子有興趣？

江堂心中殺機一閃。若只是小女孩的玩鬧，即便他替女兒道個歉亦無妨，可若是十三對別的女孩子有非分之想，他不會容許威脅到冉冉地位的人活在世上！

江堂目光投到喬昭面上。

廳中眾人，最瞭解江堂的非江遠朝莫屬，一見江堂的眼神，江遠朝心中一沉。糟了，義父對黎姑娘起了殺機！

他有些懊悔剛剛的衝動，卻不敢流露出任何異樣。

鄧老夫人把喬昭拉過來，冷笑道：「江大都督，您瞧瞧老身的孫女臉毀成了什麼樣子，這還是小女孩的玩鬧嗎？如果是您的女兒被人傷成這個樣子，也是一句小女孩的玩鬧就算了？」

江堂被問得一愣。如果有人把冉冉弄成這個樣子，他把對方全家挫骨揚灰都不會解恨！

但是，他的女兒傷了人，又有誰敢在他面前這麼問？

這黎家人，一個個還真是硬骨頭。

「那老夫人打算如何呢？」江堂平靜問。

「老身希望令愛能給我的孫女真心實意道歉！」

「出了這樣的事，小女嚇壞了，老夫人就不要為難她一個孩子了，等回去我會好好教訓她的。這樣吧，我替小女向諸位賠個罪。十三，吩咐人準備禮品，送到黎府去。」

江遠朝應諾。

鄧老夫人冷笑一聲。「老身總算是知道，令愛的飛揚跋扈，是從何而來了！」

江詩冉是江堂的死穴，聽人這樣說女兒，當即就變了臉色，淡淡道：「老夫人可不要敬酒不吃吃罰酒，諸位擾亂衙門秩序的事，我本不想追究的——」

竟有這般不識相的人家！

「江堂，你快些追究吧，最好把我們都抓進錦鱗衛大牢好了。說不定別人會相信，我準備造反呢！」黎光文大聲道。

江堂額角青筋跳了跳。他雖然位高權重，能令滿朝文武聞風喪膽，但要收拾黎家人還真不能在這個時候，至少不能是現在胡亂安個罪名把這些人抓起來。

一個小小的翰林修撰，說他造反誰信啊，世人都會明白他是為了女兒公報私仇。

眼下他自然不懼什麼，可以後一旦新皇登基，這就是送上門去的罪名。

要知道歷任錦鱗衛指揮使都是天子最信任的人，而這樣的人，在新皇登基後，沒有一人能夠連任的，能全身而退已經是最好的結局。

江堂看向面色沉沉的鄧老夫人，心道：這老太太是看透了這一點，才如此膽大吧？

膽大的人不可怕，看事透徹的人也不可怕，膽大又看事透徹的人就讓人頭疼了。

堂堂的錦鱗衛指揮使，連當朝首輔都要禮讓三分的人，此刻破天荒生出幾分憋悶。

罷了，暫且先把這件事擺平，等以後世人忘得差不多了，再尋個機會收拾這一家人也不遲。

能成為當朝天子最信任的人，江堂自然拿得起放得下，確定了這一家子都是光腳不怕穿鞋的，丟官罷職也不怕，便收起了咄咄逼人的氣勢，語氣溫和道：「黎修撰說笑了，錦鱗衛大牢抓的都是亂臣賊子，怎麼會是黎大人去的地方？本都督豈是如此公私不分之人？老夫人，您看這樣可好，等我下了衙，就讓小女登門致歉，算是給令孫女一個交代。」

江堂有些發福，語氣溫和起來，半點不見了錦鱗衛頭子的氣勢，反而有幾分慈眉善目。

鄧老夫人點了點頭。

江大姑娘能登門道歉，至少在以後很長時間內，誰要欺負黎家的人都要掂量一下。

至於江堂以後會不會報復，那是以後的事。人活在世，爭的就是一口氣，要是只顧著以後而一直彎腰苟且活著，又有什麼滋味？

鄧老夫人心中輕嘆。

這已經是她能做到的極限了，見好就收的道理她還是懂的，總不能把子孫都折進去。

見鄧老夫人點了頭，江堂笑笑道：「十三，送老夫人一家出門。」

「老夫人這邊請。」江遠朝伸出手來。

一直默默站在鄧老夫人身側的喬昭卻忽然上前一步，站到了江堂面前。

喬昭的舉動出乎了所有人意料，江遠朝不由皺了眉，又恐江堂發現異樣，旋即恢復平常神色，事不關己般垂眸而立。

江堂深深看了喬昭一眼，問道：「怎麼，小姑娘還有事？」

喬昭輕輕頷首。

當然不能就這麼走了，不拿出讓江堂真正在意的東西，難道要等以後江堂秋後算帳嗎？

「昭昭，來祖母這裡。」鄧老夫人心中一緊，開口喊道。

喬昭投給鄧老夫人一個安撫的眼神。

「小姑娘怎麼不說話？」江堂面上很是和藹，心中卻一片冰冷。

能站在他江堂面前而面不改色的小女孩，光這份膽量就不簡單了，也難怪十三會對這位黎姑娘另眼相看。他的目光停留在喬昭被毀的右臉上，心中殺意不減。

他瞭解十三，十三對女色並不看重，就算這位黎姑娘毀了容，只要別的方面有令十三欣賞的地方，依然會對冉冉造成影響。所以，這個小姑娘是不能留了。

毀了容？呵呵，女孩子因為容貌被毀想不開而尋了短見，不是再正常不過了嘛。

喬昭是走過死亡線的人，對殺意格外敏銳，哪怕江堂掩飾得再好，她的後背在這一瞬間泛起一層寒意。

江堂是想……除掉她嗎？為什麼？

她想過江堂不甘心被黎家落了臉面，將來會找機會秋後算帳，卻想不通江堂怎麼會對她一個小姑娘升起殺意來。就算江堂視人命如草芥，那也應該有個理由。

錦鱗衛指揮使這個位置，絕不像普通百姓想的那樣行事毫無顧忌，他是皇帝手中一把刀，砍人時毫不猶豫，但對不相干的人，亦不會浪費力氣。

所以，還是她的存在，觸動了這位指揮使的某些利益？

喬昭暫且把這疑惑壓下，並不畏懼江堂的殺心。

她伸手入袖，把在家中時就寫下的紙條攥在手裡。

紙條上的內容，是她保護黎家不被秋後算帳的憑仗，如今也是她保住自己性命的憑仗。

喬昭已經能預料到，當江堂看到紙條上的內容後，恐怕會有一番撼動。

她不由緊了緊手中紙條，準備把它遞過去。

就在這時，一名錦鱗衛進來，稟告道：「大都督，冠軍侯拜訪。」

「冠軍侯？」江堂有些吃驚，頃刻間就把黎家眾人放到了一邊去，對江遠朝道：「十三，送老夫人等人出去。」他說完，向鄧老夫人點點頭，親自迎邵明淵去了。

冠軍侯這個時候來找義父有什麼事？江遠朝不自覺看向喬昭。

莫非，和黎姑娘有關？

喬昭同樣有些驚訝。邵明淵是因為聽說了她的事，來找江堂的嗎？

不對，晨光回來時帶來了雲霜膏，對祖母他們來錦鱗衛衙門是不知情的，那邵明淵應該也不知道。所以是她想多了，冠軍侯有事情來找江堂也不足為奇。

喬昭捏了捏手中紙條，嘆了口氣。就是害她沒把這個送出去，她只得再找機會了。

⸙

江堂快步迎出去，朗聲笑道：「是什麼風把侯爺吹到咱們錦鱗衛來了，快快裡邊請。」

邵明淵依舊穿著樣式簡單的白袍，因是夏天，輕薄的料子勾勒出他修長偏瘦的身材，瞧著不像是縱橫沙場的武將，更像是溫潤如玉的貴公子。

江堂心中輕嘆，誰能看得出來，眼前這個年輕人，是令北齊人聞風喪膽的鐵血閻羅呢。

面對著當朝首輔蘭山，江堂不落下風，但面對著邵明淵，他卻不敢托大。

蘭山已經老了，即使站在一人之下萬人之上的位置，又能站幾年呢？

可是冠軍侯卻不同。

若是放到太平盛世，這樣一個人，逃不了兔死狗烹的命運。可如今南北皆亂，南邊有邢舞陽抗倭，北邊靠的就是冠軍侯威懾。皇上一心求長生大道，最恨的就是時局不穩定，這樣一來，只要這二人沒犯實打實的謀逆大罪，皇上是不會拿他們開刀的。

這位把北齊人打得狼狽潰逃的將軍實在是太年輕了，年輕到等新皇繼位頂多才到壯年，正是最得用的時候。他就是不考慮別的，只想想女兒，也不會輕易得罪這樣一位前程遠大的年輕人。

二人進了待客廳落座，有錦鱗衛上了茶水。江堂擺擺手，示意廳內的錦鱗衛全都退出去。

頃刻間，廳內只剩下二人。

江堂笑道：「咱們衙門裡沒有什麼好茶，侯爺勿怪。」

「江大都督客氣了，在下今天前來，是有個不情之請。」

「侯爺請說。」江堂身體前傾，擺出認真聆聽的姿態。

「在下聽說，令愛今天傷了一位姑娘。」

江堂一怔，拿不准邵明淵的意思，點頭道：「是，都是江某管教無方，把小女養得任性了些。今天小女因為玩笑弄傷了翰林院黎修撰的女兒，剛才他們一家還找上門來。」

「呃？」邵明淵有些意外。黎家人這麼快就找上錦鱗衛衙門了？

邵明淵腦海中不自覺閃過喬昭的樣子。

少女側顏靜美，美好如畫。

她究竟被人傷成什麼樣？

無論如何，有這樣願意為她出頭的家人，這是不幸中的幸事。

「黎姑娘的家人，如今還在此處嗎？」

「剛剛命人送他們出去了。稍後江某打算讓我那不爭氣的女兒去給人家登門賠罪。」江堂打量著邵明淵神色，越發疑惑。莫非，這位冠軍侯與黎家有什麼淵源？

「侯爺是為了此事來的嗎？」江堂乾脆挑明瞭問道。

「是。」邵明淵答得毫不猶豫。

江堂笑笑。「老實說，江某不大明白侯爺的意思。」

到了二人這般地位，有些事情絕不能提，有些事情說明白反而更好。

邵明淵語氣平靜道：「黎姑娘是在下要照看的人。」他停了一下，看著江堂。「所以黎姑娘和她的家人，請大都督不要伸手。」

姑娘之間的摩擦他不方便插手，讓家長好好管教惹事的女兒才是正經，這和戰場上擒賊先擒王是一個道理，相信江堂能聽懂他的意思。

江堂好一會兒沒緩過神來。

今天是什麼邪門日子啊，先是一個小小的翰林修撰一頭紮在他身上，撞得他肚皮發疼，現在堂堂的北征將軍破天荒跑他這來，就為了讓他好好教育他閨女？

那意思，將來他閨女要是被那個什麼黎姑娘欺負了，他這個當爹的還不能出頭了是吧？明明剛才還想把那小姑娘弄死的，這轉變有點大！

「是不是讓大都督為難了？」

江堂回神。「哦，不，不為難。」

五十九　後患解除

為難倒是不為難，一個小姑娘而已，既然是冠軍侯要保的人，他完全沒必要因為這個得罪冠軍侯。他就是有些想不通。

對面的年輕將軍溫和淺笑。「那在下就謝過了。不耽誤江大都督做事，我先走了。」

江堂忙站起來，親自送邵明淵到了門口，正好遇到江遠朝返回來。

「邵將軍。」江遠朝出聲打了招呼。

邵明淵點頭。「江大人。」

江堂與江遠朝站在門口，目送邵明淵離去，

「你跟我來。」江堂收回目光，轉身往裡走。

江遠朝垂眸跟了進去。

門一關上，江堂便沉下了臉。「十三，今天的事，你是不是該給我一個交代？」

「是十三沒有做好，讓黎家把此事鬧得沸沸揚揚，壞了冉冉名聲——」

江堂擺擺手。「這倒無妨。我江堂的女兒，別人還敢說三道四不成？」

又不需要嫁給那些拿名聲當飯吃的人家，他的寶貝女兒，怎麼自在怎麼來！

當了錦鱗衛指揮使這麼多年，他早已看得明白，女兒能活得自在是因為他待在這個位置，倘若沒了他這個依靠，女兒就算是京城第一名媛，別人照樣會嫌棄。

江堂目光投在江遠朝臉上，眼底帶著探究。「十三，我剛回來時，黎家人在鬧，說你強行把那個小姑娘拉進了一間屋子裡，可有此事？」

「是有此事。」

「為什麼？」

「我發現黎姑娘想做傻事，怕不好收場，一時急切——」

江堂探究的目光一直在江遠朝臉上打量，江遠朝面不改色。

「呵呵。」江堂笑了笑。「我以為那小姑娘對你有什麼特別的呢。」

「義父說笑了，在十三眼中，黎姑娘只是個小丫頭而已。」

江堂終於露出滿意的笑。「今天和我一起早點回去。冉冉那丫頭脾氣倔，恐怕只有你開口，她才會乖乖去黎府道歉。」

「是。」江遠朝悄悄鬆了口氣。

江堂起身走到窗前，背手而立，慢悠悠開了口：「冉冉這丫頭被我寵壞了，有時候也挺讓人頭疼的。」

江遠朝笑道：「冉冉本性率真，且年紀還小，這些都不是什麼大事，以後自然不會讓義父頭疼。」江堂回過頭來，顯然頗滿意江遠朝的說辭，笑著搖搖頭道：「冉冉也不小了，及笄都兩年了呢。」

他含笑看著江遠朝，江遠朝心頭一跳。

義父這話的意思是——

「十三啊，回頭我張羅一下，給你們兩個把親事定下吧。」

他既然答應了冠軍侯不動那個小姑娘，當然不會食言，可儘管十三表現得若無其事，他還是有些不踏實。既然這樣，定親是最好的了。

江遠朝面色一變。

江堂打量著他。「怎麼，不願意？」

籠入袖中的手死死握著拳，江遠朝暗暗嘆口氣，露出無懈可擊的笑容。「十三全憑義父安排。」

「哈哈哈哈——」江遠朝放聲大笑起來，拍拍江遠朝的肩。「走吧，我要趕快把這個好消息告訴冉冉，她一定會高興壞的。」

二人並肩往外走去。

邵明淵走出錦鱗衛衙門，才往前走了沒多久，就見晨光探出頭來向他拚命招手。

邵明淵腳步一頓，往晨光的方向走去。

那裡停著一輛小巧的青帷馬車。

「將軍，黎姑娘在裡面。」

晨光說完顛顛跑到車窗前。「姑娘，我們將軍來找您了。」

邵明淵呆了呆。不對啊，這順序有問題。

馬車裡安安靜靜。

片刻後，車門簾掀起，喬昭下了馬車，朝邵明淵點頭致意。

邵明淵目光落在喬昭右臉上，心中一震。

傷成這樣，真的是毀容了。

見邵明淵盯著她的臉看個不停，喬昭眨眨眼，意思很明顯：邵將軍找我有事？

邵明淵回神，壓下心中震動，溫和笑道：「黎姑娘找我有事？」

喬昭被問住了。

她等在這裡，是想等江堂出來，好把手中東西讓江堂過目，哪裡是在等邵明淵啊。

所以說，不能說話真是急人。

她搖搖頭。

晨光在旁邊急得拚命給邵明淵使眼色。

將軍大人是不是把所有心眼都用在打仗上了？他都說了是將軍來找黎姑娘，將軍還能問出這種話來，對得起他睜眼說瞎話嗎？

見喬昭一言不發只是搖頭，邵明淵略一琢磨，問道：「黎姑娘是不是說不出話來？」

喬昭點頭。

邵明淵瞥了晨光一眼。晨光忙道：「屬下已經把雲霜膏給黎姑娘了，黎姑娘沒用。對了，黎大老爺喜歡吃德勝樓的烤鴨，屬下去買幾隻帶回去。」

沒等邵明淵發話，晨光撒腿就跑遠了。

喬昭默默收回目光，心想：父親大人今天應該沒啥心情吃烤鴨吧？

「黎姑娘。」喬昭迎上邵明淵的眼。

那人眸光淡淡的，看不出任何情緒，語氣溫和如昔。「江大都督那裡，不會再找你們麻煩的，妳不用擔心。」

喬昭心中一動。原來邵明淵真的是為了她的事來的。

這麼說，她擔心的後患，就這樣被解決了？

喬昭忍不住抓住袖口，裡面放著那張早準備好的紙條。看來這個殺手鐧，可以留到以後再說了。

這種有人先一步把麻煩解決的感覺……還挺新鮮的。

喬昭緊繃的心弦鬆了鬆。

「黎姑娘，妳不要擔心臉上的傷，我想神醫一定有辦法的。」

喬昭再次點頭。

「這次的事情是我考慮不周了，不過我手下並無女卒，一時半會兒尋不到合適的人。黎姑娘看這樣可好，妳先讓信得過的丫鬟跟著晨光訓練，等我從別處調人來再給妳送去。」

喬昭點點頭，隨後又搖頭。

邵明淵居然領會了她的意思。「黎姑娘是說，讓丫鬟跟著晨光訓練，不必調人？」

喬昭頷首。出門有晨光、內宅有冰綠已經足夠。李爺爺雖然讓邵明淵照顧她，可再這樣下去，與他的牽扯就太多了。

曾經欠下的，他彌補不了。如今的她，誰也不想欠。

「那好，如果有需要，黎姑娘就讓晨光找我。」

喬昭滿意彎了彎眼睛。邵明淵這點倒是不錯，不會婆婆媽媽。

該說的都說完了，邵明淵重拾之前的問題：「黎姑娘找我有何事？」

「……」話都讓你說了，我還能有什麼事？

喬昭搖搖頭。「那我先送妳回去吧。」邵明淵很自然走到馬車前，拿起了馬鞭。

喬昭倒也乾脆，向邵明淵略一點頭，彎腰上了馬車。

邵明淵揚起馬鞭，馬車動起來。

遙遙觀望的錦鱗衛忙去給江堂彙報：「大都督，屬下看到冠軍侯和那位黎姑娘見了面。」

正走在回府路上的江堂與江遠朝同時停下來。

「有沒有什麼特別的？」江堂問。

冠軍侯會為了那小姑娘來找他，見面不足為奇。

錦鱗衛想了想，道：「冠軍侯給那位姑娘當車夫，不知道駕著馬車去哪裡了。」

詫異之色從江堂眼中閃過。

錦鱗衛這種監視，其實算不上專門監視，那裡離錦鱗衛衙門太近了，只能說明冠軍侯壓根不在乎被他們看見。堂堂的北征將軍，居然給一個小女孩當車夫，冠軍侯如此做，是進一步表明對那小姑娘的重視嗎？

「行了，退下吧。」

江堂與江遠朝騎著馬，不緊不慢往前走。

江堂側頭道。「十三，你回去查一下，看冠軍侯與那個小姑娘究竟有何淵源。」

「嗯。」江遠朝應得有些心不在焉。

江堂抬眉：「怎麼？有心事？」

江遠朝回神，笑笑。「十三是在想冠軍侯的事。」

「別想了，到家了，公事別帶回家裡。」江堂翻身下馬，把韁繩交給迎上來的僕從，一邊往裡走一邊問：「大姑娘呢？」

話音才落，一道淺粉色的身影就飛奔出來，聲音明快：「十三哥，你回來啦——」

江堂板起臉。「就知道妳十三哥，妳爹這麼個大活人，瞧不見嗎？」

發現江堂也回來了，江詩冉一臉驚喜：「爹也這麼早回來呀，今天有什麼好事不成？」

江堂抬手揉了揉江詩冉頭頂，邊往裡走邊道：「一個好消息，一個壞消息，冉冉想先聽哪一個？」江詩冉俏皮眨眨眼。「好消息能讓我完全不被那個壞消息影響心情嗎？」

江堂深深看了江遠朝一眼，笑眯眯道：「應該是能的。」

江詩冉挽住江堂手臂，笑靨如花。「那就先說好消息唄，免得我先聽了壞消息，就沒心情聽好消息了。」

「進屋說。」

一進了屋，江詩冉立刻命婢女上了茶，迫不及待問：「爹，是什麼好消息啊？」

「冉冉猜猜看？」

「這怎麼能猜到，又沒有提示。」

「和妳十三哥有關。」江堂最愛看愛女的小女兒神態。

江詩冉立刻看向江遠朝，伸手拉住他衣袖，甜甜道：「十三哥，到底什麼好消息啊？」

江堂看向江遠朝，眼中含著鼓勵。

被父女二人看著，江遠朝彷彿背了千斤的重量，壓得他開不了口。

「十三哥，你可說話呀。」

江遠朝垂眸，看著江詩冉。

少女正是最好的年紀，肌膚吹彈可破，連眼中的好奇都顯得那樣朝氣蓬勃。

可是，她沒有半點擔心被她毀了容貌的女孩子究竟如何了。

江遠朝默默想：他真的要娶義妹為妻嗎？

義父對他有恩，義妹對他有情，可是為什麼，想要點頭竟是這般困難呢？

江遠朝沉默的時間有些長了，江堂的眼神陡然銳利起來。

江詩冉似是察覺了什麼，抿了抿唇，眼巴巴盯著江遠朝。

「冉冉，我——」江遠朝開了口。

他心中天人交戰，千回百轉，那話到了嘴邊，卻一個字都說不出來。

如果不曾心動過，就不會有這麼為難；如果不知道什麼是喜歡，就不會有這般沉重。

「為父要給你們定親了。」江堂開了口。

這一句話，石破天驚，震住了兩個人。

「真的？」江詩冉目露狂喜。

而江遠朝，心中那塊巨石終於落了下去，有種空落落的痛。

「十三哥，你說話呀，是不是真的？」

江堂笑瞇瞇道：「妳十三哥太激動，不知道怎麼說了。冉冉，這算不算是個好消息？」

江詩冉霞飛雙頰，跺跺腳道：「爹，你還笑！」

江堂哈哈笑起來，笑過後問：「冉冉，現在能聽壞消息了嗎？」

江詩冉抿唇一笑。「只要別告訴我這個消息是假的，那爹就儘管說吧。」

「等一會兒，讓十三陪著妳，去黎府給被妳傷了臉的小姑娘道個歉。」

「什麼？」江詩冉愣住，回神後一臉不情願地道：「我不去。明明是她亂動，才害我沒射中，丟了好大的臉，怎麼還要我給她道歉呢？」

「冉冉，為父已經答應了黎家，讓妳去道歉。」江堂把黎家去衙門鬧的事情簡單講了。

江詩冉氣紅了臉。「爹，你怎麼能怕了一個小修撰呢？」

小修撰才可怕呢！江堂心中想著，板起臉道：「冉冉要是不願意去的話，那我就讓十三代妳去了。」

讓十三哥一個人去？

江詩冉一聽不幹了，不情不願道：「那還是我們一起去吧。不過，爹要答應我一件事。」

「什麼事？」江詩冉掃一眼江遠朝，笑著把他往門外推。「十三哥，你不許偷聽啊，我只講給我爹一個人聽。」

江遠朝被推出門外，靠著牆壁，仰望天空發呆。

他的親事，就這樣定下來了嗎？

曾經，他還在大街上混口飯吃的時候，哪怕是多得一個饅頭都會高興一整天。

可是人怎麼越長大越貪心了呢？

裡面的父女二人不知道說了什麼，江遠朝亦無心過問，漫無目的在院子中踱步。

不知過了多久，門被推開，江詩冉歡快跑出來：「十三哥，咱們走吧。」

六十　池公子之怒

錦鱗衛指揮使的愛女登門給黎家三姑娘道歉的事，很快便傳得沸沸揚揚。

春風樓池燦等人慣去的雅間裡，池公子把玩著手中茶杯，斜睨著朱彥二人。「我怎麼覺得你們兩個有什麼事呢？」

楊厚承看朱彥一眼，飛快否認：「沒事，能有什麼事。拾曦，你不是想去清涼山玩幾天嗎，咱們什麼時候走？」

池燦睇他一眼。「你不是進了金吾衛嗎，還能說走就走？」

楊厚承呵呵一笑。「那就是混日子的地方，你們又不是不知道，沒趣得很。庭泉不帶著我混，我只能混混親衛軍了。」

「庭泉又去哪了？每次來都不見他人。算了，不等了。」池燦把茶杯往桌子上一放，推門而出。

樓下的議論聲卻讓他腳步一頓。

「今天我聽說了一件稀奇事，你們聽說了沒？」

「什麼事啊？」

「錦鱗衛的頭頭有個女兒，把一位官家小姐的臉給毀了！」

楊厚承揪著池燦後衣領就往回走。「呵呵呵，拾曦，咱們還是再坐坐吧，沒見著庭泉就走，我還怪想他的。」

「鬆手！」走廊上，池燦用扇柄狠狠敲了楊厚承手背一下，黑著臉道：「楊二，你抽什麼風啊？庭泉是你媳婦不成？」

唯恐池燦聽到什麼不該聽到的，楊厚承嘿嘿直笑。「這不是沒媳婦嘛，好兄弟最重要，一天不見你們，就如隔三秋——」

「什麼亂七八糟的！」池燦皺眉，忽然一挑眉。「不對，有問題！」

他一把推開楊厚承，直接下了樓梯，樓下的話已經傳到了耳朵裡。

「那官家小姐的家人倒是硬氣，直接找上錦鱗衛衙門去了。」

「什麼人家啊，這麼大膽？應該是好大的官吧，才不怕那些人。」

「哪啊，那官家小姐的父親好像就是個小修撰——」

池燦心中一沉，快步走到談話的二人旁邊，一屁股坐了下來，露出令人迷醉的笑容。「兩位大哥，你們說的事真新鮮，讓小弟也聽聽唄。」

他生得好，哪怕是男子，乍然見了這傾城一笑都呆了呆。

「這位大哥說有位小修撰的女兒被毀了容？不知是哪個小修撰這般窩囊無能啊，連自己的女兒都護不住？」

「小兄弟怎麼能這麼說？那位修撰大人已經不容易了。女兒出了事後，一家人跑到錦鱗衛衙門口靜坐去了，最後連錦鱗衛那位大首領都讓了步，讓女兒給人家登門道歉了。」

「登門？我聽說翰林院的修撰多如牛毛，不知道是哪一家的啊？」

兩名酒客對視一眼，其中一人道：「那位修撰大人好像是姓黎吧。」

池公子面無表情站了起來，抬腳便往外走。

楊厚承與朱彥一看，忙追了出去。

「拾曦，你想幹什麼？」

「幹什麼？」池燦豁然轉身，冷冷一笑。「子哲、重山，你們兩個早都知道了吧？」

朱彥開口道：「不是的，我們只知道黎姑娘傷了臉。」

楊厚承連連點頭。「對，他們家去錦鱗衛衙門的事，我們也是才知道呀。」

早知道的話，他就不在這裡了。

「那你們瞞著我幹什麼？」池燦挑眉一笑，看不出喜怒。

奈何眼前這兩人是多年好友，對他再瞭解不過，楊厚承撓撓後腦杓道：「不是怕你一時衝動，跑到黎姑娘府上去嘛。」

「拾曦，眼下黎姑娘正處於風口浪尖上，許多府上都瞧著，咱們要是貿然去看她，反而會給她平添很多不便。」朱彥附和道。

池燦輕笑一聲。「呵呵，你們想多了，我和黎姑娘非親非故，我去人家府上幹什麼？」

他說完掉頭就走，被楊厚承死死拉住。「那你這是去哪裡啊？」

「哦，我隨便溜達溜達，看能不能偶遇江大姑娘。」

楊厚承差點栽倒。「別啊，那咱還是去看黎姑娘吧。」

就池燦這小子無法無天的性子，別把人家江大姑娘毀容了，到時候江堂還不跟他們拚命啊。

「拾曦，冷靜點……」朱彥勸道。

池燦甩開二人，涼涼道：「我很冷靜，我就是出去溜達溜達。」

他轉身匆匆往前走，迎面撞見了邵明淵。

楊厚承與朱彥總算鬆了一口氣，異口同聲道：「庭泉，快攔住拾曦！」

池燦一見是邵明淵，甩手走得飛快。

邵明淵雖不知為何要攔住池燦，但朱彥素來穩重，他都這麼說了定然是有道理的，於是伸手搭在池燦肩頭。池燦走不了了，黑著臉道：「邵明淵，你放手！」

楊厚承追過來。「千萬別放，他要去惹事的！」

邵明淵環視一眼，見不少人好奇看過來，淡淡道：「進屋再說。」

池燦強行被拉回了屋子，勃然大怒。「你們三個有毛病吧？」

邵明淵看也不看他，直接問朱彥：「怎麼回事？」

朱彥無奈一笑。「剛剛拾曦聽說了黎姑娘被毀容的事，想找江大姑娘算帳去。」

「都說了我出去溜達溜達，那丫頭被毀容關我屁事啊？」

「你就是要去找江大姑娘算帳。」楊厚承不怕死頂了一句。

當他們傻啊！

池燦死死瞪著楊厚承，怒極而笑：「對，小爺正好心情不爽，想去調戲一下良家婦女，不行嗎？」楊厚承翻了個白眼。

他輸了，人不要臉天下無敵。

楊厚承往旁邊一退，看了邵明淵一眼。還是他們中間武力值最高的來吧，再胡說八道胖揍一頓就好了。

「怎麼，你也要攔我？」池燦挑釁般看著邵明淵。

身手好了不起啊？他撿來的白菜，讓別人糟蹋了，還不許他發脾氣了？再這樣就絕交！

池公子尋思了一下，又覺得絕交有點太嚴重了。

嗯，還是看一下邵明淵的態度好了。

「我剛見過黎姑娘。」邵明淵開了口。

啥？楊厚承與朱彥對視一眼，而後一同去看池燦。

池燦眉頭跳了跳，嘴角笑吟吟的。「嗯哼？」

「黎姑娘臉上傷口挺嚴重，恐怕會落疤。」

池燦眼神一冷。

「李神醫應該可以治，黎姑娘不會毀容的，就是暫時不大雅觀。不過這樣的話，黎姑娘以後會少出門，反而能避免一些麻煩。」邵明淵很是客觀冷靜分析一通，對池燦微笑道：「你不要太擔心了。」

「我本來也沒打算去瞧她。」池燦彆扭否認道，說罷狠狠瞪了楊厚承和朱彥一眼。

這兩個混蛋怕他去見黎姑娘給她添麻煩，怎麼邵明淵都見面回來了，一個個成了啞巴？

邵明淵堂堂一個北征將軍，跑去見一個小姑娘，這合適嗎？

邵明淵不知道池燦的腹誹，接著道：「江大姑娘那裡，你也不要去了，畢竟和一個小姑娘計較，不大好看。」

「那就這麼算了？」池燦涼涼一笑。

一個個都怕惹到江堂，還要拿男女之別當藉口。小姑娘怎麼了？小姑娘惹他不高興，他照樣收拾！

「哦，我已經找過她爹了。江堂答應我會好好教育他女兒。」邵明淵道。

池燦嘴巴張了半天，迎上邵明淵巋然不動的神色，最終來一句：「你這動不動找家長，有意思嗎？」這傢伙邏輯為什麼和正常人不一樣啊？

邵明淵同樣不懂池燦的邏輯，反問道：「不然呢？」

他頗驚訝，看著池燦。「找小姑娘打一架？」

池燦被問得有些沒面子，沒好氣道：「庭泉，我說你操心這麼多幹嘛啊？」

「我只是受人之托忠人之事，你別誤會。」邵明淵坦然道。

「我有什麼好誤會的，簡直莫名其妙！」池燦站了起來。「回去了。」

邵明淵望著池燦狼狽而逃的背影，眸光微閃，看向朱彥與楊厚承。

楊厚承攤攤手。「他一直是這樣的，從來未改變，越在意越嘴硬。」

邵明淵遲疑了一下，問道：「拾曦很在意黎姑娘？」

「啊——」楊厚承自覺失言，撓撓頭補救道：「其實我也挺在意的。」

朱彥忍不住笑了，對邵明淵解釋：「主要是嘉豐一行，與黎姑娘相處的情形太令人難忘。黎姑娘……」他想了想，很坦誠道：「是個很特別的人。只要與她相處過，很難不——」

他想說很難不被她傾倒，又覺得這樣說不大妥當，或許用折服更恰當些，只論才情，無關風月。「很難不佩服她嘛，庭泉你不知道，黎姑娘閉著眼睛下棋都能贏拾曦與子哲。」

「……」他還在這呢，有這麼「兩肋插刀」的朋友嗎？

「是麼？」邵明淵笑笑。他不由想起那日大雨，在門外聽到的話。

小丫鬟問黎姑娘他會如何處置兩名獵戶，黎姑娘說：我也不知道。不過，我尊重他的選擇。

有這般心性的女孩子，確實是特別的。

也難怪……拾曦會動心。

告別小夥伴們的池公子一回到家，便開始翻箱倒櫃，把屋子弄得一團糟。

小廝桃生進來後，納悶道：「公子，您找什麼啊，屋子裡都沒處下腳了。」

「我記得開春的時候得了兩盒上好的雲霜膏，忘了放哪了。」

「哎呦，我的公子啊，您想找什麼跟小的說啊，小的來找。」桃生直奔一個櫃子，踮腳從頂端格子裡摸出兩個白玉盒子來。「這不在這呢。」

池燦接過來，仔細看了看，揣進了懷裡。

「公子，您找雲霜膏幹什麼啊？」

池燦臉一冷。「多嘴！」

「小的多嘴，小的多嘴！」桃生輕輕扇了自己兩下耳光，鍥而不捨。「所以公子找雲霜膏到底幹什麼啊？」池燦拿這無恥的小廝沒轍，抬腳出去了。

長公主府外的石獅子耀武揚威，好像在笑話著俗世中的男男女女。

池燦離開長公主府，站在街上，忽然又不知該往哪裡去了。

他就這麼巴巴的把雲霜膏給那丫頭送上門去，會不會被她誤會啊？萬一那丫頭自作多情怎麼辦？不好，不好，還是不送了。

池公子糾結許久，終於想起來，明天就是那丫頭去疏影庵的日子，他萬一偶然遇見，瞧她可憐，賞她一盒雲霜膏還是可以的。

翌日，某人起了個大早，懷揣著兩盒雲霜膏，跑到疏影庵必經的路口茶棚等著去了。

然而，鄧老夫人昨天就讓何氏打發冰綠去疏影庵告了假，喬昭今日自然是不用出門的。

她也出不了門。

昨天參加聚會的各家貴女，或是因為好奇，或是因為禮貌，紛紛遣人送來禮品，如朱顏、蘇洛衣等人更是親自上門探望。

無論是出於禮儀還是早有的打算，喬昭都一一見了，頗有些應接不暇，好在她已經能開口說話，不至於太憋悶。

「姑娘，尚書府的大姑娘來了。」

喬昭拿著茶杯的手一頓，面上不動聲色。「哪個尚書府？」

「刑部尚書寇大人府上。」

「請寇大姑娘進來。」

很快珠簾輕響，寇梓墨走了進來。

喬昭起身相迎：「寇姑娘——」

寇梓墨快走幾步，握住喬昭的手。「黎三姑娘快快坐下，按理說不該現在就來打擾妳的，不過我實在放心不下——」她一雙美目從喬昭臉上掃過，不由紅了眼圈。「竟然這麼嚴重……」

阿珠奉上香茗。

「多謝寇姑娘來看我，請喝茶。」

寇梓墨接過茶盞，目光忍不住往喬昭臉上飄。

這樣的傷勢，分明就毀容了，黎三姑娘為何能如此平靜？

自覺這樣有些失禮，寇梓墨強行收回目光，看向別處。

窗臺上擺著一隻天青色大肚花瓶，瓶中養著一簇梔子花，潔白如雪，讓整間屋子都縈繞著淡淡清香。牆上則掛著一幅鴨戲圖，寥寥數筆把一隻隻鴨子勾勒得活靈活現，盯得久了，彷彿能聽到鴨叫聲。

這應該是名滿天下的喬先生早年畫作，奇怪的是，此畫的落款並不是喬先生的名。

「寇姑娘對這幅畫感興趣？」

寇梓墨回神，下意識點頭。「喬先生的鴨戲圖，誰不感興趣呢？」

「寇姑娘若是喜歡，便送妳了。」喬昭笑道。

寇梓墨呆了呆，忙擺擺手。「不，不，我只是看看，哪能收這般貴重的畫作。」

喬昭走到牆邊，踮著腳乾脆把畫取下來，折回身來遞給寇梓墨。「是我閒來無事隨手畫的，不是什麼喬先生的畫作。寇姑娘若是不嫌棄，就收下吧。」

嗯，為了討好表妹，她也是拚了，喬姑娘自嘲地想。

「黎三姑娘畫的？」寇梓墨大驚，不由去看畫上落款，喃喃念道：「阿初作於榴月……」

「阿初」是黎三姑娘的小字嗎？好奇怪的名字。

寇梓墨本是沉穩的人，可眼前畫作太過驚人，讓她好一會兒回不過神來。

「真的是黎三姑娘畫的？」

喬昭笑笑。「喬先生的畫作哪能隨意見到呢，寇姑娘要是不喜歡，就把它放一邊吧。」

寇梓墨忙把鴨戲圖抱住。「怎麼會不喜歡，每天瞧著這幅圖，我都要多用一碗飯了。」

喬昭笑起來。面前少女笑靨淺淺，明明該是美好如畫，偏偏猙獰的傷口破壞了一切。

寇梓墨心中一嘆，道：「黎三姑娘，我今日來訪，還要替微雨向妳道謝的。」

六十一　祛疤良藥

「歐陽姑娘現在怎麼樣？」

寇梓墨面上閃過一絲傷感。「她的父親已經有了消息，被貶到北定去了，大概用不了多久，他們一家就要啟程了。微雨不方便來見妳，所以托我對妳道一聲謝。」

「我並沒做什麼，讓歐陽姑娘想開些，只要一家人在一起，哪裡都可為家。」

寇梓墨點點頭，語帶欣慰。「是呀，無論如何，這已經是很好的結果了。雖然以後我們恐怕很難再見面，但想到她好好的，還能時常書信往來，就挺知足了。」

歐陽大人得罪的是誰？那是當朝首輔蘭山。她雖是姑娘家，也聽說過，很多彈劾首輔蘭山的人最終都落得個枉死的下場，好友一家只是被貶黜到北定，已經是慶幸了。

這時，阿珠進來稟告：「姑娘，東府的二姑娘來看您了。」

喬昭面不改色道：「請二姑娘進來。」

東府的二姑娘黎嬌已經有些日子沒出門了，今天居然來看她？

不多時珠簾掀起，走進來一位元柳眉鳳目的少女。

黎嬌穿了一件蔥綠色繡纏枝花的褙子，杏色褶裙，襯得肌膚如雪，吹彈可破。

「三妹這裡有客在啊？」黎嬌眼波一轉，看清了寇梓墨，頗為吃驚，脫口而出道：「寇大姑娘？」

居然是刑部尚書的孫女寇梓墨！她的父親是刑部侍郎，作為同一個圈子的女孩，她在許多場合都見過寇家姊妹的，只是一直沒有熟稔起來。

寇梓墨笑著解釋：「昨天馥山社的聚會上，我與黎三姑娘一見如故。黎三姑娘受了傷，我挺擔心她的情況，就來叨擾了。」

黎嬌一聽，暗暗咬了牙。

果然是因為黎三入了馥山社才有了這些機緣，攀上了寇梓墨這些人。

要是她還在馥山社——黎嬌越想越是不平，目光落在喬昭的臉上，不平之氣這才出來。

攀上寇梓墨這些人又如何？黎三的臉毀成這樣子，難道以後還跑出去嚇人嗎？

「三妹，妳的臉怎麼傷得這麼重？」黎嬌驚呼一聲：「我聽說了妳的事，還以為只是一點皮外傷呢，誰成想是毀容了呀。三妹，妳可要想開些，雖然女孩子的臉很重要，但既然已經這樣了，再難過也沒用了。以後妳要是覺得悶，我就常來找妳玩。」

「多謝二姊關心，我沒事。」喬昭笑笑。

原來是看熱鬧的。

「怎麼能沒事呢，三妹妳這般強顏歡笑，我瞧著怪難受的。也就是三妹堅強，要是換了別人，恐怕早就活不下去了。寇大姑娘，妳說是不是？」

寇梓墨暗暗皺眉。黎二姑娘雖然口口聲聲都是關心，可一直提人家傷心事就不好了。

「讓二姊操心了，我真的沒事。」喬昭淡淡道。

黎嬌伸手握住喬昭的手。「三妹，妳越這樣說我越不放心，往往說沒事的人，心裡都藏著大事呢。哎呀，妳可千萬不要想不開啊，不然嬸嬸該多傷心呀。」

喬昭啞然失笑。黎二姑娘是多盼著她想不開啊，只可惜，注定要讓她失望了。

「二姊的心可以放下了，我肯定不會想不開的。」喬昭用眼尾餘光掃寇梓墨一眼，抽出手來，狀似隨意地道，「我臉上又不會落疤，幹嘛想不開呢？」

寇梓墨聞言，神色微變。

黎嬌猛然看向喬昭的右臉，而後搖頭嘆道：「三妹，我知道誰都不想自己臉上落疤的，可妳這傷太重了，不留疤是不可能的。」說到這裡，她從袖中摸出一個碧玉盒子，遞給喬昭。「這是我從祖母那裡求來的雲霜膏，雖然不能把妳臉上的疤痕消除，但能緩解一下也是好的，三妹拿著吧。」

喬昭沒有接。「多謝二姊了，不過我應該用不著。」

「三妹，妳這樣，是不是還因為佛誕日的事惱我呢？」當著寇梓墨的面，黎嬌收起了所有小性子，趁機解釋道：「那天我真的不是有意搶妳風頭的。我也沒瞧僧人手中的佛經，聽祖母喊我，就以為真的是我呢。不怕三妹笑話，我這一年來每天都花好長時間練字，真覺得自己進步挺大的，沒想到鬧出這樣的誤會來。」

不想再看黎嬌做戲，喬昭淡淡笑道：「過去的事，二姊就不必多說了。我是真的用不著雲霜膏。二姊應該知道，我乾爺爺是誰吧？」

寇梓墨心中一跳，目光灼灼望著喬昭。

「是那位李神醫？」黎嬌不情不願問道。

「是呀，李爺爺給我留了上好的祛疤藥，還把治療碰傷、燒傷的方子教給了我。」喬昭笑著對黎皎說，眼角餘光則留意著寇梓墨的動靜。

果然就見寇梓墨在聽到「燒傷」兩個字時眼神一縮。

「真的會有這麼神奇的祛疤良藥？」黎嬌一副難以置信的樣子。

「李爺爺是當世神醫，他的藥肯定是極好的，會不會這麼神奇，等我臉上傷口癒合就知曉了。」黎嬌一聽，心中冷笑一聲，這樣的傷口能不落疤？做夢吧！

她雖不信，可聽了喬昭的話，也沒了看熱鬧的心思，又說了幾句閒話便提出告辭。

送黎嬌出去後，喬昭轉身往回走，卻見寇梓墨垂眸盯著雙手，一副若有所思的模樣。

「寇姑娘有心事？」喬昭在一側坐下來。寇梓墨壓下紛亂的思緒，目光忍不住往喬昭臉上落。

這樣的疤痕，也能消除嗎？

這世上真有這麼神奇的藥？

「我是聽黎三姑娘說有比雲霜膏還好的祛疤良藥，有些吃驚。」

事情如願按著自己預料的那樣發展，喬昭心中有些小小雀躍，面上卻若無其事。「不是比雲霜膏還好，而是比雲霜膏好百倍。」

寇梓墨眼睛一亮。「那……」

她想問燒傷落下的疤痕是否有效，又覺得實在難以相信，便把到嘴邊的話嚥下去，轉而道：「那等黎三姑娘好了，定要知會我一聲，我也好為黎三姑娘高興高興。」

喬昭意味深長笑笑。「一定的。」

城外官道旁的茶棚裡，池燦苦等了大半日依然不見佳人蹤影，臉色冷得能結冰，氣惱站起來決定回府，忽然一陣頭暈反胃。

池燦伸手扶住了桌子才沒有栽倒，陣陣眩暈感襲來，臉色蒼白如雪。

一個人影旋風般衝了過來，扶住池燦。「公子，您怎麼了呀，到底怎麼了呀？」

池燦慘白著臉瞪著小廝桃生。「再搖我就吐了！」

看了一眼池燦臉色，桃生嚇了一大跳。「公子，您的臉色好嚇人，出門時不還好好的嘛，這是怎麼了——」

「小哥，這位公子是中暑啦，你快帶他去醫館瞧瞧吧。」

池燦一聽臉都綠了。中暑了？他為了等那個死丫頭中暑了？

昏沉沉的池公子被小廝桃生硬拉到濟生堂，又是針灸又是灌藥，臉色這才好看了點兒，有氣無力問桃生：「你怎麼在那？」

「小的不是不放心您嘛。」桃生陪笑著。

不管小廝是出於好奇還是關心，幸虧當時有他在，池公子懶得再計較，輕哼一聲，走出醫館大門。

「公子，您走錯方向啦，咱們公主府往這邊走。」見池燦往左邊拐，桃生忙喊道。

看樣子，公子病得不輕啊。

「囉嗦！」池燦懶得理會桃生，往一個方向走去。

公子這是去哪兒啊？桃生忙跟了上去。

池燦轉頭。「你別跟著我了。」

桃生頭搖成撥浪鼓。「這哪成，萬一公子暈倒了怎麼辦？」

他想了想，從懷裡掏出一隻小鏡子。「公子您瞧瞧，您的臉色多難看。」

池燦隨意掃了一眼，納悶問桃生。「你還隨身帶著這個？」

桃生一臉理直氣壯。「那當然，小的要時刻注意儀容，才不給公子丟臉啊。」

池燦抽了抽嘴角，往前走去，不知不覺就到了黎府外。

這裡就是那丫頭的家？瞧著就不怎麼樣嘛。

「桃生，把這個給這家府上的姑娘送去。」池燦把都快揣出汗來的雲霜膏拿出來。

「好勒。」桃生接過雲霜膏，反應過來。「啥？姑娘？」

「怎麼？」

「哎呦，公子，這可不行。小的一個小廝，跑去給人家府上姑娘送東西，會被人家亂棍打出來的。」

他家公子居然要給一位姑娘送東西？嘤嘤嘤，他一直以為他家公子對京城裡的小娘子們避如蛇蠍，終有一日會給男人送東西，還好是姑娘，真是老天開眼啊。

一直心懸主子偏好的某小廝終於鬆了口氣。

「不能是小廝？」池燦修長的眉輕蹙。

「當然不能啊，要是丫鬟還差不多，就說是哪家姑娘派來的。」桃生隨口說著，正好見寇梓墨帶著丫鬟上了停在黎府門外的馬車，便道：「或者是某家姑娘來探望，反正男子肯定不行的。」

「那這個怎麼送出去？」池燦很不滿。

他從來不做無用功，既然打算把雲霜膏送給那丫頭，就必須送出去，不然他會睡不著覺。

「要不，咱們回公主府，拜託一下冬瑜姑姑？」

池燦白他一眼。「你是不是傻啊，冬瑜姑姑知道了，我娘不就知道了？」

「那……要不隨便找府上一個丫鬟幫忙？」

池燦皺眉。「也不行。府上丫鬟我都不認得，誰知道可不可信，萬一轉頭告訴冬瑜姑姑怎麼辦？」

「小的是想不出法子了，公子您智慧無雙，一定有兩全其美的法子。」

池燦點點頭。「法子確實有一個。」

他眼風一掃桃生，面不改色道：「你扮成丫鬟，去送！」

桃生一個趔趄，扶著牆壁苦笑。「公子喲，您就別拿小的尋開心了。」

「怎麼，不願意？」這小廝連男扮女裝都不願意，要他有什麼用？

盯著主子冷冷的眼神，桃生拉了拉自己的臉。「公子，您看看小的這臉，還沒您白嫩呢，怎麼裝丫鬟啊？」與其如此，還不如您裝姑娘呢。

池燦臉徹底黑下來。「你不扮成丫鬟，還想讓我扮成姑娘不成？」

咦，這樣似乎也沒什麼不行。

池燦肆無忌憚慣了，還真沒把這些俗禮放在心上。

不過，那丫頭又不是他什麼人，他才懶得去看呢。

「別廢話，要不扮成丫鬟給小爺把事情辦妥當了，要不在脖子後面插根草，去路邊跪著吧。」

桃生瞪大了眼。威脅，這是赤裸裸的威脅！

半個時辰後，桃生扭扭捏捏站到池燦面前，不自在拽著衣襬。「公子，小的這樣行嗎？」

池燦摸著下巴點點頭。「行，太行了，去吧，記得我交代的話。」

桃生閉了閉眼睛，被池燦拿扇子敲了一下腦袋。

「公子？」

「你是去探望傷患，不是上刑場，要是給我露了餡，後果你是清楚的。」

可憐的小廝險些哭了。太知道了啊，不就是讓他插根草，跪在路邊把自己賣了嘛。

公子一點常識都沒有，跪在路邊賣身葬父都是戲摺子裡演的，真正買賣奴僕有專門的市場！

桃生腹誹完，心一橫，大步往黎府走去。

「等等！」池燦追上來，不滿道：「步子小點兒。你要是露了餡，後果可不是被我賣了這麼簡單，你想想要是在黎府露了餡——」

桃生險些跪了。別再嚇他了，他膽子小！

他抹了一把淚，一臉鄭重道：「公子，要是小的回不來了，別忘了照顧小的爹娘。哦，對了，小的還在家門後水缸底下藏了一匣子碎銀子，本來打算留著娶媳婦的，記得讓小的爹娘取出來養老。」

「快滾吧你！」再囉嗦下去，真不如自己去了。

桃生謹記著主子叮囑，邁著小碎步來到黎府門前。

「小娘子有事？」門房老趙頭今天已經見多了各府的姑娘丫鬟們，此時見到門口站著個清秀高挑的小丫鬟，一點不奇怪。

「我們姑娘派我來給府上三姑娘送些東西。」桃生緊張得額頭都是汗，好在他還是少年，聲音輕柔骨骼纖細，守門的老趙頭一點沒瞧出破綻來。

「小娘子在這裡登記吧。」

桃生提筆寫下長容長公主府後，卻沒放下禮盒。

老趙頭笑道：「小娘子把東西放下就行了，會有人專門送到三姑娘那裡去的。」

桃生僵硬一笑。「老伯，是這樣的，我們姑娘交代了，要我親自交給三姑娘，看一下三姑娘情況如何了，我們姑娘才好放心。」

驗過代表長容長公主府的名帖被放行後，桃生跟著一名粉衣丫鬟往內院走去。

「姊姊，公主府很大嗎？」領路的丫鬟好奇地問。

見桃生悶頭往前走，小丫鬟忍不住又喊一聲：「姊姊？」

桃生恍然大悟：「小妹妹是喊我？」

粉衣丫鬟噗哧一笑。「不是喊姊姊，這裡莫非還有別人不成？」

桃生尷尬笑笑。他哪能反應過來「姊姊」是在喊他啊！

嘖嘖，明明小丫鬟水靈又可愛，要是喊聲「哥哥」多好聽，喊「姊姊」太讓人傷心了。

「公主府當然很大，嗯，連公主府的花園都比整個黎府大呢。」

「真的呀？」粉衣丫鬟一臉憧憬，隨後嘆口氣。「可惜我不是三姑娘的貼身丫鬟，不然三姑娘和妳們姑娘交好，說不定就有機會跟著去看看呢。」

「一定有機會，一定有機會。」桃生緊張得語無倫次。

粉衣丫鬟覺著這位來自公主府的丫鬟很有趣，不由掩口笑了，轉而揚聲喊道：「阿珠姊姊，有客到了，是長容長公主府上的姊姊，替她家姑娘來看三姑娘的。」

月洞門旁站著個秀美的青衣丫鬟，正是阿珠。

阿珠向桃生溫柔一笑。「姊姊請隨我進來吧。」

桃生一呆。好溫柔，比公主府上那些母夜叉強多了！

「姊姊請稍等，我進去稟告一聲。」阿珠在門口停下來。

桃生險些撞上去，忙止住腳步，咧嘴笑道：「好的。」

阿珠隱隱覺得這丫鬟有些奇怪，又說不出個所以然來，不由多打量桃生幾眼。

桃生猛然清醒，眼觀鼻鼻觀心，作出一副端莊的模樣來。

阿珠這才收回疑心，向桃生再次一笑，轉身走了進去。

桃生悄悄抹了把汗。嚇死他了！

「姑娘，長容長公主府來了個丫鬟，說是替她家姑娘探望您的。」

「長容長公主府的姑娘？」喬昭壓下心中疑惑。「讓她進來吧。」

阿珠把桃生領到了外間。「姊姊請稍等，我們姑娘馬上出來。」

「噯。」桃生連連點頭，心中緊張又好奇。

啊啊啊，公子心心念念的姑娘到底長什麼樣啊，那位姑娘一定是公子的心上人吧？一定是吧？

片刻後，珠簾輕響，走出一位素衣少女。

桃生頓時看呆了。

當然不是美呆了，而是驚呆了。

公子品味可真……獨特！

喬昭坐下來，聲音溫和似水。「阿珠，去搬個小杌子來。」

嗯，聲音倒是很好聽，果然是有其僕必有其主，就是可惜了啊，那張臉實在嚇人。

桃生垂著眼，心中嘆了口氣。

「姊姊請坐。」阿珠把小杌子放在桃生身邊。

「謝謝。」桃生一屁股坐下了。

喬昭掃了一眼桃生坐姿，面色淡然，柔聲問道：「妳來自長容長公主府？」

「是的。」桃生挺直了身子。

「哦，實在抱歉，我不大清楚是哪位姑娘。」

知道到了考驗身分的關鍵時刻，桃生後背緊繃，謹記著池燦的話，解釋道：「我們公主府只有一位姑娘，就是池公子的庶妹，昨天也去參加了姑娘們的聚會的。不過我們姑娘素來低調，三姑娘可能沒有留意到。」公子說了，大姑娘雖然不是馥山社的成員，更不可能參加什麼聚會，但黎三姑娘也是第一次參加，肯定不會發現這一點。

「這樣啊……」喬昭目光一直落在桃生身上，想到了長容長公主府上的姑娘是哪位。

池燦的父親養的外室在其故去後，帶著一對子女找上門來，母子三人都被長容長公主收留，池燦的庶妹應該就是指那個女孩子了。

桃生坐在小杌子上，明明少女看向他的目光溫和，卻莫名緊張起來，屁股針扎般難受，不由悄悄挪了挪。公子交代的話到底能不能蒙混過關啊，萬一露了餡，他可就要壯烈犧牲在此了。

他可是個大男人，要是壯烈犧牲在別的地方也算為主盡忠了，可壯烈犧牲在姑娘家的閨房裡，還特別是男扮女裝，這絕對是遺臭萬年的節奏啊。

不行，不行，他要速戰速決！

桃生滿臉堆笑把禮盒奉上。「這是我們姑娘送給三姑娘的雲霜膏，對消除疤痕很有效果的，還望三姑娘不要嫌棄。」

喬昭看了阿珠一眼。阿珠伸手接過，遞給喬昭。

「讓池姑娘費心了。」喬昭打開禮盒，掃了一眼裡面放著的兩盒雲霜膏，眸光一閃，而後深深看了桃生一眼。

桃生被這一眼看得心驚肉跳。

什麼情況啊，裡面不就放著兩盒雲霜膏嘛，為什麼這位三姑娘眼神這麼奇怪呢？

「三姑娘，小的——」桃生狠狠咬了一下自己舌尖，迅速改口道：「我們姑娘很擔心您的情況，還等著婢子回話，婢子就先告辭了。」

回應他的，是一陣沉默。

桃生不由壯著膽子去看喬昭，就見少女神情冷凝，溫柔如春水的眼波好似乍然遇到了狂風，掀起一片驚濤駭浪，最後又盡數斂於眼底深處，回歸平靜。

桃生腿肚子發軟，汗都出來了，硬著頭皮道：「三姑娘，婢子告辭啦。」

「等一等。」少女平靜出聲。

桃生嚇得差點栽倒，強撐著笑道：「三姑娘還有什麼吩咐？」

「妳等等，我有一封致謝信，要勞煩妳轉交妳家姑娘。」

不知道是不是心虛，聽到「姑娘」兩個字時，總覺得黎三姑娘加重了語氣。

不可能，不可能，他一點破綻沒露出來，黎三姑娘又沒成精，怎麼可能發現什麼呢。

等待的過程對桃生來說簡直度日如年，直到接到阿珠交給他的信箋，跟著阿珠往外走時，桃生這才鬆了口氣。以後男扮女裝的活打死也不幹了，忒他娘的嚇人了！

二人迎面遇到了冰綠。

「又有人來看姑娘啊？」剛剛練過拳腳的冰綠臉蛋紅撲撲的，隨意瞄了桃生一眼。

「嗯，我送他出去。」

「那我進去了，今天累死了。」

晨光那混蛋真是討厭，哪有這麼嚴厲的！

黎家西府地方小，自從有了邵明淵的吩咐，晨光就在二門旁的一處空地上教冰綠習武。

阿珠領著桃生走過，正準備回屋的晨光遙遙瞥了一眼，面色一變。

六十二　自投羅網

男人？

晨光目不轉睛盯著走在阿珠身側的桃生，揉了揉眼睛。

他是不是眼花了？怎麼會有一個男人出現在這裡？

不對，不是男人出現在這裡的問題，這裡出現男人不算奇怪，可出現男扮女裝的人就是大事了。

走在旁邊穿青衣的丫鬟是阿珠吧？晨光眼睛都直了。

這麼說，那個男扮女裝的人混進了三姑娘閨房？這還了得！

晨光黑著臉大步流星往那邊走，走到中途腳步一頓。不能衝動，看樣子那個混蛋已經從三姑娘閨房出來了，要是在這裡把事情鬧起來，對姑娘的名聲可不好。

晨光深吸一口氣，換了條路直接去了大門那裡守著。

畢竟是公主府的人，不好怠慢，阿珠一路把桃生送到了門口。

「姊姊慢走。」

眼看就要脫身，桃生恢復了輕鬆心態，心情輕快了，自然就有閒心感慨了。

這麼溫柔的小丫鬟，要是他們公主府的就好了。

「阿珠妹妹，下回見啊。」

黎三姑娘是他家公子的心上人，公子要是把黎三姑娘娶回家，阿珠妹妹就能天天見了，他這話可沒說錯。

阿珠笑笑，看著桃生走出大門口，這才折身而回。

桃生抬頭默默望天，大大鬆了一口氣。可算出來了，還帶了黎三姑娘的致謝信，雖然信是寫給大姑娘的吧，公子看了一定會高興的。桃生按了按揣在懷裡的信箋，抬腳往一邊走。

公子還在那邊等著他呢。

順利完成了任務，桃生也不邁小碎步了，美滋滋大步流星往牆根走，才轉了一個彎，還沒來得及喊池燦，旁邊就伸出一隻手按住了他的嘴，把人扛起來就跑。

已經瞧見桃生的池燦當場就愣了。

什麼狀況？

光天化日之下，居然有登徒子專門守在黎家門口，擄走小娘子？

池燦越想越氣憤，匆匆往春風樓趕去。

他要找邵明淵借兩個身手好的，把那膽大包天的登徒子滅了，不然哪天那丫頭出門，豈不是要遭殃？

至於桃生——

池公子絲毫不擔心，反正等脫了衣服發現不是女的就沒事了嘛。

怕扛著人太惹眼引來麻煩，晨光一掌劈暈了桃生，背著他順著小路跑得飛快，偶爾遇到一、兩個行人，便喊道：「讓開、讓開，我妹子得了急病，傳染的！」

呼啦一下，凡聽到的人沒有不閃開的。

很快從後門進了春風樓，晨光狠狠一掐桃生人中，把他掐醒了。

桃生「嗷」的一聲慘叫，淚眼汪汪叫道：「你什麼人啊，想幹嘛啊？」

晨光冷笑一聲。「別以為哭得梨花帶雨，我就看不出你是男人了！」他以前是幹嘛的，要是連這點眼力勁都沒有，又怎麼能跟著將軍大人混，還被將軍大人委以重任來保護黎姑娘？

桃生愣了愣，低頭看看自己衣裳，這才想起來自己還在男扮女裝呢，當即就猛烈咳嗽起來。好丟人！就說公子交代的活不是人幹的啊！

一股大力傳來，桃生直接被晨光揪著衣領抵在了牆上。

「小子，老實交代，你究竟是什麼人，為什麼混進黎三姑娘房裡？」

桃生被揪得喘不過氣來，雙手死命去扒晨光的手，對方紋絲不動。

「老實交代！」晨光越想越惱火，反手給了桃生一耳光。

將軍大人讓他好好照顧黎三姑娘，居然一而再再而三的出亂子，這是害他在將軍大人面前混不下去吧？誰要讓他在將軍大人面前混不下去，他就先讓誰完蛋！

桃生被打懵了。他雖然是個小廝，從小卻是跟著池燦的，頂多是主子心情不順踹兩腳，哪裡真的挨過打啊，當即疼得眼淚就流出來了。

不能哭，他可是公子的貼身小廝，丟人不丟面兒，怎麼能在這殺千刀的莽夫面前哭呢？

很有志氣的某小廝，拚命眨眼睛想把眼淚逼回去。

晨光一看火氣更大，往地上啐了一口道：「我呸，你這變態還想使美人計不成？當爺爺沒見過女人吶？」

雖然就只是見過而已，那他也不可能讓一個男人給迷惑了！

「說，你到底是誰？」晨光拎著桃生衣領的手又緊了緊。

桃生被一路劫到這裡，完全搞不清身處何處，眼看晨光凶神惡煞一副想殺人滅口的模樣，心都涼了，絕望之際忽然瞥見一個人影，如遇救星大喊道：「救命呀，非禮呀——」

「……」這個變態，是想讓他在將軍大人面前名聲掃地啊？

身材修長高大的男子走了過來，在不遠處站定，溫聲問道：「晨光，怎麼回事？」

晨光簡直淚流滿面。看吧，看吧，就知道將軍大人不會被外表所迷惑的！

他的清白總算保住了。

「將軍，這人男扮女裝，混進了黎三姑娘閨房！」

一聽「將軍」兩個字，桃生腦袋嗡了一聲。

是冠軍侯？老天，乾脆讓他死了吧！

不，不，不，他就只是個小廝而已，冠軍侯雖然經常與公子見面，但應該不會留意到他，何況他還穿了女裝……

桃生自我安慰著，就聽腳步聲遠了。

居然走了？嗯，冠軍侯英明神武，日理萬機，肯定不會理會這種小事的。讓這個莽夫來審，他寧死不屈，反正不能透露真實身分。

「把他帶進屋再說。」

桃生眼一黑，險些閉過氣去。

門哐噹一聲關上。

邵明淵坐下來，修長雙腿交疊，冷冷看著桃生，聲音冷然如高山上的冰雪。「男扮女裝？進了黎三姑娘閨房？」每問一句，聲音就冷上一分。

桃生把頭埋得死死的，大氣不敢吭。

「誰派你去的？」

「是，是我自己……」堅決不能把公子供出去。

「不會。」邵明淵語氣肯定，淡淡道：「把頭抬起來。」

不抬頭，不抬頭，死也不抬頭。

桃生渾身打著哆嗦，死死頂著將軍大人散發出來的威壓。

這時有人在門外喊：「將軍，池公子來了，在前邊等您呢。」

邵明淵站起來，一言不發往外走去。

聽到關門聲，桃生險些淚流滿面。公子啊，您來得太是時候了，再晚一會兒小的就頂不住了。

邵明淵走進雅室，池燦立刻站了起來。「庭泉，借我兩個人！」

「借人？」

「對，來兩個身手好的，我去殺個人。」池燦一臉急切，說得卻輕描淡寫。

小夥伴邵明淵不動聲色。「能問問去殺誰嗎？畢竟這裡是京城，天子腳下，殺人是要負責任的。」

「殺登徒子負什麼責任啊？殺了也白殺！」池燦一臉陰狠。

邵明淵吃了一驚。「有人非禮你？」

「咳咳咳！」池燦劇烈咳嗽起來，順過氣來怒視著邵明淵，氣道：「邵明淵，你想到哪裡去了！」這小子平時都在想什麼？

邵明淵一臉無辜摸摸鼻子。「看你氣成這樣，我只能這麼想了，不然什麼登徒子能讓你氣成這樣？」好友絕對不是路見不平拔刀相助那種人，這一點他還是清楚的。

「你再囉嗦下去，黃花菜都涼了！」

邵明淵絲毫不為所動。「哪來的登徒子？」

這是去殺人，不是去遛馬，他要對屬下負責。

「實話跟你說吧，我偶然路過黎府，正好看到一個登徒子，把一位才從黎府出來的小娘子擄走了。庭泉，你不是最恨這種事嘛，趕緊挑兩個身手好的給我。你是不知道，那王八蛋一看就是熟手啊，扛著人跑得別提多快了！」

邵明淵隱隱覺得不對勁，問道：「人都跑了，你還去哪兒找？」

「哪也不去，就在黎府守著啊。那人再出現，一刀宰了就安心了。」

邵明淵沉默一下，問道：「那被擄走的小娘子呢？」

池燦一臉理所當然。「那個不是重點，重點是把登徒子弄死，讓他以後別再害人就行了。」

他是那種多管閒事的人嘛，別說那登徒子擄走的是桃生，就算真是一個小娘子，關他屁事啊？

「明白了。」邵明淵點點頭。

原來是為了黎姑娘。

「拾曦，被擄走的小娘子當然也是重點。她既然是從黎府走出來的，就這麼丟了，黎姑娘會有麻煩的。」邵明淵提醒道。

池燦一愣，而後不服氣輕哼一聲。邵明淵這傢伙累不累啊，事事想這麼多！

不過似乎有些道理。

「沒事的，你趕緊把人借我是正經。」雖然有道理，但被擄走的是桃生，就沒這個後患了。

邵明淵神情複雜看了池燦一眼，轉身道：「跟我來。」

一見好友鬆口，池燦滿意笑笑，顛顛跟了上去。

來到後院一間屋前，邵明淵伸手把門推開。

「來這幹嘛啊？借個人還這麼麻煩！」池燦往內看了一眼，立刻把門一關，轉身就走。

邵明淵伸手搭在他肩頭，聲音輕揚。「拾曦？」

池燦輕咳一聲，看著邵明淵，一臉正色道：「庭泉，我忽然覺得還是少管閒事為好，免得給自己惹麻煩。咳咳，那登徒子就隨他自生自滅去吧，總會有吃飽了撐著的正義人士收拾他的。」

屋內的晨光心想，自生自滅的登徒子是說他嗎？

桃生心想，他隱隱有一種不妙的預感，很可能就要發生了。

邵明淵聲音清朗依舊：「拾曦，裡面的人你認識不？」

「不認識。」池燦心中一跳，斜睨著邵明淵。「我說庭泉，你什麼意思啊？找你借個人囉嗦一大通不說，還說這麼奇怪的話。」

邵明淵溫和笑笑。「不認識就好。」隨後轉頭，面無表情揚聲道：「晨光，把那個男扮女裝混進姑娘家閨房的混帳給我剁碎了餵狗！」

「……」不帶這樣的啊，邵明淵平時不是挺溫和嘛。

一定是嚇唬他的！

「啊——」裡面傳來一聲慘叫。

池燦面色一變，抬腳把門踹開，大步流星走進去把晨光往旁邊一推。「滾開！」

沒推動。

紋絲不動的小車夫看看自家將軍大人。邵明淵微一頷首，晨光這才退至一旁。

池燦拍了拍桃生。

桃生涕淚橫流。「公子，可疼死小的了。」

不明液體滴在池燦手背上。池燦一張俊臉當場就黑了，冷冷道：「還是剁碎了餵狗吧！」

❧

反覆把手洗了十多次，池公子才冷靜下來，問邵明淵：「怎麼回事？」

邵明淵沉著臉道：「拾曦，這個應該我問你才是。你讓小廝扮成丫鬟去黎姑娘那裡做什麼？」池燦頗不自在，又不得不給出個合理的解釋：「我讓小廝給她送兩盒雲霜膏，不然她以後出來嚇人怎麼辦？」

「就為了送兩盒雲霜膏？」邵明淵驚了。

送雲霜膏可以有一百種法子，為什麼還最不要臉的這一種？

池公子被好友看智障的眼神給激怒了，破罐子破摔道：「不然呢？要是還做別的，我還讓小廝去？」

他自己去不就得了。

不對，他在胡言亂語些什麼？

「那你呢，你那個屬下又是怎麼回事？沒有你的吩咐，他會在黎府外頭閒逛？」

邵明淵語氣淡淡：「哦，他現在不是我的屬下，是黎姑娘的車夫。」

池燦怔住。車夫？這是什麼時候的事？他怎麼一點都不知道？

邵明淵看他一眼，神情認真。「拾曦，你今天的做法有些混帳，會給黎姑娘惹麻煩的。」

「惹什麼麻煩啊？今天要不是你那個車夫屬下，誰能發現什麼？」

「事無絕對。我有這樣的車夫屬下，別人也能有。」

池燦冷笑。「可別人的屬下沒給黎姑娘當車夫。庭泉，你不覺得自己操心太多了？」

為什麼都瞧著他撿來的白菜水靈呢？

「嗯，我就是挺愛操心的。」被好友的無理取鬧搞煩了，邵明淵頂了一句。

池燦翻了個白眼，起身牽著自家小廝回府了。

「我要你有什麼用！」一進屋，池燦抬腿踹桃生一腳。「趕緊給我滾得遠遠的。」

桃生獻寶般把信拿出來，將功補過道：「公子，您看，黎三姑娘的致謝信，給大姑娘的。小的誓死保住了。」

「什麼給大姑娘的，拿來！」池燦劈手把信奪過來，忍不住彎了彎唇角。

他倒是要瞧瞧，那丫頭會說什麼話。

池燦小心翼翼抽出信箋，發現桃生眼睛瞄個不停，板著臉道：「滾遠點！」

桃生垮著臉往遠處挪了挪。

池燦垂眸，就見信箋上瀟瀟灑灑寫著幾個力透紙背的字：「池燦，你混帳！」

池燦彎起的唇角陡然僵住，眼睛死死盯著那簡簡單單幾個字，幾乎冒出火來。

池燦，你混帳！

這是說他？

那死丫頭吃了熊心豹子膽，對他直呼其名？最開始明明叫他池大叔的，現在直接叫全名了？

還說他混帳，他到底哪裡混帳了？這個不識好歹的東西！

對了，還有邵明淵那混蛋，也說他混帳，他們兩個這是商量好了吧？跑他面前玩什麼心有靈犀？池燦氣得來回轉圈。

桃生見勢不妙，悄悄一步一步往後退。

悔啊，早知道剛才直接滾出去了，他幹嘛這麼大的好奇心，想要瞧瞧公子讀過信後的反應啊。眼見著就要一步一步挪到門口了，池燦猛然看過來，殺氣騰騰道：「桃生，你過來！」

桃生雙手抓著門框，滿臉堆笑。「公子，有話您說。」

實在不行先跑了再說，等公子緩一緩再回來負荊請罪，不然小命恐怕就交代在這裡了。

池燦挑眉冷笑。「想跑是吧？我立刻把你藏在家門後水缸底下的那匣子碎銀子扔了餵狗！」

「公子喲，您誤會了，小的是想給您倒杯茶喝。」桃生顛顛去倒了一杯茶，湊到池燦跟前來。

池燦顯然沒有心情喝茶，沉著臉問桃生：「我問你，你去見了黎姑娘，有沒有什麼特別的？」

「特別的？」公子這問題提得太寬泛，桃生好好琢磨了一下，遲疑道：「黎姑娘看到您送的雲霜膏後，盯了好半天。」

「是麼？」池燦心情忽然又有些好了。

對他送的東西就這麼稀罕？真是個沒見識的，小爺這裡還有更好的呢。

「是呀。」桃生點頭如搗蒜。「黎姑娘看完後，就給您寫信了。」

「……」媽的，他的小廝是個智障！

見主子遲遲不開口，沉重的氣氛幾乎壓得人喘不過氣來，桃生小心翼翼問：「公子，小的可以滾了嗎？」

「滾！」池燦看也不看桃生，眼睛一直盯著那幾個字，越看越生氣。

那丫頭到底是怎麼發現桃生破綻的？不行，他非要問問去！

池燦騰地起身，頓覺一陣眩暈，不由又跌坐回去。該死的中暑，怎麼還沒好俐落？

池燦想親自去問個清楚，奈何心有餘而力不足，只得暫且作罷。

六十三　再見十三爺

而喬昭那裡，正心塞不已。

池燦是瘋了不成，居然讓一個小廝扮成丫鬟混進她屋子裡來了！

喬姑娘簡直不忍回顧察覺那「丫鬟」其實是個贗品時的心情。

她長這麼大，前後兩輩子，也算不拘泥於俗禮的人了，可是從來沒有聽過、見過這種稀奇事！最可惱的是，即使她當時發現了，也只能不動聲色裝不知道，不然一旦鬧開來，那才真是樂子大了。

喬昭灌了幾口茶，依然氣悶難消，吩咐阿珠：「告訴門房那邊，以後再有什麼長公主府的丫鬟過來，一律不見。」

接下來，喬昭這邊算是風平浪靜，東跨院那邊氣氛卻有些緊繃，傳出了大姑娘黎皎病倒的消息。黎輝在東跨院的月洞門前徘徊了許久，直到黎皎的大丫鬟春芳出來收衣服，一眼瞥見，跑過來問：「三公子，您是來看我們姑娘嗎？」

黎輝點頭。

春芳很是高興。「那三公子快進去吧，我們姑娘見到您一定很高興的。」

黎輝神情罕見有幾分猶豫，問：「妳們姑娘身體如何了？」

「精神不太好，大半時間都在躺著睡覺。」

黎輝一聽，臉色變了變，抬腳走了進去。一進門便聞到一股藥味。

「大姊。」黎輝走到床邊，神色憂慮。

黎皎睜開了眼。「三弟，你來了。」說到這，臉一別，眼淚落了下來。

黎輝有些慌。「大姊，妳哭什麼？」

「沒，我以為你還在惱我呢。」

「怎麼會？我知道大姊是擔心我們安危，才出言阻攔，我當然沒有惱大姊。」

雖然不惱，卻有些失落。即便是感情深厚的親姊弟，依然會有想不到一塊去的地方，偏偏這世上有些東西可以讓步，有些東西是不可以妥協的，比如尊嚴與骨氣，比如血脈相連的親情。

黎皎虛弱笑了。「沒有就好。三弟，我太擔心你了，想到你有可能被連累出事，心裡就慌極了，並不是真的不想替三妹出氣。」

黎輝點頭。「我明白。」

他語氣一轉，很是認真：「不過大姊有一點說得不妥，如果我會出事，那不是被連累。覆巢之下焉有完卵，我們這個家就是由每一個親人組成，倘若其中一個出了事其他人置之不理，那家就不成家了。家都沒了，這家中的一員，還能有什麼好結局呢？」

黎皎瞠目結舌，好一會兒才道：「我沒想三弟這麼多。」

三弟可真是長大了，學那些聖人之言，把腦子都學傻了。

黎輝微微一笑。「我也是聽祖母說的。」

「祖母說的？」

「是，我覺得祖母說得很有道理，大姊覺得呢？」

「當然……」黎皎勉強笑笑。

「大姊不要多想了，大夫不是說了，妳是憂思過重，鬱結於心。」
「我知道了，三弟不要擔心。」黎皎心中氣悶更甚。
三弟這樣說，豈不是說她胡思亂想，把自己折騰病的？
三弟以前不是這樣的，都是因為黎三……
黎皎很自然遷怒到喬昭身上去，轉而想到她現在毀了容，心情又好多了。
就算再有才華又如何？女子沒了好名聲，又沒了好容貌，下半輩子還不知多麼淒慘呢。
「大姊妳好好休息，我先回了。」
「春芳，送送三公子。」
「不用了。」黎輝擺擺手，走了出去。
黎皎使了個眼色給春芳。
春芳悄悄跟出去，不多時回來稟告：「大姑娘，三公子去三姑娘那裡了。」
黎皎當即氣白了臉，恨恨道：「行了，我知道了，妳下去吧！」
等春芳出去，黎大姑娘拿起軟枕使勁砸了砸床柱，這才忿忿躺下了。

西跨院那邊，喬昭等了好一會兒也不見黎輝開口，終於忍不住問：「三哥今天過來有事呀？」
黎輝耳根紅紅的，暗吸一口氣下定了決心，忽然抓住喬昭的手。「三妹，妳別擔心，以後我會養妳的。」
啥？

喬姑娘一臉懵，懷疑自己聽錯了。

「我是說，以後我會更努力讀書，爭取早些考中進士，光耀門楣，然後能保護你們。」黎輝說完這番話，臉已經漲得通紅，沒等喬昭反應，拔腿就跑了。

喬昭愣了好一會兒，抿唇笑了。

沒過多久，何氏紅著眼睛過來。「昭昭，妳好些了麼？」

「我很好。娘，您看，傷口已經結痂了。」喬昭把臉湊過去，讓何氏瞧。

何氏一看，眼睛更紅了。那傷口因結了痂，反而顏色更深，瞧著更加刺眼。

她如花似玉的女兒啊，李神醫的藥真能讓昭昭臉上不落疤嗎？

喬昭已是清楚感受到何氏的拳拳愛女之心，自是不忍她難過，挽著她手臂道：「娘，您放心吧，李爺爺是什麼人啊，那是能妙手回春的活神仙，區區一道疤痕還除不掉嗎？」

何氏連連點頭。女兒說得很有道理啊，所以她還是不要亂擔心了。

「昭昭，妳先前說要給我留著用的雲霜膏，呃……拿給我吧。」

見何氏神色怪異，喬昭示意冰綠去取雲霜膏，而後問道：「娘現在要雲霜膏做什麼？」

先前邵明淵送來的幾盒雲霜膏，她拿給何氏，何氏死活不要的。

何氏眼神閃爍。「先收著唄，雲霜膏不比別的，有錢也難買到呢。」

喬昭壓根沒理會何氏的話，擰眉問道：「誰受傷了？」

何氏渾身一僵。沒等她胡亂遮掩，喬昭已經用很肯定的語氣反問：「父親？」

「沒，妳父親怎麼會受傷呢——」

「因為我？」喬昭再問。

何氏徹底洩了氣，老實承認了：「是。」女兒這麼聰明，真是讓人驕傲又憂傷。

「父親怎麼了？我去看看。」

喬昭抬腳便走，被何氏一把拉了回來。「昭昭，妳可別去，妳父親覺得沒面子，最不想的就是讓妳知道。」

「究竟是怎麼回事？」

「事情是這樣的，今天妳父親下衙回來，跑去脂粉鋪子想給妳帶幾盒脂粉回來，誰想到正好聽到兩名婦人在議論我兒毀容的事。妳父親一聽當然不樂意了，就跟人家理論起來了。那兩個婦人忒沒涵養，理論不過妳父親居然動手，把妳父親的臉都抓花了，真是豈有此理！」

她相公玉樹臨風，那兩個粗俗婦人到底懂不懂得憐香惜玉啊？

「……」緩了好一會兒，喬昭問：「很嚴重麼？」

父女同時毀容，這是要傳為美談嗎？

「不算嚴重，不過妳父親有些不開心。畢竟是傷在臉上，他怕被人看見以為是我打的，落個懼內的名聲。」說到這裡，何氏有些激動。「我是那種打相公的人嘛？要不說大多數人都是只看表面呢。」雖然她娘經常抓花她爹的臉，可她一點都沒遺傳這個優點！

喬昭大概明白父親大人傷到什麼程度，感動的同時，忍俊不禁。「那我就不去看了，娘把父親照顧好。」

母女二人正說著，冰綠捧著小匣子過來。「姑娘，雲霜膏。」

喬昭一看，搖搖頭。「把這個先收起來，拿先前的。」

池燦行事太讓人摸不著頭腦，給她送來兩盒雲霜膏，誰知道以後會如何，萬一哪次見面鬧了不愉快，以他那性子，要她原物奉還都是有可能的，還是先留著吧。倒是邵明淵讓晨光送來的幾盒雲霜膏，可以安心用著。

冰綠低頭瞧瞧匣子裡的雲霜膏，滿心疑惑。這不是一樣的嗎？

不過姑娘吩咐的話小丫鬟向來言聽計從，還是轉身拿去換了。

轉眼便又過了幾天，又到了喬昭該去疏影庵的日子。

西府上下都以為三姑娘會再次告假，沒想到她卻穿戴妥當，戴著帷帽出了門。

天越發熱了，通往山寺的路上香客並不多，山路兩旁雖綠樹成蔭，這樣一步一步登山，依然汗流浹背。冰綠心疼地問喬昭：「姑娘，熱不，要不把帷帽摘下來吧，反正也沒有什麼人。」

「不打緊。」喬昭氣息微喘。

她是不在意旁人眼光，但嚇到別人又何必呢。

一直走在喬昭身側的晨光忽然問：「姑娘，您有沒有用我們將軍送的雲霜膏啊？」

自從把男扮女裝的桃生逮個正著，晨光頓覺壓力很大。他以為他為了將軍大人未來的幸福生活已經夠賣力了，沒想到還有更狠的，居然扮成女人直接去見姑娘，這簡直是作弊！

他必須要三姑娘明白，他家將軍才是想得最周到的，也是第一個送雲霜膏的，池公子那是拾人牙慧。

「沒有用。」喬昭如實回答。

晨光一聽壞了，居然沒用將軍送的？那豈不是用了池公子送的？

「那您有沒有用什麼亂七八糟的人送的雲霜膏啊？」

喬昭忍耐地挑了挑眉梢。「也沒有用。」

晨光一聽放了心。還好，暫且打了個平手。

都還是他家將軍太內斂了，當初借著神醫名頭送給三姑娘的銀元寶和金葉子，明明都是將軍賠給三姑娘買馬車的，可惜將軍大人不許他說。

想到這裡，晨光深深嘆了口氣。心裡不爽，改天再遇到池公子的小廝，打一頓出出氣好了。

「什麼人？」晨光突覺有異，渾身緊繃，瞬間把喬昭護在身後，收起懶洋洋的神態，緊緊盯著某處一動不動。

「有強盜嗎？是不是打劫的？」冰綠雙眼放光，躍躍欲試。

喬昭很是平靜，順著晨光的視線看過去。

草木微動，數丈外，站著個身量頎長的年輕男子。

豔陽下，那人黑衣冷肅，彷彿把周身的溫度降低了許多，嘴角掛著的淺淡笑意卻令人如沐春風。

晨光眼中精光一閃。錦鱗衛的十三爺？他怎麼會出現在這裡？對了，江十三那天給三姑娘當過車夫，今天莫非是來搶他差事的？

真沒想到，三姑娘的車夫這麼緊俏！

一想到有人競爭，某專職車夫立刻打了雞血般警惕起來。

江十三敢往前一步，自己就和他拚了！

喬昭往前一步，側頭對晨光道：「照顧好冰綠，我去去就來。」

看著喬昭一步步走向江遠朝，晨光呆若木雞。

這和預想的不一樣啊，江十三沒動，但是三姑娘往前走了，他該怎麼辦？

「姑娘——」晨光瞬間有了決定，亦步亦趨跟上喬昭。

他要替將軍大人看好了！

喬昭停下來。「晨光，你不用跟著我，我要單獨和江大人說幾句話。」

「好，姑娘有事喊我。」晨光垂頭喪氣地走回冰綠身邊。

喬昭走到江遠朝面前，微微欠身，語氣淡淡招呼：「江大人。」

聽了這個稱呼，江遠朝心頭莫名有幾分煩悶。

眼前的少女，曾經叫他江大叔，後來叫他江大哥，如今叫他江大人。

沉默了片刻，江遠朝開口：「黎姑娘，那日……是我急切了，抱歉。」

「江大人客氣了。」喬昭的語氣很疏遠。

雖然，這人對她說了一句很特別的話，那四個字如此直白熱烈，大概是任何女孩子聽到都會心生波瀾的，可她卻只想離此人更遠。

鍾情於一人，便會對她的細節格外關注，但她獨獨不希望被一名錦鱗衛知道她是喬昭。

她不是情竇初開的小姑娘，既然曾經的江十三懷著滿腹喜歡也不曾為喬昭做過什麼，難道還指望他為黎昭做什麼嗎？

他的身分，更可能帶來的是麻煩和傷害。

察覺喬昭的疏遠，江遠朝心中一嘆，淡淡道：「黎姑娘，我還是想問那天的話。妳和喬姑娘有什麼關係？」

喬昭靜了靜，問道：「這個問題，對江大人很重要？」

彼時山林安靜，二人隔著青蔥草木和野花香，觸手可及。

可江遠朝卻覺得眼前的少女彷彿遠在天邊，像是那令人蒼涼無措醒來後卻忘了內容的夢，只空餘不明緣由的唏噓。

「很重要，我必須要知道。」怎麼能不重要，自從見了那個荷包，他夜不能寐，輾轉反側，一直等的就是今天，來討一個答案。

「並無任何關係。」喬昭道。

江遠朝定定望著她，顯然這個答案是不能令他滿意的。

為了減少不必要的麻煩，喬昭接著道：「如果要說有關係，大概是我和喬姑娘都是李神醫的乾孫女。」

江遠朝眸光轉深，語氣波瀾不驚，卻有種令人說不出的壓抑感。「如果只是李神醫的乾孫女，那麼，黎姑娘，冠軍侯夫人出殯那日，妳為何一路追隨，望著喬公子流淚呢？」

「哦，我喜歡他。」喬姑娘答得沒有半點猶豫。

知道與江遠朝的見面不可避免，喬昭早就把對方可能會提到的問題想到了。

還有什麼，比喜歡更好的解釋呢？再說，她也沒說錯，她的兄長，她當然喜歡啊。

江遠朝啞口無言。

這丫頭到底是真的喜歡喬墨，還是為了堵住他的嘴？

他以「我喜歡她」為由，對眼前的少女追問到底，而眼前的少女同樣以這幾個字原數奉還。

怎麼會有這樣狡黠的女孩子？

身為一名擅長問詢的錦鱗衛，江遠朝第一次毫無把握這個答案是否出於對方真心。

江遠朝往前走了一步，直視著喬昭的眼睛。「那麼，同是李神醫的乾孫女，就會有一樣的荷包嗎？」

喬昭調皮眨眨眼，反問：「不行嗎？」

江遠朝動了動嘴角。對方這個樣子，他堅持追問，總有種風度掃地的感覺。

可有些事，哪怕風度掃地，他也是會做的。

喬昭似乎明白江遠朝的心思，轉而解釋：「那樣的荷包，很方便放一些小東西。我見李爺爺有一個，覺得有趣又方便，就照著做了。」

這一次，江遠朝沉默了許久，彷彿有什麼星火在他眼眸深處墜落下去。

原來是這樣。

原來……只是這樣。

他說不清是失望還是如何，笑意有些勉強。「黎姑娘也跟著李神醫學醫了嗎？」

「是呀，李爺爺給了我許多醫書。」喬昭抬眸看天，笑吟吟道：「江大人，時間已經不早了，去疏影庵太遲了不大好，若你沒有別的事，我就先走了。」

江遠朝默默看著少女轉身離去，直到少女全然不見了蹤影，才轉身下山，返回了錦鱗衛衙門。

「大人，大都督讓您回來去他那裡一趟。」江鶴稟告。

江遠朝輕輕點頭，抬腳走了出去。

江鶴摸摸下巴，大人今天好像有些不開心呢。

「義父，您找我。」

「一大早去哪了？」

「今天歐陽御史一家離京去北定，我怕有什麼狀況，就悄悄去盯了盯。」

江堂點點頭。「你想得很周到。歐陽海在士林中名聲頗佳，要是出什麼狀況，又要咱們錦鱗衛背鍋，還是讓他安安生生到北定得好。」

「十三也是如此想的。」

江堂讚許地笑起來。「也虧得為父眼光好，當年外出辦差，在街頭把你帶了回來，如今我兒果然可以獨當一面了。」

「義父過獎了，都是義父教導有方。」

江堂眼中是真切的歡喜。「十三，我問了問，下個月初八就是好日子，你和冉冉就在那天過禮定親吧。」

「嗯。」江遠朝垂眸應了。「那十三還是從江府搬出去吧。」

江堂連連點頭。「確實該搬出去。哈哈，為父已經給你買下一座宅院，就等著你們成親用了。」

「義父，十三已經買了一座宅院，正要和您說。」

「你還買來做什麼？」

「畢竟是遠朝娶妻，買下宅院安頓妻兒自是應當的。」

江堂一聽並沒堅持，笑道：「也好，回頭帶我去看看，哪裡不好的，再找人修葺一番。」

六十四　嬌客來訪

山寺清涼，時光易過，轉眼就到了下午，喬昭離開疏影庵，返回了黎府。

守門人一見喬昭，忙道：「三姑娘，不久前有位姑娘來訪，正在前邊花廳等您呢。」

「哪個府上的姑娘？」喬昭心中一動。

莫非是寇梓墨？

「她說是長容長公主府的大姑娘。」

喬昭嘴角一抽，語氣轉冷：「不是交代過，凡是長容長公主府的人再來，就推說我不在嗎？」

守門人一臉無辜。「當時您交代的是公主府的丫鬟，不是公主府的姑娘啊。而且老奴說您不在了，那位姑娘說她可以等。」

喬昭深深吸了一口氣。

不錯，她是交代的丫鬟，因為她萬萬沒想到，這世上除了男子和女子，還有池燦這種人！

花廳裡，坐著個背影高挑勻稱的藍衣姑娘，正百無聊賴托著腮打量牆上的煙雨圖。

喬昭面無表情走進來。

一個粉衣丫鬟提醒道：「池姑娘，三姑娘來了。」

藍衣姑娘霍然轉身。

冰綠瞬間發出一聲驚嘆：「天呀！」

為什麼會有這麼好看的女孩子？比那位九公主還好看！

咦，就是有些面熟……

「池姑娘，不是約好了去五味茶館喝茶，咱們到那裡聊吧。」

池燦抬了抬眉。去茶館？他才不去，再被這丫頭的車夫認出來怎麼辦？

「我想嚐嚐三姑娘親手泡的茶。」藍衣姑娘開口，聲音不似尋常女孩的甜美嬌柔，而是清朗如風，令人心曠神怡。

冰綠摀住了雙頰。連聲音都是這般好聽，好希望姑娘和池姑娘做朋友。

「我這裡沒有茶。」喬姑娘臉色微黑。

藍衣姑娘勾唇一笑。「白水也可，只要是三姑娘的，都可以。」

「……」不帶這麼無恥的啊！

怕再鬧下去被旁人看出端倪，喬昭只得讓步，一字一頓道：「那請池姑娘移步雅和苑吧。」

池燦滿意笑笑，起身與喬昭並肩而行。

喬昭身量尚未長開，本就嬌小纖細，而池燦在男子中是中等身量，二人站在一起，頓時比她高出大半個頭來。

喬昭忍耐抿了抿唇，不由加快了腳步。

池燦倒是一臉自在，進了喬昭住處還有閒情左右四顧，讚道：「這院子裡的石榴長得真好，用不了多久就能吃了。」見喬昭不說話，笑笑道：「我喜歡吃石榴，等石榴成熟時，記得給我留一些。」

冰綠悄悄拉了拉喬昭衣袖。姑娘怎麼啦？自從見了池姑娘一直很不高興的樣子。

但看池姑娘這樣子，似乎和姑娘很熟悉啊。

「好，池姑娘隨我進來吧。」喬昭領著池燦進了屋，笑笑。「我去給池姑娘端水。」

見她轉身出去，池燦有些意外。

這丫頭看起來挺生氣的樣子，還真的親手給他倒水啊？不會放瀉藥之類的吧？

喬昭走到外面，低聲吩咐冰綠：「妳去一趟春風樓，找春風樓的掌櫃，就說我有點事，邵將軍要是方便的話，請他在黎府不遠處的茶館等我。他答應的話，悄悄回稟我。」

冰綠沒有多問，脆生生應一聲「是」，扭身出去了。

喬昭親自端著一杯水進去。

尚不知道喬姑娘悄悄挖了個坑的池公子見屋內沒了旁人，越發自在起來，笑瞇瞇道：「都進了屋了，妳還帶著帷帽幹什麼？真的沒法見人了啊？」

喬昭淡淡道：「忘了摘。」

一聽有這麼一位等著她，她還不夠生氣的，哪還能記著別的。

她順手把帷帽摘下放到一旁的高几上，看向池燦。「池……你今天來找我，有什麼事？」

池燦目光落在喬昭右臉上，臉色一沉。

這麼水靈靈的一顆白菜，怎麼他一錯神的工夫，就變成醃菜了？

「怎麼了？」喬昭揚眉。

「妳今天去疏影庵了？」

「是。」

「沒把人家師太嚇著啊？」

喬昭忍了忍，問道：「你今天來，就是好奇這個嗎？」

池燦不高興了。「什麼你啊你，越來越沒大沒小了，對待救命恩人，妳就是這個態度？」

「池大哥？還是池姊姊？」

池燦被噎得沒了話說。「算了，這也不是什麼要緊的。我來就是想問問，妳這個小沒良心的，寫那麼一封信是什麼意思？」

喬昭一聽，臉色微沉。「這個問題，好像應該我來問。」

「我沒什麼意思啊，就是給妳送兩盒雲霜膏而已。妳不領情就算了，居然還敢罵小爺——」

「原來就是這麼簡單。」

池燦險些跳腳。「不然呢？妳可別多想。」

難道她以為他會心疼？

喬昭笑笑。「我以為你們主僕，都有特殊的愛好。」

聽了喬昭這話，池燦居然沒惱，翹著腿眼角微挑，斜了喬昭一眼。「目的才是最重要的，手段有什麼打緊？小小年紀如此迂腐。」

喬昭真是服氣了，嘆氣問：「那你今天來的目的是什麼？」

池燦伸出一根手指。「就一個問題，妳是如何看出我那小廝的破綻的？」

「這話有些不好回答。」

「怎麼？」

喬昭嘆氣。「你的小廝渾身破綻，你應該問，我為什麼眼睛沒瞎？」

「說正經的！」池燦抬手想敲喬昭額頭，手舉到半空忽然落不下去，又突兀收了回去，一雙耳朵控制不住紅了。

覺得氣氛有些怪，喬昭疑惑眨眨眼。

「少賣關子，我還趕時間呢。」池燦咳嗽一聲。

「他的坐姿比最沒規矩的丫鬟還粗俗，讓我很難相信是出自長公主府的丫鬟。他提到池大姑娘參加了馥山社的聚會時身體緊繃、眼神閃爍，這是人撒謊時的常見反應。而今我確信無疑的，卻是那兩盒雲霜膏。」

「兩盒雲霜膏能有什麼破綻？」

「破綻有兩個。」

「兩個？」池燦聽得一愣一愣的。

雲霜膏還能看出兩個破綻？這丫頭是要上天吧？

「第一個，是雲霜膏的品質。你的小廝送來的那兩盒雲霜膏，和邵將軍送給我的是一樣的，都是極品雲霜膏。倘若真的是池大姑娘，送些禮品或許有可能，送如此品質的雲霜膏，我自認沒有這般好人緣。」

「邵明淵也送了妳雲霜膏？」池燦聲音揚起。

「……」這是重點嗎？

「妳用了嗎？」

喬昭搖搖頭。

「那說第二個吧。」

「第二個，是雲霜膏上因為汗漬留下了半個指印，看輪廓，不像是女子的。」

池燦下意識垂眸，看向自己的手。

這也行？他當時就是多握了會兒。

嗯，大概就是握到中暑吧。

池公子頗沒面子地站起來。「明白了。那我走了。」

「我送你。」

池燦順口想反對，忙暗暗掐了自己一下，忍了下來。

喬昭一路把池燦送到黎府外。

「妳回去吧。」

「我去那家茶館買些茶點，我父親喜歡吃那家的綠茶酥。」

池燦看了看不遠處的茶館，笑道：「那我也買些嚐嚐。」

喬姑娘微微一笑。「好。」

她拿行事肆無忌憚的池公子沒辦法，還是讓他的好友邵將軍管教一下吧，不然這日子沒法過了。

⸙

邵明淵坐在茶館一個臨窗的座位上等著，眼睛盯著黎府的方向，遙遙就看到兩名女子漸漸走近了。

兩名女子皆頭戴帷帽，其中一位看身形與步姿應該是黎姑娘，另一名女子身材高挑，走路的姿態很是瀟灑，又透著幾分熟悉。

邵明淵盯著那身量修長的女子片刻，忽然把茶杯往桌面上一放，留下幾枚銅板，大步走了出去。

走在喬昭身旁的池燦腳步一頓，停了下來。

邵明淵怎麼會出現在這裡？

他強行忍住轉身就跑的衝動，暗暗勸慰自己：不能跑，一跑就徹底露餡了。他現在戴著帷帽，以邵明淵那古板性子，不會盯著一位陌生姑娘看，那就不可能認出他來。對，不可能認出來。

池燦反覆安慰著自己時，邵明淵已經走到了近前，面無表情伸出手，把池燦戴的帷帽摘了下來。

池燦一臉呆滯。不應該啊，說好的一本正經呢？這當街摘姑娘家帷帽的傢伙是冠軍侯？

「黎姑娘是否還有別的事？」

喬昭輕笑：「沒有了。」

邵明淵頷首：「那我就把這麻煩帶走了，抱歉。」

「好。」

邵明淵把帷帽重新扣到池燦頭上，提著他轉身就走。

池燦掙扎道：「邵明淵，你放手！混蛋啊你，就不怕傳出去當街強搶民女的惡名嗎？」

邵明淵面無表情回道：「虛名而已，我並不在意。」

「真的不放手？我可喊非禮了。」

「你可以試試是你喊得快，還是我手快，本來沒打算把你劈暈的。」邵明淵淡淡警告道。

池燦徹底洩了氣，快走到春風樓才反應過來。「我明白了，我這是被那丫頭給賣了吧？」

「你能想明白，我還是挺驚訝的。」

池燦大怒。「她這是恩將仇報！等下次，我非要——」

「再有下次，我會揍得你誰都認不出來！」邵明淵涼涼道。

「憑什麼啊？邵明淵，你究竟是誰的朋友？」

「你的。但你再囉嗦，我就打暈了。」

池燦氣急敗壞。「姓邵的，你還講不講道理？」

「我沒法和一個喜歡男扮女裝的人講道理！」

目送二人越走越遠，喬昭搖頭失笑，進了茶館買上兩盒綠茶酥，返回府中。

「姑娘，這是寇尚書府的大姑娘送來的帖子，說您若是得空的話，明天來拜訪。」

喬昭接過阿珠手中的拜帖看了一下，沉吟片刻寫下一封信交給她。「把回帖送到寇尚書府上。」

六十五　生機乍現

翌日。

寇梓墨一早來訪，被阿珠直接領進了西跨院。

喬昭走下臺階相迎。「寇姑娘，妳來了。」

天氣晴好，陽光如碎金灑落在少女瑩白的面龐上，寇梓墨忍不住看向少女的右臉頰。右臉頰上傷口已經結了深色的痂，令人不忍直視。

寇梓墨移開眼睛，溫柔笑道：「黎三姑娘，我瞧著妳氣色好多了。」

喬昭一邊陪著寇梓墨往屋裡走一邊笑道：「是呀，這幾日吃好喝好，什麼事都無需操心，想不氣色好也難的，就是結痂處總是發癢，大概是要脫落了。」

「千萬不要抓，由著它自己脫落才行。」

「我知道的，多謝寇大姑娘。」

二人進了屋，落座。阿珠上了茶，退至一旁。

寇梓墨從袖口拿出一個玲瓏首飾盒，推過去。「黎三姑娘，微雨一家昨天離開京城了。我去送她，她把這個交給了我，讓我轉送給妳，說是留個念想。」說到這裡，她紅了眼圈，嘆息道：「微雨此去，以後恐無相見之日了。」

「北定離京城並不遠，以後未嘗沒有機會再見。」

「說得也是，只是我長這麼大，還從沒離開過京城，不知道外面是什麼樣子。」

喬昭笑笑。「我倒是去南邊走了一圈，寇大姑娘若是想聽，我就講講。」

寇梓墨心中有些詫異。

京城上層圈子就這麼大，黎三姑娘被拐賣的事可以說是人盡皆知，對任何一位姑娘來說，這都是不能觸及的痛，沒想到黎三姑娘卻如此看得開。

見寇梓墨沉默，喬昭已是娓娓道來。

她久居南方，曾跟著祖父遊覽了山山水水，講起來自是信手拈來，令人生出身臨其境之感。

寇梓墨漸漸聽得入神。

「姑娘，該塗藥了。」阿珠提醒道。

喬昭停下來，向寇梓墨歉然笑笑。「寇大姑娘稍坐片刻，我去塗藥。」

她起身進了裡間，不多時，響起阿珠的驚呼聲：「姑娘，妳的傷口——」

外間的寇梓墨不由站了起來，隔著珠簾問：「黎三姑娘，妳沒事麼？」

裡面一時沒有聲音。

寇梓墨覺得不對勁，聲音微揚，帶著幾分急切：「黎三姑娘，妳到底怎麼了？」

好一會兒，傳來喬昭的聲音：「是傷口上的痂掉了，有些吃驚。」

痂掉了？

寇梓墨心中一緊，忍不住往內走了兩步。「那不要緊吧？」

珠簾掀起，喬昭走了出來，寇梓墨一眼落在她右臉頰處，不由驚呼出聲。

此時，喬昭右臉頰的痂已經脫落，露出淡粉色的肌膚，瞧著竟比旁處還要柔嫩。

寇梓墨吃驚地說不出話來，喬昭一笑。「大概還要塗幾次藥，就能完全恢復如初了。」

「竟然真的沒有落疤。」寇梓墨情不自禁伸出手，想去觸碰喬昭的右臉，指尖將要觸及時才猛然清醒，臉色緋紅道：「抱歉，我失態了。」

她怎麼能不失態，那天她是親眼瞧見黎三姑娘臉上的傷有多麼嚴重的，明明用再好的雲霜膏都會落疤，可這才過了七、八日，居然就好了？

這世上真有如此神奇的祛疤藥？

若是如此，那表哥臉上的燒傷，是不是也有治好的可能？

不，燒傷和普通磕碰傷是不一樣的，她不能抱太高希望。

可是，哪怕是能改善一點，也是好的啊。

想到喬墨，寇梓墨心中一陣揪痛，暗暗平復了一下情緒，對喬昭道：「黎三姑娘，妳所用的祛疤藥，對燒傷也有效果嗎？」

「有的。」

寇梓墨眼睛一亮，緊張地揪著衣襬。「不知這種祛疤藥，黎三姑娘還剩多少？」

「所剩不多了。」

寇梓墨滿眼失望，喃喃道：「這樣呀。」

寇梓墨揪著衣襬的手鬆了，心頭空落落的。

是她病急亂投醫了，這樣的祛疤良藥如此珍貴，別說喬姑娘快用完了，就算還有，她們並沒有很深的交情，難道讓人家割愛嗎？

把寇梓墨的失望盡收眼底，喬昭笑道：「雖然快用完了，不過李神醫把配置此藥的藥方教給了我，且這藥方有些奇特。」

「如何奇特？」

「寇大姑娘應該知道，磕碰傷、刀劍傷乃至妳剛剛問及的燒傷，在人肌膚上形成的疤痕並不相同，那用來祛疤的方子也是不同的。李神醫的這個方子只是基礎方，其中有幾味藥會根據不同的疤痕有所調整。」喬昭說到此處頓了一下，深深看了寇梓墨一眼。

寇梓墨聽得目不轉睛。

喬昭接著道：「不只是不同類的疤痕，即便都是燒傷所留的疤痕，也會根據嚴重程度酌情添減其中幾味藥的分量。可以說，這一張基礎藥方，能夠變換出數十種方子。所以，醫者才講究望聞問切……」

有喬昭右臉的效果在先，她又講得深入淺出，頭頭是道，寇梓墨不由聽癡了。

喬昭講完，給寇梓墨遞了個臺階。「寇大姑娘是需要祛疤藥嗎？」

「嗯。」寇梓墨輕輕點頭，遲疑片刻，終於下定了決心，抿了抿唇道：「我有一位表兄，臉被燒傷了，落下了駭人的疤痕。我想……替他求藥。」

這一刻，喬昭這顆心才算真正落了下來。

她微微蹙眉，表現得有些為難。「不同的傷情，需要見過本人才能調整藥方——」

寇梓墨忽然伸手，握住了喬昭的手。「黎三姑娘，拜託妳替我表兄看看吧，我知道這個要求有些強人所難，但我真的找不到更好的辦法了。」

喬昭坦然笑笑。「我並沒有什麼為難的，能幫上寇大姑娘，我很高興。」

等了這麼久，終於能見到哥哥了。

喬昭忽然覺得眼眶發酸，忙眨了眨眼睛，把淚意壓了下去。

「那我明天請妳來我們府上玩。」寇梓墨琢磨了一下，「我這就回去，給幾個相熟的姊妹下帖子，這樣不會太引人注意。」

「寇大姑娘安排就是。」

寇梓墨離開後，喬昭去了何氏那裡。

何氏正哼著小曲，擺弄水果。

帶著沙瓤的西瓜切成大小差不多的小塊，堆滿了白瓷小碗，另一隻碧色小碗中盛的是晶瑩剔透的葡萄珠。

「娘怎麼親自弄水果？」

何氏嘴角笑意不減，頭也不抬喜滋滋道：「給妳父親吃呀，妳父親臉上不是被人撓了嗎，這幾天都沒去衙門——」

說到這裡，何氏猛然住口。

糟糕了，說漏了嘴！

昭昭當然早就知道了，關鍵是老爺不知道昭昭早就知道啊。

從屏風後轉出來的黎光文黑著臉，一字一頓問：「被人撓了？」

他就知道，指望這女人能保密純屬癡心妄想，他在女兒面前英明神武的形象就這麼沒了！

「老爺，我……」何氏求救般看向喬昭，哐噹一聲，碰翻了碧色小碗，葡萄珠滾得到處都是。

何氏卻全然顧不得了，直接撲到喬昭身上。「昭昭，妳的臉，妳的臉好了？」

抱完了喬昭，何氏轉身又抱住黎光文。「老爺，您瞧瞧，昭昭的臉是不是好了？」

黎光文見了，同樣很激動。「好了，真的好了。」

何氏捂住臉，淚如雨下。「我還以為眼花了。我的昭昭臉真的好了，李神醫真是活神仙啊！」

「活神仙，真的是活神仙。」黎光文已經喪失了言語能力，只不斷重複何氏的話。

喬昭容顏恢復的消息，瞬間傳遍了西府上下。

鄧老夫人把喬昭叫過去，仔仔細細看了一遍，連連念了好幾聲老天保佑。

二太太劉氏跟著湊趣道：「我早就說了，三姑娘吉人自有天相，定然不會有事的，這不就大好了嗎？」

看吧，看吧，她多麼有先見之明，就知道一旦三姑娘遇到麻煩事，最終倒楣的肯定是別人。這不，這次連錦鱗衛指揮使的女兒都落了個飛揚跋扈的惡名，三姑娘卻半點事也沒有。

看來回頭還要再教導兩個女兒一番，以後遇到什麼事要跟著三姑娘走，就像她未出閣時，她娘教的那樣：愚鈍不可怕，學會跟著聰明人走，照樣會順順當當的，最可怕的是明明愚鈍還自作聰明，那就是作死了。

如今看來，這真是金科玉律啊。

喬昭容顏沒有受損，西府主子們皆喜上眉梢，唯有黎皎強撐著笑臉，回屋後踢翻了一個小杌子，氣得一夜沒睡著。

六十六　不寒而慄

轉日，天有些陰沉，喬昭的心情卻是明媚的，帶著寇梓墨送來的邀請帖，乘車去了寇尚書府。

寇梓墨站在門口，親自把喬昭迎進去。

「我是不是來遲了？」為了不表現得太急切，喬昭沒有太早出門。

「不遲，蘇姑娘還沒來呢。」

「寇大姑娘都請了誰？」

「禮部尚書府的蘇姑娘，泰寧侯府的朱七姑娘，還有許次輔家的許姑娘。」

寇梓墨請這幾位姑娘不過是幌子，唯一的目的是創造機會讓喬昭給喬墨看臉，所請的人至少是馥山社聚會那日對喬昭沒有表現敵意的。

喬昭暗暗點頭。

梓墨表妹行事還是很妥貼的，就是不知道如何安排她與兄長見面了。

小聚的地方設在了臨湖涼亭。

亭內三道倩影，穿杏衣的是朱顏，穿紫衣的是許驚鴻，穿綠羅裙的則是寇尚書府的二姑娘寇青嵐。

聽到腳步聲，寇青嵐回頭，笑著迎上去。「大姊，這就是黎三姑娘呀？」

她的目光落在喬昭臉上，比之寇梓墨的溫柔似水，多了幾分難以令人察覺的審視。

十幾歲的小姑娘，無憂無慮，即便是這絲被喬昭不經意間捕捉到的審視，都帶著令人莞爾的俏皮勁兒。喬昭忍不住抿唇微笑。

「黎三姑娘，這是我二妹，閨名青嵐。」

「寇二姑娘好。」

「黎三姑娘快進來吧，朱姑娘和許姑娘正在下棋呢，我聽聞妳棋藝高超，正好瞧瞧她們孰勝孰負。」

趁著喬昭與朱顏二人打招呼之際，寇青嵐悄悄問寇梓墨：「大姊，她是不是太小了些，真的懂藥方嗎？」

寇梓墨悄悄握了握寇青嵐的手，低聲道：「別想太多，按著我先前託付妳的行事。」

「好吧。」

不多時蘇洛衣也到了，歉然道：「我來遲了，出門前有些事耽誤了。咦，黎三妹妹，妳的臉全好了？」

朱顏在一旁笑道：「是呀，我們剛剛已經驚嘆過了。」

「竟然好得這麼快？」蘇洛衣打量著喬昭，鬆了口氣。「之前都傳黎三妹妹會毀容，那天去看過妳後，我還一直有些擔心，如今總算放心了。」

喬昭笑道：「讓蘇姊姊掛心了，我也沒想到能恢復得這麼快。」

「還是有些不可思議。」

寇梓墨道：「這個我是知道的，黎三姑娘手中有上好的祛疤藥，比最上品的雲霜膏還要好許多呢。」

「真的麼？大姊，我怎麼沒聽妳提過？」寇青嵐忽然問道。

寇梓墨笑笑。「妳又不認識黎三姑娘，和妳提什麼？是我那日去看望黎三姑娘，湊巧聽說的。」

「這不就認識了。」寇青嵐飛快看喬昭一眼。

「對了，梓墨，妳不是說邀請我們看小鹿嗎？小鹿在哪裡？」蘇洛衣問。

朱顏跟著道：「是呀，要不是想看小鹿，這樣的天氣，我真不想出門的。」

「今天是陰天。」許驚鴻淡淡道。

寇梓墨起身。「妳們跟我來，會有驚喜的。」

幾人好奇跟了上去。

寇梓墨領著眾人繞湖走了半圈，沿著一條青石小徑穿過綠影婆娑的竹林，來到一小片草地前。「妳們看那裡。」寇梓墨伸手一指。

喬昭順著寇梓墨手指的方向看過去，就見兩頭成年梅花鹿正悠閒吃草，而離兩隻梅花鹿不遠處，則蜷縮著兩隻小小梅花鹿。

蘇洛衣掩唇驚呼。「竟然是兩隻？」

「小點聲，鹿很容易受驚。」寇梓墨笑道：「我也沒想到，居然會生下兩隻。妳們瞧，兩隻小鹿一模一樣呢。」

「可以靠近些看嗎？」蘇洛衣問。

「可以，這兩隻鹿是被我養熟了的，只要動靜小一些，就不要緊。」寇梓墨說著，率先走了過去。

其中一隻成年梅花鹿果然只是警惕看了一眼，便往遠處挪了挪，繼續低頭吃草。

另一隻成年梅花鹿則踱步到兩隻幼崽身旁，雖沒有逃，卻保持著警惕盯著幾人。

蘇洛衣小聲問：「梓墨，這一定是母鹿吧？」

寇梓墨尚未回答，許驚鴻睇了蘇洛衣一眼，涼涼道：「公鹿有角。」

蘇洛衣臉上大紅。

朱顏輕笑出聲。

幾人圍著小鹿看了許久，這才心滿意足準備返回涼亭。

寇青嵐忽然開口道：「大姊，妳們先回去吧，我想和黎三姑娘說說話。」

「那我們先回去歇著，等會兒妳們就過來，我讓人準備了冰碗。」

等回到涼亭，幾人吃上放了杏仁、核桃仁、蓮子、菱角、西瓜、蜜桃等佐料的冰碗，頓覺神清氣爽。

「青嵐那樣活潑，竟然與黎三姑娘一見如故，我一直覺得黎三姑娘是個很沉靜的人。」蘇洛衣慢悠悠道。

寇梓墨嘆口氣。「我約莫能猜到二妹的心思。二妹小時候手臂上落了一個疤，可能是纏著黎三姑娘問祛疤藥的事呢。早知道我不該提的，免得讓黎三姑娘為難。」

「這也是人之常情，女孩子哪有不在乎這些的呢？梓墨，妳家的冰碗做得很地道，是請了專門的師傅嗎？」幾人閒聊了起來。

而竹林深處的草地上，寇青嵐拉著喬昭坐下來。

「黎三姑娘，我聽大姊說，那日在固昌伯府，妳在對對子時大發神威，把蘭惜濃壓得都抬不起頭來？」

「只是好玩而已。」

寇青嵐眨眨眼。「我也喜歡對對子，不如咱們玩玩呀。」

「哦，好呀。」

寇青嵐望了一眼竹林，笑道：「有了，我的上聯是：松葉竹葉葉葉翠。」

喬昭不假思索回道：「我的下聯是：秋聲雁聲聲聲寒。」

「老樹含煙書晚照。」

「新枝拂水畫初晴。」

寇青嵐頓了頓，再道：「桃花褪豔，血痕豈化胭脂。」

「豆蔻香消，手澤尚含蘭麝。」喬昭信手拈來，說完心中一沉。

這可不是什麼吉利的對子。

寇青嵐渾然不覺，繼續說下去。

二人一問一答，又對了幾個，竹林裡忽然傳來女童清脆的笑聲：「大哥，快一點啦。」

聽到這個聲音的瞬間，喬昭渾身驟然緊繃起來，以至於指尖都開始輕輕顫抖。

她不知道等了多久，也許只有一瞬間，卻漫長得讓人忘了呼吸，終於聽到了那個聲音。

男子聲音清朗，如夏日拂過竹林的和風。「不要跑快了，當心跌倒。」

「大哥就愛操心，就算跌倒了也不疼的，我要看小鹿呢。」

後面傳來男子無奈的笑。「就算不怕跌倒，也要輕輕的，不然小鹿要被妳嚇跑了。」

「咦，二表妹，妳也在呀。」

寇青嵐站了起來。「晚晚來看小鹿啊。」

「是呀，我帶大哥來看看這兩頭一模一樣的小鹿。」

「表哥。」寇青嵐向喬墨福了福。

「二表妹。」喬墨朝寇青嵐頷首，而後目光落在背對他而立的素衣少女身上。

「這是黎府的三姑娘，今天大姊請來玩的。」寇青嵐介紹。

喬昭轉過身來。

「黎姑娘，這是我姑母家的表哥和表妹。」

「二位好。」喬昭垂眸，福了福。

喬墨隱隱覺得眼前少女似曾相識，卻不好細看，客氣點頭。「黎姑娘。」

喬晚目光在喬昭臉上打了個轉，就失去了興趣，回一聲「黎姊姊好」，奔著小鹿去了。

許是近鄉情怯，她竟一時不敢抬頭。

喬昭再也忍不住抬頭，看了過去。

比起那日的匆匆一瞥，一身細麻白衣的兄長又清瘦許多，竟有了幾分形銷骨立的樣子。

喬昭心中一痛，癡癡看著，忘了移開目光。

寇青嵐站在一旁，心裡犯嘀咕，大姊說黎三姑娘要看到表哥臉上燒傷情況才能定下藥方，可黎三姑娘見了表哥未免看得太入神了吧，竟一點不覺得害羞嗎？

她正這樣尋思著，就見喬昭忽然大步流星走向喬墨，伸手抓住了喬墨的手。

什麼？寇青嵐吃驚地張大了嘴巴，久久沒有闔攏，一時忘了別的反應。

護兄心切的喬晚雖然把大半注意力放在了小鹿身上，見狀卻瞬間反應過來，衝過來去打喬昭的手，惱道：「妳幹嘛摸我大哥？」

喬昭低頭，盯著與喬墨交握的手，居然莫名生出幾分委屈：她這是抓，不是摸！

喬墨的手骨節分明，手指修長，有著貴公子特有的白皙柔軟，可手心卻是涼的，涼得喬昭心口發疼。

喬墨有些恍惚。

在這一瞬間，他驟然想到了大妹出殯那日，在人海中偶然瞥見的那個女孩子，這是他沒有第一時間甩開陌生姑娘的原因。

那個女孩，有一雙和大妹極相似的眼睛。

眼睛很像，眼神更像。

當時他心潮起伏，再想尋覓卻不見了那個女孩的蹤影。誰曾想今天她就這麼突兀出現在自己面前，還用同樣的眼神看著他。

在這樣一雙眼睛的注視下，他如何會記得鬆開她的手？

喬晚衝過來時，喬墨才醒過神來，忙鬆開少女的手，可少女卻手腕一轉，指尖搭在他手腕上。

晚晚瞪大了眼，氣鼓鼓道：「妳、妳羞不羞呀？快鬆手，不許再占我哥哥便宜。」

「乖，不要說話。」喬昭順手摸了摸喬晚頭頂，面色凝重，按著喬墨手腕不放。

望著少女冷凝的眉眼，喬墨竟有些無措，不知是該礙於男女有別把少女推開，還是就這麼靜觀其變。

雖然靜觀其變什麼，喬公子其實也不知道。

「二表姊，妳從哪裡帶來的女登徒子啊？」喬晚人小力弱，只得氣呼呼扭著頭向寇青嵐求救。

寇青嵐這才如夢初醒，一個箭步過來，結結巴巴道：「黎、黎三姑娘，妳不要太激動，女孩子這樣是不好的。」

雖然表哥曾令滿京城的女孩子心馳神往，可如今畢竟毀了容，黎三姑娘怎麼還如此激動呢？

哦，這樣一想，黎三姑娘對表哥也算是真心喜歡了，這份心意還挺令人感動的。

呸呸，她在胡思亂想什麼，表哥是大姊的！寇青嵐這才徹底反應過來，大姊豈不成引狼入室了？

「黎三姑娘，妳再這樣，我可就喊人了——」寇青嵐冷著臉威脅。

「別喊，對喬公子名聲不好。」喬昭手指一直搭在喬墨手腕上，心中翻江倒海，隨口回道。

寇青嵐呆了。這就是所謂的人不要臉天下無敵嗎？黎三姑娘居然只想到了表哥名聲，提都沒提自己，所以她這是反被威脅了吧？

被喬昭威脅住的寇二姑娘傻了眼。

「黎姑娘，把完脈了嗎？」氣氛太尷尬，喬墨終於忍不住開了口，聲音好似夏日淌過人心頭的清澈泉水，瞬間撫平了人心的躁動。

寇青嵐冷靜下來，反問：「把脈？黎三姑娘，妳還會看病不成？」

手中有祛疤的良方，和診脈看病是完全不同的。

「我乾爺爺是李神醫。」喬姑娘總算鬆開手，面色平靜，神態比大家閨秀還要得體，半點看不出剛才死抓著陌生男人的手腕不放的樣子。

「嗯。」寇青嵐點點頭。這個解釋似乎很有道理，可又好像有哪裡不對勁。

「喬公子，我們去那邊可好，我想單獨與你說說話。」

「好。」喬墨深深看喬昭一眼，安撫摸了摸喬晚的頭頂，抬腳往喬昭所指的地方走去。

直到二人在不遠處站定，寇青嵐才後知後覺反應過來。不對啊，黎三姑娘的乾爺爺是神醫不假，可這和黎三姑娘本人會不會醫術有什麼關係？

「二表姊，妳帶來的是什麼人呀？」喬晚氣得鼓著腮幫子，一臉不高興。

寇青嵐心情複雜。「我也不知道。」她也想問問大姊這個問題好嗎！

喬墨神情溫和看著喬昭。

喬昭心情澀然，輕聲問：「喬公子，剛才嚇著你了吧？」

「並沒有，黎三姑娘這樣做，定然是有原因的。」說到這裡，喬墨笑笑。「倒是在下，沒有嚇到妳就好。」

喬昭眼睛一熱，忙輕輕咬住了唇。無論經歷什麼磋磨，兄長永遠都是最好的模樣。

「喬公子見過李神醫了吧，他是我乾爺爺。」

喬墨笑起來，笑意多了幾分親切。「原來李神醫說的乾孫女，就是黎姑娘。」

「李爺爺和你提到過我？」

「提過，李神醫還說，等他回來，介紹我們認識。」喬墨很是坦然。

喬昭垂眸。「李爺爺原來說了這麼多。」

李爺爺既然和兄長說了這麼多，難道沒有告訴他，他中了零香毒嗎？

還是說，大哥體內的零香毒是近日才中的？若是這樣，她更加擔心，畢竟如今兄長在外祖家幾乎是足不出戶，這毒從何處而來，就令人不寒而慄了。

她今天一定要弄個明白！

「喬公子知不知道，自己中了毒？」喬昭乾脆選擇了開門見山。

如今的他們是純粹的陌生人，開門見山或許是最好的選擇。

喬墨笑意一滯，深深看了喬昭一眼。

他以為眼前的女孩子只是略懂些醫術，卻著實沒想到，她能一眼看出他中過毒。

「這毒，名零香。」喬昭又翻出一張底牌。

有李神醫乾孫女的身分，又準確說出了大哥所中何毒，想來大哥不會對此事隻字不談。

「黎姑娘好眼力，在下確實中了零香毒，幸虧李神醫替在下解毒——」

喬昭驟然打斷喬墨的話。「李神醫替你解了毒？」

「是。」

喬昭忍不住後退一步，臉上血色全無，蒼白如紙。

原來李爺爺已經替兄長解過毒！

大哥中毒的事，李爺爺竟半個字未對她提起，若不是她迫不及待要與兄長見上一面，恐怕永遠不會發現這件令她不寒而慄的事：既然李爺爺已經替大哥解過毒，那麼此時大哥體內的零香毒是哪裡來的？難道說，謀害大哥的凶手，就隱藏在外祖家？

喬昭只覺眼前迷霧重重，讓她壓抑得喘不過氣來。

「黎姑娘不舒服？」

「我還好。喬公子，有件事我要告訴你。」

「黎姑娘請講。」

「你體內此刻依然有零香毒。」

（未完待續）

國家圖書館出版品預行編目資料

韶光慢 / 冬天的柳葉著. -- 初版. -- 臺北市：春光, 城邦
文化出版：家庭傳媒城邦分公司發行, 民107.11-
冊；　公分

ISBN 978-957-9439-44-2（卷2：平裝）. --

857.7　　　　107016888

韶光慢〔卷二〕

作　　者／冬天的柳葉
企劃選書人／李曉芳
責 任 編 輯／王雪莉、何寧

版權行政暨數位業務專員／陳玉鈴
資深版權專員／許儀盈
行 銷 企 劃／周丹蘋
業 務 主 任／范光杰
行銷業務經理／李振東
副 總 編 輯／王雪莉
發 行 人／何飛鵬
法 律 顧 問／元禾法律事務所　王子文律師
出　　版／春光出版
臺北市 104 中山區民生東路二段 141 號 8 樓
電話：(02) 2500-7008　傳真：(02) 2502-7676
部落格：http://stareast.pixnet.net/blog　E-mail：stareast_service@cite.com.tw
發　　行／英屬蓋曼群島商家庭傳媒股份有限公司城邦分公司
臺北市中山區民生東路二段 141 號11 樓
書虫客服服務專線：(02) 2500-7718 / (02) 2500-7719
24小時傳真服務：(02) 2500-1990 / (02) 2500-1991
服務時間：週一至週五上午9:30～12:00，下午13:30～17:00
郵撥帳號：19863813　戶名：書虫股份有限公司
讀者服務信箱E-mail: service@readingclub.com.tw
歡迎光臨城邦讀書花園　網址：www.cite.com.tw
香港發行所／城邦（香港）出版集團有限公司
香港灣仔駱克道 193 號東超商業中心 1 樓
電話：(852) 2508-6231　傳真：(852) 2578-9337
E-mail : hkcite@biznetvigator.com
馬新發行所／城邦（馬新）出版集團　Cite(M)Sdn. Bhd
41, Jalan Radin Anum, Bandar Baru Sri Petaling,
57000 Kuala Lumpur, Malaysia.
Tel: (603) 90578822　Fax:(603) 90576622　E-mail:cite@cite.com.my

封 面 設 計／黃聖文
插 畫 繪 製／容境
內 頁 排 版／極翔企業有限公司
印　　刷／高典印刷有限公司

■ 2018 年（民 107）10 月 30 日初版
■ 2022 年（民 111）5 月 20 日初版 2.7 刷

Printed in Taiwan

售價／320元

城邦讀書花園
www.cite.com.tw

本著作物繁體中文版通過閱文集團上海玄霆娛樂資訊科技有限公司 www.qidian.com，授予城邦文化股份事業有限公司春光出版獨家發行。

ISBN　978-957-9439-44-2

104 臺北市民生東路二段 141 號 11 樓

英屬蓋曼群島商家庭傳媒股份有限公司
城邦分公司

請沿虛線對折，謝謝！

愛情 · 生活 · 心靈
閱讀春光，生命從此神采飛揚

春光出版

書號：OF0047	書名：韶光慢〔卷二〕

請於此處用膠水黏貼

《韶光慢》讀者共讀活動——你推坑，我送書！】

起至 2018 年 12 月 31 日止，完成以下活動步驟，就可參加「韶光慢讀者共動」。春光出版**免費幫你將《韶光慢（卷一）》新書一本 &「韶光慢唯美書」送給你欲邀請共讀之對象**，限前 100 名寄回之讀者（以郵戳日期順序為，數量有限，行動要快喔！一起來邀親朋好友共讀好書吧～

动步驟：

選定欲邀請共讀《韶光慢》的一位對象，在《韶光慢（卷一）》附贈之「韶光慢唯美書籤卡」寫下推薦小語以及想對她（他）說的話。

將本回函卡讀者資料，以及欲邀約共讀的對象之贈書寄送相關資料都填妥。

將寫好的「韶光慢唯美書籤卡」和本回函卡一起寄回春光出版，即完成活動。（建議把小卡放入回函卡中，再將四邊用膠水黏貼封好即可寄回。）

光出版將依照回函卡收件郵戳日期，依序贈送前 100 名共讀讀者，越早寄回，早收到贈書喔！

注意事項〕

本活動限台、澎、金、馬地區讀者。　2. 春光出版保留活動修改變更權利。

邀請共讀之對象 寄送資料

姓名：＿＿＿＿＿＿＿＿＿＿　性別：□男　□女

聯繫電話：＿＿＿＿＿＿＿＿＿＿

寄送地址：＿＿＿＿＿＿＿＿＿＿＿＿＿＿＿＿＿＿＿＿＿＿＿＿＿＿＿＿

您的個人資料

姓名：＿＿＿＿＿＿＿＿＿＿　性別：□男　□女

地址：＿＿＿＿＿＿＿＿＿＿＿＿＿＿＿＿＿＿＿＿＿＿＿＿＿＿＿＿

電話：＿＿＿＿＿＿＿＿＿＿ email：＿＿＿＿＿＿＿＿＿＿

為提供訂購、行銷、客戶管理或其他合於營業登記項目或章程所定業務之目的，英屬蓋曼群島商家庭傳媒（股）公司城邦分公司，

於本集團之營運期間及地區內，將以電郵、傳真、電話、簡訊、郵寄或其他公告方式利用您提供之資料（資料類別：C001、C002、

C003、C011 等）。利用對象除本集團外，亦可能包括相關服務的協力機構。如您有依個資法第三條或其他需服務之處，得致電本公

司客服中心電話 (02)25007718 請求協助。相關資料如為非必要項目，不提供亦不影響您的權益。

1. C001 辨識個人者：如消費者之姓名、地址、電話、電子郵件等資訊。 2. C002 辨識財務者：如信用卡或轉帳帳戶資訊。

3. C003 政府資料中之辨識者：如身分證字號或護照號碼（外國人）。 4. C011 個人描述：如性別、國籍、出生年月日。

請於此處用膠水黏貼